URSULA NEEB

DIE SCHRECKEN DES PAN

Ursula Neeb

DIE SCHRECKEN *DES* PAN

Ein britischer Krimi
aus den 20er Jahren

Ursula Neeb, Die Schrecken des Pan.
Ein viktorianischer Krimi.
Dryas Verlag 2020

1. Auflage
ISBN 978-3-948483-19-7

Dieses Buch ist auch als E-Book erhältlich und
kann über den Handel oder den Verlag bezogen werden.
E-Book ISBN 978-3-948483-20-3

Herstellung: Dryas Verlag, Hamburg
Lektorat: Kristina Frenzel, Berlin
Korrektorat: Lisa Seidelt, Mainz
Umschlaggestaltung: © Guter Punkt, München (www.guter-punkt.de)
Umschlagmotiv: © Stephanie Gauger, Guter Punkt, München
unter Verwendung eines Motivs von
mauritius images / Gillian Pullinger / Alamy
sowie diverser Motive von Gettyimages
Grafiken: © Adobe Stock,
Frame with skull in Art Noveau style von Rorius /
Art deco style line border and frames von max_776
Satz: Dryas Verlag, Hamburg
Gesetzt aus der Minion Pro
Druck: CPI books GmbH, Ulm

Bibliografische Information der Deutschen Nationalbibliothek:
Die Deutsche Nationalbibliothek verzeichnet diese Publikation in der
Deutschen Nationalbibliografie; detaillierte bibliografische Daten sind im
Internet über http://dnb.d-nb.de abrufbar.

Der Dryas Verlag ist ein Imprint der
Bedey Media GmbH,
Hermannstal 119k, 22119 Hamburg.

© Dryas Verlag, Hamburg 2020
(1. Auflage 2020, Dryas Verlag, Hamburg)
Alle Rechte vorbehalten.
http://www.dryas.de
Gedruckt in Deutschland

Für Markus und Twiggy,
meine Liebsten

»*Panischer Schrecken (Panik),
aus dem Altertum überkommener Ausdruck,
womit man jeden heftigen Schrecken bezeichnet,
der unerwartet, schnell und oft ohne sichtbare Veranlassung
die Gemüter der Menschen ergreift.*«
(Meyers Großes Konversations-Lexikon,
Band 15, Leipzig 1908, S. 361)

»*Erstaunlich,
dass der Mensch nur hinter seiner Maske
ganz er selbst ist.*«
(Edgar Allan Poe, 1809–1849)

PROLOG

Er hatte sie zur Feier des Tages zum Fünf-Uhr-Tee in den Wintergarten des noblen Seehotels eingeladen und sie schwebte regelrecht im siebten Himmel, als ihnen der livrierte Kellner die Prinzessinnentorte servierte, deren Anblick ein Traum war.

»Der aus Stockholm stammende Konditormeister liefert diese Tortenspezialität sogar in den Buckingham-Palast«, erläuterte er mit verliebtem Blick und küsste sie zärtlich auf die Nasenspitze. »Ich dachte mir, diese ausgesuchte Köstlichkeit ist für meine Prinzessin genau das Richtige.«

Sie hatte bereits von der mit hellgrünem Pistazienmarzipan überzogenen Schichttorte gekostet und verdrehte schwärmerisch die Augen. »Zu behaupten, jemals etwas Himmlischeres gegessen zu haben, wäre die reinste Lüge«, seufzte sie wohlig und genoss es grenzenlos, mit ihm an diesem wundervollen Ort zu sein.

Das üppige Palmengrün, die Orchideen in ihrer mannigfaltigen Farbenpracht und die anderen exotischen Pflanzen in der lichtdurchfluteten Glasveranda, deren Mobiliar und Accessoires ganz im Jugendstil gehalten waren, trugen dazu bei, dass sich die Gäste wie in einem Garten Eden wähnten. Eine kunstvolle Voliere mit zierlichen zitronengelben Kanarienvögeln, die anmutig trällerten und zirpten, und ein Springbrunnen mit rosafarbenen Seerosen rundeten die malerische Umgebung noch ab, die durchsetzt war von Klavierklängen, welche aus dem Nachbarraum herüberdrangen.

Sie wiegte sich im Takt. »Ein Walzer«, sagte sie mit übermütigem Lächeln, »wie schön! Ich krieg richtig Lust zu tanzen.«

»Das können wir gerne gleich machen, wenn wir unsere Torte verspeist haben, denn davon lass ich nicht den kleinsten Krümel auf dem Teller.«

Als sie aufgegessen hatten, stand er von seinem Stuhl auf, forderte sie mit höflicher Verbeugung zum Tanz auf und führte sie in den Innenraum des zum Luxushotel gehörenden Cafés, wo täglich um 17 Uhr ein Tanztee stattfand. Seitlich der kleinen Tanzfläche befand sich ein Flügel, auf dem ein Klavierspieler gängige Tanzmelodien spielte. Als der Pianist den Walzer »An der schönen blauen Donau« von Johann Strauss anstimmte, mischten sie sich begeistert unter die tanzenden Paare.

»Ich habe noch nie einen Walzer getanzt«, gestand sie leicht verlegen.

»Das ist doch kein Problem«, entgegnete er. »Vertrau dich einfach meiner Führung an!«

Schon nach den ersten Schritten war es ihr, als habe sie nie etwas anderes getan, und sie wirbelten schwungvoll über die Tanzfläche. Da wurde es ihr von den ständigen Umdrehungen ganz schwindelig, und sie bat ihn, nicht ganz so ausgelassen zu tanzen.

Er lächelte verschmitzt. »Schau auf mein Revers, das hilft gegen den Schwindel!«

Sie beherzigte seinen Ratschlag und richtete ihren Blick auf das Revers seines Jacketts. Sie mochte ihren Augen nicht trauen, als sie im Knopfloch seiner Jacke eine apricotfarbene Rosenblüte gewahrte. Der Duft, der ihr in die Nase stieg, war so schwer und süß, dass sie mit einem Mal ganz benebelt war.

Bathsheba, hallte es ihr durch die Sinne und sie fragte sich verwundert, woher er plötzlich diese Rose hatte. Die hat er doch vorher nicht getragen, das wäre mir aufgefallen ...

Mit einem Anflug von Bangigkeit streifte ihr Blick über sein Gesicht – und ihr stockte der Atem, als sie erkannte, dass der Mann, mit dem sie in immer schnelleren Umdrehungen den Tanzboden umrundete, sich verändert hatte. Der Tänzer, der sie um gut eine Haupteslänge überragte, trug eine dunkle Sonnenbrille und grinste hämisch auf sie herab. Wie gebannt starrte sie ihn an und gewahrte zu ihrem grenzenlosen Entsetzen, dass sie in die schwarzen Augenhöhlen eines Totenschädels blickte.

Der Totenkopf neigte sich zu ihr herunter und flüsterte ihr ins Ohr: »Ich werde dich vernichten!«

Kapitel 1

Die schäumende Gischt der aufgewühlten See stob in die Gesichter der beiden Reisenden, die am Abend des 26. November 1922 mit dem letzten Passagierdampfer am Hafen von Cefalù in Sizilien anlangten. Bis auf eine Gruppe Fischer, die sich auf der Rückseite eines umgedrehten Bootes niedergelassen hatten und über einem Feuer Sardinen rösteten, war der Kai wie ausgestorben. Die Frau im knöchellangen Tigerfellmantel mit der modischen Bubikopf-Frisur, die in Begleitung eines hageren jungen Mannes die Mole überquerte, zog sogleich alle Blicke auf sich. Mit ihrem mokkabraunen Haar, dem dunklen Teint und den schwarzen Kohleaugen hätte man sie für eine Sizilianerin halten können, doch ihre Extravaganz und die dominante Art, mit ihrem jungenhaften Begleiter im Schlepptau voranzustolzieren, straften diesen Eindruck Lügen.

Zielstrebig stakste die Frau mit den geschwärzten Augenlidern und den kirschrot geschminkten Lippen auf die Gruppe zu und richtete in gebrochenem Italienisch das Wort an sie: »Scusa, palare inglese?«

Ihre tiefe rauchige Stimme, die animalischen Gesichtszüge und die Verruchtheit, die von ihr ausging, weckten bei den Sizilianern Begehrlichkeit. Die Männer verneinten ihre Frage mit breitem Grinsen, woraufhin sich die Frau nach einer billigen Unterkunft erkundigte.

»Non caro?«, fügte sie hinzu.

»Non caro«, wiederholte einer der Fischer mit anzüglichem Blick auf die Fremde.

Dann trat ihr Begleiter, der sich die ganze Zeit im Hintergrund gehalten hatte, an die Fischer heran. Im Vergleich zu der Frau, der man ansah, dass sie gelebt hatte, wirkte der schlaksige Mann mit dem Jungengesicht wie ein Oberschüler. Der Altersunterschied der beiden war so offensichtlich, dass die Sizilianer sie für Mutter und Sohn hielten. Nach einem kurzen Wortwechsel mit den Einheimischen, bei dem sich das Missverständnis dahingehend aufklärte, dass es sich bei dem vermeintlichen »figlio« tatsächlich um den »marito« von »la tigre« handelte, fragte der junge Mann die Fischer nach dem Haus eines gewissen Signore Crowley. Bei der Erwähnung des Namens prusteten die Männer los und schienen sich über gar nichts mehr zu wundern.

Den Heiterkeitsausbruch der Fischer ignorierend, wandte sich die Frau im Tigerfellmantel murrend an ihren Ehemann: »Baby, es ist doch schon viel zu spät, um dort noch hereinzuplatzen. Lass uns lieber im Ort ein Zimmer nehmen und morgen hingehen!«, suchte sie ihn umzustimmen, doch »Baby« zeigte sich widerspenstig.

»Was für ein Unsinn, Betty! Meister Therion wird mit Sicherheit noch wach sein«, schnaubte er und machte seiner Gattin unmissverständlich klar, dass er auf der Stelle zur Abtei wolle – weswegen sie ja auch hier seien.

Die Frau seufzte resigniert und unterwarf sich dem Eigensinn ihres Gefährten, gegen den sie, wie sie in der Vergangenheit gelernt hatte, ohnehin machtlos war. Die Fischer hatten unterdessen zwar nicht genau verstanden, um was es ging, waren jedoch zu der Erkenntnis gelangt, dass »la tigre« zwar die Hosen anhatte, aber ihr Begleiter bestimmte, was gemacht wurde. Das nötigte ihnen einen gewissen Respekt ab. So erbot sich auch einer von ihnen, dem Paar den Weg zum Haus von »il mago« zu zeigen, wie Aleister Crowley von den Einheimischen genannt wurde.

Als sie durch das Gewirr der engen Gassen mit den pittoresken zitronenfarbenen Häusern liefen, die mit dem wuchtigen Felsmassiv im Hintergrund zu verschmelzen schienen, kam es Betty so vor, als habe sie nie eine malerischere Stadt gesehen. Dennoch war Cefalù für sie der letzte Ort auf der Welt, an den sie freiwillig gezogen wäre. Wegen des verfluchten Magiers und seiner unseligen Abtei hasste sie die ganze Stadt und wenn Raoul nur den Namen Cefalù erwähnte, was er in letzter Zeit ständig getan hatte, wurde ihr regelrecht übel. Aber sie war mitgekommen, um Raoul nicht gänzlich an Crowley zu verlieren. Immerhin war sie schon 38 und würde nicht für immer als Modell in der Londoner Künstlerszene arbeiten können.

Sie sah den Magier noch deutlich vor sich. Vor gut einem Jahr – Raoul und sie waren gerade frisch verheiratet und noch glühend verliebt gewesen – hatte er an die Tür ihres Zimmers in Soho geklopft. Nichtsahnend hatte sie aufgemacht und sich Auge in Auge mit einem korpulenten Mann mit Glatze befunden, der einen Schottenrock getragen und einen Holz-Stab mit einem Schlangensymbol in der Hand gehalten hatte. Er hatte dunkle, fiebrig glänzende Augen, mit denen er sie regelrecht hypnotisiert hatte. Sein süßlicher Geruch war ekelerregend gewesen.

Er hatte den Stab gehoben, als ob er sie hatte segnen wollen, und gewichtig genäselt: »Tu was du willst, sei das ganze Gesetz!« Anschließend hatte er sich als Aleister Crowley vorgestellt und Raoul Loveday zu sprechen gewünscht.

Als Betty ihm daraufhin mitgeteilt hatte, dass Raoul nicht da sei, hatte er sie gebeten ihm auszurichten, er möge Crowley am Abend bei einer gemeinsamen Bekannten namens Betty Bickers aufsuchen. Der Mann war ihr vom ersten Moment an zuwider gewesen. Bereits damals hatte sie geahnt, dass er ihr Unglück bringen würde. Seitdem hatte das Verhängnis seinen Lauf genommen und Raoul war ihr mehr und mehr entglitten. Was war nur aus dem jungen Oxford-Studenten geworden, der ganz verrückt nach ihr gewesen war und sie unbedingt hatte heiraten wollen? Nach zwei glücklosen Ehen hatte Betty das Gefühl gehabt, in Raoul endlich die Liebe ihres Lebens gefunden zu haben. Doch inzwischen kam es ihr so vor, als sei er mehr mit Crowley als mit ihr verheiratet. Solange der Magier in London geweilt hatte, war Raoul ständig mit ihm zusammen gewesen und nächtelang nicht nach Hause gekommen. Wenn er dann zurückgekehrt war, war er total verdreckt gewesen, hatte nach Äther gestunken und war so erschöpft gewesen, dass er nur noch hatte schlafen wollen. Er hatte Betty auch nicht mehr angerührt. Als Crowley dann endlich abgereist war, war sie erleichtert gewesen und hatte gehofft, dass es zwischen ihr und Raoul wieder so werden würde wie früher. Doch was für ein Trugschluss! Denn Meister Therion, wie Raoul den Magier ehrfürchtig zu nennen pflegte, hatte ihn nicht mehr losgelassen und ihn selbst aus der Ferne noch beeinflusst. Ständig hatte er Raoul Briefe geschrieben, die Raoul mit der Begründung vor ihr zurückgehalten hatte, sie gingen nur ihn und Meister Therion etwas an. Er schwärmte von Crowley in den hellsten Tönen und hielt ihn für den größten Magier aller Zeiten. Als er unlängst von Crowley gebeten worden war, zur Abtei von Thelema zu kommen, um sein magisches Erbe anzutreten, war Raoul nicht mehr zu halten gewesen. Obgleich es der Okkultist tunlichst vermieden hatte auch Betty einzuladen, hatte sie darauf bestanden mitzukommen.

Jetzt erst recht, hatte sie gedacht und das Nötigste zusammengepackt. Ganz so leicht würde sie es Crowley nicht machen, Raoul vollständig zu vereinnahmen. Im Gegenteil: Er sollte sich an ihr die Zähne ausbeißen! Denn wenn es etwas gab, das Betty beherrschte, dann war es das Kämpfen. Früh hatte sie es lernen müssen, in dem Rattenloch unweit der Victoria Docks am Londoner Hafen, wo sie aufgewachsen war.

Während sie ihren düsteren Gedanken nachhing und hinter Raoul und dem Fischer den steilen Olivenhain erklomm, zeichneten sich in der Dunkelheit die Umrisse eines Gebäudes ab.

»Das ist die Abtei«, rief Raoul begeistert und bat Betty, dem Fischer, der sich auf den Rückweg machen wollte, einen Obolus für seine Hilfsbereitschaft zu geben, der in Anbetracht ihrer Geldknappheit allerdings recht dürftig ausfiel. Während sich Betty noch bei dem Mann bedankte, stürmte Raoul bereits den steilen Hügel hinauf. Dann wartete er vor dem Eingang des weißen, niedrigen Hauses, bis Betty ihn erreicht hatte. Seine dunklen Augen glänzten ergriffen, als er die Inschrift über der Tür vorlas: »Tu was du willst, soll sein das einzige Gesetz.« Er warf Betty einen seligen Blick zu. »Du glaubst ja gar nicht, wie glücklich ich bin, hier zu sein.«

Betty hatte es die Sprache verschlagen. Wie aus dem Nichts erschien plötzlich ihr Hochzeitsfoto vor ihrem geistigen Auge, das sie schon damals so schockiert hatte – mit seinen bleichen, eingefallenen Wangen und den tiefen Augenhöhlen sah Raoul darauf aus wie ein Leichnam. Sie war zwar viel zu abgeklärt, um abergläubisch zu sein, doch die dunkle Ahnung, die ihr schlagartig das Blut in den Adern gefrieren ließ, brach sich Bahn. Sie schloss Raoul in die Arme und drückte ihn an sich wie eine Ertrinkende.

»Darling, ich flehe dich an, lass uns umkehren! Dieser Mann ist dein Untergang«, flüsterte sie mit tränenerstickter Stimme.

Doch Raoul entwand sich gereizt ihrer Umarmung. »Was weißt du schon von Magie, du törichtes Geschöpf?«, sagte er abschätzig und klopfte an die wurmstichige Holztür.

Eine große, ausgemergelte Frau mit hennarot gefärbten Haaren und glasigen Augen, die in eine scharlachrote Robe gehüllt war, öffnete ihnen und bat sie hinein. Der niedrige, nur von Kerzenlicht erleuchtete Raum war so durchdrungen von Opiumqualm und beißendem Äthergeruch, dass es Betty den Atem verschlug.

Die Frau deutete auf ein Tablett. »Darf ich dir einen Lichtkuchen anbieten, Schwester?«, säuselte sie mit gedämpfter Stimme.

Die Kekse sahen wenig appetitlich aus und Betty musste gegen ihren Ekel ankämpfen, als sie einen ergriff und hineinbiss. Sie schmeckten zum Ausspeien.

»Unsere eucharistischen Hostien, die Lichtkuchen, sind aus Exkrement, auf das wir sie essen in Ehrfurcht und Liebe«, ertönte plötzlich eine Stimme hinter ihr.

Betty fuhr herum und erkannt Crowley, der sie mit einem boshaften Lächeln genau beobachtete. Ihr drehte sich förmlich der Magen um, doch sie riss sich zusammen, da sie ihm den Triumph nicht gönnte.

Crowley musterte sie ungehalten. »Sie riecht nach Pöbel«, murmelte er abschätzig zu Raoul, der verlegen den Blick senkte.

Als ob er sich für mich schämt, ging es Betty durch den Sinn und ihr Herz schlug vor Zorn und Erbitterung bis zum Hals. »Das sagt der Richtige«, blaffte sie mit höhnischem Blick auf den Magier. »Ich will ja niemandem zu nahe treten, aber ein heißes Bad und ein Stück Seife können manchmal Wunder bewirken und«, sie rümpfte angewidert die Nase, »ab und zu mal lüften und den Boden wischen könnte auch nichts schaden.«

»Das darfst du gleich morgen erledigen«, raunzte Crowley.

»Wie bitte«, rief Betty entrüstet. »Ich bin doch nicht deine Putzfrau.«

»In der Abtei von Thelema hat jeder seine Aufgaben und deine wird es fortan sein, die Böden zu putzen und das Haus in Ordnung zu halten – und wenn dir das nicht passt, kannst du gleich wieder gehen.«

Betty starrte den Magier, der sich bedrohlich vor ihr aufgebaut hatte, vernichtend an. Das käme dir doch nur gelegen, dachte sie erbost und da sie ihm diesen Gefallen nicht tun wollte, erklärte sie ausweichend, man werde sehen.

Auch Crowley schien von seinem Konfrontationskurs abzuweichen und wandte sich Raoul zu, der den Wortwechsel mit betretener Miene verfolgt hatte. Er drückte den hageren Studenten an seine Brust und verkündete weihevoll: »Welch eine Lichtgestalt in unserer Abtei! Du bist ein Mann, der zum Magier geboren wurde, und genau der Schüler, den ich mir schon immer gewünscht habe.« Er küsste Raoul mitten auf den Mund und bat ihn in die Halle, auf deren rotem Kachelboden ein magischer Kreis mit einem Pentagramm gezeichnet war. Dort wies er auf die dünne Frau mit den Flecken im Gesicht. »Das ist meine erste Konkubine Alostrael, meine Frau in Scharlach.« Dann stellte er Raoul Schwester Ninette, seine zweite Konkubine, und zwei etwa fünf- und sechsjährige Jungen vor. »Meine Söhne Hermes und Dionysos«, erläuterte er stolz.

Verblüfft gewahrte Betty, dass der ältere der beiden, der Junge mit den filzigen blonden Haaren, eine Zigarette rauchte.

»Mein Vater ist das Tier 666 und ich bin das Tier Nummer zwei«, krächzte der Knirps, als er Raoul die Hand reichte. »Ich kann euch alle zerschmettern, wenn ich will!«, schrie der Dreikäsehoch und blies Raoul, der sich mühte, gute Miene zu machen und dem Berserker mit Wohlwollen zu begegnen, den Zigarettenqualm ins Gesicht.

Die dünne Frau mit dem roten Gesicht legte begütigend den Arm um den Jungen. »Schon gut, Hansi, wir wissen doch, dass du Daddys Nachfolger bist. Hansi ist schon immer ein Wildfang gewesen«, richtete sie sich entschuldigend an den Gast.

Betty fiel auf, dass die Arme der Frau in Scharlach von blutigen Schnitten übersät waren, und sie fragte sich beklommen, ob Crowley ihr diese zugefügt hatte. Ihre Blicke schweiften über die Wände, die von Gemälden mit Phalli und Vulven in sämtlichen Dimensionen und Variationen geziert wurden.

Auf einem der stümperhaft gemalten Bilder konnte sie einen Mann mit Crowleys Gesichtszügen ausmachen, der mit dem Ziegengott Pan kopulierte, was ihre Vermutung bestätigte, dass der Magier bisexuell war.

»Gefällt dir das Bild?«, fragte Crowley, der Betty offenbar beobachtet hatte, mit einer gewissen Anspannung. »Ich habe es im Sommer gemalt – gewissermaßen als Erinnerung an Bruder Pan, der ein Adept von mir war.«

Betty musterte den Okkultisten, dessen Blick unversehens wie gehetzt wirkte, verwundert. »Ehrlich gesagt, ich finde es schrecklich«, erwiderte sie wahrheitsgemäß. »Vor dem Ziegenbock kann man ja das Grausen kriegen, der sieht aus wie der Leibhaftige.«

»Er ist der Leibhaftige«, stieß Crowley kurzatmig hervor und ließ sich keuchend auf eine der schmuddeligen Matratzen sinken, die im Raum herumlagen. Mit bebenden Händen zündete er sich eine Opiumpfeife an und nahm mehrere tiefe Züge, während sich seine beiden Konkubinen mit besorgten Mienen zu ihm gesellten.

»Warum hängst du das verfluchte Bild nicht endlich ab und verbrennst es wie den anderen Kram von Bruder Pan?«, fragte ihn die Frau in dem scharlachroten Gewand bekümmert. »Es verbreitet schlechte Vibrationen.«

»Du verstehst das einfach nicht, Alostrael, das hab ich dir doch schon hundertmal gesagt«, erwiderte der Magier erbost. »Das Bild ist ein Bannzauber, es soll Bruder Pan von hier fernhalten.« Er schaute mit schweren Lidern zu Raoul und Betty, die die Unterredung mit betroffenen Mienen verfolgt hatten.

»Kann ich Euch helfen gegen das Böse, Meister?«, fragte Raoul ergeben.

Crowley schüttelte den Kopf. »Darüber sprechen wir ein anderes Mal – wenn wir unter uns sind«, erklärte er mit unwilligem Blick auf Betty. »Setzt euch hin und ruht euch aus, den

Eid der Verbündeten legen wir morgen ab. Schwester Ninette kann euch Wein bringen.« Er gab seiner zweiten Konkubine einen herrischen Wink. »Und hol auch die Tarot-Karten aus meinem Zimmer!«

Betty und Raoul setzten sich auf eine Matratze mit gelblichen und rötlichen Flecken, die Betty an Sperma und Blut gemahnten. Sie seufzte angewidert und entnahm der Tragetasche, die sie neben sich auf den Boden gestellt hatte, eine Cognacflasche, die sie entkorkte, an den Mund setzte und in großen Schlucken daraus trank, ehe sie Raoul die Flasche anbot. Er nahm einen Schluck und reichte die Flasche weiter an Crowley, was ihm einen ärgerlichen Blick von Betty einbrachte – zum einen, da sie nicht aus einer Flasche mit dem Magier und seiner ungepflegt anmutenden Entourage trinken mochte, zum anderen, weil sie um die eigene Ration bangte, die sie besonders heute bitter nötig hatte.

Nachdem Schwester Ninette, die auch die Kinder ins Bett gebracht hatte, mit einer Korbflasche, zwei Bechern und Crowleys Tarot-Karten zurückgekehrt war, fing der Magier sogleich an, die Karten zu mischen und in Form eines umgekehrten Kreuzes verdeckt vor sich auf den Bodenkacheln auszubreiten. Keiner der Anwesenden sprach ein Wort, als er sie nach und nach aufdeckte und ihre jeweilige Bedeutung wortreich kommentierte. Bei der letzten Karte entrang sich ihm ein panischer Aufschrei und er starrte entsetzt darauf.

»Es ist die Karte fünfzehn, der Teufel«, murmelte er. »Das ist nicht der Gehörnte Gott, das ist Bruder Pan! Er ist immer noch hier und bedroht mich«

Am Morgen versammelten sich alle Bewohner der Abtei im »Kultraum«, wie der Wohnraum mit der niedrigen Decke hochtrabend genannt wurde. Raoul und Betty sollten vor dem Meister den Eid der Verbündeten ablegen. Der Okkultist trug zu dem feierlichen Akt einen goldverbrämten schwarzen

Seidenkaftan, der mit einem goldenen Pentagramm und anderen okkulten Symbolen bestickt war. Seinen Kopf krönte eine schwarze Samt-Tiara, auf deren Vorderseite ein magisches Auge prangte.

»Weil wir gestern Abend nicht dazu gekommen sind, will ich euch vor dem Ritual noch rasch die Frau von Raoul Loveday vorstellen«, skandierte Crowley tückisch und deutete auf Betty. »Betty May – oder die Tiger-Frau, wie sie in den Lasterhöhlen von Soho genannt wird. Im Harlequin Club, einer heruntergekommenen Kaschemme, wo nur Fixer, Säufer und abgehalfterte Huren verkehren, die sich von Möchtegern-Künstlern aushalten lassen, hält Queen Betty Hof und wenn sie entsprechend mit Schnaps und Drogen abgefüllt ist, zieht sie sich sogar vor dem Publikum aus und trällert so geistvolle Lieder wie The Raggle Taggle Gypsies.« Er musste so heftig lachen, dass er kaum noch weitersprechen konnte.

»Ich verdiene meinen Lebensunterhalt in der Hauptsache damit, dass ich für Künstler Modell stehe«, erwiderte Betty eisig. »Immerhin ernährt uns das. Es ist nun mal nicht jeder in der glücklichen Lage, ein reicher Erbe zu sein, der es nicht nötig hat zu arbeiten.«

Obgleich Crowley sein Erbe schon längst aufgebraucht hatte und gezwungen war, von der Hand in den Mund zu leben, wenn er nicht von wohlhabenden Förderern unterstützt wurde, traf Betty damit genau ins Schwarze und das Lachen blieb dem Magier im Halse stecken. Er fixierte sie gehässig.

»Was von solchen Modellen zu halten ist, ist hinlänglich bekannt.«

Betty, die nicht mehr weit davon entfernt war, ihm für die Beleidigungen eine Ohrfeige zu verpassen, hielt sich in letzter Sekunde zurück, als der Magier mit öliger Stimme verkündete, sie sei immerhin die Frau des Mannes, welcher dereinst sein magisches Erbe antreten werde. Daher wäre es nun an der Zeit, mit dem Ritual zu beginnen. Der Meister reichte dem Paar ein »Manifest« und bat darum, es laut und deutlich vorzulesen.

»Im festen Willen, der Abtei Thelema treu zu sein, schwöre ich, dass ich jegliche Gefolgschaft zu allen Göttern und Menschen aufgebe, ablehne und verdamme, indem ich anerkenne als einziges Gesetz das Gesetz Thelema. Desgleichen schwöre ich, dass ich fraglos und unwiderruflich die Lebensbedingungen in der Abtei Thelema anerkenne und ihre Riten und Gebräuche aufrechterhalte und mich der Autorität der Frau in Scharlach und ihres Herrn, des Tiers 666, unterwerfe. Möge meine Hand dies bezeugen!«, sprachen Betty und Raoul im Chor und hoben die rechte Hand zum Schwur.

Wenngleich es Betty in Anbetracht der mangelhaften Hygiene, die den Alltag der Abtei prägte, und der Exaltiertheit ihrer Bewohner beileibe nicht leichtfiel, passte sie sich doch in den folgenden Wochen und Monaten, so gut es ging, den Gegebenheiten an und arrangierte sich mit ihnen. Crowley, der sich als Verkünder und Prophet einer neuen Weltreligion sah, machte Raoul als seinen magischen Erben, aber auch Betty und all die anderen Aspiranten, überwiegend Künstler und Exzentriker aus England und Amerika, die sich in der Abtei die Klinke in die Hand drückten, mit der thelemitischen Ethik bekannt, welche jegliche Demokratie ebenso wie den Durchschnittsmenschen zutiefst verabscheute. »Thelema – der reine Wille« verachtete das Mitleid, verherrlichte den Krieg und strebte nach einem Herrenmenschentum.

»Tretet nieder die Jämmerlichen und die Schwachen: Dies ist das Gesetz der Starken, dies ist unser Gesetz und die Freude der Welt!«, skandierte Meister Therion vor seinen Getreuen, die seine Lehre in einer Lautstärke wiederholen mussten, dass die Wände bebten. »Mitleid und humanitäre Gesinnung sind die Syphilis des Geistes!«, eiferte er und richtete einen glühenden Appell an seine Jünger, diese Eigenschaften radikal auszuschalten.

Außerdem zelebrierte er mit seinen Konkubinen und Adepten – zu denen Betty gottlob nicht gehörte – sexualmagische Rituale. Den durchdringenden Schreien nach, die gellend durchs Haus hallten und einheimische Bauern und Hirten, die sich in der Gegend aufhielten, das Fürchten lehrten, musste es sich um harte sadomasochistische Praktiken handeln, die kaum jemand dauerhaft ertragen konnte. Dieser Aspekt sowie der exzessive Drogenkonsum waren wohl auch die Hauptgründe, warum Crowleys ehedem so begeisterte Anhänger nach geraumer Zeit wieder das Weite suchten – die Fluktuation in der Abtei war erheblich. Lediglich die frühere Lehrerin Alostrael, Crowleys Frau in Scharlach, die zweite Konkubine Ninette, eine ehemalige Erzieherin, und Raoul, der ausdauernder und zäher war, als Betty gedacht hatte und es seine fragile Konstitution vermuten ließ, hielten dem Meister unverbrüchlich die Treue.

Unter den Thelemiten waren Zeitungen verboten. Jeder hatte ein magisches Tagebuch zu führen, das dem Meister vorzulegen war. Crowley sah das Ich und das Bewusstsein als hinderlich an, daher wurde in der Abtei eine Übung praktiziert, bei der es nur ihm erlaubt war, das Wort »ich« zu gebrauchen. Das gemeine Volk indessen durfte nur »man« sagen; wer diese Regel brach, musste sich mit einem Rasiermesser in den Arm schneiden.

Da Crowley der Meinung war, Betty sei noch meilenweit davon entfernt, seine Adeptin zu werden und müsse erst einmal damit anfangen, in sich eine umfassende Spiritualität zu entwickeln, blieb sie innerhalb der thelemitischen Gemeinschaft außen vor, was ihr jedoch überaus recht war. Im Stillen konnte sie nur den Kopf darüber schütteln, was sich Crowleys Jünger, allesamt intelligente, vielfach sogar studierte Leute, von dem Mann mit dem fetten, femininen Gesicht und den starren, kalten Augen alles gefallen ließen. So pflegte er sich und seine Adepten mit einer vorgeblich aphrodisierenden Salbe aus Ziegenkot einzureiben, um die sexuelle Anziehungskraft zu steigern. Außerdem feilte er sich die beiden Eckzähne spitz, um seinen Auserkorenen den »Schlangenkuss« zu geben, indem er sie ins Handgelenk biss. War Crowley in Bettys Augen, die schon in mancherlei Abgründe geblickt hatten, ein aufgeblasener Wichtigtuer, nicht selten auch eine bösartige Witzfigur, der es Freude bereitete, andere zu quälen und zu demütigen, so stellte er für Raoul und die anderen Verblendeten den ehrfurchtsgebietenden Magier dar, dem sie sich blind unterwarfen.

Nach ihrem ersten Zusammenstoß bei der Ankunft vermied es Betty, ihm weiterhin eine Angriffsfläche zu bieten, und ging Konflikten möglichst aus dem Weg. In der Abtei herrschte ohnehin schon genug dicke Luft. Die erste und die zweite Konkubine, Alostrael und Ninette, hassten sich wie die Pest und stritten sich bei jeder Gelegenheit, wobei nicht selten die Fetzen flogen. Den beiden Jungen Hansi und Howard, für die es weder Regeln noch Verbote gab, bereitete es ein diebisches Vergnügen, den Erwachsenen auf die Nerven zu gehen oder sie zu drangsalieren – erst recht, da sie wussten, dass es keiner der Geplagten jemals wagen würde, die Hand gegen sie zu erheben. Auch unter den restlichen Thelemiten herrschten Neid und Missgunst vor – beim Buhlen um die Gunst des Meisters, der Auslegung der thelemitischen Gesetze oder einfach, weil man einander nicht sonderlich gewogen war.

Crowley betraute Betty mit Hausarbeiten, die in der Abtei von Thelema ohnehin Frauensache waren. So war sie einmal in der Woche für den Einkauf zuständig, wofür sie sich sogar freiwillig gemeldet hatte. Dadurch entkam sie dem Tollhaus wenigstens für einen halben Tag, konnte durch das malerische Städtchen Cefalù flanieren und sich etwas Gutes gönnen. Neben den Einkäufen für die Gemeinschaft erledigte sie auch eigene Besorgungen, wie beispielsweise den Cognac, von dem sie sich täglich eine Flasche genehmigte, seitdem sie keine Drogen mehr nahm. Ermöglicht wurde ihr dieser Luxus durch die regelmäßigen Geldanweisungen, die ihr der Sunday Express für ihre wöchentlichen Berichte zukommen ließ, welche sie für das Skandalblatt verfasste. In den schillerndsten – oder besser gesagt: düstersten – Farben erzählte sie von abscheulichen schwarzen Messen und abstoßenden Sexorgien, die Crowley und seine Jünger in der Abtei von Thelema abhielten. Zu behaupten, der Magier würde in ihren Schilderungen in schlechtem Licht erscheinen, war noch deutlich untertrieben. Ihre Artikel schickte sie als Express-Sendungen an die Redaktion und ließ sich ihre Vergütung im Gegenzug im lokalen Postamt auszahlen.

Da Zeitungen in der Abtei verboten waren, hatte Crowley von der Schlamm-Schlacht gegen ihn, die der Sunday Express in England entfesselte, nicht die leiseste Ahnung – und Betty nicht den Funken eines schlechten Gewissens. Ganz im Gegenteil: Wenn sie sah, wie das Tier 666 in der Abtei feist auf dem Sofa thronte, sein Opiumpfeifchen schmauchte und der eifrig tippenden Alostrael seine Lebenserinnerungen diktierte, erfüllte sie ihr Wissen mit einer grimmigen Genugtuung.

Am Sonntag, den 11. Februar 1923, ging es Raoul, der von Crowley in den Rang eines Hohepriesters berufen worden war, so schlecht, dass Betty hinunter nach Cefalù eilte, um den Landarzt Doktor Maggio, der Raoul in letzter Zeit schon häufiger behandelt hatte, zu verständigen.

»Sie haben ja selbst gesehen, wie schlimm seine Arme aussehen«, sagte sie atemlos, als sie gemeinsam mit dem Arzt den steilen Weg zur Abtei hinaufstieg. »Der ständige Blutverlust ruiniert seinen ohnehin schon geschwächten Körper, ganz zu schweigen von der dürftigen Ernährung und den vielen Drogen, mit denen er sich zugrunde richtet. Und da ist noch etwas ...« Sie stockte und musterte den Doktor vorsichtig.

»In der Abtei gab es eine Katze und seit einiger Zeit ist sie nicht mehr da«, fuhr sie schließlich fort und barg vor Entsetzen ihr Gesicht in den Händen. »Sie haben sie geopfert und ihr Blut getrunken, diese kranken Schweine! Dadurch ist Raoul vergiftet worden.«

»Sind Sie sicher?« Doktor Maggio blickte skeptisch. »Das ist ja abscheulich! Können Sie den jungen Mann denn nicht dazu bewegen, mit Ihnen gemeinsam nach England zurückzukehren?«

Betty seufzte bekümmert. »Das versuche ich ja bereits seit einem Vierteljahr, doch er will einfach nichts davon hören. Schon in London habe ich ihn angefleht, nicht zu Crowleys Abtei zu fahren und stattdessen wieder sein Geschichtsstudium in Oxford aufzunehmen, zumal er so blitzgescheit ist. Doch er ließ nicht mit sich reden und war von der Idee, Crowleys Adept zu werden, wie besessen. Wenn ich abergläubisch wäre, würde ich sagen, dieser Satan hat ihn verhext, aber ich glaube nicht an so einen Schei…, äh, Unsinn.«

»Ein Mann wie Aleister Crowley ist durchaus in der Lage, leicht beeinflussbare Menschen zu manipulieren. Insbesondere solche, die einen Meister suchen, und das scheint mir bei Signore Loveday der Fall zu sein. Wenn er so weitermacht, stirbt er, und das wäre jammerschade, erst recht, wo er noch so jung ist. Ich werde ihm nachher noch einmal ins Gewissen reden, aber ob das etwas nützt, ist eine andere Frage. Wenn er schon auf Sie nicht hört, Signora, wo Sie doch seine Ehefrau sind, wird er sich von mir erst recht nichts sagen lassen.«

Nachdem der Arzt Raouls Bauch abgetastet hatte, erklärte er ernst, dass die Leber und die Milz stark entzündet seien und sein Patient eigentlich ins Krankenhaus gehöre. »Auch den blutigen Durchfall halte ich für höchst bedenklich. Leider haben wir in Cefalù kein Krankenhaus, da müssten Sie schon nach Palermo fahren«, wandte er sich an Betty, die angespannt zuhörte.

»Wir haben aber kein Auto zur Verfügung, also müssten wir entweder mit dem Autobus oder dem Passagierdampfer fahren, doch das wird für Raoul zu strapaziös.«

»In der Tat«, bestätigte Doktor Maggio und übergab Betty ein Medikament mit der ausdrücklichen Anweisung, dem Patienten nur abgekochtes Wasser zu trinken zu geben. »Wenn etwas ist, melden Sie sich – und vergessen Sie bitte nicht, die Rechnung zu begleichen! Da ist auch vom letzten Mal noch etwas offen." Ehe er sich auf den Heimweg machte, beschwor er Raoul eindringlich, die Finger von den Drogen zu lassen und unbedingt mehr auf seine Gesundheit zu achten. »Und hören Sie um Gottes Willen mit dieser Selbstverstümmelung auf!« Er wies auf Raouls Unterarme, die von blutigen Streifen übersät waren. »Sie bringen sich damit noch ins Grab«

Raoul war viel zu geschwächt, um ihm zu antworten. Er nickte nur apathisch.

Zwei Tage später ging es Raoul so schlecht, dass Crowley persönlich Doktor Maggio herbeirief. Der Arzt diagnostizierte eine akute Entzündung des Dünndarms und ließ Betty und den Okkultisten wissen, dass der Zustand des Patienten lebensbedrohlich sei und mit dem Schlimmsten gerechnet werden müsse. Betty begleitete den Arzt nach Cefalù, wo sie Raouls Eltern ein Telegramm schickte, um sie über den lebensgefährlichen Zustand ihres Sohnes in Kenntnis zu setzen. Anschließend schickte sie eine Depesche an das Britische Konsulat in Palermo, worin sie Crowley beschuldigte, ein gefährlicher Geisteskranker zu sein, der für den desolaten Gesundheitszustand ihres Gatten verantwortlich sei. Als sie zur Abtei zurückkehrte – sie hatte zuvor in Cefalù etliche Cognacs gekippt, da ihr vor Aufregung die Knie schlotterten und sie das Gefühl hatte, kurz vor einer Ohnmacht zu stehen –, kam es zwischen ihr und Crowley, der sie in Empfang nahm, zu einem Eklat.

»Er wird sterben«, sagte Crowley in sinisterem Tonfall. »Ich habe eben das I Ging zu Rate gezogen. Das Orakel hat mit dem Hexagramm ›Auflösung‹ geantwortet, das deutet klar auf Tod hin.«

Das war zu viel für Betty. Ihre ganze Erbitterung gegen den Magier brach sich Bahn und sie bekam einen heftigen Wutanfall, bei dem sie Gläser zertrümmerte und einen Krug nach Crowley warf, der seinen Kopf nur haarscharf verfehlte. »Du perverser Drecksack hast Raoul auf dem Gewissen!«, schrie sie außer sich.

Als Crowley versuchte, sie festzuhalten, trat sie nach ihm und schlug ihm mit der Faust auf die Nase. Schwester Ninette und die scharlachrote Frau, die in die Halle stürmten, um den Streit zu schlichten, wurden von ihr als Schlampen und Schlimmeres beschimpft. In dem allgemeinen Tohuwabohu wurde plötzlich die Tür geöffnet und Raoul, der nur noch wie ein wandelndes Gerippe war, wankte herein, bewegte die Lippen, um etwas zu sagen, und brach entkräftet zusammen. Betty eilte zu ihm hin, bettete seinen Kopf auf ihrem Schoss und brach haltlos in Tränen aus. Wenig später trugen ihn Crowley und die drei Frauen ins Zimmer zurück, wo sie ihn behutsam aufs Bett legten.

Am 16. Februar 1923 starb Raoul Loveday mit erst dreiundzwanzig Jahren. Betty, die nur kurz aus dem Zimmer gegangen war, fand ihn tot in seinem Bett. Sie schrie entsetzt auf und fiel in Ohnmacht. Als sie nach geraumer Zeit wieder das Bewusstsein erlangte, saß Crowley an Raouls Totenbett, während Schwester Ninette und Alostrael weinend an seiner Seite standen.

»Er verließ uns ohne Angst oder Schmerzen«, sagte der Magier mit stoischer Ruhe. »So als wäre er hinausgegangen, um einen Spaziergang zu machen. Als sein Werk erfüllt war, erlosch er wie ein Zündholz, das meine Zigarre angezündet hatte.«

Betty hätte dem Zyniker am liebsten ins Gesicht geschlagen, doch aus Achtung vor dem Verstorbenen unterließ sie es.

Am nächsten Morgen wurde die Totenbahre mit dem Sarg aus der Abtei getragen. Meister Therion, in einen langen Kapuzenumhang aus weißer Seide gehüllt, schritt dem Trauerzug auf dem Bergpfad, der zum örtlichen Friedhof führte, voran. Dahinter folgten die am ganzen Körper bebende Betty und Crowleys weinende Konkubinen. Die beiden Kinder Hansi und Howard, wie der Vater in weiße Seidengewänder gekleidet, trugen Blumenkränze auf den Köpfen und sprangen ausgelassen um den Sarg herum.
»Wir werden Raoul beerdigen, wir werden Raoul beerdigen«, jauchzte Hansi übermütig und hätte mit der unvermeidlichen Zigarette, die er glimmend in der Hand hielt, einem der Leichenträger fast ein Loch in die Hose gebrannt.

Nachdem ihr das Britische Konsulat die Fahrkarte bezahlt hatte, kehrte Betty nach London zurück. Gleich nach ihrer Ankunft erstattete sie bei Scotland Yard Anzeige gegen Crowley. Sie beschuldigte ihn, für den Tod ihres Ehemanns verantwortlich zu sein, weil er ihn bei einem Ritual gezwungen habe, Katzenblut zu trinken. Anschließend gab sie dem Sunday Express ein Interview zu Raouls Tod. Ihre Skandalgeschichten ließ sie sich teuer vergüten. Sie berichtete von ominösen schwarzen Messen, bei denen Crowley mit einem Ziegenbock kopuliert und ihm danach die Kehle durchgeschnitten habe, woraufhin er und seine Anhänger sich im Blut des Bockes gesuhlt hätten. Außerdem verwahre der Magier in seiner Nachtkonsole ein schwarzes Kästchen mit fünf blutverkrusteten Krawatten, die laut seiner Aussage Jack the Ripper bei seinen Morden getragen habe. Crowley kenne den Ripper und stehe mit ihm in Kontakt. Er sei ein mächtiger Schwarzmagier, der den Zauber beherrsche, sich unsichtbar zu machen, daher sei er auch nie gefasst worden.

In den darauffolgenden Tagen und Wochen übertrafen sich die Skandalblätter förmlich in der Schlammschlacht gegen Crowley. »Neue finstere Enthüllungen über Aleister Crowley«, »Der Zauberer der Verderbtheit«, »Der böseste Mann der Welt«, »Der Mann, den wir gerne aufhängen würden!«– so lauteten die Schlagzeilen der Sensationspresse.

Crowley schwor vor Gericht, dass Betty Mays Bezichtigungen gegen ihn nichts als böswillige Lügen seien. »Es gab kein Tieropfer und ich habe Raoul Loveday auch nie gezwungen, Katzenblut zu trinken«, beteuerte er unter Eid.
Während der Verhandlung stellte sich zwar heraus, dass Betty den Sunday Express von Anfang an über Crowley und seine Abtei auf dem Laufenden gehalten hatte, doch der Okkultist geriet durch ihre Verunglimpfungen ins gesellschaftliche Abseits und wurde von der Bevölkerung als Bestie verteufelt, die an den Galgen gehöre.

Am 23. April 1923 ließ der Diktator Benito Mussolini Crowley und seine Anhänger aus Italien ausweisen und verbot Geheimbünde dieser Art. Wenig später fanden Kinder beim Spielen auf einer Brache in Palermo die enthaupteten Leichen zweier nackter Männer mit abgetrennten Geschlechtsteilen. Unweit des Fundorts entdeckte die Polizei die Köpfe. Bei den Toten handelte es sich um zwei polizeibekannte männliche Prostituierte. Crowley geriet in Verdacht, die Morde begangen zu haben, da bekannt war, dass er Palermo häufig besucht hatte, um sich mit Drogen einzudecken und männliche wie weibliche Prostituierte aufzusuchen. Es stellte sich jedoch heraus, dass er ein wasserdichtes Alibi hatte, da er sich zur Tatzeit wegen einer Heilbehandlung in England aufgehalten hatte. Ein reicher Gönner hatte seinem »Herrn und Meister« mit einer großzügigen Spende die Kur ermöglicht.

Kapitel 2

»Der Beruf des Irrenhauswärters hat in unserer Familie gewissermaßen Tradition«, erklärte die Krankenschwester Maureen Morgan mit grimmigem Lächeln und trank einen Schluck Tee, um munter zu bleiben, denn die Nachtschicht war noch lange nicht zu Ende. »Mein Vater war dreißig Jahre lang Wärter im Bethlem Royal Hospital in London – in der Kriminalabteilung für Frauen.«

»Oh Gott, da hatte er ja das große Los gezogen, der Arme! Ein harter Job. Da sind Sie hier aber besser aufgehoben, Maureen, obgleich unsere Patienten auch sehr anstrengend sein können.« Doktor Sandler rollte mit den Augen und nahm noch ein rosa glaciertes Petit Four vom Kuchenteller.

In diesem Moment ertönte das durchdringende Läuten einer Patientenglocke in dem behaglich eingerichteten Salon, der dem Personal des Holloway-Sanatoriums in Virginia Water als Aufenthaltsraum diente.

»Wem sagen Sie das?«, seufzte die junge Frau mit den rotblonden, modisch geschnittenen Haaren unter der weißen Schwesternhaube schicksalsergeben und erhob sich aus ihrem Sessel. »Das wird doch hoffentlich nicht wieder Sir Alfred sein!«

Als sie auf den langen Flur hinaustrat, an dessen Seiten sich zahllose Zimmerfluchten erstreckten, bestätigte sich ihre Befürchtung. Das Läuten kam aus einer Suite am Ende des Gangs, die von Sir Alfred de Kerval bewohnt wurde, der sie schon den ganzen Abend auf Trapp hielt. Obwohl Maureen erst 18 Jahre alt war, hatte sie ausreichend Erfahrungen mit jedweder Skurrilität und Schrulligkeit ihrer Patienten auf der Entgiftungs-Station des luxuriösen Holloway-Sanatoriums. Die Anstalt war 1873 gegründet worden, um seelisch kranken Menschen aus der Oberschicht die Möglichkeit zu geben, in einer Umgebung zu genesen, die keine Wünsche offen ließ. Doch Sir Alfred, ein rundlicher Herr im Schottenrock, der eine schwarze Perücke und eine Brille mit dunklen Gläsern trug, war noch absonderlicher als die anderen illustren Personen, die sich im Seitenflügel des weitläufigen, schlossartigen Gebäudes von ihren mannigfaltigen Süchten entwöhnten.

Maureen klopfte an die Tür und trat ein. »Was kann ich für Sie tun, Sir Alfred?«

Der korpulente Mann mit dem aufgedunsenen Gesicht lag auf einer Ottomane und stöhnte gequält. »Der Odem unserer Dame könnte mir helfen, Fairy Queen, sonst mache ich heute wieder kein Auge zu.«

»Tut mir leid, Sir Alfred, aber es gibt keinen Äther«, beschied Maureen dem Patienten freundlich, aber bestimmt. Ihr war inzwischen hinlänglich bekannt, was sich hinter Sir Alfreds kryptischer Umschreibung verbarg. In dieser Hinsicht waren Süchtige alle gleich: Sie wollten so viele Drogen von ihr erhalten wie möglich. »Ich muss Sie wohl nicht daran erinnern, dass Sie unter Lähmungsgefühlen, Asthma und Kurzatmigkeit leiden. Dass Sie Ihre Krankheiten mit Kokain, Opium, Morphium, Heroin und Äther zu behandeln pflegten, hatte bereits fatale Folgen für Ihre Gesundheit.«

»Sie haben noch was vergessen, Fairy Queen, nämlich Haschisch, Wein und Schnaps. Dann bringen Sie mir wenigstens einen Cognac«, quengelte der Mann im Schottenrock wie ein unleidliches Kind. Den Kilt trug er Tag und Nacht, und das schon seit fünf Tagen, denn so lange war er jetzt hier.

Sein Gesicht glänzte vor Schweiß und Maureen, die ihm

den Puls fühlte, bemerkte, dass auch sein Körper schweißgebadet war. Er litt unter schweren Entzugssymptomen. Sie hatte ihm vorhin schon 300 mg Morphinsulfat verabreicht und mehr war nicht drin, so leid es ihr tat – und das machte sie ihm auch unmissverständlich klar. Als sie anschließend seinen Blutdruck prüfte und feststellte, dass er deutlich erhöht war, ließ sie sich jedoch erweichen und eilte zum Schwesternzimmer.

»190 zu 140«, sagte sie zu Doktor Sandler, der ihr aus dem Salon entgegenkam.

»Dann geben Sie ihm meinethalben ein Amlodipin, aber sonst kriegt er nichts mehr. Warten Sie, ich hole es!« Der dunkelhaarige Psychiater mit dem markanten Gelehrtengesicht, der auf der Entwöhnungsstation als Assistenzarzt arbeitete, betrat gemeinsam mit Maureen das Schwesternzimmer und machte sich am Medikamentenschrank zu schaffen.

Als er Maureen das Porzellanschälchen mit den Tabletten reichte, berührte er flüchtig ihre Hand. Sie erschauerte und spürte, wie sie rot wurde. Schon seit geraumer Zeit hegte sie Gefühle für den Psychiater, die sie jedoch geflissentlich zurückhielt – zum einen, weil Liebesbeziehungen zwischen den Angestellten des Sanatoriums strengstens verboten waren, zum anderen, da sie mutmaßte, dass sich der aufstrebende junge Arzt, der noch eine vielversprechende Karriere vor sich hatte, bestimmt nicht mit einer einfachen Krankenschwester abgeben würde. Obgleich »Joe«, wie sie ihn im Stillen zu nennen pflegte, nicht die Spur von Standesdünkel verströmte und sich ihr gegenüber stets freundlich und kollegial verhielt. Das traf allerdings auch auf die anderen Kollegen der Entgiftungsstation zu. Lediglich der Anstaltsleiter, Professor Sutton, ein Nachkomme des Gründers und Multimillionärs Thomas Holloway, strahlte die Arroganz der britischen Oberschicht aus.

Die pfiffige Maureen, die aus einfachen Verhältnissen stammte, hatte ihre Schäfchen gut im Griff und war bei Patienten und Pflegepersonal gleichermaßen beliebt. Auch von den Anstaltsärzten wurde die Schwester, die selbst in brenzligen Situationen einen kühlen Kopf bewahrte, wegen ihres angenehmen Wesens geschätzt. Obgleich sie noch jung war, verfügte sie schon über eine erstaunliche Reife und Charakterstärke – für die sie einen hohen Preis bezahlt hatte. Als Jugendliche war sie in schlechte Kreise geraten und erheblich ins Straucheln gekommen. Doch die Hilfe ihrer Eltern und ihr eigener unbändiger Lebenswille hatten ihr aus der Krise herausgeholfen. Sie hatte im London Hospital eine Ausbildung zur Krankenschwester gemacht, die sie mit Bravour abgeschlossen hatte, und war danach ins Holloway-Sanatorium gewechselt, wo sie in der Pflege seelisch kranker Menschen ihre große Berufung gefunden hatte.

»Die andere Tablette ist kein Barbiturat, sondern lediglich ein Placebo«, riss die Stimme des Arztes Maureen aus ihrer Versonnenheit.

»Gut so«, erwiderte sie zustimmend, »denn der eiserne Grundsatz der Suchtmedizin lautet ja: so viel wie nötig und so wenig wie möglich. Und ihre Wirkung wird die Pille trotzdem nicht verfehlen.« Sie hatte es schon häufiger erlebt, dass eine harmlose Milchzuckerpastille bei Patienten die gleiche beruhigende Wirkung erzielen konnte wie ein Sedativ, das den ohnehin vom Drogen- und Alkoholabusus geschwächten Körper noch zusätzlich belastete.

Doktor Sandler lächelte verschwörerisch. »Sie sagen es, meine Liebe – und halten Sie sich den alten Schwerenöter bloß auf Abstand!«

»Das dürfte schwierig werden«, flachste Maureen grinsend. »Ich möchte ihn nämlich dazu überreden, endlich mal seinen Schottenrock abzulegen, eine Dusche zu nehmen und ein frisches Nachthemd anzuziehen, denn das hat er bitter nötig«, fügte sie mit gesenkter Stimme hinzu und nahm ein weißes

Krankenhemd aus dem Wäscheregal des Schwesternzimmers. »Residiert in einer Luxus-Suite und hat noch nicht mal einen anständigen Pyjama dabei«, mokierte sie sich kopfschüttelnd, während sie über den chinesischen Seidenläufer im Flur lief.

Sie goss dem Patienten etwas Wasser in ein Glas und bat ihn, die Blutdrucktablette zu nehmen. Dann platzierte sie das Nachthemd auf der Lehne der Ottomane und fügte hinzu, dass Sir Alfred völlig verschwitzt sei und daher ein Bad oder eine Dusche ratsam wäre.

»Danach ziehen Sie sich ein frisches Nachthemd über, legen sich ins Bett, nehmen das Barbiturat und schlafen wie ein Baby!« Sie schenkte Sir Alfred, der ohnehin von ihr entzückt war und sie immer seine »Feen-Königin« nannte, ein strahlendes Lächeln.

»Das mach ich aber nur, wenn Sie mich einseifen«, säuselte er anzüglich.

Maureen musterte ihn resolut. »Das schaffen Sie schon alleine, Sir Alfred! Ich lass Ihnen aber gerne Wasser in die Wanne und lege alles zurecht, was Sie brauchen.«

Maureen, die sich auf einem Sessel am Kamin niedergelassen hatte, nachdem ihr Patient im Badezimmer verschwunden war, um ihm zur Seite zu stehen, falls er Hilfe brauchte, mochte ihren Augen nicht trauen, als Sir Alfred in einem goldverbrämten schwarzen Seidenkaftan, der mit einem goldenen Pentagramm und anderen okkulten Symbolen bestickt war, aus der Badezimmertür trat.

»Sie sehen ja aus wie ein Zauberer«, entrang es sich ihr unwillkürlich.

»Magier wäre treffender«, konterte Sir Alfred, der sich auch der dunklen Brille und Perücke entledigt hatte. Dadurch kam seine Kahlköpfigkeit zum Vorschein und die dunklen, glasigen Augen, die Maureen eindringlich fixierten. »Und – erkennen Sie mich?«

Maureen zuckte nur mit den Achseln, was Sir Alfred zu enttäuschen schien.

»Lesen Sie denn keine Zeitungen? Ich bin der gefährlichste Mann der Welt, der Zauberer der Verderbtheit.«

Erst jetzt dämmerte es Maureen, wen sie vor sich hatte. »Sie sind Aleister Crowley, über den die Presse die ganze Zeit diese schlimmen Hetzartikel schreibt«, äußerte sie verblüfft. »Ich hätte Sie fast nicht erkannt. Sie sehen so ... so harmlos und gutartig aus, ganz anders als auf den Zeitungsfotos.«

Ehe sie sich's versah, ergriff der Okkultist ihre Hand und küsste sie. »Mein gutes Kind, Sie haben mich erkannt! Im Grunde meines Wesens bin ich harmlos und gutartig. Und dass Sie diese Zeitungsschmierereien als das erkennen, was sie sind, nämlich bösartiges Machwerk, zeigt mir einmal mehr, wie klug Sie sind. Sie durchschauen die schnöde Welt, obwohl Sie noch so jung sind. Da ist eine ganz eigene und mächtige Kraft in Ihnen, das habe ich von Anfang an gespürt. Und es kommt auch nicht von ungefähr, dass ich Sie ›Fairy Queen‹ nenne – was nicht alleine an ihrer feenhaften Anmut liegt, sondern auch daran, dass sie in der Lage sind, den Dingen auf den Grund zu schauen. Deswegen habe ich mich auch entschlossen, Ihnen meine wahre Identität zu offenbaren, die sonst nur dem Anstaltsleiter und den behandelnden Psychiatern bekannt ist. Eine Vorsichtsmaßnahme, die leider unumgänglich war. Denn dank Queen Bettys Schandmaul, das das Blaue vom Himmel herunter lügt und alles verdreht, was verdreht werden kann, bin ich zum meistgehassten Mann Englands aufgestiegen. Auch hier in dieser Luxus-Klapse gibt es bestimmt einige, die mich lynchen würden, wenn sie wüssten, wer ich bin.«

»Von mir erfährt keiner was«, sicherte ihm Maureen zu.

Sein Blick wirkte mit einem Mal gehetzt und er schaute

immer wieder hektisch zur Tür. »Ich weiß, dass ich Ihnen trauen kann, Fairy Queen«, erklärte er mit gedämpfter Stimme, »deswegen möchte ich Ihnen auch etwas zeigen.« Er verschwand in seinem Schlafzimmer und kehrte mit einem Kuvert zurück, dem er mit bebenden Händen einen Zeitungsartikel entnahm, den er Maureen zeigte.

»Aleister Crowley – Ein zweiter Jack the Ripper«, stach ihr die fette Schlagzeile ins Auge. In dem Artikel aus dem John Bull wurde reißerisch über die Leichenfunde in Palermo berichtet und dass die italienische Polizei Crowley verdächtigte, die Morde begangen zu haben.

Maureen schüttelte unwirsch den Kopf. »Aber das ist doch gar nicht mehr aktuell! Im Daily Telegraph war vor zwei Tagen zu lesen, dass Sie für die Morde gar nicht infrage kommen, da Sie für die Tatzeit ein wasserdichtes Alibi haben. Ich habe es selbst gelesen.«

»Natürlich kann ich das nicht gewesen sein, denn als die Morde begangen wurden, war ich ja schon hier im Holloway-Sanatorium. Der Anstaltsleiter hat mich informiert, dass er das Scotland Yard gegenüber bestätigt hat. Nein, darum geht es gar nicht.« Crowley war so erregt, dass ihm Schweißperlen übers Gesicht rannen. »Der Artikel wurde mir heute mit der Post zugestellt. Was ich damit sagen will, ist – es muss durchgesickert sein, dass ich hier bin. Irgendjemand da draußen weiß es und hat mir das geschickt.«

Maureen musste ihm zwar recht geben, dennoch war ihr daran gelegen, den aufgelösten Mann zu beruhigen. »Wer immer das auch gewesen sein mag, der Ihnen diesen üblen Streich gespielt hat, ich kann Ihnen jedenfalls versichern, Mr Crowley, bei uns auf der Station sind Sie so sicher wie in Abrahams Schoß. Kein Außenstehender oder Unberufener hat hier Zutritt, dafür sorgt schon unser Pförtner. Sie brauchen sich also keine Sorgen zu machen, Sir, und können sich beruhigt zu Bett begeben.« Sie reichte Crowley das vermeintliche Barbiturat, welches er mit einem Schluck Wasser hastig herunterwürgte.

»Das kann ich jetzt auch gut gebrauchen«, krächzte er heiser, »denn ich sage es Ihnen unumwunden, Fairy Queen: Ich habe panische Angst. Bitte helfen Sie mir und lassen Sie mich nicht alleine«, stammelte er und umklammerte angstvoll Maureens Hand.

Sie sagte ihm in besänftigendem Tonfall, dass derlei Angstzustände beim Entzug häufiger auftreten würden, das würde sich aber wieder legen und ihm könne gar nichts passieren. Anschließend geleitete sie ihn zu seinem Bett, wo sie fürsorglich die Decke über ihn breitete und ihm wie einem Kind versprach, bei ihm zu bleiben.

»Wenn es Ihnen guttut, über Ihre Ängste zu sprechen, dann tun Sie das ruhig, denn das kann durchaus heilsam sein.«

»Danke, mein Engel!«, stieß der Okkultist unter Tränen hervor. »Aber ich weiß gar nicht, ob ich deine reine, unschuldige Seele überhaupt mit solchen Abgründen belasten soll.« Er war Maureen gegenüber nun noch vertraulicher geworden.

»In meinem Beruf ist mir nichts Menschliches fremd, Mr Crowley«, entgegnete sie. »Also sagen Sie ruhig, was Sie auf dem Herzen haben.«

»Ich … ich habe einen ganz schrecklichen Verdacht. Ich glaube nämlich, dass er mir den Artikel geschickt hat.« Der Magier gab ein peinvolles Wimmern von sich und war kaum noch in der Lage, weiterzusprechen.

Maureen musterte ihn mit wachsender Anspannung, da sie zunehmend den Eindruck gewann, dass sich in seinem Bewusstsein Wahn und Wirklichkeit mischten, was beim Drogen- und Alkoholentzug keine Seltenheit war. »Wen meinen Sie denn mit ›er‹?«, erkundigte sie sich.

»Seinen richtigen Namen kenne ich nicht. Er kam am 13. Mai 1922, also vor knapp einem Jahr, zu meiner Abtei nach Cefalù auf Sizilien. Ich erinnere mich noch genau an ihn: ein großer, muskulöser Mann mit einem blassen Dutzendgesicht unter dem Strohhut und einem eleganten, gut geschnittenen hellen Leinenanzug. Er sah aus wie ein britischer Aristokrat in der Sommerfrische – und das war er wohl auch. Er hatte ausgezeichnete Manieren, lüftete vor mir den Hut wie ein Gentleman und stellte sich als John Smith vor. Gleichzeitig räumte er ein, dass es sich dabei um ein Pseudonym handele, da er mir aus Gründen der Diskretion seinen wirklichen Namen nicht nennen könne, wofür er mich aufrichtig um Entschuldigung bat. Ich ließ ihn wissen, dass in der Abtei von Thelema weltliche Namen ohnehin nichts bedeuteten und jeder Adept von mir einen magischen Namen erhalte, der wahrhaftiger zu ihm passe. Mit großer Ehrfurcht berichtete mir der junge Mann, er habe an der Front als Militärarzt gedient und zu dieser Zeit sei ihm ein Artikel aus dem International in die Hände gekommen, aus der Feder von mir, dem großen Meister der Magie. Das Gesetz von Thelema, ›Tu was du willst, soll sein das einzige Gesetz‹, habe ihn so tief beeindruckt, dass er daraufhin alle meine Schriften gelesen habe und zu mir gereist sei, um mein Adept zu werden. Ich habe sofort gemerkt, dass mit ihm etwas nicht stimmte, doch ich habe nicht genau gewusst, was. Da ich aber spürte, wie viel ich ihm bedeutete, willigte ich ein, ihn als Schüler aufzunehmen. Noch am gleichen Tag sagte ich ihm offen ins Gesicht, dass er unter einer höllischen Verkrüppelung leide, woraufhin er mir anvertraute, dass er bestialische Kopfschmerzen habe und unentwegt Stimmen höre. Er hoffe sehnlichst darauf, dass es mir als seinem Herrn und Meister gelingen möge, sie zum Schweigen zu bringen. Zunächst exerzierte ich mit ihm Stellungs- und Atemübungen des Yoga, vollzog an ihm verschiedene Bannungsrituale und hielt ihn dazu an, Opium zu rauchen und ein magisches Tagebuch zu führen, worin er Träume, zufällige Gedanken und Stimmungen aufzeichnen und mir zur Analyse aushändigen sollte. ›Der dunkle Drang in mir schreit nach Verwirklichung, ich kann an nichts anderes mehr denken‹, schrieb er. Ich deutete dies als Signal, dass es an der Zeit war, seine Sexualität auszuleben, da ich die augenscheinliche Gehemmtheit des Mannes als das eigentliche Problem ansah. Also zelebrierte ich mit ihm und meiner ersten Konkubine Alostrael eine Orgia. Die Riten verliefen wenig erfolgreich – obwohl meine scharlachrote Frau ihn mit der Hand stimulierte, bekam er keine Erektion.«

Maureen bemühte sich zwar um Gelassenheit, mochte ihre Abneigung aber nicht verhehlen. »Ich kann nicht behaupten, dass ich derartige Schilderungen besonders ergötzlich finde, zumal sie auch ein Stück weit bestätigen, was in den Skandalblättern über Sie zu lesen war, Mr Crowley«, sagte sie kühl und erhob sich von ihrem Stuhl mit der Erklärung, sie habe auch noch andere Patienten zu versorgen. Sie verspürte wenig Lust, noch weiteren drastischen Anekdoten aus Crowleys magischem Schaffen zu lauschen.

Doch ihr exzentrischer Patient hielt sie zurück. »Bitte, Fairy Queen, lass mich nicht alleine!«, flehte er verzweifelt. »Er geht mir nicht mehr aus dem Sinn und ich habe die schlimmsten Alpträume.«

Da es offenkundig war, in welcher Bedrängnis sich Crowley befand, beschloss Maureen, ihm in seiner Krise beizustehen. Sie tupfte ihm behutsam die Schweißperlen von der Stirn und ließ sich wieder auf dem Stuhl an der Kopfseite des Bettes nieder.

Wenn seine Angstzustände schlimmer werden, muss ich Doktor Sandler Bescheid sagen, sinnierte sie. Aber vorher würde sie selber versuchen, die Lage in den Griff zu bekommen – zumal sie zu Crowley einen guten Draht hatte. Einen weitaus besseren, als ihn der Magier zu den Psychiatern hatte, wie sie aus den Dienstbesprechungen wusste, denn im Gegensatz zu den Ärzten, die er als Dilettanten und Seelenklempner beschimpfte, fraß er Maureen förmlich aus der Hand.

»Schwester Maureen, unsere Spezialistin für schwierige Fälle«, pflegte Doktor Sandler immer zu scherzen, wenn es Maureen wieder einmal gelungen war, einen renitenten Patienten »handzahm« zu machen.

»Wenn es Ihnen guttut, darüber zu reden, Mr Crowley, dann tun Sie sich keinen Zwang an«, ermunterte sie den Magier, dessen entrückter Blick verriet, wie gefangen er in seiner Gedankenwelt war.

Mit belegter Stimme fuhr Crowley mit seinen Schilderungen fort: »Schließlich dämmerte es mir, warum die sexualmagischen Rituale nicht in der Lage waren, den Knoten zu lösen: Mein Adept war homosexuell und hatte panische Angst, sich das einzugestehen. Also versicherte ich ihm, dass es nichts gäbe, wofür er sich schämen müsse. Er senkte betreten den Blick und gestand mir, dass ihm die Stimmen sehr böse und hässliche Dinge sagen würden. Auch das Böse und Hässliche gehöre zum Kosmos, ließ ich ihn wissen, genauso wie die schwarze Sonne und die dunkle Seite des Mondes.« Er presste angespannt die Lippen zusammen. »Damit muss ich wohl den Nagel auf den Kopf getroffen haben. Er starrte mich an und begann zu keuchen. Seine Augen drohten aus den Höhlen zu quellen. Zu meinem Erstaunen riss er sich die Kleider vom Leib, rannte splitternackt den Berghang hinab wie eine junge Ziege und stürzte sich ins Meer. Als er zurückkam, bat er mich mit bleichem Gesicht und ehrfürchtiger Stimme, noch einmal zu wiederholen, was ich zuvor zu ihm gesagt hatte. ›Auch das Böse und Hässliche gehört zum Kosmos, genauso wie die schwarze Sonne und die dunkle Seite des Mondes‹, sprach ich mit tiefer Überzeugung.«

Maureen hatte ihm fasziniert zugehört. »Die schwarze Sonne, das hört sich richtig unheimlich an.«

Crowley lächelte sinister. »Du hast es erfasst, Fairy Queen. Die schwarze Sonne ist ein alter Name Satans.«

Obgleich es Maureen unwillkürlich fröstelte, ermahnte sie

sich zur Sachlichkeit. »Ich glaube nicht an den Teufel, die eigentlichen Erfinder der Hölle sind die Menschen.«

»Richtig, mein schlaues Mädchen! Hinter der Hölle verbergen sich die grausamsten Fantasien, die jemals von Menschen ersonnen wurden – zur Ehre der großen Schlange Satan. ›Ich bin die Schlange Satan, ich lebe an den äußersten Enden der Welt‹ – so stand es schon in den ältesten Hieroglyphen der Ägypter geschrieben.« Crowleys Augen funkelten diabolisch.

Für den Bruchteil einer Sekunde fürchtete sich Maureen vor ihm. Sie erinnerte sich daran, dass er in der gesamten Presse, selbst in seriöseren Blättern, als Satanist angesehen wurde.

Doch ohne seine Drogen und den ganzen magischen Zinnober ist er nur ein armer Teufel, der unter höllischen Entzugserscheinungen leidet, ging es ihr durch den Sinn und die Bangigkeit fiel von ihr ab. »Wie ging es denn weiter mit Ihrem Adepten?«, fragte sie interessiert.

»Unmittelbar danach verfiel er in eine drei Tage dauernde Trance«, erwiderte der Okkultist. »Anschließend kam er zu mir wie die Verkörperung der Freude selbst und erklärte, er könne mir gar nicht sagen, wie dankbar er mir sei. Ich hätte ihm den Schlüssel zur innersten Schatzkammer seines Herzens gegeben. Das war mir mit meinen kraftvollen Worten gelungen und er hatte nach nur drei Tagen überwunden, was er fast dreißig Jahre lang unterdrückt hatte. Denn wenn die tiefsten Wünsche nicht befreit werden, resultiert daraus der Wahnsinn. Ich habe ihm den Weg gezeigt, der aus seiner höllischen Verkrüppelung hinaus ans Licht führt. Dafür würde er mir bis ans Ende seiner Tage danken, wie er mir versicherte. In einem feierlichen Ritual gab ich ihm den magischen Namen ›Bruder Pan‹, da er mich an den Ziegengott Pan erinnerte. Er ließ mich wissen, dass er in jenem Augenblick der Erleuchtung so deutlich wie nie zuvor erkannt habe, dass alles nur ein Eingehen und Lauschen auf sein Unterbewusstes sei, das unbedingt in die Tat umgesetzt werden müsse, wenn man seinen wahren Willen und damit die Quintessenz der Lehre von Thelema ausleben wolle. Tu was du willst, soll sein das ganze Gesetz – das sei für ihn die absolute Wahrheit, die er fortan befolgen werde. Ergriffen bekannte er, dass er sich die schlimmen Qualen, die so gewaltig gewesen seien, dass sein Kopf zu zerspringen drohte, hätte ersparen können, wenn er mir nur früher begegnet wäre. Stattdessen habe man ihn mit der verdammenswerten Lehre betrogen, dass seine machtvolle Begierde schandbar und des Teufels sei, man sie unterdrücken müsse und am besten gar nicht erst haben dürfe, um ein achtbarer Mensch zu sein. Er habe sich sein Leben lang mit eiserner Selbstzucht daran gehalten und umso schmerzlicher erfahren müssen, dass die Stimmen in ihm noch stärker und drängender geworden seien. Erst jetzt habe er entdeckt, dass er mehr als nur ein Mensch sei, dass er die Majestät des ewig sich erhebenden Adlers besitze und die Stärke des Löwen. Nun sei es endlich so weit, dass sich der mächtige Adler in die Lüfte erhebe. Seine Begierde war so offensichtlich, dass ich genau verstand, was er meinte«, seufzte Crowley kurzatmig. »Ich rasierte mich und schminkte mein Gesicht wie die allergemeinste Hure. Dann rieb ich mich mit meinem Parfüm ein und machte mich an Bruder Pan heran.« Seine Atemzüge mischten sich mit einem rasselnden Pfeifen, er bekam einen heftigen Hustenanfall und konnte nicht weitersprechen.

Maureen holte seinen Inhalationsapparat aus dem Wohnzimmer, stülpte ihm die Maske über und betätigte den Zerstäuber. Nach einer Weile beruhigte sich zwar seine Atmung, doch ihm stand das blanke Entsetzen ins Gesicht geschrieben. Er riss sich die Maske vom Kopf.

»Bei unserem magischen Sexualakt hat er mich so brutal penetriert, dass er mich fast umgebracht hätte«, krächzte er außer sich. »Er schlug, biss und würgte mich so heftig, dass ich die schlimmsten Todesängste hatte. Obwohl er fast übermenschliche Kräfte besaß, gelang es mir, mich aus seinem Klammergriff zu befreien und lauthals um Hilfe zu rufen. Alostrael und Schwester Ninette stürmten ins Zimmer und Bruder Pan ließ endlich von mir ab. Ich war zutiefst bestürzt und verwies ihn der Abtei. Er hatte mir so zugesetzt, dass ich überall Blessuren hatte und eine Woche lang nicht laufen konnte. Die dunkle Energie in ihm war so übermächtig, dass sie mich fast getötet hätte.« Er gab ein panisches Wimmern von sich. »Inzwischen glaube ich sogar, dass ich mit meiner magischen Formel bei ihm eine Art Büchse der Pandora geöffnet habe, aus der das Böse über die Welt gekommen ist. Das magische Tagebuch, das er zurückgelassen hat, war ein Inferno des Hasses und der Bestialität. Es war gespickt von den abartigsten Gewaltfantasien, die man sich nur vorstellen kann. Ich zelebrierte einen Abwehrzauber und verbrannte es im Feuer. Danach sah ich ihn niemals wieder und mit der Zeit gelang es mir, den Horror zu vergessen, den er über mich und die Abtei gebracht hatte.« Das Beben, das ihn in immer kürzeren Abständen überkam, wurde stärker und er schlotterte so sehr, dass seine Zähne klapperten. »Aber nun weiß ich, dass ich alles nur verdrängt habe, denn es ist schlimmer als zuvor. Als kürzlich in Palermo die verstümmelten Männerleichen gefunden wurden, habe ich sofort an ihn denken müssen, weil … weil er so etwas in seinem Tagebuch beschrieben hat. Und nun hat er mir diesen verfluchten Artikel zugeschickt, um sich mit seinen Taten zu brüsten.« Crowleys Körper wurde von konvulsivischen Krämpfen geschüttelt. »Schütze mich, oh dunkler Gott, vor dem Geist des Abgrunds, der mich zu verschlingen droht!«, schrie er gellend und klammerte sich an Maureen fest wie ein Ertrinkender.

Vom Flur her waren laute Schritte zu vernehmen und gleich darauf trat Doktor Sandler in Begleitung eines hünenhaften Krankenwärters ins Zimmer, um den Tobenden ruhig zu stellen. Während ihn der Pfleger mit routiniertem Griff bändigte, setzte Maureen den Psychiater über Crowleys Zustand in Kenntnis.

»Er fantasiert die ganze Zeit von einem gewissen Bruder Pan und fühlt sich von ihm bedroht«, erläuterte sie knapp.

»Toxische Paranoia«, diagnostizierte der junge Nervenarzt und injizierte Crowley eine Bromlösung, die ihn in einen Dämmerschlaf versetzte.

Kapitel 3

Nach zehn Tagen auf der Entwöhnungsstation, deren Fenster vergittert und Türen verschlossen waren, hatte sich Crowleys Zustand so weit stabilisiert, dass es ihm erstmals erlaubt wurde, in Begleitung von Maureen einen Rundgang durch das Sanatorium und die Außenanlagen zu unternehmen. Um neun Uhr morgens holte ihn Maureen in seiner Suite ab. Der Okkultist trug zur Unkenntlichmachung wieder seine schwarze Perücke, die dunklen Augengläser und den unvermeidlichen Schottenrock.

»Guten Morgen, meine Schöne!«, säuselte er. Als er auf den Flur hinaustrat, unternahm er mit der Erläuterung, er sei noch etwas wackelig auf den Beinen, sogleich den Versuch, sich bei Maureen unterzuhaken.

Sie erteilte ihm jedoch lapidar eine Abfuhr. »Umso wichtiger ist es zu lernen, wieder auf eigenen Beinen zu stehen.« Dann begann sie mit ihrer Führung durch das schlossartige Gebäude. Sie wies auf die nummerierten Türen zu beiden Seiten des Flurs und erläuterte, dass alle Patienten des Holloway-Sanatoriums ein eigenes Wohn- und Schlafzimmer mit einem feudal ausgestatteten Badezimmer hätten. »Allerdings residieren nur besonders wohlhabende Patienten wie Sie in so weitläufigen Suiten, die mit allem erdenklichen Luxus ausgestattet sind.«

Crowley gab ein trockenes Auflachen von sich. »Ich bin arm wie eine Kirchenmaus und dass ich mir den Aufenthalt in dieser Luxus-Klapsmühle überhaupt leisten kann, verdanke ich einem reichen und überaus großzügigen Gönner.«

Maureen musterte ihn verwundert. »Soweit mir bekannt ist, stammen Sie doch aus einer begüterten Fabrikanten-Familie.«

»Mein Vater war Bierbrauer und hinterließ mir in der Tat ein beträchtliches Vermögen. Doch nichts währt ewig, Fairy Queen, so ist das nun mal«, seufzte Crowley kurzatmig und folgte Maureen hinaus ins Treppenhaus, wo sich die Bäder- und Massageabteilung mit einem Türkischen Bad und einem beheizten Schwimmbecken befand. Mäßig interessiert ließ er sich das Dampfbad und das Schwimmbassin zeigen, in dem sich an diesem Morgen bloß eine Handvoll Patienten aufhielt.

»Sind ja nur fette alte Männer«, murmelte er despektierlich.

»Frauen suchen Sie hier auch vergeblich, die sind in einem anderen Flügel untergebracht«, erläuterte Maureen.

»Ist ja wie im Kloster«, murrte der Magier.

»Das ist in Krankenhäusern üblich. Wir haben damit die besten Erfahrungen gemacht. Es gibt allerdings auch Bereiche, die von Männern und Frauen gemeinsam genutzt werden, und die werde ich Ihnen nun zeigen«, erwiderte Maureen und begab sich mit Crowley ins Erdgeschoss, wo sie in eine weitläufige, lichtdurchflutete Erholungshalle traten. »Hier findet jeden Nachmittag ein Tanztee statt, außerdem werden regelmäßig Konzerte veranstaltet. Am anderen Ende gibt es sogar ein Lichtspieltheater und eine Patienten-Bücherei. Wie Sie sehen, haben wir auch Billard-Tische, falls Sie sich ein wenig verlustieren möchten.« Während sie ihren Patienten durch die marmorne Halle führte, an deren Längsseiten bequeme Leder-Fauteuils und gepolsterte Liegen aufgestellt waren, grüßte sie höflich in die Runde der Patientinnen und Patienten, die ihnen mit gelangweilten Mienen entgegenblickten.

»Wie viele von diesen Scheintoten sind denn hier untergebracht«, fragte der Magier verdrossen.

»Wir haben rund vierhundert Patienten und ungefähr zweihundert Schwestern und Pfleger, die in einem separaten Gebäude hinter dem Sanatorium wohnen.«

»Du auch, Fairy Queen?«

Maureen bestätigte das und erkundigte sich, ob sie eine kleine Pause einlegen und sich ein wenig auf die Sonnenterrasse setzen sollten.

»Wenn sich dort noch mehr von diesen blasierten Arschlöchern tummeln, lehne ich dankend ab«, erwiderte der Mann im Kilt mit derbem Humor.

Maureen warf ihm einen tadelnden Blick zu. »Wie reden Sie denn von Ihren Mit-Patienten, Mr Crowley? Das sind doch alles seelisch kranke Menschen, genau wie Sie.«

Crowley, dem es überhaupt nicht zu gefallen schien, mit den anderen Insassen des Holloway-Sanatoriums auf eine Stufe gestellt zu werden, blieb abrupt stehen. »Ich bin der Großmeister des hermetischen Ordens des Golden Dawn, der Laird von Boleskine und der Hohepriester des Ordens von Thelema und mitnichten geisteskrank«, äußerte er scharf.

Maureen musste unwillkürlich grinsen. »Sie sind hier, um sich von Ihrer langjährigen Drogensucht zu entwöhnen, Sir, und Sucht ist auch eine seelische Erkrankung, das sollten Sie akzeptieren!«

Der Magier schüttelte unwirsch den Kopf. »Ach, hör doch auf! Ich habe seit gut zwei Wochen nichts Berauschendes mehr angerührt, von Sucht kann also gar keine Rede sein.«

»Lediglich die körperliche Abhängigkeit haben Sie einstweilen überwunden, Mr Crowley, die psychische Abhängigkeit aber noch lange nicht. Bei manchen Abhängigkeitserkrankungen währt sie ein Leben lang.«

»Sei doch nicht so gnadenlos, Fairy Queen!«

»Sie müssen sich der Wahrheit stellen, Sir, nur so können Sie gesund werden – und es bleiben.«

»Mit einer Elfe wie dir an meiner Seite könnte ich's hinkriegen.«

»Sie müssen lernen, Ihre eigene Elfe zu sein, das sollte doch für einen Magier im Rahmen des Machbaren sein.« Maureen bedachte Crowley mit einem verschmitzten Lächeln. »So, und jetzt zeige ich Ihnen den Speisesaal, wo Sie heute erstmals Lunch und Dinner einnehmen können. Tee, Mokka, Gebäck und andere Erfrischungen werden unseren Patienten den ganzen Tag über serviert.« Sie wies auf die livrierten Kellner, die mit gefüllten Tabletts durch den Saal eilten und die Gäste bedienten. »Wenn Sie möchten, können wir einen Tee trinken.«

Der Magier blinzelte durch die bleiverglasten, mit weißen Chiffon-Gardinen drapierten Fensterscheiben, durch die strahlendes Sonnenlicht hereinflutete. »Heute ist so ein schöner Tag, da möchte ich lieber draußen sein und mich in die Sonne setzen.«

»Gerne, Mr Crowley, dann gehen wir doch hinaus in den Park.«

Vorbei am Cricketfeld, dem Tennisplatz, einer großen Sonnenterrasse, vor der ein kunstvoll modellierter Springbrunnen plätscherte, führte Maureen Crowley durch den weitläufigen englischen Garten, in dem eine Gruppe von Gärtnern geschäftig arbeitete und die Spaziergänger höflich grüßte. Einer von ihnen, ein verschlagen anmutender Bursche mit einem vernarbten Gesicht, beäugte die junge Krankenschwester und den Mann im Schottenrock mit zudringlichen Blicken, die Maureen unangenehm waren. Obwohl sie den Impuls spürte, einen entsprechenden Kommentar abzugeben, verkniff sie sich einen solchen und dachte nur bei sich, dass die Verwaltung des Sanatoriums in Bezug auf die Parkarbeiter offenbar nicht sehr wählerisch war.

»Unser Behandlungsschwerpunkt ist, dass sich die Patienten ganz vom Stress der Außenwelt und ihren Problemen lösen«, fuhr sie schließlich fort. »Wir veranstalten Cricket-Turniere und Reisen nach Ascot und Henley. Auch eine Villa im Seebad Bournemouth dient dem Wohle der Insassen, um sich an der frischen Seeluft zu erholen«, erläuterte sie dem

Magier. »Die feudale Atmosphäre des Holloway-Sanatoriums, das eher einem Luxus-Hotel als einer Nervenklinik gleicht, soll die Patienten zu einem angemessenen Verhalten anregen. Diejenigen, die das schaffen, erhalten Privilegien wie die Teilnahme an Reisen und Ausflügen oder auch das alleinige Verlassen des Sanatoriums. Deswegen haben Ihnen die Ärzte heute auch erlaubt, die Mahlzeiten im Speisesaal einzunehmen, und wenn Sie sich weiterhin so gut machen, werden auch bald andere Vergünstigungen folgen.«

»Also mit Ascot brauchst du mir nicht zu kommen, mein Kind«, stieß Crowley zwischen den Zähnen hervor. »Wenn ich diese Snobs nur sehe, könnte ich schon das Kotzen kriegen.«

»Mr Crowley, ich muss doch sehr bitten!«, maßregelte ihn Maureen mit gespielter Strenge. »Wenn unsere moralische Behandlung nicht fruchtet, wie es bei Ihnen augenscheinlich der Fall ist, wird der Patient in eine Zwangsjacke gesteckt und kommt in die Gummizelle.«

»Mach mir keine Angst, Fairy Queen, sonst drehe ich wieder durch!«, entgegnete er grinsend und zog irre Grimassen, über die Maureen lauthals lachen musste.

Inzwischen waren sie zu einem idyllischen Seerosenteich gelangt, der von mehreren Parkbänken umgeben war. »Das ist mein Lieblingsplatz«, erklärte Maureen gutgelaunt und schlug vor, sich auf einer der Bänke niederzulassen und ein Sonnenbad zu nehmen. »Was für ein herrlicher Tag«, seufzte sie wohlig und inhalierte tief die Frühlingsluft, die durchsetzt war von süßem Blütenduft.

Um die in leuchtenden Farben blühenden Rhododendron-Sträucher schwirrten Bienen und Schmetterlinge und der Wonnemonat Mai zeigte sich in seiner ganzen Pracht. Maureen schloss die Augen und genoss einfach das Leben. Auch Crowley schwieg und schien sich ganz dem Augenblick zu ergeben.

»Haben Sie eigentlich Kinder, Mr Crowley?«, erkundigte sich Maureen unvermittelt.

»Ja«, erwiderte er verhalten. »Eine sechzehnjährige Tochter namens Lola Zaza von meiner ersten Frau und meine Söhne Hansi und Howard, die ich mit meinen beiden Konkubinen Alostrael und Ninette habe. Meine Töchter Lilith und Poupée starben leider sehr jung. Poupée war meine Jüngste, sie starb vor knapp drei Jahren in Cefalù an Typhus.« Er hüstelte ergriffen. »Du erinnerst mich an sie, Fairy Queen. Poupée war auch strawberry blonde und hatte feine Sommersprossen auf dem seidigen Teint, genau wie du. Sie war mein Augenstern und ich vermisse sie sehr.« Er wischte sich verstohlen eine Träne aus dem Augenwinkel.

Maureen musterte ihn betroffen. »Das tut mir leid, Sir! Zum Glück sind Ihnen noch drei andere Kinder geblieben«, versuchte sie ihn aufzumuntern. »Sie werden sie bestimmt wiedersehen, wenn Ihre Kur zu Ende ist.«

»Hansi und meine scharlachrote Frau Alostrael sind derzeit in Tunesien, wohin ich ihnen nachfolgen werde, wenn der Scheiß hier vorbei ist.« Crowley hatte offenbar zu seinem alten Zynismus zurückgefunden. »Die erste Hälfte habe ich ja schon abgesessen.«

»Und die zweite Hälfte wird mit Sicherheit vergnüglicher als die erste, denn das Gröbste haben Sie ja nun hinter sich und wenn Sie sich bewähren, dürfen Sie demnächst auch das Anstaltsgelände verlassen und das idyllische Städtchen Virginia Water erkunden – in Begleitung von Pfleger Festus, versteht sich.«

Crowley prustete los. »Soll ich mit diesem Gorilla etwa seine Verwandten im Zoo besuchen? Das kann doch nicht dein Ernst sein!«

»Unsere männlichen Patienten werden bei Außenaktivitäten immer von Krankenwärtern begleitet, das ist bei uns so üblich. Unsere Pfleger Festus und Walter machen das sehr gut und wie ich weiß, sind sie auch zwei lustige Burschen, die gerne mal ein Späßchen machen.«

»Ja, dich in den Schwitzkasten nehmen, bis dir die Luft wegbleibt«, knurrte Crowley missmutig.

»Das war nur zu Ihrem Schutz, Sir, denn Sie hatten ja ein schlimmes Entzugsdelir.«

Maureen, die Crowleys Geschichte über den ominösen Bruder Pan keineswegs auf die leichte Schulter genommen hatte, hatte unmittelbar nach dem Vorfall in Crowleys Suite Doktor Sandler und den Oberarzt Doktor Eisenberg zu Rate gezogen. Sie waren so verblieben, dass der Oberarzt den Patienten noch einmal darauf ansprechen würde, wenn er wieder bei klarem Verstand war. Crowley hatte bisher jedoch jedes Gespräch abgeblockt und sich damit herausgeredet, er könne sich an nichts mehr erinnern. Maureen hingegen hatte er erbitterte Vorwürfe gemacht, weil sie den Ärzten erzählt hatte, was er ihr anvertraut hatte. Fortan war er ihr ausgewichen, wenn sie das Thema gestreift hatte. Als sie vorsichtig nachgefragt hatte, ob es nicht ratsam sei, seinen Verdacht der Polizei zu melden, hatte er nur unflätige Flüche von sich gegeben. Er war der Meinung, das würde nur an ihm kleben bleiben, da sein Ruf durch die Hasstiraden der Presse total ruiniert sei. Maureen, die sein Zaudern gut verstehen konnte, ließ der Vorfall dennoch keine Ruhe und so beschloss sie kurzerhand, ihn noch einmal auf Bruder Pan anzusprechen.

»Mr Crowley, sagen Sie mir bitte ganz ehrlich, ob das, was Sie mir über Bruder Pan erzählt haben, die Wahrheit war!«

Crowley fuhr zusammen, wie von einem Peitschenhieb getroffen. »Ich hatte Wahnvorstellungen, Schwester Maureen, und kann mich nicht mehr genau erinnern, was ich alles von mir gegeben habe. Das habe ich auch den Weißkitteln gesagt, als die mich darauf festnageln wollten«, erwiderte er ungewohnt abweisend.

Maureen gab sich jedoch nicht zufrieden damit, da ihre

Intuition ihr etwas anderes sagte. Obgleich Crowleys Augen hinter dunklen Gläsern verborgen waren, blickte sie ihn eindringlich an.

»Gibt es Bruder Pan oder war er nur eine Ausgeburt Ihrer Fantasie?«

Crowley schluckte krampfhaft, seine Atemzüge wurden von einem Pfeifen begleitet und er schien kurz vor einem Asthma-Anfall zu stehen. Er gab ein heiseres Krächzen von sich, welches Maureen wie ein »Ja« vorkam, aber sie war sich nicht sicher.

»Kommt her, ihr stinkenden Kackbeutel!«, vernahm sie plötzlich eine keifende Frauenstimme und lenkte unmutig ihren Blick in die entsprechende Richtung.

Nur einen Steinwurf entfernt, auf dem Holzsteg unweit des Pavillons, gewahrte sie eine ganz in Schwarz gekleidete Dame, die seltsame Pirouetten vollführte und den Schwänen und Enten, die sich lauthals schnatternd um den Steg tummelten, Brotwürfel hinwarf. Die Dame trug einen altmodischen schwarzen Hut mit Spitzenschleier, wie er um die Jahrhundertwende modern gewesen war, und schien Maureen und ihren seltsam gewandeten Begleiter nun gleichfalls bemerkt zu haben.

»Piss-Nelke und Sackgesicht ... schönes Wetter heute!«, krähte sie frohgemut vom Steg herüber.

»Guten Morgen, Gräfin Bronski!«, grüßte Maureen winkend in ihre Richtung und ahnte bereits, was kommen würde.

Und sie hatte sich nicht getäuscht, denn die vermögende polnische Adelsdame, die seit zwanzig Jahren im Holloway-Sanatorium untergebracht war und unter dem Tourette-Syndrom litt, verließ den Steg und eilte Pirouetten drehend, aber nicht minder zielstrebig zu ihnen.

»Lassen Sie sich nicht von ihrer Vulgärsprache provozieren, sie hat einen Tick«, konnte Maureen Crowley gerade noch zuraunen, als die Gräfin die Bank auch schon erreicht hatte und sich ungefragt an Maureens Seite niederließ.

»Im Gegensatz zu meinem schönen Haus ist es die Hölle hier und ich weiß nicht, wie ich das noch länger ertragen soll«, zeterte sie mit starkem polnischen Akzent. »Noch nicht mal einen katholischen Priester haben wir hier und sonntags in der Kapelle muss man mit diesen Lutheranern zusammensitzen.«

Maureen musste sich ein Grinsen verkneifen. Sie erinnerte sich noch deutlich daran, was der Anstaltsleiter Professor Sutton bei einem Rundgang durch die Abteilungen, an dem sie ebenfalls teilgenommen hatte, zu den neuen Schwestern über die Gräfin geäußert hatte.

»Sie spricht nur mit jemandem, um ihn zu beleidigen, und behandelt ihre Mit-Patientinnen wie Dreck unter ihren Füßen. Sie weigert sich, mit den Ärzten zu reden, und falls doch, dann nur in der Fäkaliensprache. Trotz allem scheint sie im Holloway-Sanatorium glücklich und zufrieden zu sein und betrachtet es als ihr Zuhause«

Es war außerdem bekannt, dass Gräfin Bronski ausgesprochen tierlieb war und Tiere mehr mochte als Menschen. Im Speisesaal konnte man sie dabei beobachten, wie sie die besten Bissen ihres Abendessens in ein Schälchen legte und es den Katzen hinstellte, die den Park des Sanatoriums bevölkerten. An hohen katholischen Feiertagen fütterte sie ihre Lieblinge sogar mit edlen Austern, die sie im hiesigen Feinkostladen bestellte.

Um die Etikette zu wahren, auf die im Holloway-Sanatorium stets großer Wert gelegt wurde, entschloss sich Maureen, den Okkultisten und die Gräfin miteinander bekannt zu machen. »Darf ich vorstellen? Gräfin Elzbieta von Bronski – Sir Alfred de Kerval.«

Während Crowley, dem die Ablenkung durchaus gelegen schien, höflich den Kopf neigte, entgegnete die Gräfin in akzentfreiem Französisch: »Je suis très heureuse.« Dann fügte sie hinzu: »Stinkmorschel«, und lächelte charmant. »Hundsfotze«, konterte der Magier mit maliziösem Grinsen und ließ die Dame wissen, dass sie ihn an jemanden erinnere.

»Was Sie nicht sagen, Arschtorte!«, gurrte die Gräfin.

»Haben Sie schon einmal von Helena Petrovna Blavatsky gehört, Verehrteste?«

Daraufhin schlug die Patientin mit der Faust auf die Bank und strampelte wild mit den Füßen. Sie stieß ein paar polnische Flüche aus und schrie: »Diese russische Teufelin soll in der Hölle schmoren!«

Crowley schien ihr Wutanfall ein diebisches Vergnügen zu bereiten. »Sie mögen sie wohl nicht besonders, die famose Gründerin der Theosophischen Gesellschaft?«, näselte er verschwörerisch. »Darf ich Ihnen ein Geheimnis anvertrauen, verehrte Frau Gräfin? Helena Petrovna Blavatsky war Jack the Ripper.«

Die Gräfin war schlagartig erstarrt und fixierte Crowley mit einem eigentümlichen Blick. »Das glaube ich aufs Wort«, erwiderte sie sinister und klatschte in die kleinen, schwarz behandschuhten Hände. »Bravo, bravo!«, skandierte sie in pathetischem Tonfall. »Sie gefallen mir, mein Herr. Möchten Sie mit mir die Enten füttern?«

»Sehr gerne, Madam – wenn es Sie nicht stört, dass ich den Viechern die Hälse umdrehe.« Crowley hatte sich erhoben und bot der Gräfin ritterlich den Arm.

Sie brach in affektiertes Kichern aus. »Sie sind ein böser Junge, Sir Alfred«, scherzte sie mit neckisch erhobenem Zeigefinger, legte kokett ihre Hand auf den dargebotenen Arm und ließ sich von Crowley zum Entensteg begleiten.

Maureen blickte ihnen von der Bank aus lächelnd hinterher. Die schwierige und verschrobene Patientin schien an dem an Exzentrik kaum zu überbietenden Magier einen Narren gefressen zu haben. Etwa im gleichen Alter, hätten sie nach Maureens Dafürhalten ein echtes Traumpaar sein können, das sich auf Anhieb fabelhaft verstand. Nun standen sie nebeneinander auf dem Steg wie alte Freunde, unterhielten sich angeregt und lachten viel. Alles wirkte so ungekünstelt, beide zeigten sich von ihrer besten Seite und blieben doch sie selbst. Während die Gräfin in regelmäßigen Abständen ihre Pirouetten vollführte, stellte sich Crowley mit ausgebreiteten Armen schützend vor sie hin, damit sie nicht ins Wasser fiel.

Es machte Maureen Spaß, ihnen zuzuschauen, bis sie plötzlich von einem Paar abgelenkt wurde, das von der Rückseite des Parks kam und auf den Pavillon zusteuerte. Beim Näherkommen der jungen Leute, die Arm in Arm über den weißgekiesten Parkweg schlenderten, erkannte Maureen in dem stattlichen Mann, der mit seiner hübschen Begleiterin verliebte Blicke tauschte, Doktor Sandler und ihr Herz erstarrte förmlich. Sie erinnerte sich daran, dass er heute seinen freien Tag hatte, den er offenbar mit seiner Liebsten verbrachte. Sie war so verletzt, dass ihr die Tränen in die Augen traten. In letzter Zeit hatte sie sich nämlich eingebildet, dass er ähnliche Gefühle für sie hegte wie sie für ihn.

Was für ein Trugschluss! Da war wohl der Wunsch der Vater des Gedankens, musste sie mit Bitternis erkennen und fühlte einen dicken Kloß im Hals – ein sicheres Zeichen dafür, dass sie drauf und dran war, loszuheulen. Doch diesen Gefallen würde sie diesem Judas nicht tun. Macht mir schöne Augen, obwohl er eine Freundin hat, der Mistkerl! Vielleicht ist sie ja sogar seine Braut ...

Dergestalt überschlugen sich Maureens Gedanken, als Doktor Sandler sogar die Stirn hatte, ihr von der Pagode her freundlich zuzuwinken. Er sagte etwas zu seiner Begleiterin, woraufhin diese Maureen lächelnd zunickte. Obwohl Maureens Blicke Giftpfeile versprühten, hob auch sie mechanisch den Arm und grüßte zurück. Als Crowley und die Gräfin Bronski wenig später zur Bank zurückkehrten, fanden sie eine völlig erstarrte Maureen vor. Auf Crowleys Frage, was ihr fehle, entgegnete Maureen nur einsilbig, sie habe Kopfschmerzen. Der Okkultist, der Doktor Sandler und seine Begleiterin im Pavillon offenbar bemerkt hatte, schien den wahren Grund ihrer Niedergeschlagenheit zu ahnen.

»Hast was Besseres verdient als den Schnösel«, raunte er ihr zu und schlug vor, zum Sanatorium zurückzugehen.

Das kam Maureen, die den Anblick von Doktor Sandler und seiner Freundin nur schwer ertragen konnte, überaus gelegen. Während sich Crowley von der Gräfin mit galantem Handkuss verabschiedete und sich mit ihr zum Lunch verabredete, stand Maureen noch immer unter dem Eindruck des Gedankens, welcher ihr bei Crowleys Bemerkung unwillkürlich in den Sinn gekommen war: Etwas Besseres als Doktor Sandler? Du hast wohl 'ne Meise?!

Ihr war mehr denn je zum Heulen zumute. Ohne dem Verräter noch einmal zuzuwinken, erhob sie sich von der Bank und trat mit Crowley den Rückweg an.

Als Maureen um sieben Uhr abends mit ihrer Einkaufstüte zum Schwesternwohnheim zurückkehrte, schweiften ihre Blicke über den Park, der ins goldene Licht der Abendsonne getaucht war. Sie überlegte kurz, ob sie sich nachher, wenn sie ihre Einkäufe verstaut hatte, noch ein wenig nach draußen setzen sollte, doch da ihr nicht der Sinn nach Ansprache und Geselligkeit stand, entschied sie sich dagegen. Sie hatte gerade den Schlüssel in die Haustür gesteckt, als sie Schritte hinter sich hörte.

»Guten Abend, Schwester Maureen! Wie schön, Sie zu sehen!«, vernahm sie im nächsten Moment die vertraute Stimme von Doktor Sandler.

Sie wandte sich jäh zu ihm um. Fassungslos gewahrte sie, dass er wieder in Damenbegleitung war – es war dieselbe Frau wie am Vormittag. Mit versteinerten Gesichtszügen blickte sie die beiden an und konnte sich kaum einen Gruß abringen.

»Darf ich Ihnen meine Schwester Patricia vorstellen? Sie lebt in London und hat mir heute einen Besuch abgestattet«, erläuterte der junge Psychiater launig.

Maureen musste an sich halten, der sympathischen Dame mit den dunklen Haaren nicht vor Freude und Erleichterung um den Hals zu fallen. Aus der Nähe betrachtet hatte Patricia große Ähnlichkeit mit ihrem Bruder. Warum war Maureen das nicht früher aufgefallen? Sie errötete und reichte Patricia strahlend die Hand.

»Das ist meine Lieblingskollegin, Schwester Maureen Morgan«, sagte Doktor Sandler zu seiner Schwester.

»Freut mich sehr, Sie endlich kennenzulernen! Joe schwärmt in den hellsten Tönen von Ihnen«, erklärte Patricia unumwunden und drückte Maureen herzlich die Hand.

Nun war es Doktor Sandler, über dessen Gesicht sich eine zarte Röte breitete.

»Wir wollten gerade ins Kino gehen, in einen ganz gruseligen Film, den Joe aber unbedingt sehen will.« Patricia verzog die Mundwinkel.

»In ›Nosferatu – Eine Symphonie des Grauens‹, ein Meisterwerk des deutschen Regisseurs Murnau, der letztes Jahr in Berlin uraufgeführt wurde und den man keinesfalls versäumen sollte«, erläuterte Doktor Sandler und fragte Maureen, ob sie nicht mitkommen wolle.

Auch seine Schwester war von der Idee sehr angetan. »Vorher gehen wir noch eine Kleinigkeit essen. Ach, kommen Sie doch mit, Maureen, das würde mich sehr freuen!«

Maureens Herz überschlug sich vor Freude – es gab nichts, was sie lieber täte. »Überredet, ich liebe gruselige Filme«, erklärte sie übermütig und brachte nur rasch die Einkäufe nach oben. Sie nutzte diese Zeit, um sich ein wenig zu beruhigen, da sie regelrecht aus dem Häuschen war – über die glückliche Wendung, die ihr der Abend beschert hatte.

Etwa zur gleichen Zeit betrat Aleister Crowley den Speisesaal und steuerte zielstrebig auf den Fenstertisch zu, an dem Gräfin Bronski ihn bereits erwartete. Wie er sehen konnte, hatte sie sich fürs Dinner in Schale geworfen, auf den altmodischen Hut mit dem Spitzenschleier verzichtet und stattdessen einem mondänen Stirnband mit einer silbergrauen Reiherfeder den Vorzug gegeben. Die slawischen Gesichtszüge mit den hohen Wangenknochen und den schrägstehenden Augen, die dem Magier freudig entgegenblickten, waren durchaus apart, wie Crowley feststellte und da sein Geschlechtsleben schon seit geraumer Zeit brachlag, war er einem etwaigen Abenteuer mit der Dame keineswegs abgeneigt. Dass sie eine linientreue Katholikin war, störte ihn dabei wenig. Im Gegenteil – im Rahmen seines exzessiven Sexuallebens, das kaum etwas ausgelassen hatte, hatte er mehrfach die Erfahrung gemacht, dass Frömmlerinnen im Bett alles andere als prüde waren. Und es gab noch einen Grund, warum er sich die Gräfin gewogen halten wollte: der schnöde Mammon. Denn seit der Hetzkampagne der Presse fand sich kein Verlag mehr, der seine Schriften veröffentlichte, und er war mehr denn je auf reiche Gönner angewiesen. So zeigte er sich von seiner charmanten Seite, trug über dem Kilt ein schwarzes Dinner-Jackett und hauchte der Dame galant einen Kuss auf den Handrücken, ehe er sich ihr gegenüber setzte. Als ein livrierter Ober herbeieilte, um ihnen die Menükarten zu reichen, bestellte Crowley einen Malt-Whiskey und fragte die Gräfin, ob sie auch einen wünsche.

»Das können Sie sich sparen, Sir Alfred! Hier gibt's nur Tee, Säfte und Pisswasser, damit wir alle schön nüchtern bleiben«, krähte die Gräfin, woraufhin Crowley seufzend ein Ginger Ale orderte. »Machen Sie sich mal keine Sorgen, Sackgesicht! Dem können wir Abhilfe schaffen«, erklärte Gräfin Bronski, öffnete ihre elegante Abendhandtasche und präsentierte Crowley einen silbernen Flachmann. »Ist zwar kein Whiskey drin, aber ein guter französischer Cognac tut's doch hoffentlich auch.«

Der Magier war begeistert. »Vortrefflich, meine Liebe, vortrefflich, der Abend ist gerettet!«

»Das machen die meisten hier, man darf sich nur nicht dabei erwischen lassen, sonst werden einem die Vergünstigungen gestrichen.«

Nachdem Crowley sein Ginger Ale dezent präpariert und der Gräfin gebührend zugeprostet hatte, servierte ihnen der Ober ein auserlesenes Vier-Gänge-Menü, sodass der vom Alkohol bereits euphorisierte Magier in bester Stimmung war. Er schob sich gerade genussvoll ein Stück Roastbeef in den Mund und schaute sich im Saal um, als er plötzlich zur Salzsäule erstarrte und ihm der Bissen fast im Halse stecken blieb.

Gräfin Bronski musterte ihn irritiert. »Was ist denn mit Ihnen los, haben Sie einen Geist gesehen?« Doch anstatt ihr zu antworten, starrte Crowley nur weiterhin ins Leere, woraufhin ihn die Gräfin energisch am Arm stupste und fragte: »Essen Sie das nicht mehr? Dann nehme ich das nämlich für meine Katzen mit.«

»Ja, ja, machen Sie nur! Äh, äh, Entschuldigung, ich muss gehen«, murmelte Crowley hektisch, erhob sich von seinem Stuhl, deutete eine Verbeugung an und verließ fluchtartig den Speisesaal.

»Der hat sie doch nicht mehr alle«, fluchte die Gräfin konsterniert. »Verpiss dich, Du Schwanzlurch«, rief sie dem Entschwindenden hinterher und da sie sowieso schon alle Blicke auf sich gezogen hatte, zertrümmerte sie noch wütend ihr Glas und schrie so laut, dass es durch den ganzen Saal hallte: »Glotzt nicht so blöd, ihr Arschgeigen!«

Kapitel 4

Um sechs Uhr früh zum Dienstantritt war Maureen zwar total übermüdet, aber guter Dinge. Nach dem Kino war sie noch mit Joe und Patricia, die ihr angeboten hatten, sich beim Vornamen zu nennen, in ein Pub gegangen. Dort hatten sie sich angeregt unterhalten und es war spät geworden. Maureen zehrte noch von dem schönen Abend und ließ ihn Revue passieren, während sie ins Schwesternzimmer trat, um mit den Kollegen von der Nachtschicht das Übergabe-Gespräch zu führen. Der muskulöse Pfleger Festus Houseknecht, der auch der Oberpfleger der Station war, und die Krankenschwester Ava Cushing saßen am Tisch und blinzelten ihr aus müden Augenschlitzen entgegen.

»Gibt schlechte Neuigkeiten«, grummelte Festus übellaunig, gleich nachdem sich Maureen zu ihnen gesetzt hatte. »Sir Alfred hat sich gestern Abend nach dem Dinner aus dem Staub gemacht und wurde im Morgengrauen von einer Polizeistreife nahe einer Opiumhöhle am Bahnhof besinnungslos aufgegriffen und zu uns zurückgebracht. Professor Sutton war darüber so verärgert, dass er einen kalten Entzug angeordnet hat – und wir dürfen den Schlamassel jetzt ausbaden. Als der Schotte vorhin zu sich gekommen ist, hat er eine solche Randale veranstaltet, dass ich ihn kurzerhand in die Gummizelle gesteckt habe. Am Lamentieren ist er zwar immer noch, aber die gepolsterten Wände halten schon was ab, sonst wäre das ja auch eine Zumutung für uns und die anderen Patienten. Es wäre gut, wenn du nachher mal nach ihm schauen könntest, Maureen.

Vielleicht gelingt es dir ja, ihn zu beschwichtigen. So – und mit der eigentlichen Übergabe warten wir noch, bis endlich auch der Rest von der Tagesschicht eingetrudelt ist. Leider sind nicht alle so pünktlich wie du.«

Im nächsten Moment wurde an die Tür geklopft, die bei Besprechungen immer geschlossen wurde, und erstaunt gewahrten die Anwesenden die eindrucksvolle Gestalt von Professor Sutton im Türrahmen. Der Anstaltsleiter sah mit seinem sorgfältig ondulierten roten Vollbart, dem gewellten rotblonden Haar und dem markanten Aristokratengesicht wie die lebende Verkörperung von Richard Löwenherz aus – was ihm beim Personal auch diesen Spitznamen eingetragen hatte. Er grüßte schmallippig in die Runde und stellte den jungen Mann mit den blonden Stoppelhaaren, der nach ihm in den Raum getreten war, als Oberinspektor MacFaden von Scotland Yard vor. Den Herren folgten in dezentem Abstand die beiden Krankenschwestern Mildred Winnwood und Heather Atkinson, die sich mit betretenen Mienen im Hintergrund hielten. Als Maureens Blicke über ihre Gesichter schweiften, hatte sie den Eindruck, dass die Kolleginnen den Tränen nahe waren, was sie gleichermaßen erstaunte wie bedrückte.

Professor Sutton kam gleich zur Sache. »Auf dem Sanatoriums-Gelände, genauer gesagt am Rande des Seerosenteichs, hat eine unserer Patientinnen, die vorhin die Schwäne gefüttert hat, eine schreckliche Entdeckung gemacht«, sagte er mit vor Erregung bebender Stimme.

Maureen, die ihren Chef nur als beherrschten Vernunftmenschen kannte, war seltsam berührt.

»Es … es handelt sich um die enthauptete Leiche eines Mannes. Der Kopf des Toten wurde eben von der Polizei im Schilf gefunden. Ich übergebe nun das Wort an Oberinspektor MacFaden, der die Ermittlungen leitet.« Professor Sutton räusperte sich und wies auf den Inspektor.

»Da die Identität des Toten zu diesem frühen Zeitpunkt

noch nicht geklärt ist, können wir momentan nicht gänzlich ausschließen, dass es sich bei ihm um einen Insassen der Heilanstalt handelt. Professor Sutton, der bei der Bergung dabei war, hat das zwar verneint, aber um absolute Klarheit zu erlangen, benötigen wir noch weitere Zeugen«, erläuterte der hochgewachsene Mann im gut geschnittenen Anzug sachlich.

»Anhand der zahllosen Einstichstellen in seinen Armen lässt sich vermuten, dass der Tote drogenabhängig war. Daher ist es wichtig, dass sich die Angestellten der Suchtstation die Leiche anschauen, um zu klären, ob es sich möglicherweise um einen früheren Patienten handelt.«

Die Schwestern seufzten auf. Daraufhin erklärte der Inspektor, es genüge völlig, wenn ein Arzt und eine Schwester bei der Sichtung anwesend seien. Da inzwischen auch der Oberarzt Doktor Eisenberg und die anderen Psychiater der Suchtstation eingetroffen waren, wurde vereinbart, dass Oberpfleger Festus Doktor Eisenberg zur Leichenschau begleiten sollte.

»Scotland Yard hat in Erfahrung gebracht, dass ein Patient der Suchtstation in der Nacht nicht im Sanatorium war«, fuhr MacFaden fort. »Es geht um den berühmt-berüchtigten Okkultisten Aleister Crowley, der sich derzeit unter dem Decknamen Sir Alfred de Kerval hier aufhält. Im April gab es in Palermo bereits zwei ähnliche Mordfälle und Crowley wurde von den italienischen Kollegen als Täter verdächtigt, was sich jedoch als unbegründet erwies, da er sich zu dieser Zeit bereits im Holloway-Sanatorium aufhielt. Auch wenn ihm diese Morde nicht angelastet werden konnten, erscheint er uns in diesem neuerlichen Mordfall hochgradig verdächtig, da wir in seinem nächtlichen Verschwinden und dem Auffinden der Leiche auf dem Gelände des Sanatoriums einen Zusammenhang vermuten. Diesem Verdacht müssen wir unbedingt nachgehen. Daher möchte ich ihn nun einem ersten Verhör unterziehen.«

»Der Patient ist momentan in einer so desolaten Verfassung,

dass er in eine Gummizelle verlegt werden musste«, meldete sich Oberpfleger Festus zu Wort. »Er befindet sich auf Anordnung von Professor Sutton im kalten Entzug und leidet unter schweren Entzugssyndromen. Nach meinem Dafürhalten ist er kaum vernehmungsfähig.«

»Davon werden wir uns selber ein Bild machen«, erwiderte der Anstaltsleiter barsch und schlug MacFaden und dem Oberarzt vor, sie zu Crowley zu begleiten.

»Mr Crowley klagt über ziehende Schmerzen in den Extremitäten und im Rückenbereich. Er leidet außerdem unter heftigem Speichelfluss, Schwitzen, Erbrechen und Durchfall, ist extrem unruhig und halluziniert offenbar. Daher ordne ich an, dass ihm vierhundert Milligramm Morphinsulfat zur Substitution injiziert werden, damit er halbwegs vernehmungsfähig ist. Vorher muss er aber noch gewaschen und frisch eingekleidet werden.« Professor Suttons herrischer Blick richtete sich auf Maureen, die ihrem Vorgesetzten angespannt zugehört hatte. »Können Sie das bitte übernehmen, Schwester Maureen? Er hat eben immer wieder nach Ihnen gefragt und scheint einen Narren an Ihnen gefressen zu haben« Er verzog spöttisch die Mundwinkel, ehe er süffisant hinzufügte: »Darauf würde ich mir aber nicht unbedingt etwas einbilden.«

Maureen ignorierte seine Bemerkung, erhob sich wortlos vom Stuhl, strich ihre Schwesterntracht glatt und wollte sich schon auf den Weg machen, als Professor Sutton anordnete, Pfleger Festus solle sie begleiten.

»Der Mann ist möglicherweise ein gefährlicher Mörder und hochgradig geisteskrank, wenn man bedenkt, dass die Leiche enthauptet wurde.«

Der Inspektor nickte ernst und wandte sich an Maureen und Festus: »Ich muss Sie eindringlich darum bitten, Crowley gegenüber nichts von dem Mord verlautbaren zu lassen. Das ist sehr wichtig für das anschließende Verhör.«

Nachdem ihm Maureen und der Oberpfleger dies zugesichert hatten, begaben sie sich zum Fäkalienraum. In dem nach scharfen Desinfektionsmitteln riechenden Zimmer unweit der Personal- und Besuchertoiletten, wo die Bettpfannen, die hin und wieder auf der Station Verwendung fanden, ausgeleert und gereinigt wurden, lagerten neben verschiedenen Antiseptika, Hygienepräparaten und Waschutensilien auch Gummihandschuhe – die Maureen, das wusste sie aus Erfahrung, jetzt gut gebrauchen konnte.

»Glauben Sie, dass Crowley zu einem Mord fähig wäre?«, fragte sie nachdenklich.

»Diesem kranken Bastard traue ich jede Schandtat zu«, erwiderte Festus prompt. »Ich hatte ja bis vorhin, als Löwenherz uns gesagt hat, dass der Schotte Aleister Crowley ist, nicht die geringste Ahnung, wen wir da bei uns beherbergen. Was ich übrigens eine ziemliche Sauerei finde! Der Alte hätte uns das längst mitteilen müssen. Unsereiner hat ja viel mehr mit den Patienten zu tun und ist deswegen auch am meisten gefährdet bei so einem Irren, der kleine Kinder verspeist«, fluchte er erbittert.

Maureen wusste, dass er ein eifriger Leser von John Bull und dem Sunday Express war, und ahnte, woraus sich seine Meinung über den Magier speiste. Obgleich sie von Crowley ein differenzierteres Bild hatte, als die Skandalblätter von ihm verbreiteten, war sie doch innerlich hin- und hergerissen. Einerseits sagte ihr ihre Intuition, dass Crowley kein Mörder war, andererseits hätte sie aber auch nicht die Hand dafür ins Feuer gelegt, dass dem nicht so war. Von solcherart Zweifeln geplagt, trat sie mit dem kleinen Rollwagen, auf dem sich frische Wäsche und Handtücher, antiseptisches Waschwasser und Gummihandschuhe befanden, in Begleitung von Festus in die Gummizelle am Ende des Flurs.

»Ein Glück, dass du da bist!«, stieß Crowley bei ihrem Anblick hervor. »Ach, der Totschläger ist ja auch dabei«, murrte er verdrossen, als er die wuchtige Gestalt des Oberpflegers im Hintergrund gewahrte.

Der Okkultist war in einem jämmerlichen Zustand und stank entsetzlich nach Erbrochenem und Fäkalien. Maureen streifte sich die Gummihandschuhe über und hielt die Luft an. Crowley blickte beschämt zu ihr herüber.

»Tut mir leid, Fairy Queen, dass ich mich so eingesaut habe, aber mir geht es total beschissen«, stammelte er verlegen und bestand darauf, sich selber zu waschen.

Maureen übergab ihm Waschlappen und Seife und trat ein Stück zur Seite, während er sich auszog. Sie rümpfte angewidert die Nase, als sie die besudelten Kleidungsstücke vom Boden aufklaubte und in den Wäschesack stopfte.

»Wie konnten Sie das nur tun, Mr Crowley, sich bei der erstbesten Gelegenheit davonzumachen und rückfällig zu werden? Ich bin bitter enttäuscht von Ihnen«, schimpfte sie aufgebracht. »Sie waren doch gestern Morgen noch so vernünftig und haben auf mich einen gefestigten Eindruck gemacht. Aber da muss ich mich wohl getäuscht haben.«

»Nein, das hast du nicht, mein Kind«, erwiderte der Okkultist mit schwerer Zunge und gab einen tiefen Seufzer von sich. »Ich … ich muss dir etwas ganz, ganz Schreckliches sagen«, flüsterte er und gab ihr ein Zeichen, näherzukommen. »Er ist hier … Ich meine Bruder Pan. Ich … ich habe ihn gestern Abend beim Dinner im Speisesaal gesehen und deswegen bin ich auch geflüchtet«, stieß er panisch hervor.

»Hören Sie auf mit dieser Heimlichtuerei und waschen Sie sich gefälligst, damit wir Sie wieder ankleiden können!«, raunzte der Oberpfleger gereizt.

»Halt die Klappe, du Halbaffe!«, fluchte der Okkultist und fuhr mit seiner Katzenwäsche fort.

Als er damit fertig war und ein sauberes Patientenhemd übergezogen hatte, schien es der Oberpfleger eilig zu haben, aus der Gummizelle hinauszugelangen. »Wisch noch schnell die Pfütze vom Boden und fertig ist die Laube!«, wandte er sich beim Hinausgehen an Maureen.

Während sie dieser unliebsamen Tätigkeit nachging, erkundigte sie sich bei Crowley, ob Bruder Pan auch ihn im Speisesaal bemerkt habe.

Der Okkultist verneinte das. »Er hat am Ärztetisch gesessen und sich angeregt mit dem Anstaltsleiter unterhalten. Er hat sich zwar einen Vollbart wachsen lassen, aber ich habe ihn dennoch sofort erkannt«, erläuterte er erregt.

»Es könnte sich bei ihm also auch um einen Patienten gehandelt haben«, überlegte Maureen konzentriert. Sie nahm Crowleys Äußerungen durchaus ernst. »Hier im Holloway-Sanatorium ist es nämlich nicht unüblich, dass die Ärzteschaft Patienten an ihren Tisch bittet.« Da sie bemerkte, dass es Crowley guttat, mit ihr zu sprechen, bat sie ihn, Bruder Pan genauer zu beschreiben.

»Was soll ich sagen?«, erwiderte Crowley zerknirscht. »Ich weiß von ihm nur, dass er im Großen Krieg als Militärarzt gearbeitet hat. Außerdem hat er ausgezeichnete Umgangsformen. Sein Aussehen ist aber schwer zu beschreiben, weil er ein nichtssagendes Dutzendgesicht hat. Er ist groß und durchtrainiert und hat – übermenschliche Kräfte«, fügte er angstvoll hinzu.

Im nächsten Moment wurde die Tür geöffnet und Professor Sutton trat in Begleitung des Oberarztes und MacFaden in den schwach erleuchteten Raum. Er gab Maureen unmissverständlich zu verstehen, die Herren mit dem Patienten alleine zu lassen, worin sie sich widerspruchslos fügte und mit dem Rollwagen die Gummizelle verließ. Als sie wenig später auf dem Gang Joe Sandler beggnete, der gerade aus einem Patientenzimmer kam, machte ihr Herz einen Sprung und sie spürte, wie sie errötete.

»Hallo Maureen«, begrüßte er sie erfreut und fügte mit Blick auf ihre Handschuhe und die Waschutensilien auf dem

Wagen mitfühlend hinzu: »Der Tag hat für dich ja unschön begonnen. Für uns alle natürlich – nach den schrecklichen Vorkommnissen.«

Maureen konnte ihm nur beipflichten. »Das kann man wohl sagen. Ich war schon total vor den Kopf gestoßen, als ich von Crowleys Rückfall erfuhr. Aber als der Chef uns dann auch noch von dem Leichenfund berichtete, verstand ich die Welt nicht mehr. Ich kann und will es einfach nicht glauben, dass Crowley zu solch einer Tat fähig ist.« Ihr Blick verschleierte sich und sie musste um Fassung ringen, erst recht, da ihr aus Joes dunklen Augen eine Woge der Zuneigung entgegenströmte, die Seelenbalsam für sie war.

»Da bin ich mir auch nicht so sicher«, erwiderte der junge Psychiater mit ernster Miene. »Aber er ist zweifellos eine narzisstische Persönlichkeit, äußerst dominant und manipulativ, mit eindeutig sadistischen Zügen – von daher kann man es auch nicht ganz ausschließen.«

Maureen zögerte, ehe sie weitersprach. »Du kannst dich doch bestimmt noch daran erinnern, dass Crowley vor etwa anderthalb Wochen, als er das schlimme Entzugsdelir hatte, andauernd von diesem ominösen Bruder Pan geredet hat.«

»Durchaus«, entgegnete Joe mit gerunzelter Stirn. »Ich habe es seinerzeit als toxische Paranoia eingestuft und ihn mit einer Bromlösung in den Winterschlaf versetzt. Doktor Eisenberg und die anderen Kollegen haben mir diesbezüglich im Nachhinein auch recht gegeben. Sämtliche therapeutischen Gespräche, welche wir in der Folgezeit versucht haben mit Crowley darüber zu führen, hat er nur abgeblockt. Stattdessen wurde er ausfallend bis beleidigend.«

»Ich weiß«, sagte Maureen und musterte Joe nachdenklich. »Er hat vorhin behauptet, diesen Bruder Pan gestern Abend beim Dinner im Speisesaal gesehen zu haben – er hätte am Ärztetisch gesessen und sich mit Professor Sutton unterhalten. Deswegen wäre er ja auch geflüchtet. Ich bin mir nicht sicher, ob er sich das nur eingebildet hat, aber es lässt mir keine Ruhe.«

Joe, der ihr aufmerksam zugehört hatte, schlug vor, sich bei den Kollegen, die am Abend beim Dinner anwesend gewesen waren, diskret zu erkundigen, um wen es sich dabei handeln könne. »Sobald ich mehr weiß, sage ich dir Bescheid«, verabschiedete er sich.

Maureen dankte ihm aufrichtig für seine Unterstützung. »Bis später!«, sagte sie leicht verlegen, ehe sie dem Waschraum zustrebte.

Als Maureen um 13 Uhr mit ihren Kolleginnen Mildred und Heather den Speisesaal verließ, wo sie gemeinsam den Lunch eingenommen hatten, vernahm sie unversehens Joes Stimme hinter sich. Er sagte, dass er sie zu sprechen wünsche. Die beiden anderen Schwestern hielten ebenfalls inne und beäugten Maureen und den jungen Assistenzarzt mit unverhohlener Neugier und, da Maureen nicht die Einzige war, die für den gutaussehenden Psychiater eine Schwäche hegte, auch mit einem Anflug von Missgunst. Die Situation drohte schon peinlich zu werden, da Maureens Begleiterinnen keinerlei Anstalten machten, weiterzugehen. Schließlich riss Maureen der Geduldsfaden und sie erklärte den Kolleginnen mit zuckersüßem Lächeln, sie bräuchten nicht auf sie zu warten und sollten doch ruhig schon vorausgehen, sie käme gleich nach.

»Gut gemacht!«, lobte Joe, nachdem die beiden endlich fort waren. Er trat mit Maureen ein Stück zur Seite, um von den Besucherströmen, die das offene Portal des Speisesaals passierten, unbehelligt zu bleiben. »Also, ich habe eben mit Doktor Stoner gesprochen, der gestern Abend am Ärztetisch saß«, erklärte er mit gesenkter Stimme. »Er sagte mir, dass Lord Deerwood, ein guter Freund von Professor Sutton, mit diesem das Dinner eingenommen hat. Lord Deerwood ist Mitglied des Oberhauses und besitzt am Virginia-Water-See ein Landhaus.

Wenn er sich hier aufhält, pflegen er und Professor Sutton in Suttons Villa auf dem Sanatoriums-Gelände eine Partie Schach zu spielen.«

Maureen, die förmlich an seinen Lippen hing, war sprachlos.

Joe lächelte. »Lord Deerwood hat wohl auch einen Vollbart, was sich mit Crowleys Beschreibung deckt«, bemerkte er spöttisch. »Aber ich kann mir beim besten Willen nicht vorstellen, dass es sich bei diesem honorigen Herrn um einen Adepten von Aleister Crowley handelt. Dass er ihn für den ominösen Bruder Pan gehalten hat, muss eine Wahnvorstellung gewesen sein, wie sie für den Entzug typisch ist.«

»Das ist wohl so«, gab ihm Maureen widerstrebend recht. »Trotzdem vielen Dank, dass du nachgefragt hast!«

Schweigsam und nachdenklich machten sie sich auf den Weg zur Entwöhnungsstation. Als sie vor der verschlossenen Tür anlangten und Joe den Schlüssel zückte, um aufzuschließen, wandte er sich zu Maureen um.

»Es war so ein schöner Abend gestern und wir sollten das unbedingt wiederholen, wenn … wenn meine Schwester wieder da ist«, sagte er mit belegter Stimme.

Maureen war berührt von der Schüchternheit des sonst so selbstbewussten jungen Arztes. »Das können wir gerne machen, Joe«, erwiderte sie nicht minder befangen. Gleichzeitig war sie so glücklich, dass sie die ganze Welt hätte umarmen können.

Kapitel 5

Am nächsten Morgen brachte Maureen Crowley, dem es durch das Substitutionsmedikament deutlich besser ging, das Frühstück aufs Zimmer. Plötzlich kam ihr ein Gedanke und sie fragte sich verblüfft, warum sie nicht schon längst daran gedacht hatte.

»Wie konnten Sie an dem Abend, an dem Sie rückfällig wurden, eigentlich aus dem Sanatoriums-Gelände hinausgelangen?«, fragte sie Crowley eindringlich. »Das Hauptportal und die Seitentüren an der Parkmauer sind doch immer abgeschlossen und die Mauer ist viel zu hoch, um einfach darüber zu klettern.«

»Das wollte dieser Stoppelkopf von Scotland Yard auch schon wissen«, erwiderte der Magier grinsend. »Ich hatte halt Dusel. Kurz vor mir ist ein Mann in Gärtnerkleidung durch das Tor gegangen und der hat wohl vergessen, abzuschließen. Oder er wollte einfach nur höflich sein, denn er hat sich vorher noch nach mir umgedreht und mich kommen sehen, und da dachte er wohl, dass ich auch raus will – womit er ja recht hatte.«

»Das darf eigentlich nicht passieren! Das gesamte Hauspersonal, und dazu gehören auch die Gärtner, sind von der Sanatoriums-Leitung strengstens angewiesen, peinlichst darauf zu achten, dass die Außentüren immer verschlossen bleiben. Wenn ich das Sanatorium verlasse, um in die Stadt zu gehen, schließe ich hinter mir auch immer ab«, erwiderte Maureen konsterniert. »Wie sah denn dieser Gärtner aus?«, forschte sie weiter, da sie sich an den Parkarbeiter mit dem Narbengesicht erinnerte, der ihr beim Rundgang mit Crowley unangenehm aufgefallen war.

Der Magier überlegte eine Weile. »Ziemlich versoffen. Er hatte lauter Pockennarben im Gesicht und ... Genau! Es kam mir so vor, als ob ich diese Säufervisage schon mal irgendwo gesehen habe, aber ich weiß ums Verrecken nicht, wo.«

Plötzlich wurde dezent an die Tür geklopft. Nachdem Crowley unmutig »Herein!« gerufen hatte, trat Professor Sutton in Begleitung von Inspektor MacFaden in den Raum.

»Es gibt Neuigkeiten, Mr Crowley«, erklärte Sutton säuerlich und übergab das Wort an den Inspektor.

»Ich bin hier, Sir, um Ihnen mitzuteilen, dass unser Gerichtsmediziner Doktor Styvesant bei der Untersuchung der enthaupteten männlichen Leiche aus dem Seerosenteich eindeutig festgestellt hat, dass der Todeszeitpunkt bereits fünf Tage zurückliegt«, erklärte MacFaden in amtlichem Tonfall. »Da befanden Sie sich ja noch auf der geschlossenen Station. Doktor Styvesant ist sich sicher, dass der Leichnam gekühlt wurde, sonst wäre der Verwesungsgrad deutlich weiter fortgeschritten. Außerdem starb der Mann an einer Überdosis Heroin und bei der Untersuchung fanden sich keine Spuren, die auf einen gewaltsamen Tod schließen lassen. Das Abtrennen des Kopfes erfolgte nach dem Ableben. Es muss noch geklärt werden, wer das vorgenommen und die Leiche im See deponiert hat. Desgleichen, warum er das getan hat. Sie sind jedenfalls fürs Erste aus dem Schneider, Mr Crowley.«

Obgleich Crowley darüber sichtlich erleichtert war, konnte er sich einen bissigen Kommentar nicht verkneifen. »Ihr Leichenfledderer scheint mir ja ein fähiger Mann zu sein und da ist er wohl der Einzige in eurem Verein, denn Sie hatten sich ja auf mich eingeschossen, obwohl ich Ihnen mit Engelszungen versichert habe, dass ich nichts mit der Sache zu tun habe.«

»Mäßigen Sie Ihren Ton, Mr Crowley, und zeigen Sie etwas

mehr Achtung für unsere Polizei, die sehr gute Arbeit leistet!«, maßregelte ihn der Anstaltsleiter scharf. »Sonst überlege ich mir gut, ob wir Sie noch länger hierbehalten. Sie haben dem Sanatorium schon genug Verdruss bereitet und nun, da in der Skandal-Presse ruchbar geworden ist, dass Sie sich im Holloway aufhalten, wirft das kein gutes Licht auf uns.«

»Die verfluchten Zeitungsschmierer soll der Schlag treffen!«, wetterte Crowley erbost. »Diese Geier lassen doch keine Gelegenheit aus, mich noch mehr durch den Dreck zu ziehen – obwohl man sich das kaum vorstellen kann.«

»Da muss ich Ihnen ausnahmsweise recht geben«, knarzte Sutton mit der üblichen Überheblichkeit. »Ich lese ja nur den Daily Telegraph, der seriösen Journalismus betreibt, aber was einem an den Zeitungsständen sonst so an Schlagzeilen ins Auge sticht, ist unterstes Niveau.«

»Darf ich raten? Ripper, Metzger, Kannibale – oder habe ich noch was vergessen?«, kam es von Crowley trocken.

»Ja, Kopfjäger«, warf der Inspektor ein. »So lautet der allgemeine Tenor, seit man die kopflose Leiche im Teich gefunden hat. Ihre alte Widersacherin, Betty May, hat jüngst im Sunday Express eine eigene Kolumne bekommen und was sie über Sie schreibt, ist eine Hetzkampagne ohne Gleichen.«

Maureen, die die Schlammschlacht in der Presse nur am Rande mitbekommen hatte, erinnerte sich an die Heerscharen von Sensationsreportern und Fotografen, die sich am Tag des Leichenfundes schon am frühen Morgen vor dem Gartenportal gedrängt hatten, und ihr kam ein Gedanke. »Könnte es nicht sein, Sir, dass jemand die Leiche im See deponiert hat, um Mr Crowley den Mord anzuhängen?«, richtete sie sich an Inspektor MacFaden.

Der Anstaltsleiter verzog ungehalten die Mundwinkel. »Was mischen Sie sich denn ein, haben Sie nicht genug zu tun?«, tadelte er sie.

Bei MacFaden hingegen schien Maureen auf offene Ohren

zu treffen. »Den Gedanken hatte ich auch schon, Madam«, erwiderte er höflich. »Die Sensationsreporter sind sich doch für eine reißerische Story für nichts zu schade. Wir werden diesem Verdacht in jedem Fall nachgehen, Schwester ...« Er blickte Maureen fragend an.

»Schwester Maureen«, antwortete Maureen mit scheuem Lächeln.

Der Anstaltsleiter räusperte sich und sagte zu dem Inspektor, es sei ja nun alles geklärt und man könne sich wieder entfernen, um den Patienten nicht weiter zu belasten.

»Ach, entschuldigen Sie bitte, Herr Inspektor! Da ist noch etwas, das ich Ihnen gerne sagen möchte«, meldete sich Maureen erneut zu Wort.

Während MacFaden sie freundlich dazu ermunterte, ihr Anliegen vorzutragen, bedachte sie der Anstaltsleiter mit einem vernichtenden Blick.

»Mr Crowley hat mir eben davon berichtet, wie er am Abend seines Rückfalls das Sanatoriums-Gelände verlassen konnte«, äußerte sie unbeirrt. »Einer der Gärtner, der vor ihm durch das Tor gegangen ist, hat offenbar nicht abgeschlossen – und das nicht etwa aus Unachtsamkeit, sondern mit Absicht: Er hatte sich umgedreht und Crowley hinter sich bemerkt ...«

»Das wissen wir doch alles schon«, unterbrach sie der Anstaltsleiter unwirsch. »Der Vorarbeiter der Landschaftsgärtner hat deswegen auch eine Abmahnung von mir erhalten, weil er seinen Untergebenen nicht eingebläut hat, das Tor beim Verlassen des Anstaltsgeländes unbedingt abzusperren.«

»Wissen Sie denn, welcher Gärtner dafür verantwortlich war?«, sprudelte es aus Maureen heraus und sie hatte das Gefühl, den Anstaltsleiter, der indigniert die Brauen hob, an einem Schwachpunkt zu treffen.

»Das ließ sich nicht eindeutig ermitteln«, erwiderte er ausweichend. »Bei zehn festangestellten Parkarbeitern und ebenso vielen Aushilfen ist das auch kein leichtes Unterfangen.«

Maureen, die ihren Vorgesetzten nicht noch weiter gegen sich aufbringen wollte, zeigte sich einsichtig. »Aber wenn Sie gestatten, Herr Direktor, mir ist da letztens etwas aufgefallen, das ich Ihnen mitteilen möchte«, sagte sie entgegenkommend und bemühte sich um ein charmantes Lächeln. Sie berichtete von dem Gärtner, der sie und Crowley bei ihrem Rundgang durch den Park so neugierig angestarrt hatte, und äußerte den Verdacht, dass es sich bei ihm möglicherweise um denselben Mann handelte, der Crowley durch das Tor gelassen hatte.

Der Inspektor hörte ihr interessiert zu und machte sich Notizen. »Vielen Dank, Schwester Maureen, ich werde der Sache nachgehen«, versprach er und musterte Maureens Gesicht mit sichtlichem Wohlgefallen.

Sutton dagegen konnte sich eine Spitze nicht verkneifen: »Was täten wir nur ohne Sie?« Dann ließ er Maureen mit der gewohnten Herablassung wissen, man benötige sie nun nicht mehr.

Maureen verabschiedete sich höflich und verließ das Zimmer. Als ihr die Herren gleich darauf in kurzem Abstand auf dem Flur nachfolgten, hörte sie, wie der Anstaltsleiter den Inspektor um eine Unterredung unter vier Augen bat.

In dem luxuriösen Büro, welches mit seinem gediegenen Interieur einem Herren-Club der britischen Oberschicht glich, begann Professor Sutton in ernstem Tonfall, dem Inspektor die prekäre Lage zu erläutern. »Nachdem in sämtlichen Gazetten zu lesen war, dass sich Crowley seit geraumer Zeit im Holloway-Sanatorium aufhält, häufen sich die Beschwerden meiner Patienten. Sie alle sind wenig amüsiert darüber, dass sie mit einem gefährlichen Satanisten unter einem Dach leben müssen – was ich durchaus verstehen kann«, schnaubte er verächtlich. »Einige haben sogar schon gedroht, die Heilanstalt zu verlassen, wenn Crowley noch länger hier weilt. Ganz zu schweigen von dem Wirbel der Skandalpresse, dem das

Sanatorium in jüngster Zeit ausgesetzt ist. Die Sensationsreporter, die sich vor dem Gartenportal tummeln, bedrängen Patienten und Angestellte mit Fragen über Crowley und fallen selbst den Bewohnern von Virginia Water zur Last, die unserer Einrichtung sonst sehr wohlgesonnen sind.« Mit bekümmerter Miene wies er auf einen Stapel Schriftstücke, der vor ihm auf dem Schreibtisch lag. »Hierbei handelt es sich um Beschwerdebriefe besorgter Anwohner, die ich heute Morgen erhalten habe. Wie Sie sicherlich wissen, handelt es sich bei den Einwohnern von Virginia Water überwiegend um gesittete Angehörige der Oberschicht. Sie fordern höflich, aber bestimmt – ich zitiere: ›diesen Lumpenhund und Nestbeschmutzer umgehend aus dem Holloway-Sanatorium zu entfernen‹. Andere hingegen sind weniger distinguiert und schreien gar nach Lynchjustiz«, äußerte der Anstaltsleiter besorgt. »Die Volksseele kocht und es ist nur eine Frage der Zeit, wann es zu ersten Übergriffen kommt und aufgebrachte Bürger das Sanatorium stürmen, um Mr Crowley aufzuknüpfen, wie es in den Hetzartikeln allenthalben gefordert wird. Daher erachte ich es für das Klügste, wenn Sie den Patienten mitnehmen würden – zu seinem eigenen Schutz, sozusagen. Wir würden ihn selbstverständlich medizinisch ausreichend versorgen und ihm genügend Substitutionsmedikamente mitgeben.« Er sah den Inspektor eindringlich an. »Sie würden uns und nicht zuletzt auch Mr Crowley damit einen großen Gefallen tun.«

»Ich brauche ihn noch als Zeugen, wegen dieses Gärtners, der ihn hat entkommen lassen«, gab MacFaden zur Antwort. »Danach halte ich es für sinnvoll, dass er das Land verlässt. Bezüglich des Leichenfunds kann ihm ja keine Schuld angelastet werden. Lassen Sie mich also noch die Gegenüberstellung abschließen, zu der ich auch die patente junge Schwester bitten möchte, und dann gebe ich Ihnen Bescheid, wie wir weiter mit ihm verfahren.«

Anhand der Beschreibungen von Maureen und Crowley war es für Scotland Yard ein Leichtes, den Mann mit den Pockennarben unter den Parkarbeitern zu ermitteln. Es handelte sich um den achtundvierzigjährigen William Alterman aus London, der etwa zur gleichen Zeit, als Crowley im Sanatorium als Patient aufgenommen worden war, seine Stelle als Hilfsarbeiter angetreten hatte. Inspektor MacFaden hielt das für einen merkwürdigen Zufall. Es erwies sich rasch, dass der verschlagen anmutende Mann, der bereits mehrere Vorstrafen wegen Trunkenheit, Betrug und Eigentumsdelikten hatte, alkoholabhängig war. Bei der Gegenüberstellung erkannte Crowley ihn eindeutig als denjenigen, der für ihn das Gartenportal offengelassen hatte. Auch Maureen war sich sicher, dass er der Parkarbeiter war, der Crowley und sie so zudringlich angestarrt hatte.

»So süß, wie die Kleine aussieht, bin ich doch bestimmt nicht der Erste, der ihr nachgafft«, versuchte sich Alterman herauszuwinden.

Maureen konterte, seine Aufmerksamkeit habe sich hauptsächlich auf Crowley gerichtet.

Der Parkarbeiter, der bereits am Vormittag eine Schnapsfahne hatte, entgegnete, das sei doch kein Wunder, so ulkig wie der Fettwanst in seinem Schottenrock ausgesehen habe. »Mit seinem Fifi auf der Birne und der weibischen Visage hätte man den glatt für 'ne schottische Schwuchtel halten können«, erläuterte er in breitem Cockney-Dialekt, woraufhin ihm der erboste Magier einen Tritt gegens Schienbein verpasste.

Nach der Befragung wurde der Okkultist ins Büro des Anstaltsleiters zitiert, wo dieser ihm aus Sicherheitsgründen nahelegte, das Sanatorium in Bälde zu verlassen.

»Nichts lieber als das!«, erwiderte Crowley wie aus der Pistole geschossen. Er bestand aber nach einer Weile des Nachdenkens darauf, dass ihm dann ein Teil der Vorauszahlung, die sein wohlhabender Gönner für seine Behandlung geleistet hatte, zurückerstattet werde. Nach einigem Feilschen erklärte sich Professor Sutton bereit, Crowley 800 Pfund Sterling zu überlassen, ohne ihm zu sagen, dass es sich bei dieser Summe nur um knapp zehn Prozent der gesamten Unterbringungskosten in einer der Nobel-Suiten für einen Zeitraum von vier Wochen handelte. Der Magier war zufrieden. In Tunesien, wohin er gedachte sich zurückzuziehen, würde man davon gut und gerne etliche Monate leben können, da selbst die Drogen weitaus billiger waren als auf Sizilien, von England ganz zu schweigen.

Da William Alterman beim Verhör auf seiner Schiene weiterfuhr und auf die Fragen von MacFaden nur mit aalglatten Ausflüchten reagierte, ließ ihn der Inspektor kurzerhand im Yard in Untersuchungshaft nehmen – wohl wissend, dass der Alkoholiker, so jäh aufs Trockene gesetzt, den Entzug nicht lange aushalten würde. Damit sollte er recht behalten. Noch am gleichen Abend, nach etwa fünf Stunden Alkoholentzug, fing Alterman in der Zelle an zu randalieren. Inspektor MacFaden, der extra seinen Feierabend verschoben hatte, um vor Ort zu sein, wenn Alterman schwach werden würde, ließ es sich daher nicht nehmen, persönlich in der Zelle vorstellig zu werden.

Alterman lief der Schweiß in Strömen über das vernarbte Gesicht. Er zitterte am ganzen Leib und raufte sich die strähnigen Haare, während er gehetzt hin- und herlief wie ein Tiger im Käfig.

»Ich halt' das nicht mehr aus«, stammelte er verzweifelt und schlug mit der Faust gegen die Wand.

»Soll ich einen Arzt rufen?«, erkundigte sich MacFaden scheinheilig.

»Scheiß drauf! Ich brauch was zu saufen oder ich dreh durch.«

MacFaden wechselte mit seinem Kollegen Mike Moorehead beredte Blicke. »Ich denke, wir sollten für heute Feierabend machen, Mike. Was meinst du? Es ist spät genug geworden.«

»Ja, Chef, da hamse recht«, erwiderte der junge Scotland-Yard-Beamte mit verschlagenem Grinsen. »Aber vorher genehmigen wir uns noch einen. Ich hab nämlich 'ne gute Flasche Scotch im Schreibtisch, die mir die Jungs zum Geburtstag geschenkt haben.«

MacFaden stimmte ihm freudig zu und begab sich mit ihm zur Tür, als Altermans kehlige Stimme ihn zurückhielt.

»Kann ich bitte was zu trinken haben? Sonst krepier ich noch«, flehte er außer sich.

MacFaden musterte ihn prüfend. »Wenn Sie endlich mit der Wahrheit rausrücken, Alterman, kriegen Sie was.«

Der Tremor des Gefangenen hatte sich so gesteigert, dass seine Gesichtszüge bebten. »Mach ich, Chef. Wenn ich was zu saufen krieg, sag ich alles«, erwiderte er und brabbelte in seinen Bart, dass er sowieso nichts mehr zu verlieren habe.

MacFaden, der in seinem Berufsleben schon häufig mit Alkoholikern zu tun gehabt hatte, gewann den Eindruck, dass Alterman kurz vor einem Krampfanfall stand. Deshalb wies er seinen Assistenten an, die Flasche zu holen. Nachdem er zwei Daumen breit Whiskey in ein Wasserglas geschenkt und es vor sich auf den Tisch gestellt hatte, forderte er den Gefangenen auf, sich ihm gegenüber zu setzen und seine Aussage zu machen.

»Aber keine Ausflüchte mehr, sonst kannst du in die Röhre gucken!«, stieß er zwischen den Zähnen hervor und erklärte das Verhör von William Alterman für eröffnet.

Alterman, der auf das Whiskey-Glas starrte wie das Kaninchen auf die Schlange, rann schon der Sabber aus den Mundwinkeln. »Also, das ist so: Ich ... ich arbeite als Privatdetektiv.«

»Wer ist Ihr Auftraggeber?«, kam die prompte Frage des

Inspektors, während sein Kollege, der sich an der Stirnseite des Tisches niedergelassen hatte, das Verhör-Protokoll führte.

»Wenn ich das jetzt sage, krieg ich aber was«, krächzte der Mann mit dem Narbengesicht und der roten Trinkernase.

»Erst die Arbeit, dann das Vergnügen«, lautete die barsche Antwort.

»Das ist so 'ne Alte, die heißt Betty May«, brach es aus Alterman heraus, woraufhin ihm der Inspektor anstandslos das Glas hinschob. Die Hände des ausgemergelten Mannes, der in der grünen Gärtnerkleidung anmutete wie eine Vogelscheuche, zitterten so stark, dass er es kaum halten konnte. Er umklammerte es, beugte den Kopf hinunter und leerte es in gierigen Zügen. »Kann ich noch was haben, Chef«, erkundigte er sich anbiedernd bei MacFaden.

»Ich habe doch eben schon gesagt – erst die Arbeit, dann das Vergnügen. Also reden Sie gefälligst, Alterman!«

Der hervorstehende Adamsapfel des hageren Mannes bewegte sich krampfartig. »Also gut«, murmelte er zerknirscht, »dann mach ich mal weiter. Das muss vor einem Monat gewesen sein, als mich diese Tussi in einer Bar in Soho angesprochen hat. Die war schon ein echter Blickfang, die Alte, in ihrem knöchellangen Tigerfellmantel und der feuerroten Federboa. Jedenfalls hat die mich zu 'nem Drink eingeladen und mir gesagt, sie hätte einen Job für mich. Als sie mir gesagt hat, um was es ging, bin ich sofort hellhörig geworden. Denn der Kerl, den ich unauffällig überwachen sollte, war ja ein ganz schlimmer Finger und die Alte, die es faustdick hinter den Ohren hatte, wie ich gleich gemerkt hab, war auch nicht ohne. Die Tiger Lady hat Crowley ja in der Luft zerrissen. Wie die in der Presse über den gewettert hat, das muss man erst mal nachmachen«, schwadronierte er. Seine Zunge war durch den Whiskey merklich gelöster geworden und er schielte nach der Flasche.

»Mach weiter, Alterman, dann gibt`s noch was!«, forderte ihn MacFaden auf.

»Äh, kann ich nicht jetzt schon was kriegen? Ich hab so 'ne trockene Kehle.«

Der Inspektor zeigte sich gnädig und schenkte Alterman nach.

Der kippte den Whiskey in einem Zug herunter und wurde immer mitteilsamer. »Weil ich ja gewusst hab, was um den Crowley für 'n Wirbel in den Zeitungen gemacht wird, hab ich natürlich Morgenluft gewittert und mir gedacht, da ist gut Kohle für mich drin. Erst hab ich mit der Tiger Lady noch ein bisschen rumfeilschen müssen, bis wir uns einig geworden sind. Sie hat mir gleich ein paar Scheine in die Kralle gedrückt und mir gesagt, was ich zu tun habe. Dann bin ich am nächsten Tag nach Virginia Water gefahren und hab mich in der Nobel-Klapsmühle nach einem Job umgeschaut. Ich hatte Glück, denn der Ober-Macker von den Gärtnern hat gemeint, dass es im Frühjahr viel Arbeit gebe und da könnten sie noch Helfer gebrauchen. Dann hat er mir hinten in der Arbeiterbaracke eine Pritsche zugeteilt und mir Arbeitsklamotten gegeben. Das war ein ganz schöner Knochenjob, denn als Hilfsarbeiter musst du die ganze Drecksarbeit machen, für die sich die Herren Landschaftsgärtner zu fein sind. Aber ich wollte ja bleiben, und deswegen hab ich zugepackt und nebenbei hab ich mich bei den Kollegen ein bisschen umgehört, was die Insassen betrifft. Weil ich gewusst hab, dass der Crowley eine Entziehungskur macht, hab ich mich während der Arbeit erkundigt, wie das bei denen so abgeht, und hab herausgefunden, dass die feinen Pinkel, die an der Nadel oder Flasche hängen, eine strenge Zucht haben. Ist nicht viel anders als in den Heilanstalten für arme Schlucker, wo ich selber schon öfter war, um vom Suff loszukommen«, erläuterte er grinsend. »Die ersten zwei Wochen wirst du weggesperrt und hast nix zu lachen und dann darfste wenigstens mal in den Park, dir die Füße vertreten –

und die höchste Vergünstigung ist, dass du für den Einkaufsdienst eingeteilt wirst und in Begleitung eines Pflegers in die Stadt darfst. Na jedenfalls – als ich dann gesehen hab, wie der Crowley mit der süßen Puppe durch den Park gelatscht ist, hab ich gewusst: Jetzt heißt es Obacht geben. Das hab ich auch der Tiger Lady gesagt, der ich regelmäßig Bericht erstatten musste.«

»Hat sich Betty May etwa auch in Virginia Water aufgehalten?«, unterbrach ihn der Inspektor alarmiert.

»Klaro! Die hat sich auf Kosten des Sunday Express in so 'ner Pension am Bahnhof eingemietet, was ja vom Sanatorium aus nur ein Katzensprung ist. Na ja, und als sich der Fettwanst dann abends vom Acker gemacht hat, dank meiner Hilfe, wie Sie ja inzwischen wissen, da bin ich sofort zu der Alten hin und hab ihr das gesagt. Die hat gleich mit diesen Zeitungsfritzen telefoniert und die haben dann einen Wagen geschickt, der uns nach London kutschiert hat. Als das Auto vor einem Hinterausgang des London Hospital gehalten hat, hat die May mir ein paar Scheine in die Hand gedrückt und gesagt, ich soll damit zur Tür gehen, die nur angelehnt wäre, und dann den langen Flur entlang, bis ich zu einer Tür mit der Aufschrift ›Pathologie‹ kommen würde. Dort sollte ich warten, bis jemand rauskommen würde, und dem sollte ich das Geld geben. Das habe ich dann auch gemacht und als der Leichenschänder die Kohle gekriegt hat, ist er wieder rein gegangen und mit einer Bahre zurückgekommen, auf der eine zugedeckte Leiche lag. Er hat gesagt, das wäre ein namenloser Drogentoter, den keiner vermissen tät, und ich solle die Leiche auf dem schnellsten Weg zum Auto karren und ihm dann die leere Bahre wieder vor die Tür stellen. Da war mir schon ein bisschen mulmig, aber was macht man nicht alles für ein paar Kröten?«, seufzte Alterman, dessen vernarbtes Gesicht vor Schweiß glänzte. Ihm schien es offenbar an der Zeit, den Reumütigen zu geben. »Ich weiß, ich steck jetzt ganz schön in der Scheiße, aber die ganze Chose ist nicht auf meinem Mist gewachsen, Herr Inspektor, das müssen Sie mir glauben. Dieses Frauenzimmer hat mir das alles eingebrockt. Die geht ja über Leichen, um dem alten Saftsack ein faules Ei ins Nest zu legen. So was wie die ist mir noch nicht untergekommen.« Er schüttelte den Kopf und verdrehte theatralisch die trüben Säuferaugen. »Und das will was heißen, denn ich hab schon allerhand mitgemacht«, ächzte er Mitleid heischend. »War an der Front bei den Froschfressern, wo ich einen Granatsplitter abgekriegt hab, der ein Pferd erschlagen könnte. Ist 'ne ganz tiefe Kuhle.« Er wies auf seine Schulter. »Ein Wunder, dass ich noch lebe. Und seit der Zeit saufe ich und denke manchmal, es wär besser, wenn ich damals im Schützengraben krepiert wäre.« Er drückte ein paar Krokodilstränen aus den Augenwinkeln und beäugte den Inspektor verstohlen.

Dessen Mitgefühl hielt sich in Grenzen. »Andere waren auch im Krieg und sind trotzdem anständig geblieben«, lautete sein harscher Kommentar. Dann kam er wieder zur Sache. »Darf ich raten?«, fragte er höhnisch. »Sie sind mit May und der Leiche im Kofferraum nach Virginia Water zurückgefahren, wo Sie dem Toten den Kopf abgetrennt haben und ihn zu nachtschlafender Zeit im Seerosenteich auf dem Parkgelände des Sanatoriums deponiert haben – um Crowley, der die Heilanstalt nach dem Dinner verlassen hatte, einen ähnlichen Mord anzulasten wie die Fälle in Palermo, wo die Leichen auch enthauptet worden waren. War's nicht so? Oder wollen Sie mir vielleicht weismachen, dass May das alles getan hat?«

»Nee, hat se nich, aber sie hat mich beauftragt, es zu tun. Und da hab ich's halt gemacht, obwohl mir speiübel dabei geworden ist.«

»Da kann's einem auch speiübel werden«, schimpfte MacFaden erbost. »Das ist Irreführung der Polizei, arglistige Täuschung, Leichenschändung und wer weiß noch was. Dafür fahren Sie für ein paar Jahre ein, Alterman, das kann ich

Ihnen versprechen. Und Schnaps gibt's dann auch keinen mehr.«

»Dann häng ich mich auf«, jammerte Alterman und heulte los wie ein Pennäler.

»Hören Sie auf zu flennen!«, herrschte ihn MacFaden an. »Das hätten Sie sich früher überlegen sollen, bevor Sie mit so einer abgeschmackten Posse Verwirrung gestiftet und der Polizei nur Verdruss und unnötige Arbeit bereitet haben.« Er fixierte den Gefangenen, der vor ihm saß wie ein Häufchen Elend, abgeklärt. »Wenn Sie bereit sind, vor Gericht gegen Betty May und ihre Komplizen, die Zeitungsschmierer, die wahrscheinlich auch ihre Geldgeber waren, auszusagen, können wir vielleicht eine Strafmilderung für Sie erwirken, Alterman.«

Der Trinker sah ihn dankbar an. »Das bin ich, Herr Inspektor. Ich schwöre jeden Eid, dass das die Wahrheit ist, was ich Ihnen eben gesagt habe. So, und jetzt brauch ich noch einen Schnaps, wenn's möglich wäre, Chef«, äußerte er mit flehendem Blick.

Arme Sau, dachte MacFaden, da ihm bewusst wurde, dass einzig der Alkohol Alterman noch etwas bedeutete. Er überließ ihm kurzerhand die halbvolle Flasche, woraufhin ihm Alterman mit einer Inbrunst dankte, als habe er ihn vor dem Tode bewahrt. »Die May haben wir im Sack«, sagte der Inspektor mit zufriedener Miene zu seinem Assistenten, als sie mit dem unterzeichneten Verhör-Protokoll die Zelle verließen.

Kapitel 6

Als Betty May am nächsten Morgen in Erfahrung gebracht hatte, dass Alterman verhaftet worden war, rief sie sogleich James Douglas vom Sunday Express an, um ihn in der prekären Situation zu Rate zu ziehen. Noch während sie in der Diele der einfachen Fremdenpension »Virginia«, die sich unweit des Bahnhofs von Virginia Water befand, aufgeregt telefonierte, eilten Polizeibeamte im Schlepptau eines sommersprossigen Mannes mit einem schwarzen Bowler-Hut durch die Eingangstür.

Bei ihrem Anblick flüsterte sie gehetzt: »Die Polizei ist gerade gekommen. Was soll ich denn jetzt machen?«

»Halten Sie sich genau an meine Anweisungen, haben Sie verstanden?«, erklang die schroffe Antwort aus der Ohrmuschel.

»Aber Sie können mich doch jetzt nicht hängen lassen!«, konnte Betty gerade noch sagen, als ihr das Freizeichen signalisierte, dass ihr Gesprächspartner am anderen Ende der Leitung aufgelegt hatte.

Da kam auch schon der drahtige Mann mit dem Bowler zielstrebig auf sie zu und zeigte ihr seine Dienstmarke. »Mrs Betty May-Loveday«, richtete er das Wort an sie.

Betty nickte vorsichtig.

»Oberinspektor MacFaden von Scotland Yard. Ich ermittle wegen des Leichenfunds auf dem Sanatoriums-Gelände und fordere Sie hiermit auf, mich zu einem Verhör zu begleiten, da Sie unter dem dringenden Tatverdacht stehen, das Deponieren der Leiche veranlasst zu haben.«

»Ich verbitte mir derartige Beschuldigungen!«, fauchte Betty erzürnt. Sie war viel zu perplex, um einen klaren Gedanken zu fassen, also tat sie das, was sie immer tat, wenn sie angegangen wurde – gemäß dem Motto »Angriff ist die beste Verteidigung«.

»Uns liegen entsprechende Aussagen vor, die das belegen«, sagte der Inspektor lapidar.

Betty besann sich augenblicklich auf das, was ihr Douglas eben gebetsmühlenartig eingetrichtert hatte. »Na gut, Mister«, seufzte sie einlenkend, »dann komme ich halt mit. Aber ich muss vorher noch schnell in mein Zimmer, um ein paar Sachen zu holen.«

»Ist recht«, sagte der Inspektor.

Mit einem mokanten Grinsen blickte MacFaden der extravaganten Erscheinung hinterher. Sie trug ein rosafarbenes Seidenkleid, das im Stile eines Kimonos geschnitten und mit japanischen Schriftzeichen versehen war. In ihren hochhackigen lindgrünen Lackschuhen und den gelben Seidenstrümpfen stakste sie mit kokettem Hüftschwung den Flur entlang, als wäre sie ein Mannequin auf dem Laufsteg für einen Modeschöpfer, der sich auf die Fahne geschrieben hatte: Je mehr, desto besser.

Von allem zu viel – das war MacFadens erster Eindruck von Betty May. Zu viel Make-up auf dem durchaus ansprechenden Gesicht, zu viel Parfüm, das sie geradezu umnebelte und ihm fast den Atem verschlagen hatte, als er vor ihr gestanden hatte. Die schwere, erdige Patschuli-Note hing jetzt noch in dem schäbigen Foyer mit dem wurmstichigen Rezeptionstresen, auf dem eine Handglocke stand und ein Schild mit der Aufschrift ›Bin gleich wieder da‹. Betty trug zu viele Ringe an den Händen mit den grellrot lackierten langen Fingernägeln, und noch dazu Dutzende von Armreifen und schillernden Halsketten, die bei jeder Bewegung klickerten und klackerten. Die langen Ohrgehänge unter der mokkabraunen Bubikopf-Frisur gemahnten in ihrer Pracht an den Schmuck einer russischen Großfürstin und der kappenartige Hut aus ziegelrotem Samt wurde gleich von drei künstlichen Pfingstrosen geziert.

Weniger ist mehr, ging es MacFaden durch den Sinn und er musste unwillkürlich an die junge Krankenschwester aus dem Holloway-Sanatorium denken, deren frischer Teint nicht den Hauch von Schminke aufwies und deren kristallklare smaragdgrüne Augen auch ohne Lidschatten und Wimperntusche auskamen. Die Frau ist ein Gedicht, hatte er im Stillen geschwärmt, und noch viele Stunden später war sie ihm nicht aus dem Sinn gegangen, obwohl er von Hause aus eigentlich kein Schwärmer war. Schade drum, dachte er in Anbetracht der Tatsache, dass er sie wahrscheinlich nicht mehr wiedersehen würde.

Das Geräusch klappernder Absätze, welches Betty Mays Rückkehr ankündigte, riss ihn aus seinen Gedanken. Trotz des milden Maiklimas hatte sie sich ihr Markenzeichen, den knöchellangen Tigerfellmantel, über die Schultern gehängt, überdies ihre Schminke aufgefrischt und sich mit einer neuerlichen Duftwolke umgeben. Außerdem trug sie eine mondäne Sonnenbrille, die sie anmuten ließ wie eine Filmdiva, die nicht erkannt werden wollte.

»Wir können gehen«, erklärte sie betont locker und folgte den Beamten nach draußen. Dem Inspektor, der ihr höflich die Tür des Polizeiautos aufhielt, dankte sie mit huldvollem Lächeln und schwang ihre seidenbestrumpften Beine mit formvollendeter Eleganz in das Wageninnere, als schulde sie das einem staunenden Publikum, welches tatsächlich gar nicht vorhanden war.

»Darf ich rauchen?«, fragte Betty May gleich nach der Eröffnung der Befragung im Verhörraum von Scotland Yard und holte bereits eine ellenlange Zigarettenspitze aus ihrer kunstseidenen Handtasche.

Nachdem der Inspektor es gestattet und ihr einen zerbeulten Blechaschenbecher hingestellt hatte, der aussah wie ein Hundenapf, begann er mit der Verlesung von Altermans Verhörprotokoll. »Was haben Sie dazu zu sagen?«, wandte er sich anschließend an Betty und fixierte sie mit erbarmungslosem Blick.

Anstelle einer Erwiderung brach sie in Tränen aus. »Sie haben ja gar keine Vorstellung davon, Herr Inspektor, was mir dieser Satan angetan hat«, presste sie mit tränenerstickter Stimme hervor. »Die Bestie hat mir meinen über alles geliebten Ehemann Raoul geraubt. Er war erst dreiundzwanzig Jahre alt, als er starb. Es geschah im Februar diesen Jahres und ich werde niemals darüber hinwegkommen, niemals!«

Schwarze Tränen rannen ihr über die rotgeschminkten Wangen und hinterließen dunkle Schlieren auf der großporigen Haut. Sie waren zweifellos echt, doch die Theatralik und das Pathos, mit denen die Tiger-Frau sie untermalte, beraubten sie jeglicher Authentizität. Den Polizeibeamten fiel es schwer, diesem ganz in seiner Selbstdarstellung gefangenen Paradiesvogel die Rolle der trauernden Witwe abzunehmen. MacFaden und sein Assistent Moorehead wechselten einen Blick.

Was für ein Auftritt, dachte der Inspektor und beschloss, der Tragödie gnadenlos ein Ende zu setzen und Betty, die in der Rolle der Drama-Queen förmlich aufzugehen schien, auf den Boden der Tatsachen zurückzuholen. »Geben Sie zu, Alterman zur Überwachung Aleister Crowleys gedungen und später die Leiche organisiert zu haben, um Crowley den Mord in die Schuhe zu schieben?«

Betty tupfte sich mit einem verknüllten Taschentuch die Tränen von den Wangen, senkte schicksalsergeben die schwarzverschmierten Lider und presste mit Grabesstimme hervor:

»Ja, das gebe ich zu. Aber einzig aus dem Grund, um mich an Crowley dafür zu rächen, dass er mein Leben zerstört hat.«

MacFaden musterte sie lauernd. »Nicht auch, um mit Ihren Skandalgeschichten in der Presse fett zu verdienen und dem Sunday Express traumhafte Auflagen zu bescheren?« Betty schwieg verbissen, was ihn dazu bewog, nachzubohren. »War es nicht auch der Sunday Express, der Ihnen die Gelder für Ihre Aktionen bereitgestellt hat?«

Bettys Mundwinkel zuckten. »Auf gar keinen Fall! Der Sunday Express hat nichts mit der Sache zu tun.«

Diese Aussage zog sich wie ein roter Faden durch die weitere Vernehmung und war durch nichts zu erschüttern. Betty legte zwar ein vollständiges Geständnis ab, was aber MacFadens immer wieder geäußerten Verdacht anbetraf, der Sunday Express habe im Hintergrund die Fäden gezogen, wurde von ihr mit aller Hartnäckigkeit zurückgewiesen. Deshalb beschloss der Inspektor, James Douglas, dem Chefredakteur des Sunday Express, am Nachmittag einen Besuch abzustatten.

»Igittigitt! Was für eine hässliche Geschichte!«, schnaubte der korpulente, rotgesichtige Douglas angewidert, als MacFaden und sein Assistent ihn in seinem Büro zu dem Fall befragten. Das Anerbieten des Skandalreporters, der unermüdlich an seinem Ruf als Saubermann und Vaterlandsfreund feilte, »unseren tüchtigen Leuten von Scotland Yard« Tee und Gebäck zu reichen, hatten sie zuvor dankend abgelehnt. »Ich muss die Herren enttäuschen, aber an so etwas macht sich doch der Sunday Express nicht die Finger dreckig«, beteuerte er vollmundig. »Das ist alleine auf dem Mist dieser Kanaille gewachsen«, womit er Betty May meinte, »das dürfen Sie mir glauben, Herr Chefinspektor!«

Mehr und mehr musste sich MacFaden eingestehen, dass dem gerissenen Zeitungsredakteur nicht beizukommen war –

und beweisen ließ sich eine wie auch immer geartete Beteiligung der Skandal-Gazette an dem ausgeklügelten Komplott gegen Crowley ohnehin nicht. Selbst der von seinen Mitarbeitern in die Zange genommene Pathologiegehilfe, dem das London Hospital unmittelbar nach Bekanntwerden des Skandals fristlos gekündigt hatte und dem jetzt ebenfalls ein gerichtliches Verfahren drohte, hatte steif und fest behauptet, dass Betty May ihn zu dem Leichenverkauf bewogen und ihn auch dafür bezahlt hatte. Dass ihn der Sunday Express kontaktiert und zu dem faulen Geschäft überredet hatte, leugnete er nachdrücklich.

Als die Scotland-Yard-Beamten sich zurückziehen wollten, ließen sie noch einmal durchblicken, dass sie Douglas für den eigentlichen Strippenzieher in der heimtückischen Verleumdungskampagne gegen Crowley hielten.

Doch der Chefredakteur ging nicht darauf ein, sondern wartete mit schaurigen Anschuldigungen gegen Crowley auf. »Vor einigen Jahren führte ich ein Interview mit diesem Satansanbeter und Sie dürfen mir glauben, dass mir niemals etwas Bösartigeres und Degeneriertes untergekommen ist als er. Dieser Teufel in Menschengestalt hat übernatürliche Kräfte. Er kann Gedanken lesen und ich bin mir sicher, dass er ganz genau weiß, was wir just in diesem Moment über ihn sprechen. Ich kann Ihnen nur einen gutgemeinten Rat geben, meine Herren«, fuhr er mit gedämpfter Stimme fort, als sei ein ominöser Lauscher im Raum. »Wenn Sie wieder einmal über dieses verkommene Subjekt reden, vergessen Sie um Himmels Willen nicht, Ihre Finger zu kreuzen!« Er hob demonstrativ die Hände, um zu zeigen, dass er sich an diesen Rat hielt. »Das tue ich, seit Sie zum ersten Mal seinen Namen erwähnt haben«, flüsterte er verschwörerisch und ließ es sich nicht nehmen, die Scotland-Yard-Beamten zur Tür zu begleiten und ihnen viel Erfolg bei den weiteren Ermittlungen zu wünschen.

Noch am selben Tag konnte Aleister Crowley unbehelligt auf dem Seeweg nach Tunesien reisen. Vorher verabschiedete er sich von Maureen mit Tränen in den Augen, erklärte salbungsvoll, dass sie ihm immer unvergesslich bleiben würde, und schenkte ihr als kleines Dankeschön sein neustes Werk mit dem klangvollen Titel »Tagebuch eines Drogenabhängigen«, das einen bräunlichen Fleck auf dem Einband aufwies und auch sonst zahlreiche Gebrauchspuren hatte. Von einer Geldzuwendung, wie sie seitens ausscheidender Patienten gegenüber dem Sanatoriums-Personal durchaus üblich, zum Teil auch recht großzügig bemessen war, sah der Magier jedoch ab, da er von seinen ausgezahlten 800 Pfund keinen Penny entbehren mochte.

Solcherart Spenden kamen in eine gemeinsame Kasse, die Oberpfleger Festus verwaltete, um die Gelder für Geburtstage oder Ausflüge zu verwenden. Er erkundigte sich im Beisein des Oberarztes und Joe bei Maureen mit schiefem Grinsen, ob Crowley sich spendabel gezeigt habe.

»Durchaus«, erwiderte Maureen lakonisch und präsentierte das schmuddelige Buch.

»Igitt!«, entrüstete sich Festus. »Wer weiß, was da alles drauf ist? Das würde ich ja nicht mal mit der Kneifzange anfassen. Das kann er sich sonst wohin stecken, der alte Geizhals.«

»Bei Störungen des Kleinkinds in der analen Phase ist Geiz beileibe keine Seltenheit«, witzelte Doktor Eisenberg, »und das scheint mir doch bei Mr Crowley durchaus zuzutreffen.«

Die Anwesenden, Maureen nicht ausgenommen, mussten lauthals lachen.

»Wohl wahr«, mokierte sich Joe und wies auf das Buch. »Vielleicht kann man es auch noch für andere Zwecke verwenden«, gluckste er.

Am Montag, den 28. Mai 1923, wurde Betty May vom Obersten Gerichtshof am Londoner Parliament Square wegen Irreführung der Polizei, arglistiger Täuschung und Verleumdung zu einer hohen Geldstrafe verurteilt. Der Mitangeklagte William Alterman erhielt aufgrund seiner Vorstrafen eine zwölfmonatige Gefängnishaft, die ihm jedoch wegen seiner Geständigkeit zu einem Viertel erlassen wurde. Da er durch seine Alkoholabhängigkeit zum Zeitpunkt der Verhandlung nicht haftfähig war, ordnete das Gericht seine vorläufige Unterbringung in einer Trinkerheilanstalt an. Auch die für den ehemaligen Pathologiegehilfen des London Hospital festgesetzte Geldstrafe war exorbitant hoch, nicht zuletzt, um etwaige Nachahmer abzuschrecken. Wegen der Mittellosigkeit des inzwischen arbeitslosen Mannes, der gezwungen war, von der Fürsorge zu leben, wurde ihm die Möglichkeit eingeräumt, seine Strafe auf einem der städtischen Friedhöfe Londons zu festgelegten Stundensätzen abzuarbeiten.

Der ehrenwerte Richter, Lord Saville of Newdigate, ließ bei dem Urteilsspruch nicht unerwähnt, dass Scotland Yard den begründeten Verdacht hege, die Sensationspresse habe maßgeblichen Anteil an der heimtückischen Verleumdungskampagne gegen Aleister Crowley. Bedauerlicherweise ließe sich das nicht beweisen, da den Angeklagten von verantwortungslosen Journalisten, die diese Berufsbezeichnung gar nicht verdienten, ein Maulkorb verpasst worden sei.

Zu den zahlreichen Vertretern der Presse, die sich im Gerichtssaal versammelt hatten, gehörte auch James Douglas vom Sunday Express, der nicht einmal mit der Wimper zuckte, als der Richter seinen Berufsstand tadelte. Bereits in den Abendnachrichten wurde Betty May von der gesamten Skandalpresse an den Pranger gestellt – ähnlich wie zuvor ihr Widersacher Aleister Crowley.

Da der Sunday Express nicht nur Betty Mays gesamte Strafe übernahm, sondern ihr auch noch ein großzügig bemessenes Schweigegeld zahlte, begannen für die Tiger-Frau goldene

Zeiten. Mit ihrer neuen Busenfreundin Princess Apachi, die im Waldorf Astoria in der Kostümierung einer Indianerin als Hellseherin und Gedankenleserin auftrat, reiste sie mit dem Schiff nach Übersee, wo sie in New York gemeinsam durch die Nacht-Clubs tingelten.

Kapitel 7

Pünktlich um zehn Uhr zückte Oberpfleger Festus Houseknecht an diesem lauschigen Spätsommerabend Ende August seine Taschenuhr und verkündete, wie er es auch in den vergangenen acht Tagen getan hatte, dass es für ihn langsam an der Zeit sei, zu Bett zu gehen.

»Gute Nacht, Herr Oberpfleger!«, tönten Maureen und Joe, die in der feudalen Villa am Sandstrand des Seebads Bournemouth mit einer Patientengruppe die Sommerfrische verbrachten, wie aus einem Munde und blinzelten nach den Pokerspielern am Nachbartisch, die wahrscheinlich wieder die ganze Nacht durchmachen würden.

Doch zu ihrer Überraschung äußerte einer der Männer, er habe ohnehin schon den ganzen Abend über einen schlechten Lauf und gehe ebenfalls schlafen. Die Runde begann sich aufzulösen. Nur Maureen und der junge Psychiater trafen keine Anstalten, sich aus den weichen Polstern des Rattan-Sofas auf der Veranda zu erheben, was ihnen einen scheelen Blick des Oberpflegers einbrachte.

»Wir müssen morgen früh raus, Maureen, vergiss das nicht!«, mahnte er, vermied es aber, da es ihm als Pfleger nicht anstand, auch den Arzt zu maßregeln.

»Keine Sorge – und schlafen Sie wohl!«, erwiderte Maureen mit einer gewissen Häme, da sie ahnte, dass auch für den vierschrötigen Festus die Nacht noch lange nicht zu Ende war, obwohl er sich so zeitig auf sein Zimmer zurückzog. Den Grund kannte sie inzwischen: Alkohol.

Selbstredend waren berauschende Getränke auch in der Sommerfrische für suchtkranke Patienten verboten und Ärzte und Pflegepersonal begnügten sich während des Seeaufenthalts ebenfalls mit Sodawasser und anderen Erfrischungsgetränken. Für Maureen, die ohnehin kaum Alkohol trank, war das ein Leichtes, nicht aber für Festus, der auf seinen täglichen Dämmerschoppen nicht verzichten mochte. Und der war nicht zu knapp bemessen, wie Maureen zufällig herausgefunden hatte, was für den Oberpfleger hochgradig peinlich gewesen war. Letzte Woche war sie nachmittags in den kleinen Lebensmittelladen am Hafen gegangen, um noch ein paar Kleinigkeiten einzukaufen, und da hatte Festus gerade am Kassentresen gestanden. Die zwei Whiskeyflaschen auf der Ladentheke waren nicht zu übersehen gewesen und die Kassiererin hatte ihn auch noch gefragt, ob sie die Flaschen in Papier einwickeln solle.

»Nein danke!«, hatte er gekrächzt, während er betreten Maureens Gruß erwidert und die Flaschen hastig in der Einkaufstasche verstaut hatte.

Schon in der Vergangenheit war Maureen aufgefallen, dass der gestrenge Oberpfleger am Morgen die Angewohnheit hatte, Eukalyptusbonbons zu lutschen, was wohl nicht von ungefähr kam.

Nachdem sich auch die fünf Patienten, allesamt »Stammgäste« der Suchtstation des Holloway-Sanatoriums, zurückgezogen hatten, lehnten sich Maureen und Joe erleichtert zurück und blickten versonnen in den sternenübersäten Nachthimmel. Es war der letzte Abend ihres Aufenthalts und sie waren zum ersten Mal unter sich. Die milden Spätsommertage hatten sie mit Festus und den Patienten am hauseigenen Privatstrand verbracht, wo sie Badminton oder Boule gespielt und nicht selten auch ein Bad in der See genommen hatten. Maureen hatte eigens zu diesem Zweck ein dunkelblaues, sportliches Badetrikot erstanden, welches modern, aber gleichzeitig auch züchtig war.

Darauf hatte sie bei der Auswahl großen Wert gelegt, denn als einzige Frau in der Gruppe mochte sie keinesfalls die Blicke der Männer auf sich ziehen. Da sie mit ihrer schlanken, anmutigen Figur und dem hübschen Gesicht, das selbst unter der schwarzen Gummibadekappe noch reizend anmutete, eine wahre Augenweide war, hatte ihr Plan allerdings nicht funktioniert. Aber ihre natürliche, fröhliche Wesensart, frei von Koketterie und Affektiertheit, hatte jegliche Anzüglichkeit des männlichen Geschlechts vertrieben. Ganz bar von Eitelkeit war sie jedoch auch nicht, denn Joe, der mit seiner sehnigen Statur in seinem blau-weiß gestreiften Badeanzug sehr ansehnlich war, wollte sie durchaus gefallen.

Obgleich sich die beiden alle Mühe gaben, es zu kaschieren, war es doch augenfällig, dass es zwischen ihnen gewaltig knisterte. Die Gespräche und Freizeitbetätigungen mit den Patienten, denen sie eifrig nachgingen, konnten nicht darüber hinwegtäuschen, dass sie im Grunde genommen nur Blicke füreinander hatten.

Als Maureen erfahren hatte, dass nicht nur sie vom Oberarzt zur Patientenbegleitung in die Dependance des Sanatoriums im mondänen Seebad Bournemouth ausgewählt worden war, sondern auch Joe mit von der Partie sein würde, hatte sie innerlich gejubelt. Hatten sie sich auf der Station schon nahezu täglich gesehen, so waren der Seeaufenthalt und die langen Sommerabende auf der Terrasse doch ungleich privater und stachelten Maureens Gefühle noch weiter an. Inzwischen war sie so lichterloh entflammt, dass sie ständig an Joe denken musste und sich glühend nach der Zweisamkeit sehnte, die ihnen bislang verwehrt geblieben war.

Die Zwistigkeiten der Patienten, die gewissermaßen in zwei feindliche Lager gespalten waren, fingen an, ihr zunehmend auf die Nerven zu gehen. So verachteten der Morphinist aus dem Hochadel und der kokainsüchtige Mathematikprofessor aus Oxford die drei Alkoholiker, die gleichermaßen der Oberschicht angehörten, als minderbemittelte Säufer, die das Trinken nicht schlauer gemacht habe, während die Trunksüchtigen auf die »Koksnase« und den Morphinisten herabschauten. Tranken die Alkoholabhängigen bis spät in die Nacht hinein kannenweise türkischen Mokka und spielten Poker wie die Besessenen, so konzentrierten sich der Morphinist und der Kokser aufs Schach- und Backgammon-Spiel, die sie ihrer höheren Intelligenz für angemessener erachteten, und verspeisten dabei pfundweise Puddings und Süßigkeiten – von Joe eindeutig als Suchtverlagerung konstatiert.

Aber konnte nicht fast alles zur Sucht werden, fragte sich Maureen zuweilen, seit sie auf der Suchtstation arbeitete. Es gab kaum etwas, nach dem man nicht süchtig werden konnte, selbst nach der Liebe, wie sie sehr wohl wusste. Und nun war sie wieder drauf und dran, diesem Sog zu erliegen.

»Was für ein wunderbarer Abend!«, seufzte Joe an ihrer Seite und räkelte sich wohlig.

»Nur schade, dass wir morgen wieder zurückfahren müssen«, entgegnete Maureen bedauernd. »Ich liebe das Meer und könnte hier noch ewig bleiben.«

»Das geht mir genauso«, sagte Joe mit kehliger Stimme und berührte mit seinem Bein wie zufällig Maureens Knie, die von der Berührung wie elektrisiert war. »Sag, wollen wir uns nicht noch ein Weilchen ans Meer setzen?«, fragte er, als plötzlich eine Sternschnuppe über den Nachthimmel huschte.

Maureen und Joe blickten sich staunend an, und als hätten sie nur auf ein solches Signal gewartet, fielen sie einander in die Arme und hörten nicht auf, sich in wilden Küssen zu verbünden, bis sie sich wie zwei Traumtänzer erhoben und Hand in Hand zum Meer liefen. Im Schutze eines Strandkorbs sanken sie zu Boden und liebten sich. Überwältigt vor Glück, waren sie schon beim nächsten Kuss, bei der nächsten Umarmung noch trunkener vor Wonne und wähnten sich in einem Traum, der niemals enden würde. Da katapultierte sie die aufgebrachte Stimme des Oberpflegers schlagartig vom Paradies in die raue Wirklichkeit.

»Liebesbeziehungen zwischen den Angestellten des Sanatoriums sind strengstens verboten«, wetterte Festus mit schwerer Zunge. Offenbar hatte er bei einem nächtlichen Strandspaziergang noch einmal nach dem Rechten sehen wollen. »Das dürfte Ihnen doch eigentlich bekannt sein, Herr Doktor Sandler, und mit Verlaub: Sie sollten sich was schämen, wo Sie doch eine Braut haben! Zumindest haben Sie mir die junge Dame als solche vorgestellt, als Sie ihr damals das Sanatorium gezeigt haben.« Er maß Maureen, die mit ihren Kleidungsstücken schamhaft ihre Nacktheit bedeckte und ihn fassungslos anstarrte, mit einem verächtlichen Blick. »Das war allerdings noch, bevor Schwester Maureen bei uns angefangen und ihnen den Kopf verdreht hat.«

Ehe Joe, der wohl ähnlich vor den Kopf gestoßen war wie sie, noch etwas erwidern konnte, streifte sich Maureen hastig ihre Sachen über und hastete weinend davon.

»Renn doch nicht in dein Unglück, Mädchen, ich mein es doch nur gut mit dir!«, rief Festus ihr hinterher. »Der feine Herr Doktor braucht dich doch nur fürs Bett und heiraten tut er sein Professorentöchterchen.«

Maureen, die in ihr Zimmer geflüchtet war und hinter sich die Tür verriegelt hatte, war am Boden zerstört. Sie fühlte sich ähnlich gedemütigt und besudelt wie vor drei Jahren. Damals hatte sie sich brennend für Okkultismus interessiert, war der Theosophischen Gesellschaft beigetreten und hatte an spiritistischen Sitzungen teilgenommen. Dort hatte sie den fünf Jahre älteren Ansgar Berenson kennengelernt, Sohn eines begüterten schwedischen Streichholzfabrikanten, der in Oxford Physik studierte. Sie hatte sich verliebt in den charismatischen jungen Mann mit den vergeistigten Gesichtszügen, der ein glühender

Anhänger von Darwins Evolutionstheorie war. Sie war ihm absolut verfallen gewesen und hatte ihn regelrecht vergöttert.

Der eloquente Student, der für Spiritismus keinerlei Interesse gehegt und solcherart Zirkel nur aufgesucht hatte, um neue Aspiranten zu rekrutieren, hatte ihr vom Orden des Pfades zur linken Hand erzählt, dem er als Großmeister angehöre. Fasziniert von seinen Schilderungen, hatte ihn Maureen zu einem Ordenstreffen in einem abgelegenen Landhaus begleitet. Dort war sie mit Drogen gefügig gemacht worden und hatte einer Schwarzen Messe beiwohnen müssen, die in einer ausschweifenden Orgie gemündet hatte, bei der die Teilnehmer, allesamt Söhne und Töchter aus den besten Kreisen, kaum eine Perversion ausgelassen hatten. Anschließend war die halb ohnmächtige Maureen kurz vor London am Straßenrand abgeladen und mit der Drohung, wenn sie irgendjemandem auch nur ein Sterbenswörtchen sage, werde man sie töten, eingeschüchtert worden. Sie hatte sich nach Hause geschleppt und über das grauenhafte Erlebnis Stillschweigen bewahrt. Am nächsten Tag hatte sie ihren Eltern vorgegaukelt, sie sei krank und könne nicht zur Schule gehen. Wenig später, als die Eltern zur Arbeit gegangen waren, hatte sie sich mit einem Rasiermesser die Pulsadern aufgeschnitten. Die Mutter hatte Maureen erst gefunden, als ihr Leben nur noch am seidenen Faden gehangen hatte. Sie war sofort ins London Hospital gebracht worden und hatte glücklicherweise gerettet werden können.

Geraume Zeit später, als es ihr zumindest körperlich etwas besser gegangen war, hatte Maureen ihren Eltern erzählt, was ihr widerfahren war. Sie waren so bestürzt gewesen, dass sie im Familienkreis darüber beratschlagt hatten, was zu tun sei – und nach reiflichem Überlegen hatte sich eine Lösung gefunden, die Maureen gerecht geworden war. Sie selbst war von Anfang an davon überzeugt gewesen und das Ergebnis hatte sie darin bestätigt: Die Satanisten hatten sie nie wieder behelligt. Der

Schmerz über die unsagbare Seelenpein, von dem Menschen, den sie rückhaltlos geliebt hatte, aufs Schmählichste geschändet worden zu sein, hatte sich jedoch lange gehalten – und zuweilen spürte sie ihn heute noch.

Fassungslos musste Maureen erkennen, dass auch Joe sie hintergangen hatte. Sie warf sich aufs Bett und weinte haltlos. Zunächst ignorierte sie, dass zaghaft an die Tür geklopft und mit gedämpfter Stimme ihr Name gerufen wurde.

Joe, hallte es durch ihre Sinne und alles in ihr krampfte sich zusammen. »Bitte geh!«, stammelte sie mit tränenerstickter Stimme, doch das Raunen vor der Tür brach nicht ab.

»Mach auf, ich will doch nur mit dir reden!«, war von draußen zu vernehmen.

Die Erkenntnis, dass es nicht Joes Stimme, sondern die des Oberpflegers war, bewog Maureen dazu, unwillig die Tür zu öffnen und den muskulösen Mann, der sie mit seiner hünenhaften Statur ein wenig an ihren Vater erinnerte, eintreten zu lassen. Als er ihre tränengeröteten Augen sah, tätschelte er mitfühlend ihre Schulter.

»Kannst einem leidtun, Mädel, hast was Besseres verdient als diesen Windhund, der dir doch nur schöne Augen gemacht hat, um dich rumzukriegen. Wahrscheinlich, weil ihn sein feines Fräulein Braut noch nicht ranlässt, wie das bei höheren Töchtern gang und gäbe ist. Davon mal abgesehen, ist diese Brillenschlange mit ihrem semmelblonden Haarknoten eh nicht so hübsch wie du. Sieht aus wie eine Schullehrerin, blaustrümpfiger geht's nicht mehr«, äußerte er despektierlich. »Na ja, geht mich ja nix an, was unser Herr Doktor so macht. Aber wenn der glaubt, er könnte mit einer meiner Schwestern herumscharwenzeln, dann hat er sich geschnitten. Du bist doch so ein schlaues, anständiges Mädchen, Maureen, und wir sind auf der Station sehr zufrieden mit dir. Deswegen kann ich dir nur dringend ans Herz legen: Lass die Finger von Doktor Sandler! Der meint es nicht ernst mit dir und will nur

auf seine Kosten kommen, wenn du verstehst, was ich meine.«
Er verzog mokant die Mundwinkel.

Maureens Tränen waren versiegt und sie fühlte nur eine große Leere in sich. »Sie können sich fest darauf verlassen, Herr Oberpfleger, dass so etwas wie vorhin niemals wieder vorkommen wird, und ich möchte Sie in aller Form um Entschuldigung bitten für mein grobes Fehlverhalten. Ich ziehe es außerdem in Erwägung, meine Anstellung im Holloway zu kündigen, sobald wir zurück sind.«

»Mach das bloß nicht, du Schaf!«, empörte sich der Oberpfleger. Sein Atem und seine Stimme verrieten, dass er nicht mehr ganz nüchtern war. »Du wirst dir doch wegen dieser dummen Geschichte nicht die Karriere ruinieren, Mädel. Das, was eben passiert ist, braucht niemand zu wissen. Von mir erfährt jedenfalls keiner was, das kann ich dir versprechen« Er grinste verlegen, ehe er fortfuhr: »Und genauso würde ich mir wünschen, dass auch du das mit den Whiskeyflaschen für dich behältst.«

»Natürlich, Herr Oberpfleger, ich hatte sowieso nicht vor, das zu erzählen, denn klatschen ist nicht meine Art«, erklärte Maureen.

Festus nickte zufrieden. »Na, dann sind wir uns ja einig. Also, zu niemandem ein Sterbenswörtchen.« Er reichte Maureen zur Bekräftigung die Hand. »Und jetzt hörst du auf, dich wegen dem verrückt zu machen! Das ist der doch gar nicht wert.« Er musterte Maureen mit nachsichtigem Lächeln.

»Aber ich werde ihn doch tagein, tagaus auf der Station sehen. Das ist eine Vorstellung, die ich kaum ertragen kann«, stieß Maureen hervor und schüttelte verzagt den Kopf.

Festus schnaubte ungehalten. »Dann tust du einfach, als ob nix gewesen wär, machst deine Arbeit, bleibst höflich, zeigst ihm aber unbedingt die kalte Schulter, falls er dir wieder Avancen macht – was ich mir offen gesagt nicht vorstellen kann, denn dem geht jetzt ganz schön der Stift, glaube ich …«

Als plötzlich geklopft wurde, fuhren Maureen und der Oberpfleger erschrocken zusammen und starrten zur Tür.

»Bitte, Maureen, mach auf, ich muss unbedingt mit dir reden!«, drang Joes Stimme herein, die einen verzweifelten Unterton hatte.

Ehe Maureen etwas erwidern konnte, ging Festus zur Tür und öffnete sie entschlossen. Ungehalten und irritiert schaute Joe ihn an und erklärte bestimmt, dass er Maureen zu sprechen wünsche.

Der Oberpfleger baute sich vor ihm auf. »Die will aber nicht mit Ihnen reden und mit Verlaub, Herr Doktor Sandler, jetzt lassen Sie das Mädel gefälligst in Ruhe! Sie haben auch so schon genug Unglück angerichtet. Was passiert ist, ist passiert. Sie sind halt auch nur ein Mann und jetzt belassen Sie's dabei!«

Doch Joe ließ sich nicht abwimmeln. »Gehen Sie bitte von der Tür weg, Herr Oberpfleger, und lassen mich zu Maureen! Das, was ich ihr zu sagen habe, geht nur sie und mich etwas an.« Vergebens versuchte er, sich an Festus, der mit seiner gedrungenen Gestalt die ganze Türöffnung ausfüllte, vorbei zu drängen.

Da richtete Maureen in scharfem Tonfall das Wort an ihn. »Es gibt nichts mehr zu sagen, Joe. Bitte lass mich in Ruhe und geh!«

Die vehemente Abneigung, die aus Maureens Worten sprach, wirkte auf Joe wie eine Ohrfeige. Da sie ihm aber auch offenbarte, wie verletzt Maureen war, gab er sich noch nicht geschlagen.

»Äh, das stimmt nicht, was der Oberpfleger gesagt hat. Stella und ich sind eigentlich gar nicht mehr zusammen. Sie, sie ist momentan mit ihrem Vater in Amerika. Er hat dort eine Gastprofessur und ... Bitte Maureen, lass mich doch rein, damit ich dir alles erklären kann! Es ist nicht so, wie du denkst!«

Hinter dem hünenhaften Festus war mit einem Mal Maureen zu erkennen. Mit einem knappen »Sie gestatten!« schob sie den Zerberus entschlossen zur Seite und trat in den Türrahmen. Obgleich ihre Augen und der sonst blasse Teint vom Weinen gerötet waren, war sie in ihrem Schmerz schöner denn je und Joe musste schwer mit sich kämpfen, um dem mächtigen Impuls, sie in die Arme zu schließen, nicht nachzugeben.

»Das hättest du mir früher sagen sollen, als du noch die Gelegenheit dazu hattest. Jetzt interessiert es mich nicht mehr. Bitte geh und lass mich schlafen!«

Die Kälte, mit der sie das sagte, war für Joe wie ein Schlag in die Magengrube. Während er noch im Flur stand, unfähig sich zu bewegen oder etwas zu erwidern, komplimentierte Maureen auch den Oberpfleger mit der Erklärung, sie sei müde, hinaus und schloss geräuschvoll von innen die Tür ab.

Hatte Joe, der die ganze Nacht kein Auge zugetan hatte, am Morgen noch die Hoffnung gehegt, es werde sich während der zweistündigen Zugfahrt die Gelegenheit zu einem Gespräch mit Maureen ergeben, so wurde ihm rasch klar, dass dies ein Trugschluss war. Das lag nicht alleine daran, dass Festus nicht von ihrer Seite wich und sie bewachte wie ein Pitbull, sondern auch und vor allem sogar an Maureen selbst. Denn von der ersten Minute an, als sie sich am Frühstückstisch begegneten, verschwendete sie keinen Blick an ihn und sah selbst noch bei dem förmlich geratenen Morgengruß durch ihn hindurch, als sei er Luft für sie. Und genau diese Botschaft verströmte sie durch jede Pore: Du bist Luft für mich! Von daher hätte es des Wachhundes gar nicht bedurft, da ihre Unnahbarkeit, das noli me tangere, das Joe förmlich entgegen schrie, stärker war als jeder Wächter.

Der junge Psychiater war zwar weit davon entfernt, ihr das übelzunehmen, sagte er sich doch wieder und wieder: Sie ist einfach nur verletzt.

Doch das war auch bei ihm der Fall. Zeitweise fühlte er sich in dem komfortablen Zugabteil erster Klasse, das eigens für die kleine Reisegesellschaft des Holloway-Sanatoriums reserviert worden war, so hundeelend und niedergeschlagen, dass er die Zugtoilette aufsuchen musste, weil ihm zum Weinen zumute war. Noch immer konnte er nicht fassen, welch verheerende Wendung das Liebesverhältnis mit Maureen genommen hatte, obgleich es doch gerade erst begonnen hatte – und überdies das Schönste war, was er je erlebt hatte.

»Ich glaube, ich war noch nie so glücklich«, hatte er ihr zugeflüstert, als sie einander nach dem Liebesspiel ermattet in den Armen gelegen hatten.

Sie hatte ihm atemlos zugestimmt und sich an ihn geschmiegt. Himmelhochjauchzend – zu Tode betrübt, das brachte es auf den Punkt.

Es ist mehr als das, du Idiot, viel mehr, das weißt du genau, schalt sich Joe. Er hatte das Gefühl, ins Bodenlose zu stürzen.

Kapitel 8

Am frühen Dienstagmorgen, acht Tage nach der Rückkehr von Bournemouth, kam Maureen von der Nachtschicht zurück zum Schwesternwohnheim auf dem Sanatoriums-Gelände. Sie war hundemüde und wollte nur noch schlafen. Als sie die Tür ihres Zimmers aufschloss, entdeckte sie ein Briefkuvert auf der Türschwelle. Noch während sie es mit bebenden Händen vom Boden aufklaubte, ahnte sie bereits, wer der Absender war. »Für Maureen« stand in großen, schwungvollen Buchstaben auf dem Umschlag und ihre Vermutung bestätigte sich, da es sich eindeutig um Joes Handschrift handelte. Sie ließ die Tür ins Schloss fallen und öffnete erregt den Umschlag. Ihr Herz klopfte bis zum Hals und sie war mit einem Schlag wach bis in die Haarspitzen. Auf wachsweichen Beinen hastete sie zu ihrem kleinen Schreibtisch am Fenster, ließ sich auf den Drehstuhl sinken und begann mit angehaltenem Atem zu lesen.

Liebe Maureen!

Da es sich bedauerlicherweise auch seit unserer Rückkehr aus der Sommerfrische nicht mehr ergeben hat, mit Dir ungestört über alles zu reden, was mir – und Dir sicherlich nicht minder – seit unserer Nacht am Strand auf der Seele lastet, versuche ich auf diesem Wege, Dich zu erreichen. Du hast recht, wenn Du mir vorwirfst, dass ich Dir nicht schon eher von Stella erzählt habe. Ich bin mir bewusst, dass das ein großer Fehler war, und bereue zutiefst, nicht offen mit Dir darüber gesprochen zu haben.

Stella Jungwirth ist die Tochter meines Doktorvaters, Professor Stanley Jungwirth. Ich kenne sie seit drei Jahren, ein Paar wurden wir vor etwa zwei Jahren. Ein halbes Jahr später verlobten wir uns und zum jetzigen Zeitpunkt sind wir im Grunde genommen nur noch gute Freunde. Ich schätze Stella sehr, sie ist eine kluge, humorvolle Frau und wir verstanden uns von Anfang an blendend. Im Laufe der Zeit hatte ich jedoch immer häufiger Zweifel, ob meine Gefühle für sie ausreichen, um eine lebenslange Bindung einzugehen. Es fiel mir nicht leicht, ihr das zu sagen, aber weil ich sie sehr gerne habe und sie ein wunderbarer Mensch ist, dachte ich, sie hat die Wahrheit verdient – auch wenn sie schmerzhaft ist. Und das war sie in der Tat, da Stella aufrichtige Gefühle für mich hegt und, im Gegensatz zu mir, nie daran gezweifelt hat, dass ich der Richtige für sie bin. Obgleich sie sehr unglücklich war, hat sie mir für meine Ehrlichkeit gedankt und mich gebeten, ihr Zeit zum Nachdenken zu geben. Nach reiflichem Überlegen hat sie sich dazu entschlossen, ihren Vater, der an der Universität Boston eine Gastprofessur hat, für ein dreiviertel Jahr nach Amerika zu begleiten. Sie war der Meinung, dass uns beiden dieser Abstand guttun würde, worin ich ihr nur rechtgeben kann.

Anfang März habe ich sie zum Schiff gebracht, an Weihnachten wird sie zurückkommen. Dann wollen wir uns treffen und noch einmal über alles sprechen. Ob überhaupt und in welcher Weise wir noch verbunden bleiben werden, das soll die Zeit zeigen. Stella selbst hat vorgeschlagen, dass wir davon absehen, uns Briefe zu schreiben oder Telefonate miteinander zu führen, und bislang haben wir uns daran gehalten.

Das war alles noch, bevor ich mich in Dich verliebt habe. Irgendwann im Frühjahr ist es dann passiert. Anfangs habe ich es nicht wahrhaben wollen und mir gesagt: Sie ist doch viel zu jung für Dich – weil ich ja acht Jahre älter bin als Du. Außerdem ist sie bestimmt schon in festen Händen, so hübsch wie sie ist. Und ich wollte auch am Arbeitsplatz keine Liebesbeziehung anfangen. Aber irgendwann musste ich mir eingestehen, dass es mich total erwischt hat, und ich hatte zunehmend den Eindruck, dass es Dir ähnlich geht. Meine Schwester war die Einzige, mit der ich darüber gesprochen habe. Sie wollte Dich unbedingt kennenlernen und hat mich auch dazu ermutigt, Dich zum Kino einzuladen. An diesem wunderbaren Abend war Patricia immer mit dabei und es hat sich nicht ergeben, mit Dir über Stella zu sprechen. Außerdem kannten wir uns ja noch nicht so gut, um über derart private Dinge zu reden. Das hast auch Du im Übrigen so gehalten. Ich wusste von Dir nur, dass Du noch solo bist und ein gutes Verhältnis zu Deiner Familie hast. Es wäre mir auch nie in den Sinn gekommen, auf der Arbeit mit Dir darüber zu sprechen, dass Stella und ich zwar unsere Verlobung noch nicht offiziell gelöst haben, aber eigentlich kein Paar mehr sind. Außerdem, und das war ehrlich gesagt das Ausschlaggebende, hatte ich Angst, Dich zu verletzen oder am Ende noch zu verlieren, wenn ich Dir von Stella erzählt hätte.

Nun hast Du auf eine sehr hässliche Art und Weise davon erfahren. Seitdem hast Du Dich radikal von mir abgewandt und blockst jeglichen Kontaktversuch ab. Ich verstehe ja, wie verletzt Du bist – nach allem, was Festus so von sich gegeben hat. Doch ich kann Dir nur versichern: Es stimmt nicht, was er gesagt hat. Du bist viel mehr als nur eine Affäre für mich! Ich liebe Dich unsagbar, Maureen, und bin bereit, mit allen Konsequenzen zu unserer Liebe zu stehen. Bitte gib uns noch eine Chance!

Dein Joe

Maureen strömten die Tränen über die Wangen. »So was kann ich nicht machen«, murmelte sie verzagt und legte den Brief beiseite. Für geraume Zeit saß sie einfach nur da und blickte gedankenversunken in den bleigrauen, wolkenverhangenen Himmel. Dann erhob sie sich und ging ins Bad, um sich das verweinte Gesicht zu waschen. Anschließend setzte sie Teewasser auf. Sie würde einen Tee trinken und danach noch einen Spaziergang machen, denn an schlafen war momentan nicht zu denken, so aufgewühlt, wie sie war.

Das idyllische Virginia Water vor den Toren Londons galt als die Stadt mit der höchsten Millionärsdichte Englands. Die Grundstückspreise waren ähnlich astronomisch hoch wie im vornehmen Londoner Stadtteil West End. So verhielt es sich auch, dass die rund 5000 Einwohner etwa zur Hälfte Angehörige des Hoch- und Finanzadels waren, die auf ihren feudalen, schlossartigen Landsitzen residierten, und die andere Hälfte Domestiken und die unterschiedlichsten Dienstleister, die den Herrschaften das Leben behaglich machten. Lebten die Dienstboten vorwiegend in den Dachgeschossen der palastartigen Villen, so wohnten die Handwerker, Ladengehilfen, Gastronomie- und Hotelbediensteten in einfachen Mietshäusern in der Nähe des Bahnhofs oder der Einkaufsstraßen der Innenstadt – weit genug von den Anwesen der Wohlhabenden entfernt, um diese mit ihrem geschäftigen Treiben nicht zu behelligen. Die begehrteste Lage für diejenigen, für die Geld keine Rolle spielte, war die Umgebung des Sees, dem Virginia Water ihren Namen verdankte. Der 24 Hektar große See bot an seinen von sattem Grün und Schilf gesäumten Ufern genug Platz für die Paläste und die weitläufigen Parkanlagen mit ihren hohen, alten Bäumen, die die Eigentümer vor neugierigen Blicken abschirmten.

Die sechzigjährige Becky Walker lebte gerne hier draußen, wenngleich ihr in der Umgebung der Superreichen nur eine winzige Behausung im Kellergeschoss eines Luxus-Hotels beschieden war. Das »See-Haus« mit seinem grandiosen Seeblick, eigenem Bootssteg sowie einem Tennis- und Golfplatz war das einzige Hotel am Virginia-Water-See und diente sowohl ausländischen als auch britischen Touristen als anspruchsvolles Urlaubsdomizil. Hier arbeitete Becky seit zwanzig Jahren als Nachtportierin.

Nachdem sie mit dem jungen Kollegen der Tagesschicht die Übergabe getätigt hatte, machte sie pünktlich um 6:30 Uhr Feierabend und begab sich in ihr kleines Zimmer. Ihr Hund Mobster, ein gedrungener English-Bulldog-Rüde im reifen Alter von neun Jahren, kam ihr an der Tür schon freudig entgegen. Er wusste, dass sein Frauchen ihm einen Leckerbissen von der Nachtschicht mitbrachte. Außerdem würde sie ihn gleich Gassi führen – und das war besonders schön. Denn es bereitete ihm ein riesiges Vergnügen, am frühen Morgen die Enten und anderen Wasservögel aus ihren Nestern am Ufer zu scheuchen, was mit erheblichem Lärm verbunden war. Daher ging Becky auch stets ein ganzes Stück den Uferweg entlang, bis sie ihn von der Leine ließ und sich auf eine Bank an der Promenade setzte, um entspannt ihre Feierabendzigarette zu genießen.

Während der von den mannigfaltigsten Wohlgerüchen angestachelte Mobster angeregt herumschnüffelte, die Uferböschung erkundete und eifrig sein Hinterbein hob, inhalierte Becky genüsslich den Rauch und ließ ihren Blick über die Seeoberfläche schweifen, die vom Wind leicht gekräuselt wurde. Obwohl sie sich eine warme Strickjacke übergezogen hatte, begann sie zu frösteln. Immerhin war es schon Anfang September. Der Sommer war vorüber und der Herbst kündigte sich an. Die dunklen Wolken am Himmel verrieten ihr, dass es bald regnen würde, aber sie hatte vorausschauend einen Schirm mitgenommen. Mit lautem Schnattern stoben ein paar Enten aus dem Schilf, die hohen Halme bewegten sich im Wind, dazwischen konnte sie Mobsters korpulenten Körper ausmachen, der an irgendetwas zu zerren schien.

Der wird sich doch hoffentlich keine Ente geschnappt haben, dachte Becky alarmiert, beruhigte sich aber mit der Einsicht, dass der schwerfällige Rüde viel zu alt war, um noch jagen zu können. Als sie jedoch sein erregtes Knurren vernahm, rief sie ihn nachdrücklich zu sich. Nachdem er auch beim dritten Rufen nicht gekommen war – er hörte auf seine alten Tage nicht mehr so gut –, erhob sie sich ärgerlich von der Bank und stakste auf müden, schweren Beinen zum Schilfgürtel hin. »Mobster, du kommst jetzt auf der Stelle her, sonst ist Mummy böse auf dich!«, rief sie mit aller Strenge, zu der sie fähig war.

Doch da es damit nicht allzu weit her war – dazu hatte die einsame Frau, für die Mobster ihr Ein und Alles war, den Hund vom Welpenalter an viel zu sehr verwöhnt – und Bulldoggen bekanntermaßen sehr dickköpfig sein konnten, fruchtete auch dieser Befehl nicht. Also blieb ihr getreu dem Motto »Wenn der Hund nicht zu mir kommt, muss ich zu dem Hund gehen« nichts anderes übrig, als Entsprechendes zu tun. Dicht vor dem Uferschilf machte sie Halt. Einen Schritt weiter auf dem feuchten, morastigen Untergrund und sie hätte nasse Füße gekriegt, was sie bei ihrer empfindlichen Blase überhaupt nicht gebrauchen konnte.

Der hat irgendwas gefangen – hoffentlich keine Wasserratte, ging es Becky angesichts der sprichwörtlichen Verbissenheit durch den Sinn, die Mobster zwischen den Schilfrohren an den Tag legte. »Pfui ist das, komm zu Mummy!« Noch während sie das rief und sich vorbeugte, um besser erkennen zu können, was Mobsters Aufmerksamkeit so sehr erregte, stieg ihr ein infernalischer Gestank in die Nase, der sie angewidert zurückschrecken ließ. Sie kannte diesen Geruch aus ihrer Kindheit, da ihr Vater in Birmingham ein Bestattungsinstitut betrieben hatte, in dem die gesamte Familie hatte mitarbeiten müssen – und vor allem in der Sommerhitze hatte der penetrante Verwesungsgeruch im ganzen Hinterhof gehangen, wo sich die Leichenhalle befunden hatte. »Mobster, was hast du da? Hör sofort damit auf!«, entrang es sich ihr angstvoll und sie versuchte mithilfe ihres Schirms vergebens, die Bulldogge von dem grässlichen Ding, das die Form und Farbe eines zerschlissenen bräunlichen Lederkoffers hatte, wegzudrängen. Dabei geriet sie unversehens ins Straucheln, fiel kopfüber ins Schilf und landete dicht neben dem Objekt. Mit schreckensgeweiteten Augen gewahrte sie das klaffende Ende eines Rumpfs und die Stümpfe der abgetrennten Arme und Beine. Der Anblick des menschlichen Torsos war so entsetzlich, dass sie gellend aufschrie. Erschrocken ließ Mobster von der Leiche ab und stimmte ein aufgeregtes Bellen an, während Beckys Schreie immer lauter und verzweifelter wurden.

Als Maureen fast das Ende der Straße erreicht hatte, die in den Fußgängerweg entlang des Seeufers mündete, staunte sie nicht schlecht über die dicht an dicht parkenden Autos, bei denen es sich hauptsächlich um Polizeiwagen handelte, und die Menschenansammlung ringsum, welche das Durchkommen erheblich erschwerte. Den aufgeregten Stimmen und entsetzten Mienen nach musste sich in der Nachbarschaft ein Unglück zugetragen haben. Maureen stockte der Atem. Sie blieb unvermittelt stehen und überlegte, ob sie nicht besser wieder umkehren sollte, um sich in ihrer müden, niedergeschlagenen Stimmung nicht noch mit Schreckensmeldungen zu konfrontieren. Doch ihre Wissbegierde war stärker und so mischte sie sich in das Gewimmel. Spontan wandte sie sich an einen Mann mit Fotokamera, der wahrscheinlich ein Zeitungsreporter war, und fragte ihn höflich, was passiert sei.

»Das wüsste ich selber gerne, Kindchen«, kam die schnoddrige Antwort. »Die Cops haben da vorne das Ufer abgesperrt und lassen niemanden durch und Fragen beantworten sie auch keine. Muss aber schon was Größeres sein, denn vorhin ist ein ganzer Trupp Polizeitaucher durch die Absperrung marschiert – und auf Schatzsuche gehen die Jungs bestimmt nicht«, fügte er feixend hinzu und wurde plötzlich zutraulicher. »Kann ich vielleicht ein Foto von dir machen, Süße? Dann kannst du morgen bei deinen Freundinnen damit angeben, dass im Star ein Bild von dir drin ist.«

»Kein Bedarf«, schnaubte Maureen, zeigte dem zudringlichen Knipser brüsk die kalte Schulter und bahnte sich weiter ihren Weg durch die Menge.

An den imposanten schmiedeeisernen Portalen, hinter denen sich die weißgekiesten Zufahrten der herrschaftlichen Anwesen erstreckten, drängten sich livrierte Dienstboten, die aufgeregt debattierten. Maureen lenkte ihre Schritte dorthin und erkundigte sich bei einem jungen Dienstmädchen mit weißer Schürze und Haube, was denn Schlimmes vorgefallen sei. Die Hausangestellte berichtete mit gesenkter Stimme, dass am Seeufer wohl eine Leiche angeschwemmt worden sei, mehr wisse sie auch nicht. Maureen stöhnte entsetzt auf, dankte ihr für die Auskunft und begab sich mit trockenem Mund wieder in den Fußgängerstrom, der unablässig nach vorne drängte, wo schon die aufgestellten Gitter der Polizeiabsperrung zu sehen waren. Mehrere Wachpolizisten hielten davor Stellung und waren damit beschäftigt, die aufdringlichen Zeitungsleute und sensationsgierigen Passanten auf Abstand zu halten.

Plötzlich trat von der anderen Seite ein Mann an die Absperrung und ließ seinen Blick angespannt über den Menschenpulk schweifen. Maureen erkannte in ihm den jungen Inspektor wieder, der Crowley im Frühjahr befragt hatte. Er schien auch sie bemerkt zu haben und nickte ihr grüßend zu, ehe er das Wort an die Menge richtete, die ihn mit lauten

Zurufen attackierte, während ein regelrechtes Blitzlichtgewitter auf ihn niederging.

»Meine sehr verehrten Damen und Herren von der Presse, bitte unterlassen Sie es, meine Kollegen von der Schutzpolizei weiterhin mit Fragen zu bedrängen! Da unsere Ermittlungen erst begonnen haben, kann ich Ihnen zum jetzigen Zeitpunkt noch keine Informationen geben und bitte um Ihr Verständnis. Sobald wir uns einen ersten Überblick verschafft haben, wird Sie Scotland Yard in einer Pressekonferenz über alles in Kenntnis setzen. Vielen Dank!« Die erregten Proteste der Journalisten ignorierend, entfernte sich der Inspektor wieder in Richtung Seeufer.

Maureen erinnerte sich daran, wie freundlich er zu ihr gewesen war. Der drahtige junge Mann mit den hellen Stoppelhaaren war ihr auf Anhieb sympathisch gewesen und hätte ihr durchaus gefallen können, wenn sie zu diesem Zeitpunkt nicht schon längst bis über beide Ohren in Joe verliebt gewesen wäre. Beim Gedanken an Joe spürte sie sogleich einen Kloß im Hals. Obwohl sich im tristen Grau des bewölkten Himmels nicht der kleinste Sonnenstrahl ausmachen ließ, zog sie sich die Krempe ihres Topfhuts tief in die Stirn, da sie von einer tiefen Wehmut erfüllt wurde, die sie vor der lärmenden, angestachelten Menschenmasse kaschieren wollte. Schlagartig überkam sie eine Müdigkeit, die ihr wie Blei auf der Seele lastete und jeden Schritt so schwer machte, als wate sie durch zähen, knöchelhohen Lehm. Alarmiert dachte sie daran, dass der Lebensüberdruss in ihr schon einmal so mächtig geworden war, dass sie nur noch eine Lösung gesehen hatte.

Das darf nie wieder passieren! Kopf hoch, das Leben geht weiter, versuchte sie sich mit aufmunternden Allerweltssprüchen zur Räson zu rufen. Was für ein Leben, meldete sich sogleich die Zynikerin in ihr zu Wort und sie zwängte sich verdrossen durch den immer dichter werdenden Menschenpulk.

Als sie nach einer halben Stunde endlich das Sanatorium erreichte und den Weg zum Gartenportal einschlug, kam ihr von dort Joe entgegen. Ihr war es, als fahre ihr ein Blitz durch die Magengrube. Doch es war zu spät, um auszuweichen, und es tat sich auch kein Mauseloch auf, in das sie sich hätte verkriechen können.

»Guten Morgen«, erwiderte sie kühl seinen Gruß und wollte schon weitergehen, als er sie am Arm zurückhielt. Sie entwand sich ihm so jäh, als bereite ihr die Berührung Schmerzen – und im Grunde genommen tat sie das sogar. Dennoch war sie außerstande, sich von der Stelle zu bewegen. Sie stand einfach da und fühlte sich unsagbar verloren.

»Hast du meinen Brief gelesen?«, fragte Joe und blickte sie eindringlich an.

Maureen nickte nur, da ihr der Kloß im Hals die Stimme verschlug.

»Warum wendest du dich nur so von mir ab? Ich liebe dich doch!«, kam es als Krächzen aus Joes Kehle und in seinen dunklen Augen spiegelte sich blanke Verzweiflung, vor der sich Maureen nicht länger verschließen konnte.

»Aber Stella liebt dich auch, Joe«, brach es aus ihr heraus, »und ich kann und will nicht damit leben, eine andere Frau unglücklich zu machen, weil ich ihr den Mann wegnehme. Tut mir leid, aber das geht nicht mit uns beiden. Bitte finde dich damit ab!« Sie ließ den verwirrten Joe einfach stehen und strebte auf weichen Knien dem Tor zu.

Es schüttete wie aus Kübeln, als Maureen sich um zehn vor sechs auf den Weg zur Nachtschicht machte. Da sie höchstens eine Stunde geschlafen hatte, fühlte sie sich wie gerädert und wäre bei dem Regenwetter am liebsten unter der Wolldecke auf dem Sofa geblieben, um weiter ihren trüben Gedanken nachzuhängen. In erster Linie aus Pflichtbewusstsein, denn sie konnte ja den Kollegen nicht alleine lassen, aber auch, um sich das Grübeln zu versagen, hatte sie sich aufgerafft und eilte nun unter ihrem Regenschirm zum Sanatorium. Arbeit war ja erfahrungsgemäß die beste Ablenkung. Außerdem war sie neugierig zu erfahren, was sich tatsächlich in den frühen Morgenstunden am Seeufer zugetragen hatte, auch wenn sie dabei ein mulmiges Gefühl in der Magengrube hatte, denn ein Leichenfund konnte nur Mord oder, was nicht minder tragisch war, Selbstmord bedeuten.

Als sie wenig später den grauhaarigen Pförtner am Empfangstresen des Eingangsbereichs passierte, war er so sehr in seine Zeitungslektüre vertieft, dass er ihr nur einen knappen Gruß zukommen ließ, obwohl er sonst so gesprächig war. Im Vorbeigehen stachen ihr die fettgedruckten Schlagzeilen des Sunday Express ins Auge und sie hielt den Atem an, als sie den Namen des berüchtigtsten Serienmörders aller Zeiten, Jack the Ripper, in der Überschrift erkannte.

Der ist doch schon längst tot und verschimmelt, dachte sie irritiert, während sie die Treppenstufen zur Suchtstation erklomm. »Guten Abend«, grüßte sie wenig später den Oberpfleger und den Psychiater Doktor Eisenberg, die sich im Dienstzimmer angeregt unterhielten.

»'n Abend, Maureen«, erwiderte Festus mit mokantem Blick. »Bist in der Zeitung.« Er hielt ihr die Abendausgabe des Star hin. »Lies das mal! Das ist der blanke Horror, was da direkt vor unserer Haustür passiert ist.«

Maureen ließ sich auf einem Stuhl nieder und konzentrierte sich auf den Artikel, der die komplette Seite ausfüllte. Unter den riesigen schwarzen Lettern »Angst vor neuem Jack the Ripper« sah sie das besagte Foto, welches sie in der Masse der Schaulustigen vor der Polizeiabsperrung zeigte. Die Bildunterschrift lautete: »Im idyllischen Städtchen Virginia Water grassiert die Angst vor einem neuen Jack the Ripper. Besorgte Anwohner fragen sich: Wer wird der Nächste sein?« Angespannt las Maureen weiter.

Virginia Water, 4. September 1923: Am frühen Dienstagmorgen machte die Hotelangestellte Becky W., die wie jeden Tag am Ufer des Virginia-Water-Sees ihren Hund ausführte, einen grausigen Fund. Ein männlicher Torso war im Schilf angeschwemmt worden. Mrs W. musste sich inzwischen wegen eines schweren Schocks in ärztliche Behandlung begeben. Bei der anschließenden Suchaktion im See fanden Polizeitaucher Säcke mit Köpfen und Leichenteilen von insgesamt sechs männlichen Toten, teilweise bis zur Unkenntlichkeit verwest. Unter der Leitung von Oberinspektor MacFaden hat Scotland Yard eine Sonderkommission mit der Fahndung nach dem mutmaßlichen Serienmörder betraut. Laut MacFaden handelt es sich bei dem »Schlachter von Virginia Water um einen außerordentlich kräftigen, durchtrainierten Mann mit anatomischen Kenntnissen und Fertigkeiten«, der seinen Opfern Drogen verabreichte, um sie handlungsunfähig zu machen. Denn aufgrund fehlender Kampfspuren liegt die Vermutung nahe, dass die Männer vor der Tat betäubt wurden. Außerdem muss der Mörder eine geisteskranke Bestie vom Schlage eines Jack the Ripper sein, da allen Opfern die Genitalien abgetrennt wurden. In Anbetracht der Tatsache, dass sich in Virginia Water das luxuriöse Holloway-Sanatorium befindet, ist es nicht unwahrscheinlich, dass sich der psychopathische Mörder in der Nervenklinik für Multimillionäre aufhält.

»Wir werden das Sanatorium selbstverständlich bei unseren Ermittlungen mit einbeziehen«, äußerte Oberinspektor MacFaden der Presse gegenüber.

Das Holloway-Sanatorium ist nicht zum ersten Mal in Verruf geraten, beherbergte es doch bis vor kurzem noch den berüchtigten Satanisten Aleister Crowley. Bereits damals wurde eine kopflose Leiche im Seerosenteich des Sanatorium-Parks gefunden und Crowley galt als Tatverdächtiger, was sich jedoch als Finte erwies. Die Bewohner des idyllischen Städtchens Virginia Water sind angesichts der neuerlichen Leichenfunde natürlich verängstigt. Das veranschaulicht die Aussage von Ruppert K., der seit dreißig Jahren in Virginia Water lebt und ein passionierter Angler ist.

»Hat dieser verfluchte Magier vielleicht wieder seine Finger im Spiel oder ist Jack the Ripper von den Toten auferstanden? Solche Fragen sind mir durch den Kopf gegangen, als ich vom Fund der Leichenteile gehört habe – und das in unserem kristallklaren See, der bei Einheimischen und Urlaubern als Bade- und Anglerparadies so beliebt ist. Ich darf gar nicht daran denken, sonst wird mir speiübel. Das Angeln ist mir jedenfalls fürs Erste vergangen. Wer weiß, was da sonst noch so herumschwimmt?«

Wir teilen die Bedenken von Mr K. und halten unsere Leser auch weiterhin darüber auf dem Laufenden, was die polizeilichen Ermittlungen zu Tage fördern. Zunächst überwiegt allerdings der Eindruck, dass die Beamten im Trüben fischen.

Maureens Magen rebellierte. »Das ist ja schrecklich, da kann es einem wirklich schlecht werden«, murmelte sie verstört.

Auch dem Psychiater und dem Oberpfleger war der Schrecken deutlich anzumerken. War Doktor Eisenbergs bärtiges Gesicht um einige Nuancen fahler geworden, so war das von Festus glänzend und gerötet.

»Da wird wieder einiges auf uns zukommen von wegen: Der Mörder ist ein Insasse des Holloway-Sanatoriums. Ich bin ja alles andere als ein Feigling, und das darf man in unserem Beruf auch nicht sein, aber wenn ich mir vorstelle, dass wir vielleicht wirklich diesen kranken Irren bei uns beherbergen, wird mir ganz schön bange«, bekannte Festus auf seine übliche herzerfrischende Art und wischte sich fahrig den Schweiß von der Stirn.

»Ich halte Ihre Angst für völlig unbegründet, Festus«, erklärte Doktor Eisenberg entschieden. »Wenn der Mörder tatsächlich ein Psychopath ist, wirkt er nach außen hin so normal wie Sie und ich und wird eine Nervenklinik noch nie von innen gesehen haben, denn er ist hochintelligent und kann seine krankhafte Neigung perfekt vor seiner Umwelt kaschieren. Die sexuelle Verstümmelung der Körper weist deutlich auf einen geschlechtsdegenerierten Täter hin, möglicherweise ein Nekrophiler, der in der Pathologieabteilung eines Krankenhauses oder auch in einer Leichenhalle arbeitet, wo er die Gelegenheit hat, mit einer großen Anzahl von Toten umzugehen, und wo auch seine Manie für kopflose nackte Körper einen Nährboden gefunden haben könnte.«

Maureen musste sich unwillkürlich schütteln. »Kopflose männliche Körper«, fügte sie nachdenklich hinzu und wandte sich an den Oberarzt: »Wenn der Mörder sexuelle Motive hatte, wie Sie eben angedeutet haben, Doktor Eisenberg, dann wäre es doch nicht abwegig, dass er homosexuell veranlagt ist, denn alle Opfer waren Männer.«

Doktor Eisenberg nickte. »Die Vermutung liegt nahe – es

sei denn, die Morde wurden von einer Frau begangen«, fügte er mit schiefem Grinsen hinzu.

»Nie und nimmer!«, empörte sich Festus. »Eine Frau wäre zu so was gar nicht in der Lage. Dieser kranke Irre muss ein baumlanger Metzgertyp sein.«

»Echauffieren Sie sich nicht, mein Lieber! Das war doch nicht ganz ernst gemeint«, erwiderte Doktor Eisenberg beschwichtigend. »Überlassen wir die Aufklärung des Falles Scotland Yard, die werden den Mörder schon finden.« Er hielt kurz inne und presste angespannt die Lippen zusammen. »Ich fürchte nur, dann wird der Aufschrei groß sein.«

»Wie meinen Sie das?«, erkundigte sich der Oberpfleger begriffsstutzig.

»Na, die Leute werden schockiert sein, wenn sich herausstellt, dass der Metzger von Virginia Water ein unbescholtener Biedermann aus der Nachbarschaft ist.«

Festus musterte den Psychiater betroffen. »Das kann ich mir nicht vorstellen. Einer, der so was macht, hat doch einen ganz gewaltigen Sprung in der Schüssel.«

»Das will ich ja auch gar nicht in Abrede stellen«, räumte Doktor Eisenberg mit hintergründigem Lächeln ein. »Aber das Perfide daran ist, dass man das einem Psychopathen nicht unbedingt anmerkt.«

Maureen, die schweigend zugehört hatte und den profunden Ausführungen des Oberarztes deutlich den Vorzug gegenüber der Westentaschenpsychologie von Festus gab, ahnte tief in ihrem Innern, dass die Wirklichkeit noch weitaus schrecklicher war. »Der Mörder ist schlimmer als die schlimmsten Vorstellungen, die wir von ihm haben«, sagte sie wie zu sich selbst und zog damit die alarmierten Blicke der beiden Männer auf sich.

Kapitel 9

Nachdem ihm seine Sekretärin den morgendlichen Tee mit einer Ausgabe des Daily Telegraph auf dem Schreibtisch platziert hatte, machte sich der Innenminister, Viscount William Clive Bridgeman, mit ernster Miene an die Lektüre des Leitartikels, welcher mit der Überschrift »Trügerische Idylle« versehen war.

> Die Einwohner von Virginia Water reagieren mit großem Entsetzen auf die grausigen Leichenfunde in ihrem See. Die folgende Aussage spiegelt die allgemeine Bestürzung der Bevölkerung treffend wider:
> »Welch schreckliches Gemetzel direkt vor unserer Haustür«, klagt die junge Lady Cavendish, eine Anwohnerin und Mutter von drei kleinen Kindern, dieser Zeitung gegenüber. »All diese kopflosen, grausam verstümmelten Körper und Leichenteile, die im ganzen See verstreut waren. Wir sind alle fassungslos! Zahlreiche hochstehende Persönlichkeiten des öffentlichen Lebens besitzen am Seeufer eine Liegenschaft, auch der Herr Innenminister, Viscount Bridgeman, hat hier ein Landhaus. Mein Gemahl und ich fragen uns, ob wir hier, in dieser trügerischen Idylle, wo eine mörderische Bestie ihr

> Unwesen treibt, überhaupt noch sicher sind. Wir haben unseren Kindern verboten, am See zu spielen, geschweige denn, Bootsfahrten zu unternehmen oder gar im See zu baden, und tragen uns bereits ernsthaft mit dem Gedanken, wieder ganz in unser Stadthaus nach London überzusiedeln. Da mein Ehemann Parlamentsabgeordneter des Oberhauses ist und daher ohnehin viel Zeit in London verbringt, würde sich das anbieten, zumal man momentan im West End sicherer ist als hier draußen.«
> Ähnlich wie Lady Cavendish sehen es auch die anderen Anlieger. Die Vorstellung, dass ein bestialischer Mörder in der Nachbarschaft lebt, ist für diese Herrschaften unerträglich.

»Das geht gar nicht«, murmelte der Innenminister entschlossen und griff umgehend zum Telefonhörer, um den Chef von Scotland Yard, Sir Wyndham Childs, anzurufen. »Guten Morgen Wyndham, hier ist William«, grüßte er den alten Freund. »Gibt es schon Neuigkeiten zu den Torso-Morden«

»Nur das, was du bereits weißt, William«, lautete die Antwort von Sir Wyndham. »Aber nachher um neun findet in der Pathologie des London Hospital die Leichenschau statt, bei der ich anwesend sein werde. Ich werde dich selbstverständlich über alles informieren.«

»Unbedingt, der Fall hat für mich oberste Priorität und kann gar nicht genug vorangetrieben werden. Ich möchte ausdrücklich betonen, dass Scotland Yard vom Innenministerium dazu angehalten wird, die Fahndung nach dem Mörder auf Hochtouren zu forcieren. Such deine besten Leute zusammen und formiere eine Sonderkommission! Personelle Aufstockungen werden grenzenlos bewilligt. Ich erwarte, dass das Yard in

Virginia Water und der Umgebung jeden Grashalm umdreht, um diesen kranken Bastard so schnell wie möglich aus dem Verkehr zu ziehen. Und wie gesagt: Geld spielt bei den Ermittlungen keine Rolle.«

»Gut zu wissen, William, wir geben unser Bestes. Also dann, bis später!«

Obgleich es ein kühler, regnerischer Morgen war und in dem weitläufigen Seziersaal der Pathologie Temperaturen wie in einer Gruft vorherrschten, hing ein unerträglicher Verwesungsgeruch in dem hell erleuchteten, weißgekachelten Raum. Lediglich der Gerichtsmediziner Doktor Stuyvesant, der mit seinen Mitarbeitern die ganze Nacht durchgearbeitet hatte, hatte darauf verzichtet, sich Kampfersalbe um die Nasenflügel zu streichen, wie es Sir Wyndham, Oberinspektor MacFaden und die beiden Scotland-Yard-Detektive Moorehead und Degenhard vor der Leichenschau getan hatten. Der Anblick der teilweise bis zur Unkenntlichkeit verwesten und zerstückelten Leichen, die auf den sechs Seziertischen lagen, war selbst für die hartgesottenen Männer eine Zumutung. Alle, auch Sir Wyndham, der als Generalmajor sicherlich schon so Einiges erlebt hatte, pressten krampfhaft die Lippen zusammen, da ihnen zum Erbrechen zumute war – und das hätte einen erheblichen Gesichtsverlust zur Folge gehabt.

»Es hat mich und meine Mitarbeiter große Mühe gekostet, die einzelnen Leichenteile nach Körperzugehörigkeit zusammenzufügen, zumal die Verwesungsgrade teilweise sehr fortgeschritten sind. Aber nachdem auch die letzten Zweifel ausgeräumt werden konnten, kann die Leichenschau hiermit beginnen«, erklärte Doktor Stuyvesant in amtlichem Tonfall. »Durch die hochgradigen Verwesungsprozesse ist der Todeszeitpunkt bei einigen Mordopfern nicht mehr exakt zu bestimmen. Der Tod liegt bei zwei Opfern maximal vier Wochen zurück, bei den anderen aber wesentlich länger, etwa drei bis fünf Monate. Die Zerstückelungen der noch einigermaßen erkennbaren Leichen wurden sehr fachmännisch ausgeführt, daher liegt die Vermutung nahe, dass der Mörder Arzt, Chirurg, Medizinstudent, Metzger, Krankenpfleger oder Jäger sein muss, um die Schnitte mit solcher Akkuratesse durchzuführen. Aufgrund der schlechten Zähne und der Unterernährung, die bei einigen der Opfer festzustellen war, ist davon auszugehen, dass die Männer verwahrloste Streuner waren, vermutlich sozial Ausgestoßene. Bei drei Toten fanden sich vernarbte Einstichstellen an den Armen, was die Vermutung nahelegt, dass sie rauschgiftsüchtig waren. Auffällig ist, dass keines der Mordopfer größer als 170 Zentimeter war, das heißt, es handelt sich bei ihnen um eher kleine Männer, die für den Täter leicht zu überwältigen waren – zumal wir es bei ihm, wie ich bereits bei der Bergung der Leichen gesagt habe, mit einem außerordentlich kräftigen, durchtrainierten Mann zu tun haben müssen. Er verabreichte seinen Opfern zudem Drogen, um sie handlungsunfähig zu machen. Da die Leichen vollkommen ausgeblutet waren, ist davon auszugehen, dass die Männer noch am Leben waren, als sie enthauptet wurden. Dies geschah mit einem Schwert oder Beil. Der Mörder muss demnach über die Kraft eines Ochsen verfügen. Die entkleideten Körper waren nicht nur enthauptet, sondern auch zerstückelt, mit abgetrennten Geschlechtsteilen. Wie Sie ja bereits wissen, fehlen drei der Köpfe, die trotz verstärkter Tauchereinsätze im See nicht geborgen werden konnten. Es ist denkbar, dass der Mörder sie als Trophäen aufbewahrt. Aufgrund der Verletzungen im analen Bereich ist es wahrscheinlich, dass alle Ermordeten vor ihrem Tod gewaltsamen Analverkehr hatten. Möglicherweise wurden ihnen auch Fremdgegenstände wie Flaschen oder Stöcke in den Anus eingeführt. Dieser Aspekt weist auf einen Homosexuellen als Täter hin.«

»Das mag sein«, äußerte Oberinspektor MacFaden nachdenklich. »Es könnte aber genauso gut auch ein heterosexueller

Schwulenhasser sein, einer, dem es Lust bereitet, seine Opfer zu dominieren und ihnen anschließend den Kopf abzuschlagen wie einem Huhn. Wir sollten auch diese Möglichkeit in Betracht ziehen.«

Von den beiden Detektiven war zustimmendes Gemurmel zu vernehmen.

Auch Sir Wyndham bekundete seine Ansicht, dass dieser Aspekt keinesfalls zu vernachlässigen sei. »Wenn dem so ist, könnte der Mörder vielleicht auch früher schon verhaltensauffällig geworden sein. Sie sollten daher unbedingt unsere Täterkarteien nach dem Gesichtspunkt ›Gewaltdelikte gegen Homosexuelle‹ durchsuchen, Oberinspektor MacFaden!«, näselte er mit der üblichen Herablassung.

MacFaden stimmte ihm zu. Der Gerichtsmediziner bat die Herren, ihm zu einem der Seziertische zu folgen. Dort wies er auf den umgedrehten Torso eines Leichnams, auf dessen Rücken sich ein großes, auffälliges Drachen-Tattoo befand.

»Der dazugehörige Kopf deutet darauf hin, dass es sich bei dem Opfer um einen Mann asiatischer Herkunft handelt. Außerdem hat er sich den Bart epilieren lassen und obgleich die Leiche etwa drei Wochen im Wasser lag, sind auf dem Gesicht noch Puder- und Make-up-Reste auszumachen. Er war also stark geschminkt, trug Wimperntusche und hatte schwarze Kohlepartikel in den Lidfalten, die von einem Kajalstift stammen.« Doktor Styvesant zeigte auf einen Arm neben dem Torso. »Wir haben zudem zahlreiche Einstichstellen gefunden. Der Mann war offenbar drogensüchtig.«

»Also ein drogenabhängiger Transvestit asiatischer Herkunft«, bemerkte MacFaden. »Ich lasse sofort Fotos von den Leichen anfertigen, das wird uns die Identifikation hoffentlich erleichtern. Wir konzentrieren die Ermittlungen verstärkt auf das Londoner Homosexuellen-Milieu und zeigen die Fotos dort herum.«

»Machen Sie das, Oberinspektor!«, bekräftigte Sir Wyndham energisch. »Ich werde noch heute dafür sorgen, dass Sie und Ihre Mitarbeiter bei den Ermittlungen weitere Unterstützung erhalten. Der Innenminister hat vorhin bereits grünes Licht gegeben, für den Fall eine Sonderkommission zusammenzustellen. Ich habe dabei an zusätzlich zehn der besten Detektive gedacht, die wir im Yard haben.«

MacFaden musterte ihn staunend. »Gleich zehn Leute mehr? Na, das ist doch mal ein Wort«, äußerte er erfreut.

Nach ihrer Rückkehr zum Yard berieten sich MacFaden und Sir Wyndham über die Auswahl der Ermittler für die Sonderkommission »Headhunter«, wie sie fortan genannt werden sollte. Nach längerem Abwägen einigten sie sich schließlich darauf, für die Spezialeinheit fünf Detektive aus dem Ressort für Sittlichkeitsverbrechen hinzuzuziehen, die intensiv im Londoner Homosexuellen-Milieu ermitteln sollten, da sie sich dort bereits hinlänglich gut auskannten. Die restlichen Sonderermittler wurden nach dem Kriterium der effektivsten Aufklärungsquoten aus den verschiedenen Abteilungen rekrutiert. Anschließend versammelte sich die neue Sonderkommission, bestehend aus insgesamt zwanzig Detektiven, im Konferenzsaal, wo sie Sir Wyndham und MacFaden über den aktuellen Stand der Dinge unterrichteten.

»Es gibt deutliche Übereinstimmungen zu den Morden in Palermo vom April dieses Jahres«, erläuterte der Oberinspektor. »Die beiden Opfer damals waren männliche Prostituierte – so wie vermutlich die Toten von Virginia Water. Sie alle wurden sexuell verstümmelt. Ich habe bereits mit den Kollegen in Palermo Kontakt aufgenommen. Sie gehen davon aus, dass der Mörder ein Freier der Stricher war. Leider konnte damals niemand überführt werden. Wir vermuten, dass der Täter nun hier in London beziehungsweise Virginia Water agiert. Da er offenbar über gute Ortskenntnisse verfügt und mit der Seeregion, wo die Leichen abgelegt wurden, bestens vertraut zu sein scheint, muss er ein Einheimischer sein oder jemand, der früher in Virginia Water gelebt hat. Wahrscheinlich hat er sich in der Gegend um Palermo nur zeitweise aufgehalten, möglicherweise als Tourist.«

Die neuen Ermittler der Sonderkommission hörten ihm aufmerksam zu.

»Ich schlage daher vor, dass wir uns aufteilen. Zehn Kollegen werden unter meiner Leitung in Virginia Water ermitteln und natürlich auch das Holloway-Sanatorium unter die Lupe nehmen. Die fünf Kollegen von der Sitte knöpfen sich den Londoner Schwulen-Distrikt vor. Dabei werden sie von fünf weiteren Ermittlern unterstützt.« MacFaden warf Rudger Waters, dem Oberinspektor der Sitte, den er seit Jahren kannte, einen vielsagenden Blick zu. »Rudger, könntest du uns bitte über das Londoner Homosexuellen-Milieu vorab ein wenig ins Bild setzen?«

Bevor Rudger Waters beginnen konnte, setzte ein unüberhörbares Gemurmel im Raum ein. Einige der Beamten mokierten sich über Homosexuelle und machten abschätzige Bemerkungen.

MacFaden forderte die Kollegen scharf auf, ihre Schwulenwitze zu unterlassen, die Sache sei ernst. »Genaugenommen haben wir es hier mit der bestialischsten Mordserie zu tun, die Großbritannien seit den Ripper-Morden erlebt hat. Und obwohl der Mörder möglicherweise homosexuell veranlagt ist, ist er doch alles andere als ein harmloser warmer Bruder, sondern eine gut getarnte Bestie. Das solltet ihr Jungs bei den Ermittlungen niemals vergessen!«

Betroffenes Schweigen herrschte, bis Rudger Waters das Wort ergriff: »Wer glaubt, die Schwulen sind bloß weibische, verweichlichte Bürschchen, der hat sich gewaltig geschnitten. Da gibt's genauso schlimme Finger wie bei den echten Kerlen – und echte Kerle gibt es bei denen übrigens auch. Das sind baumlange Muskelpakete, die gerne Uniformen tragen oder Reitstiefel mit Sporen. Bei denen riskierst du besser keine dicke Lippe. Die sind sehr dominant und halten sich sogar ihre Sklaven, die sich von ihnen versohlen oder vollpinkeln lassen. Ja, Kollegen, es gibt nichts, was es bei den Homos nicht gibt. Genauso wie bei den Heteros. Natürlich sind da auch die klassischen Fummel-Trinen, die Tunten, die das Schwulen-Klischee perfekt verkörpern. Aber ich sage euch mal was: Das sind nicht nur abgehalfterte Tucken, die nach billigem Parfum stinken. Unter den Verkleidungskünstlern gibt es echte Diven und Paradiesvögel, die es an Schönheit und Klasse mit jedem Hollywood-Star aufnehmen können. Das sind die perfekten Ladies – mit dem kleinen Unterschied, dass sie einen Penis zwischen den Beinen haben. Ja, und dann haben wir noch das ganze Frischfleisch, junge Bürschchen mit Engelsgesichtern, die von allen hofiert und umworben werden. Und wenn dann bei denen langsam der Lack abblättert, kräht kein Hahn mehr nach ihnen. Dann können sie sich einreihen in das Heer der einsamen, alten Schwulen, die für alles bezahlen müssen. Ganz anders die Schönlinge: Das sind Typen, die so gut aussehen, dass sie jede Frau haben könnten – oder, wie in ihrem Fall, eben jeden Kerl. Und das wissen sie auch ganz genau. So, jetzt hab ich genug über das bunte Völkchen gequatscht und es wird langsam mal Zeit, euch die Gegenden zu zeigen, wo sich die Burschen herumtreiben.« Der blonde Mann mit der sportlichen Figur und dem Schnauzbart erhob sich und ging zu dem großen gerahmten Londoner Stadtplan hinüber, der an der Wand des Sitzungszimmers hing.

Alle Anwesenden sahen ihm aufmerksam zu.

Rudger Waters wies auf den in der Londoner Innenstadt gelegenen Stadtteil Soho. »Die Old Compton Street kann als das Mekka der Schwulenszene angesehen werden. Hier gibt es auch eine ihrer ältesten Bars, das Admiral Duncan. Auf dieses Lokal und die gesamte Umgebung sollten wir unsere Ermittlungen richten. Ebenso auf das Queens Head in der Tryon

Street in Chelsea, wo auch Soldaten verkehren. Liegt unweit einer Militärkaserne. Dort ist vor allem die Uniform-Liga und ihre Dienerschaft vertreten, die Meister und ihre Sklaven.« Er trat ein Stück zur Seite und wies auf den Stadtteil Vauxhall. »Hier in der Kennington Lane befindet sich die Royal Vauxhall Tavern, wo berühmte Transvestit-Künstler auftreten. Ein Sammelbecken für Fummel-Trinen jeglicher Couleur. Auch diesen Laden sollten wir im Auge haben, zumal eines der Mordopfer offenbar ein Transvestit war.« Er drehte sich zu den Anwesenden um. »Gut, das wär's dann fürs Erste. Alles andere werdet ihr dann schon selber sehen. Ich würde vorschlagen, dass wir uns in Zweier-Gruppen aufteilen, immer einer von der Sitte mit einem aus einer anderen Abteilung.«

»Gute Idee, Rudger! Dann brauchen wir jetzt nur noch fünf Freiwillige, die die Kollegen von der Sitte unterstützen.« MacFaden ließ seinen Blick über die Runde schweifen und verzog angesichts der betretenen Mienen der Männer spöttisch die Mundwinkel. »Habt euch doch nicht so! Ihr führt euch ja auf wie die reinsten Klemmschwestern.«

»Sie reißen sich auch nicht gerade darum, bei den Schwuchteln zu ermitteln, Oberinspektor! Stattdessen konzentrieren Sie sich auf Virginia Water und seine Luxus-Klapse«, murrte ein vierschrötiger Mann aus dem Betrugsdezernat.

»Mir geht es in erster Linie darum, den Fall zu lösen, Dickinson. Und in Virginia Water und dem Holloway hatte ich bereits im Frühjahr zu tun, was durchaus von Vorteil ist«, erwiderte MacFaden.

Da erhielt er unversehens Rückendeckung von seinem Assistenten Mike Moorehead. »Schon gut, Chef, ich bin dabei. In unserem Job kann man es sich nicht immer aussuchen, wohin einen die Ermittlungen führen«, äußerte der junge Familienvater entschlossen, was ihm seitens der Kollegen, vor allem aber von seinem Vorgesetzten, Anerkennung einbrachte.

»Ich bin zwar weiß Gott kein Freund von diesen Schwuchteln und verstehe auch ehrlich gesagt nicht, warum ihre Treffpunkte nicht schon längst dichtgemacht wurden. Homosexualität ist doch strafbar und wird sogar mit Gefängnis bestraft. Aber wenn ich dazu beitragen kann, diesen kranken Irren zu überführen, schließe ich mich meinethalben den Kollegen von der Sitte an«, erklärte sich nun auch Jack Dickinson, der bärbeißige Mitarbeiter vom Betrugsdezernat, bereit.

»Prima, Dickie, das ist doch mal ein Wort!«, lobte Rudger Waters. »Und zu deiner durchaus berechtigten Kritik kann ich nur sagen, dass wir gar nicht genug Knäste haben, wenn wir alle Schwulen einsperren wollten, die es in London gibt. Natürlich ist Homosexualität offiziell verboten und wird mit Strafe geahndet und auch die Bars, wo sich diese Brüder treffen, dürfte es eigentlich gar nicht geben. Aber es gibt sie trotzdem. Das ist nun mal so und kann vom Gesetz genauso wenig unterbunden werden wie das älteste Gewerbe der Welt, die Prostitution, die ebenfalls strafbar ist, aber trotzdem in keiner Stadt auf dem gesamten Erdball wegzudenken ist.«

Seitens der Zuhörer war zustimmendes Gemurmel zu vernehmen.

»Auf mich könnt ihr auch zählen«, sagte Andrew Degenhard, ein weiterer Detektiv des Morddezernats.

Schließlich erklärten sich zwei weitere Beamte bereit, sich der Gruppe anzuschließen, und die Sonderkommission konnte endlich ihre Arbeit aufnehmen. Die Gruppen zogen sich zurück, um die Vorgehensweise der anstehenden Ermittlungen zu besprechen.

»Wie gesagt – da der Mörder offenbar über gute Ortskenntnisse verfügt und mit der Seeregion, wo die Leichen abgelegt wurden, bestens vertraut ist, muss er ein Einheimischer sein oder jemand, der früher in Virginia Water gelebt hat. Außerdem konnte er sich in dem Gebiet frei bewegen, ohne Verdacht zu erregen, möglicherweise getarnt als Angler oder Bootsfahrer. Daher ist es unerlässlich, diese Personengruppen genauer in Augenschein zu nehmen und sie gleichzeitig zu befragen, ob ihnen am See jemand Verdächtiges aufgefallen ist«, richtete MacFaden das Wort an die Ermittler und beauftragte vier der Männer, mit den Befragungen zu beginnen. »Des Weiteren müssen sich die Ermittlungen auch auf das Holloway-Sanatorium richten. Ich schlage daher vor, dass mich fünf Kollegen dabei unterstützen«, fuhr er fort.

Im nächsten Moment wurde er von Sir Wyndham unterbrochen, der wie immer die Tür des Dienstzimmers aufriss, ohne anzuklopfen. »Ich habe soeben mit dem Herrn Innenminister gesprochen und er hat dem Yard die ausdrückliche Anweisung erteilt, im Holloway-Sanatorium äußerst behutsam vorzugehen und keinesfalls die Patienten zu behelligen. Nach einem Telefonat mit dem Anstaltsleiter Professor Sutton haben wir uns schließlich darauf einigen können, dezente Befragungen des Personals vorzunehmen. Ich muss Sie und Ihre Leute daher unbedingt dazu anhalten, das nötige Fingerspitzengefühl an den Tag zu legen, wenn Sie die Befragungen durchführen. Haben wir uns verstanden?« Sir Wyndham musterte MacFaden und die Mitarbeiter der Sonderkommission mit Argusaugen.

»In Ordnung, Sir«, erwiderte der Oberinspektor zackig, wie auf dem Kasernenhof. »Ich habe nur noch eine Frage: Wo kriegen wir die Glaceehandschuhe her?«

Sir Wyndham hob indigniert die Brauen. »Sie brauchen nicht gleich frech zu werden, MacFaden«, näselte er verschnupft. »Ich habe Sie lediglich darum gebeten, einfühlsam bei den Befragungen in der Heilstätte vorzugehen – und das ist ja wohl nicht zu viel verlangt.«

»Wie man's nimmt«, murrte MacFaden missmutig. Ihm riss langsam der Geduldsfaden. »Einerseits sollen wir in Virginia

Water jeden Grashalm umdrehen, um den Headhunter so schnell wie möglich zu finden, andererseits wird uns sofort ein Maulkorb verpasst, wenn wir es nur wagen, in die höheren Gefilde der feinen Pinkel vorzudringen, die sowohl in der Luxus-Klapse als auch in Virginia Water massenhaft vertreten sind. Was soll denn das für eine Ermittlungsarbeit werden?«

»Mein Gott, MacFaden, was ist daran so schwer zu verstehen?«, schnaubte sein Vorgesetzter gereizt. »Sie können doch mit einem Angehörigen der Oberschicht nicht genauso umspringen wie mit einem minderbemittelten Hungerleider, das sagt einem doch schon der gesunde Menschenverstand.«

»Vor dem Gesetz sind alle Menschen gleich – das steht zumindest so in unserem Gerichts-Kodex.«

»Das mag ja sein, aber die schnöde Wirklichkeit lehrt uns, dass eben manche Menschen gleicher sind als andere. Also halten Sie sich gefälligst daran! Ich erwarte am Abend Ihren Rapport und jetzt an die Arbeit, meine Herren! Der Worte sind genug gefallen.« Ohne eine Erwiderung abzuwarten, verließ Sir Wyndham das Dienstzimmer und ließ hinter sich demonstrativ die Tür offen.

»Verdammter Snob!«, stieß MacFaden zwischen den Zähnen hervor. Dann beauftragte er einen der Sonderermittler, die Karteikästen mit den Gewaltdelikten und Sexualstraftaten im Hinblick auf das Täterprofil zu sondieren, und brach mit seinen Leuten nach Virginia Water auf.

Nach ihrer Schicht wollte Maureen gerade Feierabend machen und strebte gemeinsam mit ihren Kolleginnen Heather und Mildred der Ausgangstür zu, als ein markerschütternder Schrei über den Flur der Suchtstation hallte, den auch der flauschige chinesische Seidenläufer nicht dämpfen konnten.

Es folgte der Ruf: »Haut ab, ihr Biester!«

»Das ist Lord Redgrave, er kämpft immer noch mit dem

Trockendelir«, sagte Maureen und eilte zu der Patienten-Suite, aus der der Schrei gekommen war.

»Lass das doch den Nachtdienst machen, du hast jetzt Feierabend!«, rief Heather ihr hinterher, doch Maureen trat bereits ins Zimmer.

Lord Redgrave, ein Mann in mittleren Jahren, in dessen ansprechendem Gesicht der Alkoholmissbrauch deutliche Spuren hinterlassen hatte, starrte sie vom Bett aus mit schreckensgeweiteten Augen an. Er hatte sich angstvoll die Decke über die Nase gezogen.

»Tu sie weg, tu diese verdammten Schaben weg, die aus allen Ritzen kriechen! Das ist ja ganz fürchterlich«, wimmerte er.

Lord Redgrave war am Morgen volltrunken von seinem Butler eingeliefert worden. Der anschließende Bluttest, der dank der von einem schwedischen Chemiker im Jahre 1922 entwickelten Methode zur exakten Bestimmung der Blutalkoholkonzentration angewendet wurde, hatte einen Wert von 4,1 Promille ergeben, was einer hochgradigen Alkoholvergiftung entsprach, die einen weniger Trinkfesten umgebracht hätte. Lord Redgrave hatte bereits Dutzende Entwöhnungskuren im Holloway-Sanatorium hinter sich gebracht und war auf der Suchtstation gewissermaßen so etwas wie ein »Stammgast«. Wie viele seiner Mitpatienten hatte er den Kampf gegen die Sucht längst aufgegeben und sah die Aufenthalte im Sanatorium eher als lebensverlängernde Maßnahmen an, die ihn so weit herstellten, dass er zwei Wochen später das Holloway im aufrechten Gang verlassen konnte – um wieder dem alten Dämon zu erliegen. Das Ergebnis waren drei gescheiterte Ehen mit sieben inzwischen schon erwachsenen Kindern, die ihrem Vater allesamt den Rücken gekehrt hatten, ebenso wie der Rest der weitverzweigten Adelsfamilie sowie Freunde und Bekannte aus besseren Tagen. Einzig sein treuer Butler Theodore, der seinem Herrn im Laufe der Zeit zum Freund und einzigen

Vertrauten geworden war, lebte mit ihm auf dem abgelegenen Landsitz, der zunehmend verfiel, weil kein Geld für Renovierungsarbeiten vorhanden war, da der Besitzer es hauptsächlich für Alkohol verwendete.

Maureen mochte Lord Redgrave, der sich trotz seiner schweren Alkoholsucht ein gutmütiges, humorvolles Wesen bewahrt hatte und dem Pflegepersonal zum Abschied immer einen großzügigen Obolus hinterließ. So pflegte sie ihm auch stets entgegenzuhalten, wenn er sich einmal mehr als hoffnungslosen Fall bezeichnete, man dürfe einen Menschen niemals aufgeben, vor allem aber dürfe er sich selbst nicht aufgeben. Das sagte sie nicht nur, um ihm Mut zu machen, sondern auch, weil es ihrer tiefsten Überzeugung entsprach. Denn selbst bei schwersten Suchterkrankungen konnte es mitunter zu erstaunlichen Selbstheilungen kommen, bei denen Kranke sich wie durch ein Wunder aus den Klauen der Abhängigkeit befreiten und ein neues, lebenswertes Dasein begannen. Das hatte sie bei ihrem Vater erlebt, der nun schon seit acht Jahren trocken war und ein erfülltes Leben führte.

»Da ist gar nichts, Lord Redgrave«, erklärte sie beschwichtigend und tupfte ihm sachte die Schweißperlen von der Stirn. »Ich hole Ihnen gleich etwas zur Beruhigung, dann wird es Ihnen besser gehen.«

Noch während sie das sagte, trat Oberpfleger Festus ins Zimmer, mit einem Medikamentenschälchen in den Händen, das sowohl ein starkes Sedativum als auch ein Barbiturat enthielt. Er schenkte dem Patienten ein Glas Wasser ein und half ihm beim Einnehmen der Tabletten.

»Das wird schon wieder, Lord Redgrave«, murmelte er begütigend. »Jetzt schlafen Sie erst mal und dann wird es Ihnen besser gehen.« Er wandte den Kopf zu Maureen um, die an der Tür stand. »Danke, dass du nach ihm geschaut hast! Ich bin aufgehalten worden, sonst wäre ich gleich gekommen. Der junge Inspektor von Scotland Yard möchte Doktor Sandler und mich befragen. Er hat Fotos dabei und … Das passt mir momentan gar nicht, weil Ethel und ich die ganzen Neuzugänge versorgen müssen, denen es nicht viel besser geht als dem da.« Er wies mit den Augen auf Lord Redgrave, der sich nach der Medikamentengabe allmählich beruhigte. »Falls du heute Abend noch nichts vorhast, würdest du mir einen großen Gefallen tun, wenn du mit ihm sprichst. Das dauert auch bestimmt nicht lange. Momentan ist Doktor Sandler dran, die sind hinten im Aufenthaltsraum. Du kannst ja vielleicht vor der Tür warten, bis sie fertig sind.«

Da Maureen tatsächlich nichts anderes geplant hatte, höchstens noch ein wenig in dem Schauerroman »Frankenstein« von Mary Shelley, den die Eltern ihr zum Geburtstag geschenkt hatten, zu lesen und sich so die trüben Gedanken zu vertreiben, willigte sie ein. Nicht zuletzt auch, weil sie es spannend fand, von dem netten Inspektor befragt zu werden. Vielleicht konnte sie dadurch etwas über die laufenden Ermittlungen zu den Torso-Morden in Erfahrung bringen.

Sie ging ins Schwesternzimmer, um sich einen Tee zu holen, und richtete vor dem Spiegel über dem Waschbecken noch rasch ihre Frisur, da sie ihre Schwesternhaube bereits in ihrem Spind verwahrt hatte. Sie fand sich blasser als ohnehin schon und ihre Augenlider waren leicht gerötet, weil sie in letzter Zeit sehr viel weinte. Denn obgleich sie es gewesen war, die Joe unmissverständlich klar gemacht hatte, dass es mit ihnen aus und vorbei war, kam sie doch einfach nicht über diese bittere Wahrheit hinweg und mühte sich verzweifelt, die Erinnerungen an die zauberhaften Momente mit ihm gewaltsam aus ihrem Herzen zu reißen, was ihr jedoch nicht gelingen mochte.

Wie auch, wenn du ihn tagein und tagaus siehst, dachte sie grimmig und haderte damit, dass sie auf derselben Station arbeiteten. Mehrfach hatte sie schon in Erwägung gezogen, den Anstaltsleiter unter einem Vorwand um die Versetzung auf eine andere Station zu bitten. Aber bislang hatte sie sich nicht dazu durchringen können, vor allem – und da machte sie sich nichts vor – weil ein derartiges Gesuch halbherzig gewesen wäre. Denn Joe nur noch bei den seltenen Gelegenheiten zu sehen, wenn sie einander zufällig auf dem Sanatoriums-Gelände begegnet wären, wäre ihr auch nicht recht gewesen. So wurde sie immerzu von ihren strengen Vorsätzen und dem Wechselbad ihrer Gefühle hin- und hergerissen und konnte einfach keine Ruhe finden. Blödes Schaf, fluchte sie innerlich und machte sich auf den Weg zum Aufenthaltsraum.

Als sie vor der Tür angelangt war, bemerkte sie, wie ihr Herzschlag sich beschleunigte. Jeden Moment konnte sie Joe treffen. Um dieser Konfrontation auszuweichen, beschloss sie, ein Stück den Flur entlangzugehen. Gleich darauf traten Joe und der Oberinspektor aus dem Aufenthaltsraum und verabschiedeten sich. Maureen hielt sich dezent im Hintergrund und wartete, bis sich Joe in Richtung Ärztezimmer entfernt hatte. Erst dann ging sie auf den Inspektor zu und erläuterte ihm, dass er sie anstelle des Oberpflegers befragen könne, weil dieser gerade beschäftigt sei.

»Sehr gerne, Schwester Maureen«, äußerte MacFaden lächelnd, ließ ihr an der Tür des Aufenthaltsraums höflich den Vortritt und bat sie, Platz zu nehmen, ehe er sich ihr gegenüber an den Tisch setzte. »Ich gehe davon aus, dass Sie über die Leichenfunde im Virginia-Water-See im Bilde sind.«

Maureen nickte.

»Da wir inzwischen wissen, dass einige der Opfer rauschgiftsüchtig waren, möchte ich Sie bitten, sich diese Bilder anzuschauen. Möglicherweise handelt es sich um frühere Patienten.« MacFaden legte ihr einige Fotos vor, auf denen die Gesichter der Toten aufgrund des fortgeschrittenen Verwesungsprozesses mehr schlecht als recht zu erkennen waren.

Die aufgedunsenen und entstellten Köpfe sahen so scheußlich aus, dass Maureen unwillkürlich zurückschreckte.

»Ich weiß, dass das kein schöner Anblick ist, Schwester

Maureen, aber sehen Sie sich die Bilder trotzdem genau an!«, bat MacFaden. »Wir glauben zwar kaum, dass sich die Männer, die aufgrund ihres verwahrlosten Allgemeinzustands eher arme Teufel waren, den Aufenthalt hier hätten leisten können, doch wir dürfen keine Möglichkeit ausschließen.«

Nach geraumer Zeit ließ Maureen ihn wissen, dass ihr keines der Opfer bekannt vorkam.

»Das überrascht mich nicht. Doktor Sandler hat zuvor das Gleiche bekundet. Dennoch vielen Dank, Schwester!«, erwiderte er. »Ist Ihnen denn in letzter Zeit auf der Station oder im Umfeld des Sanatoriums irgendetwas oder irgendjemand aufgefallen, der im Zusammenhang mit den Morden stehen könnte?«

Wenngleich Maureen sofort der ominöse Bruder Pan durch den Sinn ging, über den Aleister Crowley so häufig gesprochen hatte, zögerte sie mit der Antwort. Zum einen gebot es ihre Schweigepflicht, nicht mit Außenstehenden über Patientenbelange zu sprechen, zum anderen war ihr sehr wohl bewusst, wie krude sich Crowleys Geschichten anhörten. Da sie sich aber daran erinnern konnte, dass er nach seinem Rückfall bei der polizeilichen Befragung zu der kopflosen Leiche im Seerosenteich mehrfach Bruder Pan erwähnt hatte, entschied sie sich dafür, offen zu reden. Konzentriert berichtete sie MacFaden, der ihr aufmerksam zuhörte und sich von Zeit zu Zeit Notizen machte, was ihr Crowley über seinen ehemaligen Adepten anvertraut hatte: »Es handelt sich bei ihm wohl um einen Angehörigen der Oberschicht und Crowley war davon überzeugt, dass er für die Morde an den beiden Männern in Palermo verantwortlich war. Daher möchte ich Ihnen auch nicht vorenthalten, dass er mir gegenüber felsenfest behauptet hat, Bruder Pan im Speisesaal gesehen zu haben. Er soll am Ärztetisch gesessen und sich mit dem Anstaltsleiter unterhalten haben. Ich habe daraufhin Erkundigungen eingezogen und …« Sie hielt inne und musterte MacFaden verlegen. »Ich weiß gar nicht, ob ich Ihnen das überhaupt sagen soll. Es ist dermaßen haarsträubend und wie man weiß, ist Crowley ja auch alles andere als seriös«, murmelte sie zerknirscht.

»Machen Sie sich mal darüber keine Gedanken! Sie glauben ja gar nicht, was meine Kollegen und ich uns manchmal für Geschichten anhören müssen. Vielleicht bringt es uns ja weiter«, ermunterte MacFaden sie mit offenkundigem Interesse.

Maureen seufzte. »Also gut, aber seien Sie bitte nicht zu schockiert, ich habe Sie gewarnt! Laut Bekunden eines Arztes, der an besagtem Abend ebenfalls am Ärztetisch gesessen hatte, handelt es sich bei dem Mann mit dem Vollbart, der sich mit Professor Sutton unterhalten hat, um keinen Geringeren als Lord Deerwood. Er ist Mitglied des Oberhauses und besitzt am See ein Landhaus. Professor Sutton und er sind wohl gute Freunde. Sie pflegen eine Partie Schach zu spielen, wenn Lord Deerwood gelegentlich in Virginia Water weilt.«

MacFaden stieß einen Pfiff aus. »Na, das ist doch mal ein ganz dicker Hund«, äußerte er grinsend. »Warum nicht gleich der Premierminister?« Mit einem Blick auf die konsternierte Maureen fügte er sogleich hinzu: »Bitte entschuldigen Sie, Schwester Maureen! Ich mokiere mich keineswegs über Sie und finde es auch prima, dass Sie mir das gesagt haben. Aber dass ein distinguierter Herr des Hochadels wie Lord Deerwood ein Adept von Aleister Crowley sein soll, erscheint mir doch ein wenig skurril.«

Maureen bemerkte, wie sie rot wurde. »Mir auch, wie ich zugeben muss – und ich hoffe, es war kein Fehler, dass ich es erwähnt habe.«

»Keineswegs, Schwester Maureen«, betonte der Oberinspektor mit Nachdruck. »Ich werde Ihre Aussage ernstnehmen und den vermeintlichen Bruder Pan dezent überprüfen lassen.« Wenig später geleitete er Maureen zur Tür und bedankte sich noch einmal höflich bei ihr.

»Nun, Oberinspektor, was haben denn Ihre Nachforschungen im Holloway-Sanatorium ergeben?«, erkundigte sich der Anstaltsleiter mit feinem Spott bei MacFaden, den er am Abend zum Rapport in sein Büro bestellt hatte, um über den aktuellen Stand der Dinge unterrichtet zu werden.

Der Inspektor, der nach dem langen Arbeitstag mit dutzenden von Befragungen müde und abgespannt war, unterdrückte ein Gähnen. »Einer Sache werden wir noch nachgehen, aber ansonsten nicht allzu viel«, erwiderte MacFaden zurückhaltend. »Mit dem Männer-Flügel sind wir durch und später setzen wir die Personalbefragungen im Frauen-Flügel fort.«

»Tun Sie, was Sie nicht lassen können! Aber ich kann Ihnen jetzt schon versichern, dass Sie auch dort nichts Erhellendes finden werden«, bemerkte Professor Sutton blasiert. »Denn nur, weil wir eine Nervenheilanstalt sind, heißt das noch lange nicht, dass wir bei uns einen gemeingefährlichen Mörder beherbergen. Unsere Patienten sind allesamt wohlerzogene, gesittete Menschen aus den besten Familien.«

»Die besten Familien haben auch ihre schwarzen Schafe«, entgegnete MacFaden. Er ärgerte sich über Suttons Snobismus.

Der Direktor rümpfte ungehalten die markante Adlernase. »So, so – was soll denn das heißen?«

»Auf der geschlossenen Station für sogenannte Selbst- oder Fremdgefährder stießen wir auf solch ein schwarzes Schaf. Einer meiner Mitarbeiter, der unsere Sexualstraftäterkartei im Hinblick auf mögliche Verbindungen zu den Torso-Morden durchforstet, berichtete mir von einem gewissen Gaylord Soundringham, der aus einer schwerreichen Industriellenfamilie stammt. Der junge Mann, ein Eton-Absolvent, verließ letztes Jahr seine Familie und die hochherrschaftliche Villa im Londoner Westend, um unter sozialen Außenseitern in Whitechapel zu leben. Der Grund für dieses selbstauferlegte Exil war wohl seine Homosexualität, die von seiner vornehmen Familie nicht akzeptiert wurde.« Mit einiger Genugtuung gewahrte Mac-Faden Suttons alarmierten Gesichtsausdruck. »Er war deswegen auch schon mehrfach im Holloway-Sanatorium, wo ihm seine Geschlechtsverirrung auf die sanfte Tour ausgetrieben werden sollte, was wohl wenig erfolgreich war. Denn der Grund für seine Einweisung auf die geschlossene Station im März dieses Jahres war, dass er in den Abendstunden des 10. Januars an den Docks einen dreizehnjährigen Knaben überfallen und brutal vergewaltigt hatte. Zwei Arbeiter, die die lauten Schreie des Jungen gehört hatten, waren ihm zu Hilfe geeilt. Sie konnten den Täter überwältigen und der Polizei übergeben. In der Gerichtsverhandlung plädierte der Anwalt der Familie auf Unzurechnungsfähigkeit, da Gaylord Soundringham zur Tatzeit nachweißlich unter Drogen stand. Der Prozess endete mit einem Freispruch, das Gericht ordnete jedoch Soundringhams Einweisung in die geschlossene Psychiatrie an, weshalb er ja jetzt auch hier ist. Laut Aussage des Oberpflegers handelt es sich bei ihm um einen großen, muskulösen Mann, der täglich im Sport- und Gymnastikraum Gewichte stemmt und Krafttraining betreibt. Außerdem ist er Sportruderer und besitzt am Virginia-Water-See ein eigenes Bootshaus, da ihm das Rudern zur sportlichen Ertüchtigung während seiner früheren Aufenthalte hier ausdrücklich gestattet wurde.« Angesichts der betroffenen Miene von Professor Sutton, musste er grinsen. »So viel zu den schwarzen Schafen, Herr Professor. Was sagen Sie dazu?« Er musterte den Anstaltsleiter herausfordernd.

Der wand sich und erklärte, das habe nichts zu bedeuten.

»Das ist Ihre Meinung, Herr Professor. Für uns von Scotland Yard heißt das immerhin, dass der junge Mann perfekt in unser Täterprofil passt. Daher werde ich ihn morgen gemeinsam mit einem Mitarbeiter einer behutsamen Befragung unterziehen.«

»Sie sind doch nicht recht bei Trost, Oberinspektor!«, raunzte der Anstaltsleiter konsterniert. »Muss ich Sie erst daran erinnern, dass Ihnen Ihr Vorgesetzter, Sir Wyndham, der überdies ein Freund und alter Jagdgefährte von mir ist, ausdrücklich untersagt hat, unsere Patienten zu behelligen?«

»Nicht, wenn wie in diesem Fall ein Gewaltverbrechen vorliegt. Das wird Ihnen der Herr Generalmajor sicher gerne bestätigen«, konterte MacFaden auftrumpfend.

»Ich werde ihn gleich anrufen, dessen können Sie sich gewiss sein. Und wenn Mr Soundringham tatsächlich befragt werden soll, dann nur in meinem Beisein«, beschied ihm Professor Sutton scharf.

»Soll mir recht sein«, erwiderte MacFaden unbeeindruckt und beschloss, die selbstgefällige Arroganz des Anstaltsleiters noch weiter ins Wanken zu bringen. »Da ist noch etwas, das ich Ihnen sagen sollte, Sir – auch wenn Sie das ebenfalls nicht gerne hören werden«, äußerte er nicht ohne Häme.

Professor Sutton schnaubte unduldsam. »Was denn noch? Mir reicht es schon jetzt mit Ihren falschen Verdächtigungen und Spitzfindigkeiten, mit denen Sie meine Patienten belästigen.«

»Das ist in diesem Fall anders gelagert, Sir, da kann ich Sie beruhigen. Bei besagtem Herrn handelt es sich mitnichten um einen Bewohner des Holloway-Sanatoriums, sondern um einen guten Freund von Ihnen.«

Professor Sutton starrte MacFaden verständnislos an.

»Sie erinnern sich doch gewiss noch an Aleister Crowley, den Sie vor nicht allzu langer Zeit im Sanatorium beherbergten«, erkundigte sich der Inspektor.

Der Anstaltsleiter runzelte unwirsch die Stirn. »Natürlich, aber was hat das mit dem aktuellen Fall zu tun – und mit einem angeblich guten Freund von mir?«

»Nun, Crowley hat seinerzeit behauptet, ein ehemaliger Adept von ihm, dem er den magischen Namen Bruder Pan gegeben hatte, sei für die Morde in Palermo verantwortlich, die übrigens die gleiche Handschrift tragen wie die Taten in Virginia Water.«

»Worauf wollen Sie hinaus?«, fauchte Professor Sutton gereizt.

»Crowley schwor Stein und Bein, diesen Bruder Pan hier im Sanatorium gesehen zu haben. Genauer gesagt, im Speisesaal an eben jenem Abend, als er das Sanatorium verließ und rückfällig wurde. Er behauptete, vor Bruder Pan geflüchtet zu sein. Schwester Maureen, der er erzählt hatte, sein ehemaliger Adept habe am Ärztetisch gesessen und sich mit Ihnen unterhalten, hat sich daraufhin erkundigt, um wen es sich dabei handelte. Sie fand heraus, dass es kein Geringerer war als Lord Deerwood, der Ihnen an dem Abend Gesellschaft geleistet hat. Der honorige Herr besitzt am Seeufer ein Landhaus und wenn er gelegentlich dort zu Besuch ist, spielt er mit Ihnen eine Partie Schach. Das trifft doch zu, nicht wahr, Sir?«

Das war offenbar zu viel für Professor Sutton. Er schlug empört mit der Faust auf die polierte Platte seines Mahagonischreibtischs.

»Ich sorge dafür, dass Sie Ihren Job verlieren, wenn Sie sich erdreisten sollten, Lord Deerwood mit derartigen Räuberpistolen zu inkommodieren, das verspreche ich Ihnen!«, brüllte er außer sich.

»Das liegt mir fern, Sir. Natürlich ist ein Ehrenmann wie Lord Deerwood über jeden Verdacht erhaben«, erwiderte MacFaden sarkastisch. »Wenngleich dieser Hinweis mehr als absurd ist, bereitet er mir dennoch Kopfzerbrechen. Da kann ich einfach nicht aus meiner Haut heraus.« Er war plötzlich vollkommen bierernst geworden.

Professor Sutton, der allmählich seine Fassung wiedererlangt hatte, ließ ihn in eisigem Tonfall wissen, dass die Unterredung für ihn beendet sei. Während MacFaden zur Tür ging, bemerkte er, wie sich Professor Sutton ein Glas Whisky einschenkte, es in tiefen Zügen leer trank und dann zum Telefonhörer griff.

Kapitel 10

Da die meisten Kneipen und Bars erst am Abend öffneten, suchte Rudger Waters in Begleitung von Mike Moorehead von der Mordkommission am Nachmittag das hauptsächlich von Transvestiten und Drag Queens frequentierte Café Couture unweit der Royal Vauxhall Tavern auf. Dem schummrigen kleinen Plüsch-Café, das neben Petit Fours auch Tee und Mokka sowie ausgesuchte Liköre und Spirituosen anbot, war eine Schneiderwerkstatt angegliedert. Unter dem strengen Regiment der sogenannten Mistress, eines ehemaligen Herrenschneiders aus der berühmten Savile Row, wo sich die namhaftesten und exquisitesten Maßschneidereien Londons befanden, wurden die extravaganten und rauschenden Roben der Transvestit-Diven angefertigt.

Als die Beamten das Café betraten, mochte Mike Moorehead beim Anblick der beiden Damen, die ihnen vom Tresen aus mit lasziven Blicken entgegensahen, seinen Augen nicht trauen: Das waren doch die gefeierten Film-Diven Theda Bara und Pola Negri! Während die glutäugige Theda, der Inbegriff des verführerischen Vamps, ihre pechschwarzen Haare zu zahllosen kleinen Zöpfen geflochten hatte, auf denen eine stilisierte Königskobra thronte, und das hauchdünne Seidengewand aus dem Film »Cleopatra« trug, welches mehr enthüllte als verdeckte, verkörperte Pola mit ihren hypnotischen kohleschwarzen Augen die Rolle der verruchten Krankenschwester aus dem Film »Vendetta«.

»Na, ihr Süßen, was können wir für euch tun?«, erkundigte

sich der Vamp mit tiefer Männerstimme und Mike Moorehead fragte sich angesichts der vollen Brüste und drallen Schenkel der exotischen Schönheit irritiert, ob hinter der Staffage tatsächlich ein Mann steckte.

Rudger Waters, der die Drag-Queens zu kennen schien, grinste anerkennend. »Toll seht ihr wieder aus, Mädels!«, lobte er. »So umwerfend echt, dass ihr Autogramme geben könntet.«

»Kann ich gerne machen, Rud, ich schreib dir eins auf deinen süßen Knackarsch«, säuselte Pola lüstern und fuhr sich mit der Zungenspitze über die vollen kirschroten Lippen.

»Zügel dich!«, echauffierte sich Theda und rollte ungehalten mit den dunklen, von schwarzem Kajal umrandeten Augen. »Die Schwestern vom Yard sind doch bestimmt nicht zum Vergnügen hier, stimmt's?«

»Da liegst du richtig, Schätzchen. Wir ermitteln wegen der Torso-Morde in Virginia Water. Davon habt ihr doch bestimmt schon gehört.«

Die Gesichter der Diven erstarrten.

»Ja«, murmelte Theda und senkte betroffen die langen künstlichen Wimpern, die an schwarze Schmetterlingsflügel gemahnten. »Aber was hat das denn mit uns zu tun – mit London und dem Café Couture, meine ich?«

»Eines der Opfer war vermutlich ein Transvestit asiatischer Herkunft. Er hatte ein auffälliges Drachentattoo auf dem Rücken. Seht euch doch bitte mal die Fotos an!« Rudger Waters breitete die Bilder auf dem Tresen aus.

Die Transvestiten stöhnten entsetzt auf, sodass die Caféhausgäste alarmiert zu ihnen hinschauten. Mike Moorehead, der sich die ganze Zeit über mit betretener Miene zurückgehalten hatte, ermahnte die Damen, genauer hinzusehen und ihm zu sagen, ob ihnen der Mann bekannt vorkomme.

»Und nicht nur er, sondern auch die anderen beiden Opfer«, fügte er hinzu.

»Waren das auch Transen?«, entrang es sich Pola angstvoll. »Das würde ja bedeuten, dass der Mörder Jagd auf Transvestiten macht.«

»Bei den anderen Opfern wissen wir es nicht genau, nur bei dem hier.« Mike Moorehead deutete auf das Konterfei des Asiaten.

»Wer kann einem Menschen nur so etwas antun?«, brach es aus Theda heraus, die den Tränen nahe war. »Der Kerl ist eine Bestie!«

»Sicher, aber das Fatale daran ist, dass ihm das nicht auf der Stirn geschrieben steht. Es könnte praktisch jeder sein, der sich zu Homosexuellen hingezogen fühlt, oder auch jemand, der Homosexuelle hasst«, erläuterte Mike Moorehead nachdenklich.

»Es kann nur einer sein, der uns hasst, das ist doch ganz klar. Ein Mann, der Männer liebt, ist zu solchen Grausamkeiten gar nicht in der Lage. Deswegen kann es auch niemand von uns sein«, behauptete Pola. Sie wirkte mit einem Mal sehr bedrückt und verängstigt.

»Ich kenne diese armen Teufel nicht, Friede ihren Seelen!« Theda bekreuzigte sich und putzte sich die Nase.

»Das ist bei mir nicht anders«, erklärte auch Pola. »Ich hätte euch gerne weitergeholfen. Kann sein, dass ich den Asiaten schon mal im Viertel gesehen habe, doch da bin ich mir alles andere als sicher, dazu ist das Gesicht auch nicht mehr gut genug erkennbar. Aber persönlich gekannt habe ich ihn mit Sicherheit nicht und auch keins der anderen Opfer. Tut mir leid! Ihr solltet aber unbedingt mal die Mistress fragen, die ist hier im Viertel schon am längsten und kennt praktisch jeden, der einen Fummel trägt.«

Die Mistress war wie immer in ein klassisches schwarzes Schneiderkostüm gewandet, das von schlichter Eleganz und perfektem Schnitt war. Der einundfünfzigjährige Couturier, der mit bürgerlichem Namen Martin Stevenson hieß, hatte sein Handwerk bei den nobelsten Herrenausstattern Londons gelernt und seine Wirkungsstätte ins heutige Café Couture verlegt, als er sich entschlossen hatte, auf das Versteckspiel zu verzichten und seine Neigungen auszuleben. So war aus ihm die von der Londoner Schwulenszene verehrte Mistress geworden, eine würdevolle Grande Dame mit dem ausdrucksvollen Gesicht einer Prima Ballerina. Das von silbergrauen Strähnen durchzogene dunkelbraune Haar trug die Mistress zu einem schlichten Knoten aufgesteckt und im Gegensatz zu ihrer Kundschaft ging sie mit Make-up nur sehr sparsam um. Außer einem Hauch von Puder auf dem epilierten Gesicht mit den hohen Wangenknochen verwendete sie lediglich einen siegelroten Lippenstift. Sie ging auf die beiden Scotland-Yard-Beamten zu wie jemand, der sich auf jedem Parkett zu bewegen versteht. Graziös reichte sie den Herren die Hand und verströmte dabei das Flair einer Dame von Welt und den wohlriechenden Duft eines teuren Parfums.

»Was führt Sie hierher, Oberinspektor Waters?«, erkundigte sie sich mit ernstem Unterton.

»Wir ermitteln in den Torso-Morden, Madam«, erwiderte Rudger Waters respektvoll. »Eines der Opfer war vermutlich ein Transvestit. Wir möchten Ihnen daher gerne ein paar Fotos zeigen, verbunden mit der Frage, ob Ihnen die Männer bekannt vorkommen. Einer der Toten, ein Mann asiatischer Herkunft, hatte ein großes Drachentattoo auf dem Rücken.«

Die Mistress erbleichte auf der Stelle. »Zeigen Sie her, Oberinspektor! Aber ich glaube, es ist besser, wenn ich mich vorher hinsetze.« Sie eilte zu einem Tisch mit Schnittbögen, die sie zur Seite schob. Dann bot sie den Beamten ebenfalls einen Platz an, ehe sie sich auf einem Stuhl niederließ. Als sie sich die Fotos von dem Mann mit dem Drachentattoo ansah, presste sie entsetzt die perfekt manikürte Hand an den Mund. »Das ist die Drachenlady. Ich hatte es schon befürchtet, als Sie eben das Tattoo erwähnt haben«, erklärte sie mit bebender Stimme und tupfte sich mit einem weißen Damasttaschentuch die Tränen ab, die ihr aus den Augenwinkeln rannen. »Bitte verzeihen Sie, aber es tut mir so leid um das arme Ding!«

»Das ist ja auch weiß Gott kein schöner Anblick, Madam«, sagte Mike Moorehead mitfühlend, der von der Dame im Schneiderkostüm beeindruckt war. »Und die Art und Weise, wie er zu Tode gekommen ist …«

Die Mistress schluchzte. »Bestialisch! Kein Mensch auf der Welt hat so ein grausames Ende verdient – und die Drachenlady schon gar nicht. Die hat doch keiner Fliege was zu Leide getan. Nein, das hat sie nicht verdient, so bestialisch abgeschlachtet zu werden.« Obgleich sie am ganzen Körper zitterte, rang sie um Fassung und beauftragte eine der sechs Näherinnen, die mit bestürzten Mienen an ihren Nähmaschinen saßen, aus dem Café eine Flasche Sodawasser und drei Gläser zu holen.

Die junge Frau machte sich sogleich auf den Weg. Nachdem sie zurückgekehrt war, den Beamten und ihrer Chefin eingeschenkt hatte und die Mistress einen Schluck getrunken hatte, seufzte diese tief auf.

»Wie gesagt, ich kenne den Toten. Es handelt sich um Fang Li, etwa vierzig Jahre alt. Er stammte aus Hongkong und trat früher unter dem Künstlernamen Drachenlady in der Royal Vauxhall Tavern auf. Ich habe damals das Kostüm entworfen und genäht – ein hautenges rotes Seidentrikot mit einem mit goldenen Pailletten besticktem Drachen. Die Drachenlady sah umwerfend darin aus mit ihrem feingliedrigen und doch sehr sehnigen Körper. Li war ein ausgebildeter Kunstturner, müssen Sie wissen. Mit seinen akrobatischen Kunststücken war er damals die Attraktion in der Vauxhall, das Publikum lag ihm zu Füßen. Ja, damals konnte sich die Drachenlady vor Verehrern kaum retten. Doch wie das nun mal so ist im Showgeschäft: Mit zunehmendem Alter erlosch ihr Stern in der Glamour-Welt der Kabarettbühne und sie verfiel zunehmend der Drogensucht. War es am Anfang noch das Opium, von dem sie nicht mehr loskam, so entdeckte sie später noch das Heroin für sich und hing vollends an der Nadel. Sie bekam nirgendwo mehr ein Engagement und um ihre Drogensucht zu finanzieren, war sie gezwungen, der Prostitution nachzugehen. So wurde aus der einst gefeierten Drachenlady eine der vielen gescheiterten Existenzen in der Glitzerwelt des schönen Scheins, die ihre besten Jahre hinter sich hatte und nur noch ein Schattendasein führte. In den vergangenen Jahren habe ich sie nur selten gesehen. Hin und wieder hat sie sich mal im Café blicken lassen, wo sie immer einen Tee und ein Sandwich auf Kosten des Hauses bekommen hat. Wenn sie mal hier war, besuchte sie mich zwar immer auch, doch man hat ihr angemerkt, wie peinlich es ihr war, dass ich, die sie noch aus früheren glanzvollen Tagen kannte, sie so heruntergekommen erleben musste. Ich muss zugeben, das tat mir auch in der Seele weh.« Sie tupfte sich eine Träne aus den Augenwinkeln und schüttelte verzagt den Kopf. »Und nun wurde sie auch noch so bestialisch ermordet. Ich hoffe inständig, dass Scotland Yard das Ungeheuer findet, das ihr das angetan hat!« Ihre hellgrauen Augen funkelten zornig.

Die Beamten, die ihr konzentriert zugehört und ihre Angaben sorgfältig protokolliert hatten, erklärten einstimmig, dass sie ihr Bestes geben würden. Nachdem sich die Mistress auch die Fotos der anderen Mordopfer angesehen und erklärt hatte, dass ihr keiner der Männer bekannt vorkomme, fragte Rudger Waters, ob sie die Drachenlady vielleicht mal in Begleitung eines Freiers oder eines anderen Mannes gesehen habe, der möglicherweise als ihr Mörder infrage kommen könnte.

Die Mistress schüttelte den Kopf. »Wie gesagt, so häufig habe ich sie ja gar nicht mehr gesehen, und wenn sie hergekommen ist, war sie meistens alleine. Ab und zu war eine Chinesin mit dabei, die in der Royal Vauxhall Tavern als Garderobenfrau arbeitet und sich in den letzten Jahren um die Drachenlady gekümmert hat. Soweit ich weiß, wohnte sie auch bei ihr. Die sollten sie unbedingt fragen, denn sie kannte die Drachenlady am besten.«

Mike Moorehead horchte auf. »Das ist ja interessant. Wissen Sie auch, wie sie heißt und wo sie wohnt?«

»Keine Ahnung, das ist mir leider nicht bekannt. Ich glaube, sie heißt Gong, er hat sie mir ja vorgestellt. Aber ich kann mir die chinesischen Namen nicht merken. Am besten gehen Sie in die Vauxhall, dort kann man Ihnen mit Sicherheit mehr sagen, und wenn Sie Glück haben, finden Sie sie an der Garderobe.«

»Vielen Dank, Madam, Sie haben uns sehr geholfen«, verabschiedete sich Rudger Waters von der Mistress, die ihnen viel Erfolg wünschte. »Die Royal Vauxhall Tavern öffnet erst um acht«, sagte er zu Mike Moorehead, als sie wieder draußen auf der Straße waren. »Ich schlage also vor, dass wir uns vorher noch ein bisschen im Viertel umtun und Anwohner und Passanten befragen.«

»Sie schicken mir jetzt auf der Stelle Schwester Maureen in mein Büro!«, bellte Professor Sutton so laut durchs Telefon, dass Joe, der den Anruf entgegengenommen hatte, den Hörer unwillkürlich ein Stück weit von seinem Ohr weghielt.

»Tut mir leid, Herr Direktor, aber Schwester Maureen ist nicht mehr im Dienst. Soweit mir bekannt ist, ist sie diese Woche für die Tagesschicht eingeteilt.«

»Dann entsenden Sie meinethalben den Oberpfleger zum Schwesternwohnheim, damit er ihr Bescheid gibt«, dröhnte es gereizt aus dem Hörer. »Und sie soll sich gefälligst beeilen, die Angelegenheit ist dringlich.«

»Ich kümmere mich darum«, ließ Joe seinen Vorgesetzten wissen und wünschte ihm ironisch noch einen schönen Abend.

»Gleichfalls«, knurrte Professor Sutton und legte auf.

»Du mich auch«, stieß Joe zwischen den Zähnen hervor und überlegte kurz, ob er dem Oberpfleger Bescheid geben oder aber Maureen selber aufsuchen sollte. Kurzerhand entschied er sich für Letzteres.

Als er den Gang entlang zur Stationstür ging, kam plötzlich Festus aus dem Zimmer von Lord Redgrave.

»Ich bin mal kurz dienstlich unterwegs«, informierte Joe den Pfleger, »bin aber gleich wieder da.«

Festus musterte ihn mit unverhohlener Neugier. »Warum denn das?«

»Ich muss rasch was für Löwenherz erledigen, das geht aber schnell«, erwiderte Joe, der es bewusst vermied, dem sensationsgierigen Oberpfleger mit genaueren Einzelheiten aufzuwarten, und eilte durch die Tür.

Es begann bereits zu dämmern, als Joe den weißgekiesten Weg zum Schwesternwohnheim einschlug und ein feiner Nieselregen benetzte sein Gesicht, was ihm gelegen kam, da er immer angespannter wurde, je näher er Maureens Unterkunft kam. Er hoffte, dadurch einen kühlen Kopf zu kriegen.

Während er die Treppe zum ersten Stock hinaufstieg, hatte er mit einem Mal sogar Angst vor der eigenen Courage, und an Maureens Tür musste er erst einmal Atem schöpfen, um halbwegs ruhig sprechen zu können. Er gab sich einen Ruck und klopfte sachte an die Holztür. Aus dem Innern waren keinerlei Geräusche zu vernehmen. Ebenso erleichtert wie enttäuscht vermutete er, dass Maureen nicht zu Hause war, und wollte schon wieder umkehren, als ihn das metallische Klicken des Schlosses aufschrecken ließ. Er wandte sich ruckartig um und fand sich Auge in Auge mit Maureen, die ihm fassungslos entgegenblickte.

»Äh, entschuldige bitte die Störung, Maureen, aber Professor Sutton möchte, dass du in sein Büro kommst! Er hat gerade auf der Station angerufen. Festus und Heather sind beschäftigt, deswegen ... bin ich gekommen«, murmelte er entschuldigend, während er Maureen wie gebannt anschaute.

Nach ein paar Sekunden, die ihm vorkamen wie Lichtjahre, antwortete sie: »Ich werde mich gleich auf den Weg machen.« Dann wandte sie sich abrupt ab und zog hinter sich die Tür zu.

Für Joe war das wie eine Ohrfeige. Einmal mehr fühlte er sich von ihrer abweisenden Art unsagbar verletzt und gedemütigt, und das machte ihn wütend.

Sie wimmelt dich vor der Tür ab wie einen lästigen Vertreter. Du kannst mich mal, du Gans, was bildest du dir eigentlich ein, dachte er erzürnt, während er den Flur entlang hastete. Da hörte er plötzlich Schritte hinter sich, widerstand aber dem Drang, sich umzudrehen.

»Danke, Joe, dass du mir das ausgerichtet hast«, vernahm er mit einigem Erstaunen Maureens Stimme hinter sich. »Und bitte entschuldige, dass ich dir gewissermaßen die Tür vor der Nase zugeknallt habe! Ich, äh, das war unhöflich von mir, aber ich war einfach so perplex«, erklärte sie kurzatmig.

Joe drehte sich um und schaute sie an. »Das hat mir eben wirklich ganz schön zugesetzt, muss ich sagen«, entgegnete er offen, obwohl er noch gekränkt war. »Aber danke für deine Entschuldigung!« Sein Groll fing an, sich zu verflüchtigen.

»Hat Sutton gesagt, was er von mir will?«, fragte Maureen, während sie nebeneinander die Treppe hinabstiegen.

»Nein, er hat nur gemeint, es sei sehr dringend. Und er schien ziemlich aufgebracht zu sein.« Joe verzog spöttisch die Mundwinkel. »Aber das hat bei dem alten Choleriker nicht allzu viel zu bedeuten.«

»Ich fürchte doch«, seufzte Maureen beunruhigt. »Denn ich habe vorhin Oberinspektor MacFaden bei der Befragung von Crowleys Bruder Pan erzählt und auch erwähnt, dass Crowley ihn angeblich im Speisesaal gesehen hat.«

»Oh Gott, Maureen, hast du auch gesagt, um wen es sich dabei angeblich gehandelt hat?« Joe musterte sie besorgt.

Sie nickte unheilvoll. »Ja, ich habe es tatsächlich gewagt, den Namen des ›heiligen‹ Lord Deerwood auszusprechen, und dafür kriege ich jetzt von Löwenherz meine Kündigung.«

»Das wollen wir doch nicht hoffen! Aber eine Gardinenpredigt wirst du dir schon anhören müssen. Sag einfach, das wäre dir so herausgerutscht, und bitte Löwenherz um Entschuldigung! Dann wird er sich schon wieder einkriegen.«

Inzwischen waren sie aus der Haustür getreten und liefen über den Parkweg, der zum Sanatoriums-Gebäude führte. Es war das erste Mal seit ihrer Rückkehr aus Bournemouth, dass sie nebeneinander her gingen und über etwas anderes sprachen als über dienstliche Angelegenheiten – die kurze Begegnung am Gartentor nicht mitgerechnet, die ja für sie beide alles andere als erquicklich gewesen war.

»Ich drücke dir jedenfalls die Daumen, dass Löwenherz nicht zu sehr tobt und dir deinen kleinen Ausrutscher verzeiht.« Joe lächelte und sah ihr in die Augen. Er konnte erkennen, was sie für ihn empfand.

Schweigend setzten sie ihren Weg fort. Als sie vor dem Hauptportal des Sanatoriums angelangt waren, verabschiedeten sie sich. Joe wünschte Maureen viel Glück und bot ihr an, dass sie jederzeit mit ihm sprechen könne, falls es Probleme mit Sutton geben sollte.

»Wir waren immer gute Kollegen und ich wünsche mir, dass wir das auch weiterhin sein können«, fügte er hinzu.

Maureen erwiderte, dass sie dagegen nichts einzuwenden habe.

Kaum hatte sich Maureen auf dem Stuhl vor Professor Suttons Schreibtisch niedergelassen, begann der Orkan auch schon zu tosen.

»Ich erteile Ihnen hiermit ausdrücklich einen Verweis, da sie Lord Deerwood mit ihren unüberlegten Äußerungen in Misskredit gebracht haben, Schwester Maureen«, tobte der

Anstaltsleiter. »Es ist mir bereits bei den polizeilichen Ermittlungen gegen Mr Crowley unangenehm aufgefallen, wie Sie versucht haben, sich mit vorlauten Bemerkungen bei Scotland Yard wichtig zu tun. Aber was Sie sich nun erlaubt haben, schlägt dem Fass den Boden aus. Es ist eine Frechheit, einer Respektsperson wie Lord Deerwood zu unterstellen, er sei ein Anhänger des berüchtigten Okkultisten. Unsäglich, eine verdiente und angesehene Familie wie die Deerwoods so zu verunglimpfen!« Er maß Maureen mit einem derart vernichtenden Blick, als habe sie die Kronjuwelen geraubt. »Ich schreibe das Ihrer mangelhaften Bildung und Kinderstube zu, Miss Morgan, und ein Stück weit auch Ihrem jugendlichen Leichtsinn. Wissen Sie denn überhaupt, wer die Deerwoods sind?«

Maureen, der daran gelegen war, dass die Strafpredigt bald zu Ende war, räumte kleinlaut ein, dass es sich um eine erlauchte Adelsfamilie handle.

»Die Lords von Deerwood sind alter britischer Adel. Ihr Stammbaum reicht bis zur Regentschaft von König Richard I. zurück, den sie als Schildknappen und Waffenbrüder zu den Kreuzzügen begleitet haben. Das gehört zur Allgemeinbildung, meine Liebe, und das sollte auch jemand wissen, der aus einfachen Verhältnissen stammt. Bis in die heutige Zeit hinein hat sich diese vortreffliche Familie um unser Land verdient gemacht. Der Bruder von Lord Deerwood, der im Großen Krieg als Militärarzt tätig war, hat von King George sogar das Militärkreuz verliehen bekommen – eine der höchsten Auszeichnungen des Königreichs. Das war seinerzeit in jeder Tageszeitung zu lesen, selbst in der von der Unterschicht goutierten Yellow-Press. Von daher sollten auch Sie darüber im Bilde sein und langsam erkennen, welchen Fauxpas Sie sich mit Ihrer unreflektierten Plapperei geleistet haben. So – und jetzt reicht es mir für heute mit Ihnen.«

Crowley hat doch gesagt, dass Bruder Pan im Großen Krieg Militärarzt war, wurde es Maureen schlagartig bewusst. Sie stand viel zu sehr im Banne dieses Gedankens, um ihrem Vorgesetzten noch weiter zuzuhören.

»Sie können gehen, Miss Morgan, oder wollen Sie hier vielleicht Wurzeln schlagen?«, herrschte Professor Sutton sie an.

Maureen fuhr erschrocken zusammen. »Äh, entschuldigen Sie bitte, Herr Direktor! Ich war mir der Tragweite meiner Äußerungen nicht bewusst, als ich Oberinspektor MacFaden von Mr Crowleys Erlebnissen berichtete. Es tut mir aufrichtig leid, Sie dadurch verärgert zu haben.« Sie erhob sich aus dem gesteppten Ledersessel und sah den Anstaltsleiter mit schuldbewusster Miene an. Treuherzig fügte sie hinzu, dass sie ihm fortan keine Ungelegenheiten mehr bereite würde.

Bei allem Standesdünkel und seiner überbordenden Arroganz war Professor Sutton doch auch ein Kavalier der alten Schule, der eine Schwäche für hübsche Frauen hegte. Er strich sich über den roten Vollbart und lächelte galant.

»Schon recht, Miss Morgan, machen Sie Ihre Arbeit so gut wie bisher und lassen Sie sich Scotland Yard gegenüber nicht mehr zu irgendwelchen naseweisen Bemerkungen hinreißen, dann will ich es einstweilen gut sein lassen.«

Gegen neun Uhr abends, nachdem die Vorstellung in der Royal Vauxhall Tavern begonnen hatte und es im Foyer etwas ruhiger geworden war, suchten Rudger Waters und Mike Moorehead die Garderobe auf. Dort fanden sie tatsächlich eine asiatisch aussehende Frau, die sich als Hongkong-Chinesin Gong Lliang vorstellte. Die zierliche Frau weinte bitterlich, als die Beamten ihr die Fotos der Drachenlady zeigten. Sie brauchte einige Zeit, bis sie sich so weit beruhigt hatte, um auf weitere Fragen antworten zu können.

»Trifft es zu, Miss Lliang, dass Sie sich seit Jahren um Fang Li gekümmert haben und dass er auch bei Ihnen gewohnt hat?«, begann Rudger Waters.

Die Frau nickte stumm.

»Wie lange ist es her, seit Sie Ihren Mitbewohner das letzte Mal gesehen haben?«

»Ungefähr drei Wochen. Aber ich mir deswegen keine Sorgen machen, denn Li haben gesagt, dass Freund ihn auf Land eingeladen hat«, erwiderte sie mit chinesischem Akzent.

»Wissen Sie etwas über diesen Freund oder den Ort, an den er Li eingeladen hat?«

»Li nur sagen, darf nicht verraten, Freund das nicht wollen.«

Rudger Waters wechselte das Thema. »Soweit uns bekannt ist, ging Li der Prostitution nach. Kannten Sie seine Freier? Hat er den einen oder anderen vielleicht mal in die Wohnung mitgebracht?«

Gong Lliang schüttelte energisch den Kopf. »Nein, nein, keine Männer mitbringen, ich das nicht wollen. Aber viel Mann ich gesehen mit Li, auf Straße oder in Vauxhall.«

»Kannten Sie vielleicht einen der Männer oder können Sie uns jemanden beschreiben?«, wollte Mike Moorehead wissen.

»Ich keine Mann von Li kennen und ich auch nicht wollen«, erläuterte Gong Lliang und verzog verschämt das Gesicht. »Kein gut Mann, viel betrunken und dreckig.« Sie winkte angewidert ab, senkte den Blick und schien mit einem Mal eine Eingebung zu haben. »Doch, einmal ich gesehen Li mit fein Herr«, platzte es aus ihr heraus. »War hier in Vauxhall, bei mir an Garderobe, schon ein Jahr her.«

»Können Sie den Mann beschreiben? Bitte konzentrieren Sie sich, Miss Lliang, das ist für uns sehr wichtig!«, insistierte Rudger Waters.

»Kann nicht viel sagen über Gesicht, sehen aus wie alle, doch vornehm Herr und gut Benehm. Teure Mantel, schwarze Kaschmir mit Satin gefüttert, Mann viel Geld haben. Aber …« Gong Lliang kicherte verlegen und tippte sich mit dem Finger an die Stirn.

»Sie meinen, er war nicht ganz dicht, hatte einen Hau?«, versuchte Mike Moorehead ihr auf die Sprünge zu helfen.

Die zierliche Frau nickte mit breitem Grinsen und entblößte dabei ihre makellosen weißen Zähne. »Crazy«, gluckste sie, »viel crazy. Geben Mantel ab an Garderobe und bezahlen fünf Kleiderbügel, eine für Mantel, zwei rechts, zwei links extra, müssen bleiben leer. Denn Mantel darf nicht berühren andere Kleidung, ganz wichtig, sagen Herr. Dann, wenn später Mantel holen, ich muss nehmen Kleiderbürste und Mantel ganz viel bürsten, aber gar nicht schmutzig und keine Fussel. Wenn gehen, geben viel Trinkgeld, sehr viel, mehr, als ich verdien ganz Abend. Li sagen, reich Mann, geben immer sehr viel Geld. Aber spinni.« Sie kicherte wieder schamhaft.

»Was können Sie sonst noch über diesen Mann sagen, Miss Lliang? War er groß oder klein, dick oder dünn, welche Haarfarbe hatte er und wie alt war er ungefähr?«

Die Garderobenfrau runzelte angestrengt die Brauen. »Nicht alt, so wie …« Sie wies auf Mike Moorehead, der Anfang dreißig war. »Und Haar auch so wie Mister«, fügte sie mit Blick auf das straßenköterblonde Haar des jungen Beamten hinzu. »Mann viel groß und stark.« Sie demonstrierte mit dem Arm eine Kraftgeste und musste grinsen. »Li ganz klein und dünn, Mann sehr groß und viel Muskeln«, äußerte sie neckisch und deutete den erheblichen Größenunterschied der beiden Männer mit der ausgestreckten Hand an, wonach der große, stattliche Begleiter die fragile Drachenlady um gut zwei Köpfe überragt haben musste.

Kapitel 11

Am Donnerstagmorgen erhielt Oberinspektor MacFaden einen Anruf von Professor Sutton, der ihm mitteilte, dass ein sehr kompetenter und erfahrener Psychiater sich erboten habe, Scotland Yard in dem Mordfall beratend zur Seite zu stehen.

»Ich habe dagegen nichts einzuwenden. Wenn Sie möchten, können Sie mit Doktor Eisenberg, dem Oberarzt der Suchtstation, telefonieren und einen Termin vereinbaren. Augenblick, ich gebe Ihnen seine Telefonnummer, er hat heute frei und ist daher gut erreichbar.«

MacFaden dankte dem Anstaltsleiter und notierte sich die Nummer.

»Übrigens, Herr Oberinspektor, das wollte ich Ihnen auch noch sagen: Ich habe gestern Abend, nachdem Sie bei mir waren, mit meinem Freund Lord Deerwood telefoniert, da es mir keine Ruhe gelassen hat, dass dieser unsägliche Magier behauptet, er sei sein ehemaliger Adept gewesen. Als ich seiner Lordschaft von Crowleys Hirngespinsten erzählte, hat er sich fast totgelacht und mich gebeten, Ihnen auszurichten, er stehe Ihnen jederzeit zur Verfügung, falls Sie in der Angelegenheit noch Fragen an ihn hätten. Was jedoch den Sommer letzten Jahres anbetreffe, den er als vermeintlicher Bruder Pan in Crowleys Abtei auf Sizilien zugebracht haben soll, könne er Sie beruhigen. Er habe die Parlamentsferien wie jedes Jahr mit seiner Frau und den Kindern auf dem Jagdschloss der Familie in den schottischen Highlands verbracht. Das können Ihnen sowohl Lady Deerwood als auch die Dienstboten von Moray Castle gerne bestätigen«, erläuterte der Anstaltsleiter hohntriefend.

»Gut zu wissen, das werden wir demnächst überprüfen«, erwiderte MacFaden trocken und wünschte Professor Sutton noch einen schönen Tag. Anschließend rief er Doktor Eisenberg an und lud ihn zu der für zehn Uhr anberaumten Besprechung ein, bei der alle Ermittler der Sonderkommission »Headhunter« anwesend sein würden.

Als Rudger Waters und Mike Moorehead den Kollegen von ihren Ermittlungen im Café Couture und der Royal Vauxhall Tavern berichteten, war die Freude unter den Beamten groß, dass sich die Identität des Mordopfers mit der Schlangen-Tätowierung so rasch geklärt hatte, und die Männer applaudierten. Auch Doktor Eisenberg, der den Ermittlern mit regem Interesse zuhörte, schien beeindruckt.

»Da wir wissen, dass es ein eher hochgewachsener Täter sein muss, passt dieser vornehme Freier, mit dem die Chinesin die Drachenlady vor etwa einem Jahr in der Vauxhall gesehen hat, perfekt ins Täterprofil. Es handelt sich bei ihm offenbar um einen Gentleman aus den besseren Kreisen«, konstatierte MacFaden.

Die Kollegen stimmten ihm zu.

»Was meinen Sie, Doktor Eisenberg, haben wir es hier womöglich mit einem Serienmörder aus der Oberschicht zu tun?«, richtete sich MacFaden an den Psychiater.

Der hatte sich bisher in höflicher Zurückhaltung geübt. »Nun, das Phänomen Serienkiller war bislang in der britischen Kriminalgeschichte ein eher seltenes Phänomen«, erläuterte er vorsichtig. »Außer Jack the Ripper war der Polizei bisher noch nichts Vergleichbares bekannt. Ich sehe auch noch andere Parallelen zu dem Ripper-Fall: Der Mörder ist wie ein Phantom, anonym, unauffällig, unauffindbar, überaus rasend, brutal und mordlüstern. Ähnlich wie Jack the Ripper bewahrt auch der Headhunter Trophäen von den Opfern auf, in diesem Fall wahrscheinlich die drei fehlenden Köpfe, die bei den Tauchereinsätzen unauffindbar blieben.« Hatte er verhalten angefangen, so schien er inzwischen regelrecht in seinem Element zu sein und die Beamten hingen förmlich an seinen Lippen. »Bei diesem Täter haben wir es eindeutig mit einem Serienmörder vom Schlage eines Jack the Ripper zu tun. Der Mann, den wir suchen, ist überdurchschnittlich intelligent und stammt wahrscheinlich aus einer höheren Gesellschaftsschicht. Insofern kann ich Ihre Vermutung nur bestätigen, Herr Oberinspektor.«

MacFaden dankte ihm höflich und informierte ihn über die Ergebnisse der Gerichtsmedizin und die Morde in Palermo vom April an den zwei männlichen Prostituierten, die ebenso wie die Opfer von Virginia Water sexuell verstümmelt worden waren.

»Wie wir nach dem neusten Ermittlungsstand wissen, war der Mann mit dem Schlangen-Tattoo ebenfalls Stricher. Ich stehe mit den Kollegen aus Palermo in Kontakt. Sie gehen ebenso wie wir davon aus, dass der Täter ein Freier der Ermordeten war. Wir vermuten, dass er sich inzwischen nicht mehr dort aufhält und nun hier in der Gegend agiert. Es liegt nahe, dass er sich in der Region um Palermo nur zeitweise aufgehalten hat, möglicherweise als Tourist. Aufgrund seiner guten hiesigen Ortskenntnisse ermitteln wir verstärkt in Virginia Water und weiterhin im Londoner Homosexuellen-Milieu, wo wir ja auch schon erste Erfolge zu verzeichnen haben.« Er musterte den Psychiater nachdenklich. »Mir gibt die Aussage des Transvestiten aus dem Café Couture, die der Kollege Waters eben vorgelesen hat, sehr zu denken. Sinngemäß hat er doch gesagt, dass der Mörder ein Homosexuellen-Hasser sein muss, denn ein Mann, der Männer liebt, wäre zu den grausamen Verstümmelungen gar nicht in der Lage.« Er blickte zu

Rudger Waters, der das bestätigte. »Deswegen bin ich immer wieder hin- und hergerissen, ob der Täter tatsächlich ein Homosexueller ist oder ein sadistischer Schwulenhasser.« Er wandte sich an Doktor Eisenberg: »Es wäre mir daher sehr daran gelegen, Ihre Einschätzung dazu zu hören.«

Der Psychiater sah ihn eindringlich an. »Das ist ein ganz bedeutender Aspekt, Herr Oberinspektor, wenn nicht gar der bedeutendste. Nach meiner Einschätzung ist der Headhunter jemand, der mit seiner eigenen Homosexualität nicht zurechtkommt. Dieser Zwiespalt drückt sich dadurch aus, dass er sich einerseits zu Homosexuellen hingezogen fühlt, sie jedoch gleichzeitig hasst und verabscheut. Diese offensichtliche Ambivalenz ist meines Erachtens das wesentlichste Charakteristikum des Headhunters.«

Der Inspektor nickte konzentriert und schwor die Sonderkommission darauf ein, dieses Tätermerkmal im Zuge der Ermittlungen nicht aus den Augen zu verlieren. Anschließend übergab er das Wort an die Kollegen, die im Queens Head in der Tryon Street, unweit der Militärkaserne, vorstellig geworden waren.

»Gestern Nachmittag und am frühen Abend haben wir uns unter den Soldaten umgehört und ihnen die Fotos der Mordopfer gezeigt, doch das hat leider nichts gebracht«, erklärte Stephen Bricks, ein Beamter der Abteilung für Sittlichkeitsverbrechen, der gemeinsam mit Jack Dickinson vom Betrugsdezernat in der Tryon Street ermittelt hatte. »Und als wir später ins Queens Head gegangen sind, um die Kerle aus der Master-and-Servant-Liga zu befragen, war's dann erst recht Essig. Die waren so was von zugeknöpft und haben das Maul nicht aufgekriegt, als wir ihnen die Fotos gezeigt haben. Und das galt sowohl für die Herren als auch für die Stiefellecker. Die haben alle sofort gemauert, als wir gesagt haben, dass wir in den Torso-Morden ermitteln. Man hat richtig gemerkt, wie es bei denen ›klick‹ gemacht hat, und dann waren schlagartig alle Schotten dicht, vom Stallknecht bis zum Rittmeister.«

»Die hatten total Schiss, die einen wie die anderen«, erläuterte Jack Dickinson unwirsch. »Die Muskelprotze in den Uniformen, weil sie sich insgeheim die Frage stellten, ob die perverse Drecksau, die sich daran aufgeilt, Kerle einen Kopf kürzer zu machen, womöglich aus ihren Reihen stammt, und die Stiefelknechte und Fußabtreter hatten Bammel davor, dass sie am Ende selbst noch an das Monster geraten, das Hackepeter aus ihnen macht.«

»Trotzdem gehen wir heute Abend wieder in die Tryon Street. Da gibt's nämlich so 'ne Soldatenkneipe, die Gulasch-Kanone. Wird von einer Frau betrieben, die früher mal 'ne Soldatenhure war und auf ihre alten Tage zur Kneipenwirtin aufgestiegen ist. Im Viertel ist der Laden jedenfalls eine feste Institution, wo außer Soldaten auch Homos hingehen, weil das Essen dort gut und billig ist«, ließ Stephen Bricks die Kollegen wissen.

»Wir verdanken dem Kollegen Muller von der Mordkommission übrigens auch einen wertvollen Hinweis«, erklärte MacFaden und wies auf einen unscheinbaren Mann mit Hornbrille und Geheimratsecken. »Er hat sich nämlich gestern eingehend die Gewaltverbrechen- und Sexualstraftäterkartei vorgeknöpft und ist auf einen gewissen Gaylord Soundringham aufmerksam geworden.« MacFaden berichtete den Kollegen, was er am Vortag schon dem Anstaltsleiter gesagt hatte. »Ich werde Soundringham nachher im Beisein von Professor Sutton befragen und natürlich auch beim Pflegepersonal nachhaken, ob er während der gesamten Zeit seines Aufenthalts auf der geschlossenen Station tatsächlich immer weggesperrt war und nicht hinausgelangen konnte.«

Doktor Eisenberg fügte hinzu, dass die Kollegen des Sanatoriums diesbezüglich sehr gewissenhaft seien, da eine erneute Selbst- oder Fremdgefährdung unbedingt verhindert werden müsse. »Die geschlossene Station für Männer befindet sich im Erdgeschoss des Hintergebäudes. Die Fenster sind alle vergittert und die beiden Zugangstüren immer verschlossen. Eine der Türen führt in einen umzäunten Außenbereich mit Liegestühlen und Parkbänken, der aber absolut ausbruchsicher ist. Außerdem ist stets ein Pfleger anwesend, wenn sich dort Patienten aufhalten.«

Abschließend berichtete der Oberinspektor noch von den Personalbefragungen im Holloway-Sanatorium, die jedoch nicht sonderlich ergiebig gewesen waren. »Außer einem Hinweis, der allerdings so hanebüchen ist, dass man ihn nur allzu bereitwillig als absoluten Unsinn abtun möchte«, äußerte er mit hintergründigem Lächeln und erzählte den Kollegen von seiner Unterredung mit der jungen Krankenschwester, die seinerzeit Aleister Crowley betreut hatte. Als er anschließend Lord Deerwood erwähnte, den Crowley als seinen ehemaligen Adepten Bruder Pan im Speisesaal des Sanatoriums erkannt haben wollte, prusteten die Ermittler der Sonderkommission los, genau wie es MacFaden erwartet hatte.

Lediglich Doktor Eisenberg blieb ernst und nachdenklich. »Manchmal ist die Wahrheit so haarsträubend, dass man sie einfach nicht glauben kann«, bemerkte er zurückhaltend.

»Selbstredend ist Lord Deerwood über jeden Verdacht erhaben«, äußerte MacFaden, der die Kollegen mit spöttischer Miene über Professor Suttons Anruf informierte. »Trotzdem ziehe ich es ernsthaft in Erwägung, die Angaben seiner Lordschaft noch einer abschließenden Überprüfung zu unterziehen.«

»Da wird der Generalmajor aber toben, dessen sollten Sie sich gewiss sein«, gab sein Assistent Mike Moorehead zu bedenken.

»Das ist mir sehr wohl bewusst«, erklärte der Oberinspektor unumwunden, »aber sei's drum. Wir leisten jedenfalls ordentliche Polizeiarbeit, auch wenn wir uns damit bei den hohen Herren nicht beliebter machen.«

Mit dieser Maxime stieß er bei den Ermittlern auf breite Zustimmung und auch Doktor Eisenberg zollte dem integren Polizisten seine Anerkennung.

»Ich komme heute nicht mit zum Essen, hab noch was zu erledigen«, erklärte Maureen ihren Kolleginnen Heather und Abigail beiläufig, als sie um die Mittagszeit die Station verließen, um wie üblich den Speisesaal aufzusuchen.

Die Neugier in den Gesichtern der beiden Krankenschwestern war nicht zu übersehen.

»Ich muss zur Post, meine Mum hat demnächst Geburtstag und da will ich ihr ein Päckchen schicken«, flunkerte Maureen, während sie vor ihren Kolleginnen die Treppe hinunter eilte. Sie umrundete, so gut es ging, die aus den anderen Stationen kommenden Patienten und Bediensteten, die allesamt dem Speisesaal zustrebten, und bahnte sich den Weg zu der Tür, die zum Park führte. Draußen angelangt, vergewisserte sie sich mit einem kurzen Schulterblick, dass Heather und Abigail sie nicht sehen konnten, ehe sie durch die Flügeltür der Erholungshalle trat, die um die Mittagsessenszeit so gut wie verwaist war. Zielstrebig durchquerte sie die weitläufige Marmorhalle, an deren Ende sich rechts der Zugang zum Lichtspieltheater und linker Hand die Tür zur hauseigenen Bibliothek befand. Dort kam ihr die Bibliothekarin, Miss Lovecraft, im Mantel entgegen.

»Guten Tag, Miss Morgan«, grüßte sie freundlich. Sie war mit Maureen, die sich regelmäßig Bücher auslieh, gut bekannt. »Ich wollte gerade zu Tisch gehen, aber wenn Sie wollen, kann ich Ihnen den Schlüssel geben. Dann können Sie in Ruhe in den Büchern stöbern, bis ich wieder zurück bin«, schlug die grauhaarige Dame vor. »Tun Sie mir nur einen Gefallen und schließen Sie von innen ab, damit niemand anderes hineingelangt.«

Maureen nahm das Angebot gerne an und dankte Miss

Lovecraft für ihr Entgegenkommen. Ihr Herz klopfte vor Aufregung und Tatendrang, als sie sich den Fächern mit den Karteikarten näherte und die Schublade mit den Namens- und Personenregistern der Buchstaben C-D öffnete. Wie sie bereits vermutet hatte, befanden sich hinter dem säuberlich mit Füllfederhalter geschriebenen Eintrag »Lords of Deerwood« dutzende Karteikarten, versehen mit einer ansehnlichen Reihe männlicher Vornamen sowie dem Geburts- und gegebenenfalls auch dem Todesdatum. Es kostete Maureen einige Zeit und Mühe, bis sie aus der Vielzahl die Karten der Brüder Reginald und Francis Edward Deerwood gefunden hatte. Die Geburtsdaten und Zusätze wie »Mitglied des Oberhauses«, »Militärarzt a. D.« und »Träger des Militärkreuzes« ließen keine Zweifel mehr daran, dass es sich bei ihnen um die Gesuchten handelte.

Maureens Hände bebten leicht, als sie sich auf einem Zettel die verschiedenen Standortsvermerke notierte, wo sich diverse Zeitungsartikel, Hochglanzmagazine und Gesellschaftsgazetten sowie Jahrbücher von Eton und Oxford neben verschiedenen Publikationen über illustre Familien und deren Anwesen in Virginia Water in der Bibliothek befanden. Mit dem Zettel in der Hand eilte sie von Regal zu Regal, von einem nach Jahrgängen sortierten Archivkarton zum nächsten, und zog das entsprechende Buch, Magazin oder eine Zeitungsausgabe heraus, die sie auf dem immer größer werdenden Stapel auf einem der Lesetische platzierte. So hatte sie nach und nach mehr als zehn Veröffentlichungen zusammengetragen und ein Blick auf ihre Notizen verriet ihr, dass sie noch immer nicht fertig war. Sie geriet in eine Art Jagdfieber und vergaß dabei die Zeit. Schließlich erschreckte sie das energische Klopfen an der Eingangstür, das ihr die Rückkehr der Bibliothekarin ankündigte. Hektisch eilte sie zur Tür, um Miss Lovecraft einzulassen.

»Hallo, meine Liebe, sind Sie fündig geworden?«, erkundigte sich die ältere Dame.

»Durchaus, Miss Lovecraft! Die Bibliothek ist ausgezeichnet sortiert, das kann ich nur immer wieder feststellen«, erwiderte Maureen mit aufrichtiger Bewunderung. Sie hatte nicht nur großen Respekt vor der gebildeten und belesenen Bibliothekarin, sondern war auch von Büchereien zutiefst fasziniert, da sie sich dort immer fühlte wie eine Schatzsucherin.

Miss Lovecraft, die Maureens Vorliebe für die englische Kriminalliteratur, vor allem die Werke des Schriftstellers Arthur Conan Doyle kannte, wies sie darauf hin, dass der Sherlock-Holmes-Roman »Der Hund von Baskerville«, auf den Maureen schon gespannt gewartet hatte, inzwischen zurückgegeben worden war. »Ich kann Ihnen das Buch gerne holen«, erbot sie sich, nachdem sie ihren Mantel aufgehängt hatte, und erkundigte sich mit Blick auf den Zettel, den Maureen verstohlen in der Hand hielt, inwieweit sie ihr sonst noch behilflich sein könne.

Maureen, die unbedingt vermeiden wollte, dass Miss Lovecraft mitbekam, wonach sie suchte, zuckte unwillkürlich zusammen. »Vielen Dank, aber ich habe eigentlich schon alles, was ich brauche«, erklärte sie verlegen und fügte hinzu, dass sie sich ohnehin beeilen müsse, denn ihre Mittagspause sei bereits zu Ende. »Aber den ›Hund von Baskerville‹ nehme ich natürlich gerne mit.«

Während sich die Bibliothekarin entfernte, um das Buch zu holen, zog Maureen noch einen dicken Bildband über das gesellschaftliche Leben von Virginia Water aus einem der Regale, legte ihn auf den Bücherstapel und lief damit zum Ausleih-Tresen, wo die Bücher ihren Verleih-Stempel erhielten.

»Na, das ist ja eine beträchtliche Ausbeute«, sagte Miss Lovecraft, als sie mit dem Doyle-Krimi zurückkehrte und den Stapel auf dem Tresen gewahrte.

Maureen spürte, wie sie errötete. »Da ich ja inzwischen schon über ein Jahr hier lebe, habe ich mir gedacht, es ist langsam an der Zeit, mehr über Virginia Water und seine prominenten Bewohner zu erfahren.«

Die Bibliothekarin strahlte, während sie die Bücher und Zeitschriften abstempelte. »Wie schön, dass es auch noch junge Menschen gibt, die sich weiterbilden und denen Bücher mehr bedeuten als dieser ganze modische Tand wie geschmacklose Topfhüte und degoutante Kleider, die noch nicht mal mehr das Knie bedecken!«

Obgleich Maureen durchaus ein Faible für Mode hatte, mochte sie dem nichts entgegensetzen und lächelte unverbindlich. Nachdem die Bücher und Zeitschriften alle abgestempelt waren, bot Miss Lovecraft ihr eine Tasche an, in der sie die Bildbände und Jahrbücher, die ein erhebliches Gewicht hatten, verstauen konnte. Maureen dankte ihr herzlich, behielt die Magazine und Tageszeitungen in der Hand und erbot sich, die Tasche am nächsten Tag zurückzubringen. Doch Miss Lovecraft ließ sie wissen, dass es völlig genüge, wenn sie sie mit den entliehenen Büchern abgeben würde.

Als Maureen mit der schweren Tasche durch die Tür der Entwöhnungsstation trat und einen Blick auf die große Wanduhr warf, musste sie mit Bestürzung feststellen, dass sie sich um fünfzehn Minuten verspätet hatte. Sie hastete den Flur entlang zum Personalumkleideraum, um die Sachen im Spind zu verstauen, und gewahrte zu ihrem Verdruss, dass just in diesem Moment Abigail und Heather, gefolgt von der stellvertretenden Oberschwester Bertha, mit Rollwagen aus der Teeküche kamen, um in den Patientenräumen das Essgeschirr einzusammeln.

Während ihr die zwei jungen Schwestern aus großen Augen entgegenblickten, polterte die matronenhafte Bertha mit der üblichen Bissigkeit, die sie Untergebenen gegenüber an den Tag legte: »Schön, dass Frau Gräfin endlich die Güte haben, uns mit ihrer Gegenwart zu beehren!«

Maureen entschuldigte sich mit einem schiefen Lächeln und fügte hinzu, dass sie am Abend gerne etwas länger bliebe, um ihre Verspätung auszugleichen.

»Was zum Teufel machst du denn mit all diesen Büchern?«, fragte Bertha bass erstaunt, deren Lesegewohnheiten sich auf die tägliche Lektüre des Sunday Express beschränkten, und schien damit Abigail und Heather aus den Herzen zu sprechen.

Maureen, der das Ganze immer unangenehmer wurde, wollte sich schon in Richtung Umkleideraum entfernen.

»Eton College, Jahrbuch 1898, Oxford University, Jahrbuch 1910, nobel, nobel! Willst du dir einen Earl oder einen Millionär angeln?«, spöttelte Heather, die förmlich ihren Kopf verrenkt hatte, um die Aufschriften auf den Buchrücken in der Tasche zu entziffern.

»Na, ein Herr Doktor reicht doch auch«, brach es aus Abigail heraus. Gleich darauf presste sie verschämt die Hand auf den Mund.

Ohne jegliche Erwiderung eilte Maureen davon.

»Was soll denn das heißen?«, vernahm sie aus dem Hintergrund die schrille Stimme von Bertha.

Am liebsten hätte sie Abigail, dieser dummen Gans, eine geschmiert. Während sie rasch die Bücher im Spind verstaute und anschließend den Schrank abschloss, fragte sie sich verärgert, ob Festus seinen Mund nicht gehalten hatte. Woher hätte Abigail denn sonst etwas über sie und Joe wissen sollen? Obgleich sie zu den beiden Krankenschwestern, die ebenfalls im Schwesternwohnheim lebten, einen guten kollegialen Kontakt hatte, der jedoch nicht über eine gelegentliche Plauderei bei Tee und Gebäck hinausging, hätte sie niemals etwas über sich und Joe preisgegeben. Missmutig holte sie sich einen Rollwagen aus der Teeküche und fing an, in den Zimmern am anderen Ende des Flurs das Essgeschirr abzuräumen. Als sie wenig später aus einem der Patientenräume kam, traf sie auf Abigail, die mit zerknirschter Miene auf sie zu kam.

»Tut mir leid, Maureen, aber das ist mir eben so rausgerutscht. Ich weiß, das war blöd von mir, so was zu sagen. Ich hab dich und Doktor Sandler halt gestern Abend von meinem Zimmerfenster aus gesehen, wie ihr zusammen aus dem Wohnheim gekommen und den Parkweg entlang gelaufen seid – und da hab ich mir so meine Gedanken gemacht.« Die pummelige Krankenschwester, die etwa im gleichen Alter war wie Maureen, taxierte diese verstohlen.

»Das war rein dienstlich«, erwiderte Maureen bestimmt. »Doktor Sandler hat mir lediglich Bescheid gegeben, dass Professor Sutton mich sprechen wollte.« Ihr war natürlich klar, dass sie damit Abigails Neugier noch weiter anstachelte, aber da sie nicht umhin kam, eine plausible Erklärung abzugeben, dass sie am Abend gemeinsam mit dem Psychiater das Schwesternwohnheim verlassen hatte, musste sie zumindest in diesem Punkt Farbe bekennen. »Es war nicht weiter von Bedeutung. Löwenherz wollte nur wissen, was ich bei der polizeilichen Befragung gesagt habe, die Oberinspektor MacFaden gestern Abend auf unserer Station durchgeführt hat.«

Abigail war außer sich. »Was, du hast mit diesem gutaussehenden Inspektor von Scotland Yard geredet, der vor kurzem hier war?«, stieß sie neidvoll hervor.

Im Laufe des Nachmittags verflüchtigte sich Maureens Groll und alles verlief reibungslos. Sie konnte es kaum noch erwarten, Feierabend zu haben und sich zu Hause endlich in die Bücher zu vertiefen, in die sie noch keinen Blick hatte werfen können. Um 18 Uhr fand im Stationszimmer die Dienstübergabe mit den Kollegen der Nachtschicht statt, bei der auch Joe anwesend war. Schwester Bertha verkündete spitz, dass Maureen fünfzehn Minuten länger bleiben müsse, da sie zu spät von der Mittagspause zurückgekommen sei.

»Gut, dann kann sie nachher die Abend- und Nachtmedikamente richten«, entschied der Oberpfleger.

»Lord Redgrave ging es heute gar nicht gut«, äußerte die Schwester mit ernster Miene. »Ich fürchte, seine Tage sind gezählt.«

»Schon vor Jahren wurde bei ihm eine Leberzirrhose diagnostiziert. Die verstärkte Bauchwassersucht und die Magenblutungen der vergangenen Tage deuten auf ein Leberversagen hin. Da können wir leider nicht mehr viel machen, außer das Leiden des Patienten, so gut es geht, zu lindern«, äußerte Joe bedauernd und wies den Oberpfleger an, die Angehörigen von Lord Redgrave zu verständigen.

Für kurze Zeit herrschte betroffenes Schweigen. Es kam zwar auf der Entgiftungsstation hin und wieder vor, dass ein Patient an den Folgen seiner Drogen- oder Alkoholsucht verstarb, aber der mitunter harte Todeskampf war für die Ärzteschaft und das Pflegepersonal sehr bitter.

»Ich ziehe ihm noch mal das Bauchwasser ab, damit er besser Luft bekommt, und wir erhöhen die Morphintropfen um zehn Milliliter«, ordnete Joe an und verließ den Raum, um sich um den Kranken zu kümmern.

Nachdem Maureen die Medikamentengabe gerichtet hatte, erbot sie sich, Lord Redgrave den Becher mit den Morphintropfen zu geben.

»Ist recht und dann kannst du den Abflug machen, denn es ist ja schon halb sieben«, erwiderte der Oberpfleger und eilte mit dem Medikamententablett davon.

Maureen klopfte vorsichtig an die Tür und Joe forderte sie zum Eintreten auf. Er war gerade mit dem Absaugen des Bauchwassers fertig geworden. Die große Spritze befand sich mitsamt des Schlauchs neben der Pumpapparatur, deren Glaszylinder mit einer trüben, gelblichen Flüssigkeit gefüllt war. Lord Redgrave lag zugedeckt im Bett und gab röchelnde Atemgeräusche von sich. Sein eingefallenes Gesicht war ganz gelb und er schien kaum noch bei sich zu sein. Maureen empfand tiefes Mitleid mit ihm und ihr wurde schmerzlich bewusst, dass sie ihn möglicherweise zum letzten Mal lebend sah, da es durchaus sein konnte, dass er die Nacht nicht überstehen würde.

»Ich habe Ihnen etwas zur Linderung mitgebracht, Lord Redgrave«, richtete sie freundlich das Wort an ihn und trat ans Krankenbett.

Lord Redgrave gab nur ein Krächzen von sich und öffnete mühsam die Augenlider. Maureen stützte behutsam seinen Kopf und gab ihm die Tropfen ein.

»Danke, mein Kind, und Good Bye«, flüsterte der Kranke mit kehliger Stimme.

Maureen streichelte ihm über die stoppelige Wange. »Gott schütze Sie, Lord Redgrave!«, sagte sie leise und spürte, wie ihr die Tränen in die Augen stiegen. Der nahende Tod eines Menschen hatte immer etwas zutiefst Erschütterndes, wenngleich sie schon etliche Patienten hatte sterben sehen. »Man ist kein Mensch mehr, wenn einen das nicht mehr berührt«, hatte sie einmal zu einer Oberschwester im London Hospital gesagt, als diese sie wegen ihres Mitgefühls beim Tod einer Patientin gerügt hatte. Maureen hatte das Erlebnis bis heute nicht vergessen und auch die beeindruckende Schwester mit dem harten, verbitterten Gesicht stets in ihrem Gedächtnis bewahrt.

Der Vorfall hatte sich damals auf der Säuglings- und Geburtsstation ereignet, in welcher Maureen während ihrer Ausbildung als Krankenschwester hospitiert hatte. Eine spätgebärende Frau, die bereits die Vierzig überschritten und zum siebten Mal entbunden hatte, war bei der Geburt gestorben. Das Kind hatte überlebt und war gesund auf die Welt gekommen. Maureen hatte weinen müssen, als sie den Säugling gewaschen hatte, was ihr den Tadel der Oberschwester eingebracht hatte. Nach Feierabend hatte Schwester Eve Maureen draußen vor der Tür abgefangen und sich bei ihr wegen ihrer Härte entschuldigt. Sie hatte ihr anvertraut, dass sie dreißig Jahre zuvor ihr drei Wochen altes Kind verloren hatte, das am plötzlichen Kindstod gestorben war. Noch immer müsse sie weinen, wenn sie an ihr Kleines denke, und sei nie über den Verlust hinweggekommen. Deswegen habe ihr Mann sie verlassen und aus ihr sei eine alte, sauertöpfische Jungfer geworden. Sie habe sich schließlich auf die Geburtsstation versetzen lassen und liebe jeden Säugling wie ihren eigenen, das tröste sie ein Stück weit über ihre eigene Kinderlosigkeit hinweg. Der Oberschwester waren bei diesem Geständnis die Tränen über die Wangen gelaufen und Maureen hatte sie spontan umarmt und gefragt, ob das nicht zu schmerzlich für sie sei, tagein, tagaus das Glück der anderen Mütter vor Augen zu haben.

»Im Gegenteil«, hatte Schwester Eve erwidert, »wenn ich die glückstrahlenden Frauen mit ihren Neugeborenen sehe, wird mir immer ganz warm ums Herz – und das ist bis heute so geblieben.«

Durch Schwester Eve hatte Maureen gelernt, wie leicht man Menschen Unrecht tun konnte, nur weil sie eine ganz eigene, mitunter auch sehr verhaltene Art hatten, ihre Gefühle zu zeigen. Sie wischte sich die Tränen aus den Augenwinkeln und erbot sich, die Pumpe im Putzraum auszuleeren und zu reinigen.

»Danke, das ist nett von dir!«, sagte Joe und begleitete sie hinaus. »Wie war eigentlich deine gestrige Unterredung mit Löwenherz?«, erkundigte er sich mit gesenkter Stimme, während sie nebeneinander den Flur entlang gingen.

»Er hat mir natürlich ganz schön die Leviten gelesen, aber es war auch sehr aufschlussreich«, erwiderte Maureen.

Joe musterte sie erstaunt. »Inwiefern?«

Maureen hielt kurz inne, ehe sie erklärte: »Nun, er ist regelrecht ins Schwärmen geraten über die famose Familie Deerwood und hat dabei auch erwähnt, dass der jüngere Bruder von Lord Deerwood im Großen Krieg Militärarzt war und für seine herausragenden Verdienste das Militärkreuz verliehen bekommen hat.«

»Das ist mir bekannt, es war ja seinerzeit in allen Zeitungen zu lesen.« Joe blickte irritiert. »Aber wieso war das für dich so aufschlussreich?«

»Weil Crowley mir erzählt hat, dass Bruder Pan im Großen Krieg als Militärarzt gearbeitet hat«, gab Maureen zur Antwort.

Joe schüttelte bekümmert den Kopf. »Ich kann dir nur ausdrücklich davon abraten, diesbezüglich weitere Nachforschungen zu betreiben, meine Liebe. Ich sage das nicht, weil ich dich maßregeln will, sondern nur, weil ich verhindern möchte, dass du wieder in Schwierigkeiten gerätst. Ein Scharlatan wie Aleister Crowley ist alles andere als seriös – er ist äußerst manipulativ und liebt es, andere Menschen zu dominieren und in die Irre zu führen. Daher liegt für mich die Vermutung nahe, dass sein Bruder Pan lediglich eine Ausgeburt seiner Wahnvorstellungen war oder er dich möglicherweise beeindrucken wollte.«

»Der Meinung bin ich nicht, denn mein Bauchgefühl sagt mir etwas anderes«, erwiderte Maureen mit trotzigem Unterton, über den Joe unwillkürlich lächeln musste.

»Ich mag deinen Eigensinn, Maureen – und ich weiß auch, wenn du dir etwas in den Kopf gesetzt hast, bist du nur schwer davon abzubringen. Aber ich möchte dich davor bewahren, dir die Finger zu verbrennen.«

»Danke für deinen wohlgemeinten Ratschlag, aber das wird mir bestimmt kein zweites Mal passieren«, entgegnete Maureen spitz und wünschte Joe noch eine gute Nachtschicht, ehe sie in den Putzraum trat.

Stephen Bricks und sein Kollege vom Betrugsdezernat stießen Flüche durch die Zähne, als sie gegen 19 Uhr die Tryon Street entlangliefen und der raue Wind ihnen kalte Regenschauer in die Gesichter blies. Aufgrund des schlechten Wetters waren kaum Leute unterwegs – anders als es in der warmen Jahreszeit in den Abendstunden üblich war, wenn sich die »harten Jungs« der Londoner Schwulenszene und ihr Hofstaat zur Blue Hour vor dem Queen's Head und anderen Treffpunkten ein Stelldichein gaben, bei dem erste Sondierungen stattfanden und Kontakte geknüpft wurden. Selbst die Tryon-Kaserne wirkte an diesem Abend wie ausgestorben, das rote Backsteingebäude sah im dichten Regen noch trostloser aus als ohnehin schon. Bei besserem Wetter zog es auch die Soldaten nach Feierabend hinaus auf die Straße, um in geselliger Runde eine Schnapsflasche kreisen zu lassen und ein paar Stumpen zu rauchen.

»Wenn wir Glück haben, sitzen die jetzt alle in der Gulasch-Kanone und hauen sich den Wanst voll«, sagte Stephen Bricks, der als langjähriger Ermittler der Sitte mit den Gewohnheiten der Leute aus dem Viertel bestens vertraut war, und wies auf die hellerleuchteten Fenster der Eckkneipe.

»Gegen eine heiße Suppe hätte ich jetzt auch nichts einzuwenden«, seufzte Jack Dickinson und beschleunigte, ebenso wie Stephen Bricks, seine Schritte, um endlich ins Trockene zu kommen.

In der kleinen, rauchigen Gaststube waren fast alle Tische besetzt. Allenthalben sah man Männer in Uniformen, die Suppe löffelten, einander mit gut gefüllten Ale-Gläsern zuprosteten und sich lautstark unterhielten. Die Scotland-Yard-Beamten, die mit scheelen Blicken beäugt wurden, spähten gleichfalls über das Publikum und fanden unweit der zugigen Eingangstür noch einen freien Tisch. Nachdem sie sich ihrer regennassen Mäntel und Schirmmützen entledigt hatten, ließen sie sich dort nieder und legten den Umschlag mit den Opferfotos auf einen freien Stuhl. Die Wirtin, eine kräftige Frau mittleren Alters, lief geschäftig zwischen den Tischen hin und her und bediente die Gäste.

»Sie ist gebürtige Österreicherin«, erklärte Stephen Bricks, der sie von früheren Besuchen her kannte, seinem Kollegen.

Endlich kam sie auf die Polizisten zu, um die Bestellung aufzunehmen.

»Zweimal Gulaschsuppe mit Brot und zwei Bier«, orderte Stephen Bricks leutselig. »Und wenn Sie nachher mal Zeit haben, würden wir Ihnen gerne ein paar Fotos zeigen, Frau Zimmer. Wir ermitteln nämlich wegen der Torso-Morde.«

Die Frau mit den roten Haaren verzog unwirsch die Mundwinkel. »Glauben Sie denn ernsthaft, dass Sie den Kerl bei mir finden?«

»Das wäre zu schön, um wahr zu sein, Madam, aber uns geht es vor allem um die Identität der Opfer, die noch zu klären ist. Wir ermitteln verstärkt im Homosexuellen-Milieu und haben die Fotos gestern schon im Queen's Head herumgereicht, und das werden wir nachher auch hier tun. Vorab möchten wir Sie aber fragen, ob Sie vielleicht einen der Männer kennen.«

»Von mir aus, dann machen wir das doch gleich«, erbot sich die Wirtin und musterte die Polizisten abgeklärt.

Als Stephen Bricks die Bilder aus dem Umschlag nahm, warnte er sie, dass es sich um Leichenfotos handle, die fürwahr kein schöner Anblick seien.

»Ich bin nicht besonders zimperlich«, erwiderte die Wirtin und nahm die Fotos in Augenschein. Dennoch presste sie beim Betrachten bestürzt die Lippen zusammen. »Schwer zu erkennen, so aufgedunsen und entstellt, wie die Gesichter sind. Deswegen bin ich mir auch nicht sicher, aber ich meine, den Mann da kenne ich.« Sie wies auf eines der Fotos, welches einen Mann Mitte dreißig mit kurzgeschnittenen dunklen Haaren und einem Oberlippenbärtchen zeigte. Sie stützte sich auf die

Stuhllehne und blickte konzentriert auf das Foto. Ihre Atemzüge wurden hektischer und sie fragte die Beamten, ob sie eine Zigarette hätten.

Stephen Bricks nestelte eine Packung Dunhill aus der Hosentasche und hielt sie der Wirtin hin. Als er ihr Feuer reichte, zitterten ihre Hände mit den langen, rotlackierten Fingernägeln so stark, dass ihr die Zigarette fast heruntergefallen wäre.

»Robert, bring mir einen Brandy!«, rief sie dem Mann hinter dem Tresen zu. Ihr tiefes, rauchiges Organ übertönte das laute Stimmengewirr der Gäste, als sie im Befehlston hinzufügte, er solle gleich die ganze Flasche bringen und auch Gläser für die Beamten. Dann setzte sie sich, inhalierte tief den Tabakrauch, schüttelte fassungslos den Kopf und sagte: »Je länger ich mir das Foto anschaue, desto sicherer bin ich mir. Das ist Joseph Fincher, ein Veteran aus dem Großen Krieg. Ein kleiner, stiller Mann, der sich mit Gelegenheitsarbeiten durchschlug. Er litt unter dem Granaten-Schock und war als Äther-Schnüffler bekannt. Ein armer Teufel, der niemandem zur Last fallen wollte und zum Einzelgängertum neigte. Er hat mal eine Zeitlang das Lokal hier geputzt, daher kenne ich ihn.« Sie blickte mit gerunzelter Stirn zu den Beamten auf. »Der war aber kein warmer Bruder, das weiß ich mit Sicherheit – weil Sie doch eben gesagt haben, dass Sie im Schwulen-Milieu ermitteln.«

In diesem Moment brachte der Barmann das Tablett mit den Gläsern und der Brandyflasche und stellte alles auf den Tisch. Die Wirtin gab die Bestellung der Yard-Leute an ihn weiter. Jack Dickinson nutzte die Gelegenheit, um sich Notizen zu machen.

Als der Barmann wieder gegangen war, erläuterte Stephen Bricks der Wirtin: »Das liegt vor allem daran, dass einige der Opfer männliche Prostituierte waren. Und für einen Stricher, der sich mit Männern einlässt, ist es nicht zwingend notwendig, selber homosexuell zu sein. Genauso wie bei Frauen ist es auch bei ihnen oft die Geldnot, die sie in die Prostitution treibt.«

Die Wirtin musterte ihn mokant. »Wem sagen Sie das? Wie Sie wissen, bin ich selber gut fünfundzwanzig Jahre lang anschaffen gegangen, und das macht man bestimmt nicht aus Spaß an der Freude. Aber der Joe ließ sich nicht den Arsch versilbern. ›Niemals!‹, hat er mal zu mir gesagt. ›Da fress ich lieber den Dreck auf der Straße, als mich mit einem Kerl einzulassen.‹ Ja, so war er. Auch wenn er aus dem Krieg als Wrack zurückgekehrt ist, hat er sich doch nicht unterkriegen lassen. Und der hat auch immer bezahlt, wenn er hier war, da kannte der nix. Deswegen mochte ich ihn auch irgendwie, diesen tapferen Burschen.« Sie kippte einen Brandy, um ihre Wehmut hinunterzuspülen, und auch die beiden Beamten genehmigten sich einen.

»Können Sie sich noch daran erinnern, wann Sie ihn zuletzt gesehen haben?«, fragte Jack Dickinson.

»Das muss vor ungefähr einem Monat gewesen sein, vielleicht auch etwas länger, das weiß ich nicht mehr so genau. Wir haben uns nur kurz ›Hallo‹ gesagt und ein paar Worte gewechselt, denn hier war ziemlicher Betrieb und da hatte ich nicht die Zeit, um länger mit ihm zu reden.« Ein Grinsen glitt über das stark geschminkte Gesicht der Wirtin. »Das Reden war sowieso nicht so sein Ding, erst recht nicht, wenn er Äther geschnüffelt hatte. Da bist du weg, willst nur noch deine Ruhe haben und bist nicht unentwegt am Schnattern wie ein Kokser. Jedenfalls hat der Joe an dem Abend keinen schlechten Eindruck auf mich gemacht und da hab ich noch gemeint, dass er gut aussieht – soweit man das bei so einem ausgemergelten Männchen wie ihm, das kaum noch Zähne im Maul hat, überhaupt sagen kann. Aber der war frisch rasiert, hatte saubere Klamotten an und schien auch gar nicht zugedröhnt zu sein. ›Hab jetzt was Besseres gegen das Kriegszittern gefunden als den

Äther‹, hat er zu mir gesagt. ›Doch hoffentlich kein Heroin!‹, hab ich noch gemeint, weil ja viele von den Kriegsveteranen an der Nadel hängen. Da hat er nur den Kopf geschüttelt. ›Ne, ne, brauchst keine Angst haben, den Fehler mach ich nicht. Ist ein richtiges Medikament, das kriegst du nur vom Arzt.‹ – ›Das freut mich aber für dich‹, hab ich geantwortet und wollte ihn schon fragen, woher er denn die Kohle hat, denn so ein Doktor behandelt ihn doch nicht für lau, aber dann haben welche von den Nachbartischen nach Bier gekräht und da hab ich mich wieder davongemacht.« Sie warf einen Blick auf das Foto und gab einen tiefen Seufzer von sich. »Tut mir leid, dass er so bestialisch abgeschlachtet worden ist. Der Joe war doch ein ganz ruhiger Vertreter, der hat nie viel Aufhebens um sich gemacht und niemandem Verdruss bereitet. Deswegen kann ich auch nicht verstehen, wie ihm jemand so was Schlimmes antun konnte.«

»Das kann man auch nicht verstehen, Madam«, erwiderte Stephen Bricks düster und erkundigte sich, wo Joseph Fincher gewohnt habe.

»Soweit ich weiß, in einem Veteranenheim.«

Während Jack Dickinson das in seinem Notizbuch vermerkte, fragte Stephen Bricks die Wirtin, ob sie den Ermordeten vielleicht einmal mit einem großen, gut gekleideten Mann gesehen habe. »Oder auch mit sonst jemandem, der Ihnen aufgefallen ist.«

Die Wirtin schüttelte den Kopf. »Der Joe war immer alleine unterwegs, anders kannte man das bei ihm gar nicht. War halt ein totaler Einzelgänger. Der hatte niemanden, die arme Sau, weder Freunde noch Verwandte.«

Bei der Durchsicht der Magazine und Jahrbücher fand Maureen heraus, dass sich der siebenunddreißigjährige Parlamentsabgeordnete Lord Reginald Deerwood und sein vier Jahre jüngerer Bruder Francis sehr ähnlich sahen. Sie hatten die gleichen hellen, farblosen Augen, die in ihrer Ausdruckslosigkeit wie Fischaugen anmuteten. Auch ihre Haarfarbe konnte man weder als blond oder braun, hell oder dunkel definieren. Selbst die alterslosen Gesichter der Brüder waren unauffällig und ohne hervorstechende Merkmale oder Eigenheiten. Bar eines jeglichen Spezifikums, kam man nicht umhin, sie als Dutzend- oder Allerweltsgesichter zu bezeichnen, die so wenig einprägsam waren, dass man sie nur schwerlich hätte beschreiben können – was sich mit Crowleys Schilderung von Bruder Pan deckte, wie Maureen sich noch gut erinnerte. Das Einzige und zugleich auch Augenfälligste, das die nichtssagenden Antlitze der Brüder Deerwood unterschied, war, dass Lord Reginald einen Vollbart trug, während der ehemalige Militärarzt Lord Francis Edward Deerwood glattrasiert war und auch kürzere Haare hatte als sein Bruder. Maureen betrachtete die Hochglanzporträts der Lords sogar mit einer Lupe in der Hoffnung, sie könnten ihr mehr über die Personen preisgeben. Doch sie musste einmal mehr erkennen, dass es dabei nichts Besonderes zu entdecken gab. Das herausragende Merkmal war und blieb, dass kein herausragendes Merkmal vorhanden war.

Ein Blick auf die Wanduhr verriet Maureen, dass es bereits nach 23 Uhr war. Um diese Zeit ging sie üblicherweise zu Bett, um ausreichend Schlaf zu haben, denn ihr Wecker klingelte am Morgen in aller Herrgottsfrühe. Doch obgleich sie längst die nötige Bettschwere hatte und immer wieder gähnen musste, dachte sie nicht im Traum daran, sich schlafenzulegen. Sie war regelrecht besessen davon, mehr über Doktor Francis Edward Deerwood herauszufinden, und die Vorstellung, dass sich hinter der tadellosen Fassade des unauffälligen Aristokraten die zutiefst erschütternden Abgründe eines Bruder Pan verbargen, faszinierte sie über alle Maßen. So sehr, dass sie momentan an gar nichts anderes denken konnte – selbst ihre unglückliche Liebe zu Joe, das Dauerthema, welches sie seit

Wochen bewegte, verblasste vor ihrer glühenden Wissbegierde.

Sie brühte sich noch einen Tee auf, kehrte mit der gefüllten Tasse an ihren Schreibtisch zurück und beschloss, eine kleine Pause einzulegen. Während sie in kleinen Schlucken den heißen Tee trank und gedankenversunken die Regentropfen auf der Fensterscheibe betrachtete, versuchte sie sich mit aller Strenge auf den Boden der Tatsachen zurückzuholen, damit sie in Bezug auf ihre Recherchen über die Adelsfamilie nicht etwa einer fixen Idee erlag. Davor hatte Joe sie ja am Abend auf der Station zwischen den Zeilen gewarnt.

Ich werde in jedem Fall weitermachen und alles sorgfältig durchgehen, was ich in der Bibliothek gefunden habe, entschied sie nach einer Weile des Nachdenkens und nahm sich als Nächstes eine Architekturzeitschrift namens »Modern Style« vor, in der sich ein ausführlicher Artikel über das im Jahr 1920 erbaute Gartenhaus auf dem Anwesen der Deerwoods am Virginia-Water-See befand. Zuerst stachen Maureen die Fotos ins Auge, welche die Brüder Deerwood gemeinsam mit dem deutschen Maler Franz von Stuck vor dem neuerbauten Gartenhaus zeigten. »Na, so ein Häuschen hätte ich auch gerne«, murmelte sie angesichts der feudalen, doppelstöckigen Villa.

Beim genaueren Betrachten der Fotografie fiel ihr auf, dass die Brüder Deerwood etwa gleich groß waren, beide hochgewachsen. Allerdings war Doktor Francis Edward Deerwood deutlich breitschultriger und muskulöser – was Crowleys Beschreibung seines Adepten, des ehemaligen Militärarztes aus gutem Hause, entsprach.

Der Mörder muss über erhebliche Körperkräfte verfügen, ging Maureen die Aussage von Oberinspektor MacFaden durch den Sinn, die sie kürzlich im Daily Telegraph gelesen hatte. Sie vermerkte diesen Aspekt sogleich in ihren Notizen, ehe sie sich wieder auf den Artikel konzentrierte.

»Das Gartenhaus auf dem Anwesen der Lords of Deerwood wurde nach den Entwürfen des deutschen Malerfürsten Franz von Stuck gefertigt«, hieß es darin. »Es ist die detailgetreue Nachbildung der Villa Stuck auf der Isaranhöhe in München, wenngleich das Gartenhaus der Familie Deerwood deutlich kleiner ist als das Original und im Gegensatz zur dreistöckigen Villa Stuck nur über zwei Stockwerke verfügt.« An dieser Stelle war eine Abbildung der Stuck-Villa in den Artikel eingefügt. »Ebenso wie das Original ist auch das Gartenhaus mit antiken Ornamenten, Reliefs und Skulpturen geschmückt. Unter den Füßen des Besuchers zieht sich ein schwarz-weißes Bodenmosaik mit Tiersymbolen, an den weißen Wänden gleiten schwarze und ockergelbe Linien in die Höhe. Der Empfangssalon ist wohl das prächtigste Zimmer des Gebäudes. Hier strahlen Marmor, Seide, Goldmosaik, Mahagonimöbel und Bronzebüsten um die Wette. Eine breite Fensterfront bietet einen Blick auf den weitläufigen Park.« Es folgten verschiedene Fotos der Innenausstattung, über deren Pracht Maureen nur staunen konnte. Am Ende des Artikels war der Eingangsbereich abgebildet, versehen mit der Bildunterschrift: »Das zweistöckige Gartenhaus präsentiert sich im schnörkellosen Modern Style. Eine marmorne Freitreppe führt zu einem bronzenen Portal mit Medusa-Kopf unter einer Säulenhalle.« Abschließend wurde erwähnt, dass Doktor Francis Edward Deerwood, der für seine herausragenden Verdienste als Militärarzt im Großen Krieg mit dem Militärkreuz ausgezeichnet worden war, das Gartenhaus als Rückzugsort für seine Studien über den Granatenschock nutzte, unter dem er selbst seit seiner Rückkehr von der Front litt. Im Erdgeschoss habe er sich eine Privat-Praxis eingerichtet, in der er kostenlos Kriegsversehrte behandelte.

Während ihrer Lektüre hatte sich Maureen eifrig Notizen gemacht und inzwischen schon mehr als drei Seiten gefüllt. Sie war begierig darauf, mehr über den ehemaligen Militärarzt zu erfahren, und nahm sich die nächste Gesellschaftsgazette vor, die Anfang des Jahres erschienen war. Der Artikel trug die Überschrift »Wahre Nächstenliebe«. Auf einer Fotografie war Lord Francis Edward Deerwood gemeinsam mit dem König zu sehen, der ihm in einem feierlichen Akt das Militärkreuz verlieh. In dem Bericht wurde der Doktor als menschenscheuer Sonderling beschrieben, der auf dem Landsitz der Familie in Virginia Water ein sehr zurückgezogenes Leben führte, was auf einen Granatenschock aus dem Großen Krieg zurückzuführen sei. Gleichzeitig wurde hervorgehoben, wie aufopferungsvoll er sich um Kriegsversehrte kümmerte, die er in seiner Privat-Praxis kostenlos behandelte. Zudem wurde erwähnt, dass er in medizinischen Fachzeitschriften bereits mehrere hochgelobte Artikel über die Behandlung des Granatenschocks veröffentlicht hatte.

Maureen verschlang förmlich die Zeilen und vergaß dabei vollends die Zeit. Unermüdlich durchforstete sie auch die anderen Bücher, Gesellschaftsmagazine und Zeitungsartikel nach Informationen über Doktor Francis Edward Deerwood und musste enttäuscht feststellen, dass sie in der Hauptsache von Lord Reginald Deerwood handelten, der häufig in Begleitung seiner eleganten Gemahlin Lady Cynthia auf Bällen, bei Theaterbesuchen und anderen gesellschaftlichen Anlässen zu sehen war.

Nun, ein menschenscheuer Sonderling ist eben kein Salonlöwe, sinnierte Maureen, ergriff den dicken Bildband über Virginia Water und schlug die Seite des Abschnitts »Noblesse oblige – Die Villen und Landsitze am malerischen Ufer des Virginia-Water-Sees« auf, wo neben anderen Prachtbauten auch das sogenannte Deerwood-Manor der Familie Deerwood abgelichtet war.

Das im klassizistischen Stil erbaute schlossartige Gebäude war umgeben von einem weitläufigen Park mit hohen alten Bäumen auf einem gepflegten englischen Rasen. Hinter dem schmiedeeisernen Gartenportal, in das ein kunstvolles Hirschemblem eingearbeitet war, erstreckte sich eine lange, weißgekieste Zufahrt, die zu beiden Seiten von Rosensträuchern gesäumt wurde.

Das werde ich mir demnächst mal aus der Nähe anschauen, beschloss Maureen kurzerhand und prägte sich den stilisierten Hirsch im Gartentor ein. Sie war froh über diesen markanten Hinweis, denn sonst wäre es schwierig gewesen, das Anwesen der Deerwoods unter den vielen luxuriösen Prachtbauten am Seeufer auszumachen. Ein Blick auf die Uhr verriet ihr, dass es schon fast halb drei war. Höchste Zeit, ins Bett zu gehen, um wenigstens noch drei Stunden Schlaf zu bekommen, den sie für die lange, anstrengende Schicht am nächsten Tag bitter nötig hatte.

Sie war mit ihrer Lektüre so gut wie fertig, lediglich eine Ausgabe der Times vom 3. Mai 1922 lag noch auf ihrem Schreibtisch.

Wahrscheinlich nur wieder seine Lordschaft in den Houses of Parliament oder nebst Gattin bei einem Empfang im Buckingham Palace, dachte Maureen verdrossen und nahm sich, obgleich ihr seit geraumer Zeit immer häufiger die Augen zufielen, gähnend die Zeitung vor. Mit ihrer Aufmerksamkeit stand es nicht mehr zum Besten, und so hätte sie das unscheinbare kleine Foto über einer zweispaltigen Zeitungsmeldung um ein Haar übersehen. Es zeigte Lord Francis Edward Deerwood, der an Bord eines Schiffs ging, um – wie es in der Bildunterschrift hieß – eine Rundreise um den Kontinent anzutreten. Er lächelte gezwungen in die Kamera und sah mit seinem sandfarbenen Leinenanzug und dem beigen Strohhut aus wie ein englischer Aristokrat in der Sommerfrische – genau wie Crowley ihn beschrieben hatte. Maureens Blick schweifte noch einmal über das Datum, das kleingedruckt neben dem Namen der Zeitung am oberen Seitenrand stand.

Im Mai letzten Jahres, genau wie Crowley gesagt hat, dachte sie. Obgleich nur ganz allgemein von einer Rundreise um den Kontinent die Rede war, läuteten bei ihr sämtliche Alarmglocken. »Ich finde heraus, ob du wirklich Bruder Pan bist«, murmelte sie, ehe ihr die Lider zufielen und sie auf dem Schreibtischstuhl vom Schlaf übermannt wurde.

II. TEIL

Die Seele des Mörders

Kapitel 12

Am Freitagmittag um 12 Uhr trafen sich die Ermittler der Sonderkommission Headhunter, die mit den Ermittlungen in Virginia Water betraut waren, mit Oberinspektor MacFaden zu einem kurzen Rapport in der Wachstube der örtlichen Polizei, welche die Kollegen vom Yard bei ihrer Arbeit unterstützte. MacFaden, der bei der Befragung von Gaylord Soundringham auf der geschlossenen Station des Holloway-Sanatoriums rasch hatte einsehen müssen, dass Soundringham als Täter für die Torso-Morde nicht infrage kam, da er seit seiner Einweisung bewacht worden war wie ein Gefangener, setzte die Kollegen darüber in Kenntnis, ehe er ihnen das Wort erteilte.

»Wir haben jedes Bootshaus am Seeufer, jeden Schuppen und jede Gartenhütte in Virginia Water durchsucht, aber nichts gefunden, was auch nur annähernd als ›Mordlabor‹ oder ›Mordfabrik‹ infrage kommen könnte«, äußerte Frank Fisher von der Mordkommission verdrossen. »Und auch die Handvoll Verdächtigen, also die Kerle, die in der Vergangenheit wegen einschlägiger Sexualdelikte straffällig geworden sind und die wir uns heute Morgen vorgeknöpft haben, sind alles keine Kandidaten, die man ernsthaft für die Torso-Morde in Betracht ziehen könnte. Der eine ist ein Barkeeper, der eine Vorliebe für Frauenkleider hat und deswegen von einer Nachbarin angezeigt wurde, ein anderer ein ehemaliger Bademeister, der vor kleinen Jungs mal die Hosen heruntergelassen hat. Und dann sind da noch zwei verkappte Schwule, ein ehemaliger Lehrer und ein früherer Steward, der wegen Trunkenheit im Dienst unehrenhaft entlassen wurde und jetzt als Gehilfe in einem Lebensmittelladen in Virginia Water arbeitet. Der Knabe heißt Andrew Dole und eine Bardame aus dem hiesigen Rotlichtmilieu hat uns darauf hingewiesen, dass der Typ nicht alle Tassen im Schrank hätte. Tagsüber auf der Arbeit wäre er ein Duckmäuser und sähe immer aus, wie aus dem Ei gepellt. Er hätte aber nicht nur einen ausgeprägten Hang zur Pingeligkeit – in der Bar, wo sie arbeitet, hätte er sich schon mehrfach darüber beschwert, dass die Gläser nicht sauber genug wären –, sondern er käme manchmal sogar mit Perücke und Stöckelschuhen ins Blue Moon und würde ihre Kunden anmachen. Jetzt sitzt er hinten in der Zelle, Sie können ihn sich ja mal anschauen, Chef. Ich glaube zwar nicht, dass er der Headhunter ist, aber weil er so bedacht auf seine Kleidung und pingelig ist, was ja auch die Chinesin über den Freier der Drachenlady gesagt hat, haben wir ihn halt mal einkassiert. Außerdem geht er regelmäßig mit seinem Chef auf die Jagd – und Stuyvesant hat doch gemeint, dass der Mörder wegen seiner anatomischen Kenntnisse ein Jäger sein könnte.«

»Gut gemacht, Jungs!«, lobte der Oberinspektor. »Besser einen zu viel verhaften, als den Falschen laufenlassen. Ich werde ihn nachher mal ins Visier nehmen, das kann ja nichts schaden. Sicherheitshalber sollten wir auch seine Wohnung überprüfen; einen Durchsuchungsbefehl zu kriegen, sollte nicht allzu schwer sein.«

»Daran hab ich keinen Zweifel«, sagte Frank Fisher mit säuerlicher Miene.

MacFaden blickte ihn erstaunt an.

»Unsere Ermittlungen in Virginia Water sind nichts anderes als die Suche nach einer Stecknadel im Heuhaufen«, murrte der junge Beamte ärgerlich. »Wir drehen hier förmlich jeden Grashalm um, strietzen damit aber nur die kleinen Leute, und die feinen Pinkel in ihren Palästen am See bleiben außen vor. Es ist ein Hammer, dass es für uns ein Ding der Unmöglichkeit ist, auch die Anwesen der Oberschicht zu untersuchen.«

Damit traf er bei seinem Vorgesetzten auf einen wunden Punkt. »Kein Staatsanwalt Englands würde den dafür nötigen Durchsuchungsbefehl unterschreiben«, empörte sich MacFaden. »Die Herrschaften in ihren Palais am Seeufer bleiben unbehelligt, was mich umso mehr erbittert, als dass es aufgrund der Zeugenaussagen als durchaus naheliegend erscheint, den Mörder in der Oberschicht zu vermuten.«

Just in diesem Moment klingelte das Telefon und einer der Polizisten nahm das Gespräch an.

»Augenblick bitte, ich reiche Sie weiter an den Oberinspektor.« Er übergab MacFaden den Hörer mit der Anmerkung, Kollege Muller wünsche ihn zu sprechen.

»Was gibt's denn, Ernest?«, erkundigte sich MacFaden.

»Also, diese Chinesin, die mit Li befreundet war, war heute Morgen hier und Cedric hat nach ihren Angaben ein Phantombild gezeichnet. Aber das war nicht besonders erhellend, denn so, wie dieser vornehme Freier ausgesehen hat, hätte das jeder sein können. Ich meine, jeder Durchschnittstyp in London sieht so aus wie der. Ich habe auch schon die Fotos der vorbestraften Sexualstraftäter mit homosexuellem Hintergrund mit dem Phantombild verglichen und bin leider nicht fündig geworden.«

»Weil der feine Herr wahrscheinlich noch nicht straffällig geworden ist. Das wäre ja ein Wunder, wenn du seine Visage in unserer Verbrecherkartei gefunden hättest, Ernest«, entgegnete MacFaden ungeduldig. »War's das? Wir sind nämlich gerade in einer Besprechung.«

»Nee, Chef, da ist noch was«, kam es kehlig aus dem Hörer. »Stephen Bricks und Jack Dickinson sind vorhin zurückgekommen; die waren doch in dem Veteranenheim, wo Joseph Fincher gewohnt hat. Sie haben die Bewohner und auch den Heimleiter befragt und niemand hat irgendwelche sachdienlichen Hinweise geben können. Fincher war so still und unauffällig, dass ihn kaum einer größer bemerkt hat; den wenigsten ist aufgefallen, dass er wochenlang nicht mehr da war. Auch die paar Habseligkeiten, die in seinem Spind waren, waren wenig aufschlussreich – bis auf eine Medikamentenpackung, die noch nicht angebrochen war. Wer ihm das verschrieben hat, steht in den Sternen, denn das dazugehörige Rezept war nirgendwo zu finden.«

»Ohne den Namen des Arztes bringt uns das nicht weiter«, erwiderte MacFaden. »Wir sollten deswegen aber unbedingt Doktor Eisenberg zu Rate ziehen, vielleicht kann der uns ja dazu ein paar Tipps geben.«

»Alles klar, Chef«, sagte Ernest Muller. Plötzlich wurde es laut bei ihm. »Einen Moment bitte! Ronny Stark ist eben zurückgekommen, ich muss den Hörer mal kurz zur Seite legen.« Nach einer Weile meldete er sich zurück.

Der alarmierte Klang seiner Stimme ließ MacFaden aufhorchen.

»Ich habe Ronny heute Morgen zu den Reederei-Büros am Hafen geschickt, damit er sich die Passagierlisten vom vergangenen Jahr durchsieht, um sicherzugehen, dass Lord Deerwoods Angaben auch zutreffend sind. Und jetzt halten Sie sich fest, Chef! Der Name Deerwood steht tatsächlich auf der Passagierliste des Schiffs, das die Rundreise um den Kontinent gemacht hat.«

MacFaden mochte seinen Ohren nicht trauen. »Das ist ja ein Ding!«, entgegnete er verblüfft.

»Allerdings! Aber es war nicht Lord Reginald Deerwood, der am 3. Mai 1922 an Bord ging, sondern sein Bruder, der ehemalige Militärarzt Lord Francis Edward Deerwood«, erläuterte Muller atemlos. »Aus den Unterlagen der Reederei geht jedenfalls hervor, dass er nicht die gesamte Rundreise gebucht hatte, sondern nur bis Sizilien mitfuhr, wo er im Hafen von Palermo von Bord ging.«

MacFaden war sprachlos. »Manometer!«, krächzte er schließlich. »Das hätte ich jetzt nicht erwartet. Da müssen wir noch mal in Ruhe drüber reden, wie wir mit dieser Information weiter verfahren und inwieweit sie uns im Rahmen der Ermittlungen von Nutzen sein kann. Das ist jedenfalls ein ganz schöner Hammer. Bestell dem Jungen, dass er einen guten Job gemacht hat!«, erklärte er, ehe er das Telefonat beendete. Anschließend starrte er eine Weile schweigend vor sich hin und ergab sich seinen Gedanken, die ihm wie gleißende Kugelblitze durch die Sinne tosten. Dann fuhr er sich durch die Haare und murmelte geistesabwesend: »Vielleicht ist da ja doch was dran.«

Als MacFaden die Zelle betrat, zuckte Andrew Dole heftig zusammen. »Guten Tag, ich bin Oberinspektor MacFaden von Scotland Yard und hätte ein paar Fragen an Sie«, stellte er sich vor und ließ sich gegenüber von Dole auf einem Holzschemel nieder.

Andrew Dole saß nun schon seit mehreren Stunden in der kleinen Gefängniszelle. Er erhob sich und machte einen Diener.

»Sehr erfreut, Herr Oberinspektor«, begrüßte er MacFaden höflich.

Der musterte sein Gegenüber erstaunt. In seinen nunmehr zehn Dienstjahren war es ihm noch kein einziges Mal widerfahren, dass jemand vor ihm dienerte. Zudem hatte er selten eine gepflegtere Erscheinung als Andrew Dole gesehen, der etwa im gleichen Alter sein mochte wie er selbst. Das dunkelblonde Haar war leicht pomadisiert und sorgfältig gekämmt, der Seitenscheitel wie mit dem Lineal gezogen. Das blasse, insgesamt etwas ausdruckslos anmutende Gesicht war glattrasiert und selbst die hellen Augenbrauen waren zu perfekt geschwungenen Linien getrimmt. Das blütenweiße Hemd über dem muskulösen Oberkörper wies nicht die geringste Falte auf und die schwarze Fliege über dem gestärkten Kragen war makellos gebunden.

Sieht aus wie ein Konfirmand, den die Mutter und die Tanten für den großen Tag auf Hochglanz poliert haben, dachte er und unterdrückte ein Grinsen.

»Gestatten Sie mir die Frage, Herr Oberinspektor«, richtete Dole respektvoll das Wort an ihn, »was liegt eigentlich gegen mich vor?«

»Bislang noch nichts Konkretes, Mr Dole«, äußerte Mac-Faden neutral. Ihm entging freilich nicht, wie sich Dole bestürzt auf die Unterlippe biss.

»Aber soweit mir bekannt ist, ermitteln Sie doch wegen der Torso-Morde – und ich frage mich, was ich damit zu tun haben soll«, stieß er mit entsetztem Blick hervor und fuhr mit den Fingerspitzen nervös über die Tischplatte, als wolle er imaginäre Krümel wegfegen.

Anstelle einer Erwiderung fragte ihn MacFaden unvermittelt, ob er schon einmal in der Royal Vauxhall Taverne in London gewesen sei.

Dole errötete wie ein Schuljunge. »Eher selten, aber gelegentlich gehe ich dorthin, um mir berühmte Varieté-Künstler anzusehen«, antwortete er tonlos und senkte den Blick.

MacFaden ließ ihn nicht aus den Augen. »Sie meinen wohl eher berühmte Transvestiten, denn dafür ist die Vauxhall ja bekannt.«

Dole nickte betreten. »Wenn Sie so wollen, ja«, murmelte er und seine Lider fingen an zu flattern.

Der Oberinspektor nahm ein paar Fotos aus dem Umschlag und legte sie mit der Bemerkung »Dann kennen Sie vielleicht auch diesen Herrn« vor Dole auf die Tischplatte.

Dole entrang sich ein Aufschrei. »Das ist ja abscheulich«, stammelte er mit angewiderter Miene und wandte abrupt den Blick ab.

»Der Tote war früher auch ein berühmter Transvestit«,

erklärte MacFaden lauernd. »Er war in der Vauxhall unter dem Namen Drachenlady ein gefeierter Star.«

»Den kenne ich nicht«, erwiderte Dole eine Spur zu nachdrücklich. Auch sein hektisches Blinzeln war für MacFaden ein deutlicher Hinweis, dass mit ihm etwas nicht stimmte.

»Danke, Mr Dole, das war's fürs Erste«, beschied er dem Befragten lapidar. »Wenn Ihre Angaben der Wahrheit entsprechen, dürften Sie ja auch nichts dagegen haben, dass wir uns mal in Ihrer Wohnung umschauen.«

Andrew Dole hatte einen hochroten Kopf bekommen. »Wieso denn das?«, fragte er alarmiert. »Dürfen Sie das überhaupt?«

»Ja – wenn ein begründeter Verdacht vorliegt, was hier durchaus gegeben ist«, ließ ihn MacFaden wissen und ging hinaus, um den Staatsanwalt anzurufen.

Die kleine Dachgeschosswohnung, die sich im Haus von Doles Chef, dem Inhaber der Kolonialwarenhandlung im Erdgeschoss, befand, war genauso tipptopp und vorzeigbar wie ihr Bewohner. Alles war blitzsauber und aufgeräumt, nirgendwo fand sich auch nur der geringste Makel. Die Holzdielen waren frisch gebohnert, die Fenster geputzt und auch die Möbel und sonstigen Einrichtungsgegenstände, welche zwar den finanziellen Verhältnissen Doles entsprechend einfach, aber dennoch geschmackvoll waren, waren bestens in Schuss gehalten und zeigten keinerlei Gebrauchsspuren. Auffällig war, dass die Wohnung insgesamt ziemlich steril und seltsam unpersönlich anmutete. Lediglich im Schlafzimmer lockerte sich dieser Eindruck etwas auf: Dort befand sich eine zierliche Schminkkommode mit einem großen, goldgerahmten Spiegel, der von zahlreichen Fotografien in einheitlichen schwarzumrandeten Glasrahmen umgeben war. Neben Bildern von Andrew Dole mit perfektem Make-up, kunstvoll frisierter Perücke und rauschenden Ballkleidern waren verschiedene Konterfeis glamouröser Travestie-Diven in exaltierten Posen zu sehen, die größtenteils mit Autogrammen versehen waren, sowie einige Starfotografien berühmter Filmschauspielerinnen wie Mary Pickford.

Erst auf den zweiten Blick bemerkte der Oberinspektor am rechten Rand der Galerie die Fotografie einer exotischen Schönheit, bei der es sich zweifellos um die Drachenlady handelte. Das Bild war mit einem chinesischen Schriftzeichen signiert.

MacFaden pfiff durch die Zähne und äußerte seinen Mitarbeitern gegenüber mit zufriedenem Grinsen: »Da haben wir scheinbar doch den richtigen Riecher gehabt – und dass Dole behauptet, die Drachenlady nicht gekannt zu haben, macht ihn umso verdächtiger.«

»Er ist groß und durchtrainiert, hat gute Umgangsformen und ist absolut penibel, also genau so, wie die Chinesin den Begleiter von Fang Li beschrieben hat. Am Anfang dachte ich noch, Dole ist ein harmloser Spinner, der keiner Fliege was zuleide tun kann, doch mittlerweile sehe ich, dass er's faustdick hinter den Ohren hat«, pflichtete ihm Frank Fisher bei.

»Bekanntlich ist der Teufel ja ein Eichhörnchen. Soll heißen, dass sich das Böse gerne hinter einer hübschen, harmlosen Fassade versteckt«, warf James Dalton ein und öffnete den imposanten sechstürigen Kleiderschrank im Chippendale-Stil.

Er enthielt zur Hälfte Damenabendroben aus Samt, Brokat, Seide, Tüll und Organza, die nach Farben geordnet waren. Der andere Teil bestand aus gediegener Herrenbekleidung, die ebenfalls farblich sortiert war. Dalton war eine ganze Weile damit beschäftigt, die Kleidungstücke in Augenschein zu nehmen, als er plötzlich innehielt.

»Schauen Sie mal, Chef, hier ist was ganz Edles! Das ist doch tatsächlich ein maßgeschneiderter Mantel von Gieves & Hawkes, einem der vornehmsten Herrenausstatter aus der Saville Row. So was kostet ein Vermögen und ich frage mich, wie sich ein kleiner Ladengehilfe das leisten kann. Und dann noch dieser feine, weiche Stoff. Kein Wunder, der ist ja auch aus Kaschmir, hier steht's.« Er zeigte MacFaden das Etikett.

»Das könnte der Mantel sein, von dem die Garderobenfrau gesprochen hat«, konstatierte der Oberinspektor und schlug triumphierend die Hände zusammen. »Dann würde ich vorschlagen, dass wir den Burschen mit zum Yard nehmen. Dort soll er sich den Mantel überziehen und die Chinesin guckt ihn sich mal an. Wenn Dole tatsächlich der feine Pinkel war, mit dem sie die Drachenlady gesehen hat, dann zieh ich diesem Eichhörnchen das Fell über die Ohren, das kann ich euch versprechen.«

Bei der erneuten Befragung des Verdächtigen Andrew Dole im Verhörzimmer von Scotland Yard, die Oberinspektor Mac-Faden gemeinsam mit seinem Assistenten Mike Moorehead durchführte, war auch Sir Wyndham anwesend. Das hatte er sich nicht nehmen lassen, obgleich er sich freilich im Hintergrund halten würde. Nicht nur ihm, sondern auch seinem Freund, dem Innenminister, war überaus daran gelegen, den Headhunter endlich zu überführen, damit in Virginia Water und im ganzen Land wieder Ruhe einkehrte. Und Andrew Dole schien nach allem, was gegen ihn vorlag, der erste heiße Verdacht zu sein – zumindest ein ernstzunehmender.

MacFaden zog das signierte Foto der Drachenlady aus einer Mappe und legte es vor Andrew Dole auf den Tisch. »Dieses Bild haben wir an der Wand Ihres Schlafzimmers gefunden. Es zeigt den ermordeten Fang Li im Kostüm der legendären Drachenlady und wurde außerdem mit einem Autogramm versehen. Daher frage ich Sie nun, Mr Dole, wieso Sie, als ich Ihnen zuvor das Opferfoto von Fang Li vorlegte, mit allem Nachdruck behauptet haben, die Drachenlady nicht zu kennen?«

Andrew Dole strich sich nervös über das pomadisierte

Haar und seufzte gequält. »Weil ich es nicht ertragen kann, wenn sich ein Mensch so gehen lässt. Als Sie mir vorhin das schreckliche Foto vorgelegt haben, von, von diesem abscheulichen, aufgedunsenen Ding, da habe ich einfach dicht gemacht. Obwohl ich geahnt habe, dass es mit der Drachenlady einmal ein schlimmes Ende nehmen würde. Aber dass es so schlimm wird, hätte ich natürlich nicht gedacht.« Er verzog angewidert die Mundwinkel, zückte ein weißes Damast-Taschentuch und schnäuzte sich dezent die Nase.

»Ihre Antwort überzeugt mich nicht, Mr Dole«, erwiderte MacFaden in scharfem Tonfall. »Also noch mal – weshalb haben Sie mich angelogen?«

»Ich bitte vielmals um Entschuldigung, Herr Oberinspektor, aber ich wollte Sie nicht belügen! Und streng genommen habe ich das auch nicht. Bitte lassen Sie mich erklären, wie das für mich war! Dann verstehen Sie vielleicht mein, äh, mein Verhalten.« Dole lächelte abbittend, woraufhin ihm MacFaden ungeduldig das Wort erteilte. »Sie wissen ja nicht, wie das ist, Sir, wenn man so eine Veranlagung hat wie ich – oder besser gesagt: wenn man im falschen Körper geboren wurde. Von klein auf habe ich mich als Mädchen gefühlt. Ich spielte mit den Puppen meiner Schwestern und hätte gerne Rüschenkleider getragen, was mir jedoch von meinen gestrengen Eltern nicht gestattet wurde. So begann mein Leidensweg, immer wieder gewaltsam in eine Form gepresst zu werden, die mir nicht entsprach, schon sehr früh. Bei aller Drangsal, der ich mich Zeit meines Lebens ausgesetzt sah, bin ich doch meiner tiefen Überzeugung treu geblieben, von meiner wahren Bestimmung her ein weibliches Wesen zu sein, auch wenn ein grausamer Irrtum der Schöpfung mich mit dem falschen Geschlecht ausgestattet hat.«

Die beiden Ermittler wechselten mit Sir Wyndham, der bereits ungeduldig schnaubte, beredte Blicke.

»Kommen Sie doch endlich zur Sache, Dole! Also, warum

haben Sie behauptet, Fang Li nicht zu kennen?«, fragte Mac-Faden barsch.

Dole zuckte nervös zusammen. »Bitte sehen Sie es mir nach, Sir, wenn ich ein wenig abschweife! Ich möchte doch nur, dass Sie besser verstehen, warum ich Ihnen vorhin die Unwahrheit gesagt habe. Ich war noch nicht einmal zwanzig, als ich zum ersten Mal die Vauxhall betrat. Und als ich diese wunderhübschen Damen sah, wusste ich sofort: Das ist meine Welt. Und seither ist die Vauxhall für mich der einzige Ort, wo ich meine wahre Natur ohne jegliche Gängelung ausleben kann. Hier konnte ich endlich Damenkleider tragen, mich schminken und frisieren wie eine Frau und war umgeben von Schwestern, denen es ähnlich erging wie mir. Da wir alle gewissermaßen einen eigenen Künstlernamen haben, auch wenn nicht jeder von uns, mich eingeschlossen, die große Ehre zuteilwurde, in der Vauxhall aufzutreten, nannte ich mich fortan Diamanda Doll – und das ist bis heute so geblieben.« Seine Augen hatten einen verklärten Schimmer angenommen und er schien ganz in die Glitzerwelt einzutauchen, als er davon berichtete, wie er die Drachenlady zum ersten Mal auf der Bühne gesehen hatte. »Sie war so atemberaubend schön, dass ich heulen musste«, schwärmte er mit einer Begeisterung, die ihm erneut die Tränen in die Augen trieb. »Ich habe die Drachenlady angebetet, wie alle anderen auch. Für mich war sie die Verkörperung dessen, was mir heilig war, und ich hätte den Boden küssen können, auf dem sie gewandelt ist. Das signierte Foto von ihr war über lange Jahre mein kostbarster Schatz.« Er seufzte und tupfte sich graziös eine Träne aus dem Augenwinkel. »Umso mehr schmerzte es mich, mit ansehen zu müssen, wie meine Göttin, die vom Schicksal so überreich mit Schönheit, Talent und Erfolg beschenkt worden war, immer mehr in Drogenexzessen versank und dadurch zunehmend an Glanz verlor – bis sie schließlich zu dem wurde, was mich in der Seele schmerzt: ein abgetakeltes Drogen-Wrack, das in der Vauxhall die Leute anschnorrte und dort nur noch im Gedenken an bessere, längst vergangene Zeiten geduldet wurde. Ich war so bitter enttäuscht, dass ich mich von ihr abwandte und beschloss, sie fortan einfach nicht mehr zu kennen, was ja ein Stück weit auch der Wahrheit entsprach, denn die ausgemergelte Vogelscheuche hatte mit der Drachenlady nicht mehr das Geringste zu tun. Ich liebte die Drachenlady, aber ich hasste, was aus ihr geworden war, verstehen Sie? Und deswegen war auch mein erster Impuls, als Sie mir das Foto gezeigt haben, zu antworten: Nein, dieses Scheusal kenne ich nicht.«

MacFaden schüttelte den Kopf. Bei all dem Pathos und einer nicht zu leugnenden Eloquenz des Verdächtigen bewies er doch einen unglaublichen Mangel an Empathie.

»Erst heben Sie die Drachenlady in den Himmel und als ihr Stern am Sinken ist und sie am Leben zerbricht, verdammen Sie sie in Grund und Boden? Als jemand, der selber einmal alkoholabhängig war und deswegen seinen Job verloren hat, sollten Sie mit Leuten, die ihrer Sucht erliegen, nicht ganz so ungnädig sein, wie ich finde, Mr Dole«, warf Mike Moorehead mit gerunzelten Brauen ein.

MacFaden nickte zustimmend. Die an Hass grenzende Verachtung Doles gegenüber dem Mordopfer erbitterte ihn. Doch bevor er die nächste Frage stellen konnte, setzte Dole zu einem weiteren Monolog an.

»Es trifft zu, dass ich seinerzeit meine Stellung als Steward wegen Trunkenheit im Dienst verloren habe. Jeder kann mal ins Straucheln geraten und hinfallen, aber man muss auch wieder aufstehen können – das ist verdammt noch mal unsere Pflicht, und wer das nicht kann, muss es eben lernen«, erklärte er mit dem Fanatismus eines Kanzelredners. »Ich habe mir das Trinken abgewöhnt und rühre schon seit fünf Jahren keinen Tropfen mehr an. Was mir dabei ungemein geholfen hat, waren Fleiß und Disziplin. Anstatt mich auf Kosten anderer durchzuschnorren wie die Drachenlady, habe ich mir eine anständige

Arbeit besorgt und lasse mich auch sonst nicht gehen, achte auf mein Äußeres und putze täglich meine Wohnung, denn Ordnung und Sauberkeit haben noch niemandem geschadet, nicht wahr, Herr Oberinspektor?« MacFaden ging nicht darauf ein. »Wir haben in Ihrem Kleiderschrank einen Kaschmirmantel von einem der vornehmsten Herrenschneider Londons gefunden, Mr Dole, und uns interessiert natürlich, wie sich ein einfacher Ladenangestellter wie Sie so ein exquisites Stück leisten kann.«

Dole lächelte verlegen. »Es handelt sich um das Geschenk eines wohlhabenden Verehrers. Das war noch zu meiner Zeit als Steward auf einem Kreuzfahrtschiff.«

»Wer war denn dieser Verehrer?«, bohrte MacFaden nach.

»Ein Herr aus dem Hochadel, dessen Name mir leider entfallen ist«, äußerte Dole verschämt.

»Sollte es für den Fall relevant sein, diesen Namen zu ermitteln, dann kann ich Ihnen versprechen, Mr Dole, dass wir Ihnen gerne dabei behilflich sein werden, Ihr Erinnerungsvermögen aufzufrischen«, ließ ihn der Oberinspektor in einem Tonfall wissen, der ihn einschüchtern sollte.

Es schien zu funktionieren, denn Dole murmelte: »Ich, ich kann es Ihnen auch sagen, wenn, wenn Sie mir versprechen, Lord Conroy nicht zu behelligen.«

Kaum war der Name gefallen, räusperte sich Sir Wyndham und sagte, das tue ja nichts zur Sache. Dann forderte er seine Untergebenen mit einiger Schärfe auf, sich auf das Wesentliche zu beschränken.

MacFaden tat ihm den Gefallen. »Eine andere Sache interessiert uns viel mehr, Mr Dole.« Er taxierte den Verdächtigen unbeugsam. »Wenn Sie regelmäßig in die Royal Vauxhall Tavern gehen, dann kennen Sie doch bestimmt auch die chinesische Garderobenfrau Gong Lliang.«

Dole zuckte die Schultern. »Wie man halt jemanden kennt, bei dem man seinen Mantel abgibt. Außer ›Guten Abend‹,

›Danke schön‹, ›Bitte schön‹ und ›Auf Wiedersehen‹ hab ich mit der nicht viel geredet. Da war mir auch ehrlich gesagt wenig daran gelegen, denn ich kenne die halbe Vauxhall und habe genug Ansprache, die weitaus interessanter ist«, erklärte er blasiert.

»Nun, die Dame, die mit Fang Li gut befreundet war, hat zu Protokoll gegeben, dass sie die Drachenlady vor etwa einem Jahr in der Vauxhall mit einem Mann gesehen hat, dessen Beschreibung sich mit Ihrer deckt. Dieser Begleiter soll einen eleganten schwarzen Mantel getragen haben, den er bei ihr an der Garderobe abgegeben hat. Ich möchte Sie also bitten, Mr Dole, Ihren Mantel anzuziehen, da Miss Lliang zu einer Gegenüberstellung bereit ist.«

Während Mike Moorehead das Verhörzimmer verließ, um die Zeugin zu holen, reichte MacFaden Dole den Mantel.

Dole starrte ihn an und schüttelte fassungslos den Kopf. »Ich schwöre Ihnen bei allem, was mir heilig ist, dass ich das nicht war. Das ist ein absolutes Unding – und ich kann Ihnen auch gerne erklären, weshalb …«

»Eins nach dem anderen, Mr Dole«, unterbrach ihn Mac-Faden. »Jetzt machen wir erst mal die Gegenüberstellung und anschließend haben Sie noch reichlich Gelegenheit, dazu etwas zu sagen.«

Gong Lliang, die neben den Scotland-Yard-Beamten am Tisch Platz genommen hatte, schaute sich den Mann im schwarzen Mantel aufmerksam an. Auf Geheiß des Oberinspektors lief Dole ein Stück auf und ab, um dann unmittelbar vor der Zeugin stehen zu bleiben und sie anzusehen.

»Größe und Figur stimmt, auch vom Gesicht her er könnte gewesen sein«, wandte sich die Chinesin an MacFaden.

»Vielen Dank, Miss Lliang!«, sagte der Oberinspektor und händigte Dole ein Blatt aus. »Lesen Sie vor, was da steht!«

Dole runzelte die Stirn und fing mit monotoner Stimme

an zu lesen: »Guten Abend, Madam, ich möchte bitte den Mantel abgeben und ich habe noch ein besonderes Anliegen an Sie ...« Er fügte die Sache mit den extra Kleiderbügeln hinzu und war fertig mit dem Text. Unsicher blickte er zuerst Gong Lliang und anschließend die Beamten an.

Gong Llliang schien angestrengt nachzudenken. Schließlich schüttelte sie den Kopf und erklärte, dass der Begleiter von Fang Li anders gesprochen habe.

»Wie meinen Sie das?«, fragten Mike Moorehead und sein Vorgesetzter wie aus einem Mund.

»Vornehm Mann, anders sprechen als diese Mann«, erläuterte die Chinesin und wies auf Dole, der indigniert die Mundwinkel verzog. »Mister sprechen so wie Leute auf Markt, in Geschäft, in Pub«, mühte sich Gong Lliang.

MacFaden verstand, was sie meinte, und brachte es auf den Punkt: »Dole spricht das Cockney-Englisch der breiten Bevölkerung und nicht das Oxford-Englisch der gehobenen Kreise wie beispielsweise Sie, Sir Wyndham. Könnten Sie vielleicht so freundlich sein, die Sätze vorzulesen?« »Meinetwegen«, stimmte der Generalmajor zu und trug den Text mit unbewegter Miene vor.

Gong Lliang war restlos überzeugt. »So haben feine Herr gesprochen – sprechen wie Gentleman und nicht wie Mann da drüben.« Sie machte eine Kopfbewegung in Doles Richtung.

MacFaden dankte ihr für ihre Mithilfe. »Zum Schluss noch eine Frage, Madam. Sie hätten es uns wahrscheinlich schon gesagt, wenn es der Fall gewesen wäre, aber ich möchte nur sichergehen.« Er deutete auf Dole. »Haben Sie diesen Mann einmal mit der Drachenlady gesehen oder stand er sonst auf irgendeine Weise mit ihr in Verbindung?«

Die Chinesin musterte Dole, der ein unbeteiligtes Gesicht aufsetzte, zuckte dann aber verunsichert mit den Achseln. »Ich nur schwer kann unterscheiden Gesichter von Engländer, für mich sie sehen alle gleich aus«, äußerte sie entschuldigend.

»Das geht uns Westeuropäern mit der asiatischen Rasse ebenso, werte Dame«, mischte sich Sir Wyndham ein und lächelte gönnerhaft.

Gong Lliang errötete wie ein Backfisch. »Danke schön, Sir!« Dann wandte sie sich dem Oberinspektor zu und wiederholte noch einmal, dass sie über Lis Männerbekanntschaften nicht viel sagen könne, da sie damit nichts hatte zu tun haben wollen. »Fang Li immer gute Freund vor mir, aber Mann und Mann, das geht nicht. Laozi sagen, Mann und Frau ist Yin und Yang, ist Tao, aber Mann und Mann ist Yang-Yang, das nicht passen. Li haben schon als junger Mann Männliche-Drachen-Vorliebe, wie wir in China sagen, und deswegen auch sein Name Drachenlady«, fügte sie mit verlegenem Kichern hinzu.

Nachdem Gong Lliang den Raum verlassen hatte, konnte Dole, der sich die ganze Zeit zurückgehalten hatte, nicht mehr länger an sich halten.

»Ich habe den Herren ja gleich gesagt, dass ich das nicht war, aber Sie wollten mir nicht glauben! Es ist nämlich die absolute Wahrheit, dass es mir niemals in den Sinn kommen würde, in Herrenkleidung, die ich leider gezwungen bin im Alltag zu tragen, in einen Transvestiten-Tempel wie die Royal Vauxhall Tavern zu gehen. Eine Diamanda Doll würde diesen illustren Ort niemals ohne Fummel betreten.« Aus seinen Augen strömten Tränen. »Ich lebe für diese Glitzerwelt – und mit den schändlichen Morden an der Drachenlady und den anderen Opfern habe ich nicht das Geringste zu tun, bitte glauben Sie mir das!«

MacFaden, der seit Gong Lliangs Aussage sowieso nicht mehr daran glaubte, dass Dole der Täter sei, wollte ihn gerade mit der Bemerkung, er solle sich zu ihrer Verfügung halten, aus der Untersuchungshaft entlassen, als Sir Wyndham ihm einen Strich durch die Rechnung machte.

»Da die Ermittlungen gegen den Verdächtigen Andrew Dole noch nicht abgeschlossen sind, ordnen wir an, dass er weiterhin in Untersuchungshaft bleibt«, erklärte der Generalmajor und ließ sich weder von Doles Unschuldsbeteuerungen noch von den skeptischen Mienen seiner Untergebenen davon abbringen.

Nachdem Dole von zwei uniformierten Polizisten abgeführt worden war, grinste MacFaden despektierlich. »Mit Verlaub, Chef, aber Sie reden ja schon wie der König. Ich meine, Sie sprechen von sich im Plural.«

Sir Wyndham beäugte ihn herablassend. »Ich habe stellvertretend für Scotland Yard gesprochen, dessen Leiter ich bin, wie Ihnen hinlänglich bekannt sein sollte.«

»Wie könnte mir das entgangen sein?«, erwiderte der Oberinspektor bissig. »Dennoch bin ich in diesem Fall nicht ganz Ihrer Meinung, Sir.«

»Nun, da Sie ein unverbesserlicher Quertreiber sind, ist das beileibe nichts Neues«, schnaubte sein Vorgesetzter.

»Sollten wir nicht verstärkt nach dem Gentleman im Kaschmirmantel fahnden, anstatt uns mit Dole aufzuhalten, da sich nun herausgestellt hat, dass er nicht der Mann war?«

»Solange Doles Unschuld nicht restlos erwiesen ist, bleibt er in Untersuchungshaft«, sagte Sir Wyndham in einem Tonfall, der keinen Widerspruch duldete, und verließ das Verhörzimmer mit der Erläuterung, er habe noch ein wichtiges Telefonat zu führen.

»His Master's Voice«, zischte MacFaden höhnisch und wandte sich an seinen Assistenten: »Jetzt ruft er den Viscount an, um ihm Rapport zu erstatten, da kannst du Gift darauf nehmen.«

Als Maureen am Abend nach Hause kam, fühlte sie sich ausgebrannt. Lord Redgrave war in der vergangenen Nacht gestorben und obwohl alle damit gerechnet hatten, waren das Pflegepersonal und die Ärzteschaft doch tief betrübt darüber gewesen. Maureen erinnerte sich noch genau an die versteinerten Gesichter der Pfleger Festus und Walter bei der Schichtübergabe am Morgen. Die beiden hatten dem Sterbenden gemeinsam mit Joe Beistand geleistet und den Toten später gewaschen. Auch Joe war deutlich anzumerken gewesen, wie mitgenommen er war.

Die Verwandten des Lords hatten allesamt davon Abstand genommen, ihren Angehörigen auf seinem letzten Weg zu begleiten, doch zumindest sein alter Diener und Freund war an sein Sterbebett gekommen und hatte ihm seine Verbundenheit bekundet, indem er ihm in seinen schwersten Stunden die Hand gehalten hatte. Maureen hatte den Verstorbenen nicht mehr gesehen. Als sie zum Dienst erschienen war, war der Leichnam bereits von einem Bestattungsinstitut abtransportiert worden – natürlich wie immer auf dezente Weise, damit die anderen Patienten davon nichts mitbekamen.

Der Geruch von Tod und Vergänglichkeit verträgt sich schließlich nicht mit der lebensbejahenden Philosophie des Holloway-Sanatoriums – oder mit einer auf den schönen Schein getrimmten Fassade, dachte Maureen ingrimmig, während sie sich ihrer Kleidung entledigte und mit behaglichem Seufzen in ihr warmes Flanellnachthemd schlüpfte. Nach der nahezu durchwachten gestrigen Nacht war sie so hundemüde, dass sie sich nur noch ins Bett legen wollte. Es dauerte auch keine Minute und sie schlief wie ein Stein. Wie so oft träumte sie von Joe und jener zauberhaften Nacht am Strand von Bournemouth, als sie sich zum ersten Mal geliebt hatten.

Ein Klopfen an der Tür riss sie aus ihrem lustvollen Traum. Sie versuchte beharrlich, es zu ignorieren, doch es hörte einfach nicht auf.

Schlaftrunken drehte Maureen die Nachttischlampe an und wankte zur Tür. »Wer ist denn da?«, fragte sie mit belegter Stimme.

»Ich bin's, Abigail«, erklang es putzmunter von draußen.

Maureen, die ohnehin ärgerlich über die plötzliche Störung war, die sie so jäh aus dem Schlaf – und ihrem süßen Traum – gerissen hatte, spürte, wie sie noch gereizter wurde. Sie hatte eigentlich gar keine Lust auf diese quietschvergnügte Frohnatur, wie sie die Kollegin, die immerzu vor guter Laune strotzte, im Stillen zu nennen pflegte. Dennoch mühte sie sich, ihren Unmut nicht zu deutlich werden zu lassen, als sie gleich darauf die Tür öffnete.

Abigail musterte sie verwundert. »Sag bloß, du hast schon geschlafen!«

»Ja, das habe ich«, erwiderte Maureen und gähnte herzhaft.

»Du gehst doch sonst nicht schon mit den Hühnern schlafen. Gestern hattest du noch das Licht brennen, als ich um elf das Fenster aufgemacht habe, um vor dem Zubettgehen zu lüften.«

»Ich habe gestern noch lange gelesen und bin erst spät ins Bett gekommen. Deswegen habe ich mich heute schon so früh hingelegt.«

»Tut mir leid, dass ich dich geweckt habe, aber das konnte ich ja nicht wissen. Ich wollte dich auch nur fragen, ob du Lust auf ein Gläschen Kirschlikör hast. Heather ist da und ich dachte halt, es wär schön, wenn du auch dabei wärst. Na los, zieh dir deinen Morgenmantel über und komm mit hoch! Du brauchst dir auch keine großen Umstände zu machen, wir sind ja unter uns.« Abigails pausbäckiges Gesicht war vom Likör bereits ganz rosig und sie lächelte Maureen mit ihren unwiderstehlichen Grübchen so entwaffnend an, dass es ihr schwerfiel, nein zu sagen.

»Ein anderes Mal gerne, Abi, aber ich bin sowas von müde, da wäre ich euch keine gute Gesellschaft. Ein Gläschen Likör und ich penne am Tisch ein.« Ihr entrang sich wieder ein Gähnen.

Abigail seufzte resigniert. »Na gut, du Schlafhaube, dann

geh wieder zurück in dein Bettchen! Aber falls du es dir doch noch anders überlegst, komm halt vorbei, das würde mich freuen.«

»Eher nicht, Abi, aber danke für die Einladung und viel Spaß euch beiden noch! Wir sehen uns dann morgen früh in alter Frische.«

»Dann bis morgen, Maureen, und schlaf schön!«

Maureen schloss hinter Abigail die Tür ab und zog in Erwägung, ins Bett zurückzukehren. Da kam ihr unversehens wieder ihr Traum in den Sinn, der so real gewesen war, dass sie Joe noch förmlich spüren konnte, und sie ahnte, worin der Abend münden würde: Sie würde sich in Sehnsucht verzehren – einer Sehnsucht, die für immer unerfüllt bleiben würde. Verdrossen musste sie feststellen, dass sie längst nicht mehr die nötige Bettschwere hatte, um gleich wieder einzuschlafen. Sie war zwar alles andere als munter, aber wach genug, um sinnlos herumzugrübeln. Da kam ihr mit einem Mal eine Idee, von der sie so angetan war, dass sie sogleich zur Tat schritt.

Es dauerte nicht lange, bis sie alle Tageszeitungen beisammen hatte, die über die Torso-Morde von Virginia Water berichtet hatten. Denn vorausschauend hatte Maureen alles gesammelt, was sie in den vergangenen Tagen an Pressemeldungen zu den Morden in die Finger bekommen hatte: den Sunday Express von Oberpfleger Festus genauso wie den Star von Schwester Bertha, ihre eigenen Ausgaben des Daily Telegraph sowie die letzten Exemplare der Times und des Herald, die im Patienten-Salon auslagen. Um sich etwas Gutes zu tun und wieder zu Kräften zu kommen, bereitete sie sich einen Kakao zu und legte Shortbreads auf einen Teller. Während sie genüsslich die heiße Schokolade trank und die Kekse verzehrte, ging sie die Zeitungsartikel noch einmal durch und markierte bestimmte Stellen mit einem Bleistift, bevor sie sich auf einem Schreibblock Notizen machte. Daraus fertigte sie eine grobe Zusammenfassung, die sie anschließend ins Reine schrieb. Um viertel nach elf war sie fertig und las sich das Ergebnis noch einmal konzentriert durch:

Die Merkmale des Torso-Mörders

Für die Leichen in Palermo und die Torsos in Virginia Water ist ein und dieselbe Person verantwortlich, mit hoher Wahrscheinlichkeit ein Einzeltäter.

Obwohl es sich zweifellos um die Taten eines Psychopathen handelt, tritt der Mörder nicht als Geisteskranker in Erscheinung und führt eine normale Existenz.

Aufgrund der Verstümmelungen der Geschlechtsteile der männlichen Opfer ist anzunehmen, dass der Täter ein Sadist und homosexuell veranlagt ist.

Die Abtrennung der Gliedmaßen und der Köpfe wurde vom Täter wahrscheinlich vorgenommen, um den Transport zu erleichtern und die Identität der Opfer zu verschleiern.

Der Mörder besitzt gute Anatomiekenntnisse und Fertigkeiten, über die ein Chirurg, Jäger oder Metzger verfügt.

Der Mörder muss laut Inspektor MacFaden »ein großer Mann mit der Kraft eines Ochsen« sein, da die Opfer alle noch lebten, als sie enthauptet wurden. Auch der Transport der Leichen erforderte erhebliche Körperkräfte und Ausdauer, da nur Fußwege zum Ufer des Sees führen.

Der Täter muss im Umfeld von Virginia Water leben und über gute Ortskenntnisse verfügen. Gleichzeitig ist er eine harmlose Erscheinung, die in der Umgebung des Sees nicht auffällt: ein Spaziergänger, Angler, Fischer oder Jäger.

Da die Opfer nicht am See ermordet und verstümmelt wurden, muss der Täter über eine Art Werkstatt verfügen, wo er die Männer töten und die Leichen zerlegen kann – mit hoher Wahrscheinlichkeit in seinem Zuhause, das entsprechend abgelegen ist, damit er ungestört töten kann.

Die identifizierten Mordopfer aus Palermo und der drogenabhängige Transvestit aus London waren mittellose männliche Prostituierte, die mit der Aussicht auf Geld, ein warmes Essen, Alkohol, Drogen, ein Bett für die Nacht leicht zu gewinnen waren. Wahrscheinlich hat der Mörder so ihr Vertrauen erlangt. Sie waren für ihn die perfekten Opfer.

Maureens Aufzeichnungen verbanden die offiziellen Pressemitteilungen von Scotland Yard und ihre eigenen Rückschlüsse, die sie aus den Fakten gezogen hatte. Auf die wilden und ebenso haarsträubenden wie unseriösen Spekulationen der Sensationspresse hatte sie bewusst verzichtet, da ihr nur an sachlichen Informationen gelegen war. Insgesamt war sie mit ihrer Arbeit zufrieden. Und so löschte sie das Licht und ergab sich der bleiernen Müdigkeit, die endlich ihr Recht forderte.

Bei den Befragungen, welche die Mitarbeiter der Sonderkommission Headhunter noch bis in die späte Nacht hinein in der Royal Vauxhall Tavern durchführten, bestätigten sich Andrew Doles Angaben durchgängig. Diamanda Doll war unter den schillernden Paradiesvögeln, die zum Stammpublikum der Vauxhall gehörten, einer der schrillsten und niemand hatte sie jemals ohne Fummel gesehen. Allerdings war sie wegen ihrer Pedanterie nicht sonderlich beliebt. Vor allem bei den Ladies an der Bar war sie als extrem knausrig verschrien, da sie nie einen Penny Trinkgeld gab, obwohl sie höchste Ansprüche stellte. Sie erwartete stets, umgehend bedient zu werden, egal wie lang die Schlange am Tresen war. Fand sie an ihrem Glas nur den kleinsten Makel oder erschien es ihr nicht voll genug eingeschenkt, monierte sie das sofort. Hinzu kam, dass sie den Bar-Damen oft stundenlang die Ohren voll palaverte, wenn sie sich, was häufiger geschah, über eine andere Drag-Queen geärgert hatte. Gemeinhin galt sie in der Vauxhall als unverbesserliche Zicke, die eher die Bezeichnung Drama-Queen verdient hatte, da sie dazu neigte, von jeder Kleinigkeit ein riesiges Aufheben zu machen. Trotz allem schien sie von der Gemeinschaft akzeptiert zu werden, wohl weil sie nicht die Einzige war, die Allüren hatte, und Toleranz unter den Transvestiten von großer Bedeutung war.

Somit war es nach neustem Erkenntnisstand noch unwahrscheinlicher, dass Andrew Dole der Mann mit dem Kaschmirmantel gewesen war, den Gong Lliang in Begleitung der Drachenlady an der Garderobe der Vauxhall gesehen hatte. Dennoch ließ sich Sir Wyndham nicht dazu bewegen, Dole, gegen den im Grunde genommen kein stichhaltiger Verdacht mehr vorlag, wieder auf freien Fuß zu setzen.

Kapitel 13

Am Samstagmorgen rief Oberinspektor MacFaden auf der Suchtstation des Holloway-Sanatoriums an, um Doktor Eisenberg wegen des Medikaments zu Rate zu ziehen, das die Ermittler im Spind des ermordeten Joseph Fincher gefunden hatten. »Phenobarbital heißt es, das ist alles, was wir wissen«, erläuterte er verdrossen. »Meine Kollegen haben sich gestern den ganzen Nachmittag über die Finger wund telefoniert und jede Apotheke Londons angerufen, um zu fragen, ob dieses Medikament einem gewissen Joseph Fincher verschrieben wurde, doch leider ohne Erfolg.«

»Es kann gut sein, dass der behandelnde Arzt es ihm direkt mitgegeben hat«, erwiderte der Oberarzt. »Das wird mit hoher Wahrscheinlichkeit ein Nervenarzt oder Psychiater gewesen sein, denn Phenobarbital ist ein hochwirksames Antikonvulsivum. Das heißt, es wirkt gegen Krämpfe und wird daher in der Hauptsache bei Epilepsie eingesetzt. Wir verwenden es auch bei uns auf der Station, bei Krampfanfällen im Trockendelir. Sagten Sie nicht, das Mordopfer sei ein Veteran aus dem Großen Krieg gewesen und habe unter dem Granatenschock gelitten?«

»Ja, Fincher hat versucht, die Zitteranfälle mit Äther in den Griff zu kriegen, bis er dann wohl einen Arzt gefunden hat, der ihm was Besseres gegeben hat. Das muss dieses Phenobarbital gewesen sein. Die Krux ist, dass wir nicht wissen, welcher Arzt das war.«

»Glauben Sie etwa, dass er der Headhunter ist?«, fragte

Doktor Eisenberg. »Denn ein Arzt würde ja durchaus ins Täterprofil passen.«

»Das ist nicht ausgeschlossen, aber in erster Linie könnte er für uns ein wertvoller Zeuge sein.«

»Ich werde mich bei Gelegenheit mal kundig machen, welche Kollegen sich auf die Behandlung von Patienten mit Granatenschock spezialisiert haben, und melde mich, sobald ich etwas rausgefunden habe.«

»Danke schön, Herr Oberarzt, damit wäre uns sehr geholfen«, verabschiedete sich der Oberinspektor höflich und legte gedankenversunken den Hörer auf die Gabel.

Nach der Lagebesprechung im Yard, bei der Sir Wyndham angeordnet hatte, dass die Ermittler umgehend eine konzentrierte Befragung der Nachbarschaft von Andrew Dole einschließlich seines Chefs und Vermieters vornehmen sollten, wollte MacFaden gerade mit seinen Leuten nach Virginia Water aufbrechen, als das Telefon klingelte. Es war erneut Doktor Eisenberg.

»Ich bin in unserer Fachbibliothek auf ein paar interessante Artikel zur Behandlung des Granatenschocks durch Phenobarbital gestoßen, das die Zitteranfälle ähnlich effektiv bekämpft wie die Krämpfe bei Epilepsie. Der Verfasser ist der Militärarzt a. D. Doktor Francis Edward Deerwood, der jüngere Bruder des Parlamentsabgeordneten Lord Reginald Deerwood. Ich ärgere mich über mich selbst, dass ich da nicht gleich drauf gekommen bin, denn Doktor Deerwood gilt in Wissenschaftskreisen als Koryphäe auf dem Gebiet der Behandlung des Granatenschocks, unter dem er übrigens selber leidet. Ich kann mich noch dunkel daran erinnern, dass Professor Sutton ihn vor Jahren einmal zu einem Vortrag vor dem Kollegium des Holloway-Sanatoriums eingeladen hatte, zumal er mit Lord Reginald Deerwood gut befreundet ist und wohl auf dessen Vermittlung gehofft hatte. Doch es kam leider nicht zu dem Vortrag. Die offizielle Begründung lautete, Doktor Deerwood nehme aus gesundheitlichen Gründen Abstand von öffentlichen Auftritten. Hinter vorgehaltener Hand wurde allerdings gemunkelt, er sei ein verschrobener Sonderling und extrem menschenscheu – und das nicht erst seit dem Krieg.«

Dem Oberinspektor waren vor Aufregung die Schweißperlen auf die Stirn getreten. »Darüber müssen wir unbedingt reden! Ich komme gleich morgen früh zu Ihnen, Doktor Eisenberg«, sagte er mit kehliger Stimme und legte auf, ohne eine Erwiderung abzuwarten. Dann stürmte er in den Innenhof, wo die Kollegen bereits im Auto auf ihn warteten.

Als Maureen am Abend gemeinsam mit ihren Kolleginnen Heather und Abigail dem Schwesternwohnheim zustrebte, war es so nebelig, dass man kaum noch die Hand vor Augen sehen konnte. Daher orientierten sich die jungen Schwestern vor allem an den erleuchteten Fenstern des Gebäudes, deren diffuses Licht durch die dichten Nebelschwaden zu ihnen herüberdrang.

»Ich freu mich schon darauf, es mir nach dieser langen, anstrengenden Arbeitswoche auf dem Sofa gemütlich zu machen«, seufzte Abigail und Heather nickte zustimmend.

Lediglich Maureen hatte andere Pläne, über die sie aber geflissentlich den Mund hielt. Außerdem war sie sich selber noch nicht ganz sicher, ob sie ihr Vorhaben wirklich in die Tat umsetzen sollte. Denn schlechtere Voraussetzungen für einen Abendspaziergang am Seeufer konnte es kaum geben.

Fehlt nur noch Gewitter und Wolkenbruch, ging es ihr durch den Sinn. Bei der Vorstellung, was die Kolleginnen für Gesichter machen würden, wenn sie ahnten, was Maureen im Schilde führte, musste sie an sich halten, um nicht lauthals loszulachen. Obschon sie zugeben musste, dass sie die Vorstellung, mutterseelenalleine im Nebel unterwegs zu sein, gehörig gruselte.

»Schnell nach Hause!«, sagte Abigail, als ob sie Maureens

Gedanken gelesen hätte. »Bei so einem Wetter schlägt er bestimmt wieder zu.«

Heather gab einen schrillen Aufschrei von sich. »Hör auf, du machst mir Angst! Es ist sowieso schon schlimm genug, dass ein Mörder in unserer Nachbarschaft sein Unwesen treibt, da muss man nicht auch noch den Teufel an die Wand malen.«

Maureen kam unwillkürlich ein Spruch in den Sinn, den sie irgendwo mal gelesen hatte. »Den Teufel braucht man nicht an die Wand zu malen, er kommt von selbst ins Haus.«

Heather und Abigail starrten sie an.

»Du liest zu viele Schauerromane, Maureen«, meinte Abigail belehrend, »davon bekommt man schlechte Träume.«

Maureen rollte die Augen. »Ich liebe Schauerromane und Gruselfilme wie ›Nosferatu – Phantom der Nacht‹.«

Einen Vampir imitierend, näherte sie sich zähnefletschend Abigails Hals. Die Kollegin gab ein schrilles Quieken von sich und schlüpfte rasch vor ihr durch die Haustür, die sie inzwischen erreicht hatten. Als sie im Stockwerk angekommen waren, wo sich Heathers und Maureens Zimmer befanden, wünschten sie sich noch einen schönen Abend und trennten sich.

»Ich koch mir jetzt eine Kanne Tee und nasche ein paar Mokkabohnen und dann gehe ich in mein Bettchen – genauso wie Maureen, die auch immer mit den Hühnern schlafen geht und dabei die ganze Nacht das Licht brennen lässt«, mokierte sich Abigail, ehe sie die Tür zum Treppenhaus schloss, um zum nächsten Stockwerk hinaufzusteigen.

Den Gefallen werde ich dir heute Nacht nicht tun, dachte Maureen bei sich, als sie den Flur entlangging. Sie hatte es immer eiliger, in ihr Zimmer zu gelangen, da ihr gewissermaßen eine »erleuchtende« Idee gekommen war.

Schnell schloss sie ihre Tür auf. Direkt neben der Garderobe im Eingangsbereich stand ein kleines Schränkchen, auf das sie sogleich ihre Aufmerksamkeit richtete. Sie trug noch immer ihren Mantel, als sie die linke Schublade aufzog, wo neben Schals und Halstüchern auch die gute alte Ever-ready lag, die ihr die praktisch veranlagte Mutter vor Jahren zum Geburtstag geschenkt hatte. Maureen, die sich aus technischen Gerätschaften nicht viel machte, hatte sich damals über das langweilige Geschenk nicht sonderlich gefreut und nur müde gelächelt, als ihre Mum ihr gesagt hatte, so etwas könne man immer gebrauchen. Jetzt war sie froh darüber – vor allem, da es draußen so neblig war.

Hoffentlich geht die Batterie noch, dachte Maureen angespannt und versuchte, die Taschenlampe anzuknipsen. Sie hatte sie schon ewig nicht mehr benutzt.

Nichts tat sich.

Von wegen Ever-ready, fluchte sie und schlug mit dem Ende der Stabtaschenlampe ärgerlich auf das Schränkchen.

Plötzlich erstrahlte ein heller Lichtkegel. Auch Maureen strahlte, als sie sich wieder daran erinnerte, dass die Ever-ready zuweilen einen Wackelkontakt hatte. Nun stand ihrer Exkursion ja nichts mehr Wege. Aber vorher würde sie noch einen Tee trinken und sich mit einem Käsesandwich stärken.

Während sie ihren Imbiss verzehrte und den gesüßten Darjeeling trank, kamen ihr wieder Zweifel, ob es wirklich sinnvoll war, sich unter diesen widrigen Umständen auf den Weg zum Seeufer zu begeben, um das Anwesen der Deerwoods ausfindig zu machen. Sehen würde sie bei dem Nebel ohnehin so gut wie gar nichts und an ihrem freien Sonntag hatte sie Zeit genug und deutlich bessere Bedingungen, um den Landsitz aus der Distanz zu sondieren.

Das kannst du ja trotzdem machen, aber wenn du heute schon in Erfahrung bringen kannst, wo sich das Grundstück befindet, kann das ja kein Nachteil sein, meldete sich ihr vertrauter Eigensinn zu Wort.

Sie trank ihren Tee aus, zog sich warme, wetterfeste Kleidung an und überlegte kurz, ob sie irgendetwas zu ihrer Verteidigung mitnehmen sollte, denn in den Abendstunden alleine am Seeufer war sie ja für jeden Schurken oder Strauchdieb ein willkommenes Opfer. Dann zog sie die Stabtaschenlampe aus ihrer Manteltasche. Die Ever-ready war massiv genug, um im Verteidigungsfall als eine Art Schlagstock zu dienen, und so sagte sie sich mit grimmigem Humor, dass es in dem idyllischen Vorzeigestädtchen Virginia Water ohnehin keine Schurken und Strauchdiebe gab – nur den Headhunter. Dieser Gedanke verursachte ihr allerdings kurzzeitig weiche Knie. Aber nur kurzzeitig. Denn als Maureen wenig später mit ihrer Taschenlampe in der Manteltasche, deren Griff sie fest mit der Hand umspannte, aus dem Gartentor des Holloway-Sanatoriums trat, waren ihre schlanken, muskulösen Beine so trittfest wie die einer Sprinterin – oder, besser gesagt, die eines Rennpferds, das endlich aus der Startbox gelassen wird.

Entlang der Seestraße mit den hohen, schmiedeeisernen Toren, hinter denen sich die gewundenen, weißgekiesten Auffahrten zu den herrschaftlichen Wohnpalästen erstreckten, war die Straßenbeleuchtung so gut, dass Maureen ihre Taschenlampe gar nicht benötigte. Erst als sie auf den Weg abbog, der den weitläufigen See umrundete, wurden die Sichtverhältnisse schlechter. Für die Strecke würde sie selbst bei zügigem Tempo gute zwei Stunden benötigen, es sei denn, sie würde das Anwesen der Deerwoods schon früher finden. Da sie allerdings keinerlei Ahnung hatte, wo sich das Grundstück befand, überlegte sie angestrengt, für welche Richtung sie sich entscheiden sollte. Sie vertraute schließlich auf ihre Intuition und wandte sich nach links. Dass sie überhaupt etwas erkennen konnte, verdankte sie einer Laterne, die am Anfang der Promenade stand. Mit den weißen Nebelschwaden erschien ihr das Seeufer wie eine Waschküche, in der kaum eine Orientierung möglich war. Immerhin war sie mithilfe des diffusen Lichtstrahls ihrer Taschenlampe, den sie auf den Boden richtete, in der Lage, den

Uferweg auszumachen, was in Anbetracht der Tatsache, dass der See nur wenige Meter entfernt lag, nicht ganz unwichtig war, wollte sie sich doch keine nassen Füße holen.

Du bist ja nicht ganz dicht, fluchte sie innerlich, als sie ihre beschwerliche Erkundungstour fortsetzte. Bei dieser Suppe bist du noch um Mitternacht unterwegs!

Dennoch ging sie tapfer weiter. Nach etwa zwanzig Schritten konnte sie durch das Licht der nächsten Laterne ein wenig mehr sehen. Sie erinnerte sich daran, dass die alten Gaslaternen im letzten Jahr am Seeufer und im gesamten Stadtgebiet von Virginia Water abmontiert und durch neue, heller strahlende elektrische Laternen ersetzt worden waren. Das war bislang selbst in London nur zu einem kleinen Teil erfolgt. In Southwark, einem Arbeiterstadtteil, wo auch Maureens Eltern lebten, standen noch die alten Gaslaternen und verbreiteten ihren warmen, gedämpften Lichtschein, der mit der strahlenden Helligkeit der kostspieligen Elektrolaternen bei Weitem nicht mithalten konnte. Doch Virginia Water, einer der reichsten Orte des vereinigten Königreichs, hatte sich die teure Modernisierung leisten können.

Obgleich Maureen immer zu denjenigen gehört hatte, die dem milden Schein des Gaslichts gegenüber dem kalten elektrischen Licht den Vorzug gaben, war sie jetzt doch sehr froh über den hellen Strahl in dem wabernden Dunst am Seeufer. Der Nebel schien die Geräusche ebenso zu schlucken wie die Umrisse der Gegenstände und Gebäude. Bäume und Sträucher, die den Promenadenweg säumten, waren bestenfalls zu erahnen und der See glich einer gigantischen bleigrauen Wolke. Die Sichtverhältnisse auf der hellerleuchteten Straße waren natürlich deutlich besser als hier, aber an den Portalen waren keinerlei Namensschilder angebracht, was in Villenvierteln, deren Bewohner größten Wert auf Diskretion legten, nichts Ungewöhnliches war. Maureen wusste das – und da sie auch darauf verzichtet hatte, sich im Ort oder im Sanatorium nach der Adresse der Deerwoods zu erkundigen, was viel zu auffällig gewesen wäre, hatte sie nur das in das Gartenportal eingearbeitete Hirschemblem als Anhaltspunkt.

Mit der Zeit hatte sie das Gefühl, dass sie sich nicht nur zunehmend an die schlechte Sicht gewöhnte, sondern sich auch besser orientieren konnte. Rechter Hand war der See und links befanden sich die Parks mit den Wohnpalästen. Maureens Herz schlug höher, als sie mit der Ever-ready über den Trampelpfad leuchtete, der zum Gartentor des ersten Grundstücks führte. Aus der Distanz konnte sie keine Details erkennen, also eilte sie zielstrebig dorthin. Sie ließ den Lichtkegel der Taschenlampe über das zweiflügelige Gartenportal schweifen, konnte aber in den geschwungenen Eisenstäben nirgendwo ein Hirschemblem ausmachen und kehrte zum Fußgängerweg zurück. Auch bei den nächsten Toren wurde sie nicht fündig und musste zu ihrem Verdruss feststellen, dass sich der Wackelkontakt der Ever-ready immer häufiger bemerkbar machte, was bedeutete, dass sie zeitweise sprichwörtlich im Nebel stocherte. Als sie sich nach etwa zehn Minuten einem Anwesen näherte, das von einer meterhohen Mauer umgeben war, und den Lichtkegel auf die Gartenpforte richtete, die sie mit ihren massiven Eisenstäben an eine Kerkertür erinnerte, erklang vom Grundstück her lautes Hundegebell. Ehe Maureen sichs versah, sprang eine Horde riesiger Doggen so heftig an den Gitterstäben hoch, dass sie trotz ihrer Massivität erheblich ins Wanken gerieten.

Maureen war der Schreck derart in die Glieder gefahren, dass sie unwillkürlich die Flucht ergriff. Dabei geriet sie ins Straucheln und fiel hin. Die Taschenlampe entglitt ihr und lag nun ein Stück von ihr entfernt im feuchten Gras. Hastig klaubte sie sie vom Boden auf, um endlich das Weite zu suchen, denn das Gebell der Doggen wurde immer wütender. Sie sandte schon Stoßgebete aus, dass das Tor auch weiterhin standhalten und es den Riesenviechern nicht gelingen möge, darüber zu springen. Plötzlich wurde sie vom Lichtstrahl einer

Taschenlampe geblendet, der direkt auf ihr Gesicht gerichtet war. Dagegen war ihre Ever-ready die reinste Funzel.

»Was haben Sie hier zu suchen?«, ertönte eine herrische Männerstimme.

Als Maureen wieder etwas sehen konnte, erkannte sie einen stattlichen Mann in einem langen Ulster-Mantel, der einen karierten Schlapphut trug wie ein Angler. Mit einem durchdringenden Pfiff brachte er die Hunde zum Schweigen.

»Ich, ich suche ein Anwesen, weil, weil ich dort etwas abzugeben habe«, stotterte Maureen. »Bitte entschuldigen Sie, Sir, ich, ich wollte Ihnen keine Ungelegenheiten bereiten!« Sie hatte sich aufgerichtet und lächelte betreten.

»Bei so einem Nebel? Mit Verlaub, junge Dame, aber Sie sind nicht mehr recht bei Trost. Haben Sie denn keine Angst, bei diesem gottverdammten Wetter mutterseelenallein hier draußen herumzustrolchen?« Die Verärgerung des Mannes hatte sich offenbar in Fürsorglichkeit gewandelt. »Ich habe selbst zwei Töchter in Ihrem Alter und wenn Sie meine Tochter wären, würde ich Ihnen ordentlich den Allerwertesten versohlen. Treibt sich hier alleine am See herum, wo doch in allen Zeitungen steht, dass ein kranker Irrer umgeht, der nur darauf wartet, wieder zuzuschlagen!«

Maureen verkniff sich die Bemerkung, dass es der Headhunter mit hoher Wahrscheinlichkeit nur auf Männer abgesehen hatte, und senkte unbehaglich den Kopf.

»Bei wem haben Sie denn etwas abzugeben?«, erkundigte sich der Mann und musterte Maureen neugierig.

Die war durch die Frage ganz schön in die Bredouille geraten. Sie ahnte, dass sie nun wohl oder übel Farbe bekennen musste.

Da ihr auf die Schnelle kein Name einfiel, den sie hätte nennen können, und sie auch zu verdattert war, um den Mann mit einem x-beliebigen Allerweltsnamen wie Smith, Miller oder Taylor abzuspeisen, zumal das auch wenig glaubwürdig gewesen wäre, äußerte sie gepresst: »Bei Lord Deerwood.«

Der Mann runzelte die buschigen Brauen. »Da sind Sie hier aber ganz falsch, Kindchen. Das Anwesen der Deerwoods liegt auf der anderen Seeseite. Soweit ich weiß, ist es vom Zugangsweg zur Seepromenade das dritte Grundstück.« Er beäugte Maureen argwöhnisch. »Ich frage mich nur, warum Sie hier draußen in dieser Suppe rumturnen und nicht die gut beleuchtete Seestraße langgehen, wo sich auch die Lieferanteneingänge befinden.«

Da Maureen aus nur allzu verständlichen Gründen nicht das Hirschemblem erwähnen wollte, mit dem das Gartentor der Deerwoos an der Seeseite geschmückt war, blieb sie die Antwort schuldig und zuckte nur unsicher mit den Achseln, wenngleich sie dadurch nicht gerade den hellsten Eindruck auf ihr Gegenüber machte, wie ihr der Gesichtsausdruck des Mannes verriet. Er schüttelte unwillig den Kopf und gab einen tiefen Seufzer von sich.

»Das Schlauste wird es sein, Kindchen, wenn ich Sie dorthin begleite, ehe Sie bei diesem Nebel noch im See landen«, grummelte er gutmütig und schloss das Tor auf. »Haben Sie Angst vor Hunden?«, erkundigte er sich.

Maureen verneinte mit schiefem Lächeln.

»Dann nehme ich Hektor mit. Man kann ja nicht wissen, wer sich sonst noch so hier herumtreibt«, erklärte der Mann und erteilte einem der Hunde, die sich die ganze Zeit über wachsam und ohne Laut zu geben im Hintergrund gehalten hatten, mit einer knappen Geste den Befehl mitzukommen.

Die große hellgraue Dogge, die ihrem stattlichen Besitzer bis zur Taille und Maureen fast an die Brust reichte, gehorchte sofort. Der Mann reichte Maureen leutselig die Hand und stellte sich ihr als Lord Barnabas vor.

»Sehr erfreut, Sir!«, erwiderte Maureen mit verhaltener

Ehrfurcht, da ihr bekannt war, dass Lord Barnabas einer der hochkarätigsten Rechtsanwälte des Königreichs war, zu dessen Klienten der englische Hochadel und die führenden Finanzmagnaten zählten. Auch sie nannte ihren Namen und fügte hinzu, dass sie Krankenschwester im Holloway-Sanatorium sei.

Lord Barnabas blinzelte wohlwollend. »Eine tüchtige junge Dame also. Umso mehr muss es einen erstaunen, dass Sie bei diesen schlechten Witterungsverhältnissen Kopf und Kragen riskieren.«

Während die Dogge wohlerzogen bei Fuß ging, berichtete Lord Barnabas stolz, dass seine Familie seit nunmehr drei Generationen Doggen züchtete und Hektor der beste Deckrüde seines Zwingers sei, der auf internationalen Züchtertreffen bereits mit zahlreichen Preisen ausgezeichnet worden sei. Dank des gleißenden Lichtstrahls seiner Taschenlampe, der die Nebelschwaden durchdrang, war der Fußweg gut zu erkennen und sie konnten in dem strammen Tempo marschieren, das der Lord vorgab. Maureen konnte mühelos mithalten.

So waren sie rasch an dem Zugangsweg angelangt, der von der Uferpromenade zur Seestraße führte. Diese war durch die Straßenlaternen so gut beleuchtet, dass die Taschenlampe nicht mehr benötigt wurde. Während sie sich weiter über Belanglosigkeiten unterhielten, wurde Maureen immer unkonzentrierter. Ihre Beklommenheit verstärkte sich, je näher sie dem Anwesen der Deerwoods kamen. Sie musste den Lord unbedingt loswerden, wollte sie nicht in eine unsägliche Situation geraten. Spätestens wenn ein Dienstbote der Deerwoods die Tür öffnen und nach ihrem Begehr fragen würde, wäre sie aufgeflogen. Sie könnte zwar sagen, dass sie eine Nachricht von ihrem Vorgesetzten Professor Sutton für seinen Freund Lord Reginald Deerwood abzugeben habe, und dann verzweifelt so tun, als ob sie das Kuvert unterwegs am nebeligen Seeufer verloren habe, aber dadurch würde sie sich in Teufels Küche bringen. Nicht auszudenken, wie Sutton toben würde, wenn ihre Lügengeschichte herauskommen würde! Also äußerte sie entgegenkommend, dass Lord Barnabas gerne wieder den Heimweg antreten könne, sie käme nun gut alleine zurecht und in dieser hell erleuchteten Straße drohe ihr auch keine Gefahr.

Aber der Lord ließ sich nicht davon abbringen, sie zum Landhaus der Deerwoods zu begleiten. »Wir sind ja gleich da, Kindchen, und außerdem, das kann ich Ihnen verraten, lasse ich es mir nicht nehmen, Sie wieder im Holloway abzuliefern. Was wäre ich denn für ein Gentleman, wenn ich eine junge Dame an einem so unwirtlichen Abend schutzlos ihrem Schicksal überlasse? Nein, nein, Hektor und ich bringen Sie sicher nach Hause.«

Maureen, der das Angebot wie die reinste Androhung vorkam, lächelte gezwungen. »Das ist ganz reizend von Ihnen, Lord Barnabas, aber machen Sie sich bitte keine Umstände! Ich bin gebürtige Londonerin und längst nicht so hilflos, wie ich möglicherweise auf Sie wirke.«

Der Lord bedachte sie mit einem breiten Grinsen. »Solche Töne kenne ich hinlänglich von meinen Töchtern. Die moderne Frau trägt Bubikopf, fährt Auto und Fahrrad und zieht neuerdings sogar Hosenröcke an, damit sie beweglicher und sportlicher ist und dem Mann in nichts nachsteht. Aber wenn irgendetwas schiefgeht, ist das Geheule groß und dann darf Daddy wieder beispringen.« Er machte eine abwinkende Handbewegung. »Das kennen wir doch alles. Nach außen kess, aber wenn das kleine Mädchen Angst hat, weint es nach seinem Teddybär.«

Maureen, die seinen Ausführungen nichts entgegensetzen mochte, schwieg angespannt – vor allem, da sie nun offenbar Deerwood Manor erreicht hatten. Es mutete am Ende der langen, gewundenen Auffahrt in all seiner Wucht so finster und unheimlich an wie eine mittelalterliche Trutzburg, was möglicherweise aber auch darin begründet war, dass das Gebäude völlig im Dunkeln lag.

»Scheint keiner zu Hause zu sein«, konstatierte Lord Barnabas trocken. »Doch das wundert mich nicht – so sehr, wie Reginald mit seiner Arbeit verheiratet ist. Wir sind nämlich beide im Virginia Water Country Club und spielen manchmal zusammen Golf. Daher kenne ich seine Gewohnheiten. Klingeln Sie doch mal, dann wissen wir es genauer!«, forderte er.

Obgleich Maureen eine unglaubliche Erleichterung fühlte, hielt sie dennoch die Luft an, als sie anschließend auf den Messingknopf drückte. Sie warteten eine Weile, doch es tat sich nichts.

»Sag ich doch, keiner da. Gehe ich recht in der Annahme, dass Sie etwas für Lord Reginald abgeben sollen?«, fragte ihr Begleiter. »Denn wenn es für den Doktor ist, müssten Sie hinten an der Gartenpforte klingeln. Er logiert im Gartenhaus, wo er auch seine Praxisräume hat.«

Maureen zuckte zusammen. »Nein, es ist für Lord Reginald«, flunkerte sie, ohne rot zu werden. »Aber wenn er nicht da ist, bringe ich es ein anderes Mal vorbei.« Sie wandte sich bereits zum Gehen, als Lord Barnabas sie zurückhielt.

»Werfen Sie es doch in den Briefkasten, dann haben Sie Ihre Pflicht und Schuldigkeit getan«, insistierte er und sah Maureen forschend an.

Die ließ sich jedoch von seinem Blick nicht kirre machen. »Mir wurde aufgetragen, die Nachricht Lord Deerwood persönlich zu übergeben, und da das leider nicht möglich ist, nehme ich sie wieder mit und gebe sie zurück an … meinen Auftraggeber«, erwiderte sie zurückhaltend.

»Sie tun aber geheimnisvoll«, mokierte sich Lord Barnabas. »Man könnte ja meinen, Sie arbeiten für den MI5.«

»Wer weiß?«, äußerte Maureen vielsagend und bedachte ihren Begleiter mit einem charmanten Lächeln.

»Madam sind äußerst diskret, da hat sich Ihr Chef ja die

Richtige für seine Botendienste ausgesucht«, spöttelte Lord Barnabas und geleitete Maureen ritterlich bis zum Portal des Holloway-Sanatoriums. »Können Sie mir verraten, Kindchen, warum Sie bei diesem Nebel an der Seepromenade herumgeirrt sind, anstatt es vorne an der Straße zu probieren, wo die Häuser Klingeln und Briefkästen haben?«

Maureen sah an seinem Blick, dass der gewiefte Anwalt längst gemerkt hatte, dass das, was sie ihm aufgetischt hatte, nicht stimmte. Anstelle einer Antwort schenkte sie ihm ein unergründliches Lächeln.

Er lachte. »Was für ein cleveres Mädchen! Da denkt man erst noch, die ist nicht die Hellste, doch da hat man sich geschnitten«, sagte er launig. »Denn die hat es faustdick hinter den Ohren, die schlaue Miss Morgan, faustdick. Nur sollte sie sich nicht einbilden, dass sie einen alten Knaben wie mich für dumm verkaufen kann. Ich empfehle mich hiermit, junge Dame. Grüßen Sie mir Ihren Chef, Professor Sutton! Wir kennen uns vom ...«

»Virgina Water Country Club und spielen manchmal zusammen Golf«, vervollständigte Maureen seinen Satz und verabschiedete sich mit einem spitzbübischen Lächeln, nicht ohne ihm noch einmal aufrichtig für seine Hilfsbereitschaft gedankt zu haben.

Nachdem sie das Tor hinter sich geschlossen hatte, atmete sie erleichtert auf. Das war ja nochmal gutgegangen! Trotz der unvorhersehbaren Ereignisse war ihre Erkundungstour sehr erfolgreich gewesen. Denn sie wusste jetzt nicht nur, wo sich der Landsitz der Deerwoods befand, sondern hatte dank Lord Barnabas auch in Erfahrung gebracht, dass Doktor Deerwood eine eigene Klingel an der Gartenpforte hatte. Sie konnte es kaum abwarten, diese genauer in Augenschein zu nehmen – morgen, wenn sich der Nebel hoffentlich gelichtet haben würde.

Kapitel 14

»Lord Deerwood passt exakt in das psychiatrische Profil und er hat die notwendigen Fähigkeiten, um die Morde in dieser Weise zu begehen«, erläuterte Doktor Eisenberg, der hinter dem Schreibtisch seines Arbeitszimmers saß.

MacFaden nickte zustimmend.

»Ich habe mich bei den Kollegen ein wenig über ihn erkundigt und mehr und mehr den Eindruck gewonnen, dass er trotz seiner glanzvollen Auszeichnungen gewissermaßen das schwarze Schaf der honorigen Adelsfamilie ist«, bemerkte der Psychiater. »Der Grund dafür ist wohl seine Homosexualität, auch wenn einige meiner Kollegen sich kaum trauen, das offen auszusprechen – was mich, wie ich zugeben muss, hochgradig befremdet, zeigt es doch, dass die Zensur auch vor der Wissenschaft nicht Halt machte. Doktor Deerwoods Familie war jedenfalls immerzu darauf bedacht, seine Homosexualität zu vertuschen. Sie sorgte dafür, dass nichts Verfängliches an die Presse durchsickerte. Seine Kriegsversehrtheit – er leidet ja seit dem Großen Krieg am Granatenschock – wurde stets vorgeschoben, um zu erklären, wieso er mit über dreißig noch unverheiratet ist und das Licht der Öffentlichkeit scheut wie der Teufel das Weihwasser. Er gilt allgemein als menschenscheuer, verschrobener Sonderling.«

Der Oberinspektor schnaubte ungehalten. »Menschenscheu hin oder her, ich muss mir diesen Knaben unbedingt mal vorknöpfen, so viel ist gewiss.«

Doktor Eisenberg musterte ihn nachdenklich. »Das dürfte

nicht ganz so einfach sein – aber auch nicht unmöglich. Wir könnten versuchen, ihn als Fachmann zu Rate zu ziehen. Das wäre ebenso unverfänglich wie plausibel. Was also sollte er dagegen haben?«

MacFaden war von dem Gedanken sehr angetan. »Nichts – wenn er mit den Morden nichts zu tun hat.«

»Warten Sie! Ich glaube, ich habe sogar seine Telefonnummer.« Doktor Eisenberg öffnete einen kleinen Karteikasten, der auf seinem Schreibtisch stand, suchte ein Kärtchen heraus und reichte es dem Inspektor. »Das ist die Nummer seiner Privat-Praxis in Virginia Water. Versuchen Sie es doch gleich einmal!« Er schob dem Oberinspektor den Telefonapparat hin.

MacFaden ergriff den Hörer und betätigte die Wählscheibe. Er hielt die Luft an, während das Freizeichen aus dem Hörer ertönte. Eine ganze Weile wartete er mit wachsender Anspannung, doch am anderen Ende der Leitung tat sich nichts. Ärgerlich legte MacFaden auf.

»So ein Mist!«, fluchte er. »Also gut. Ich nehme ein paar Leute mit und dann rücken wir dem Herrn Doktor mal ein bisschen auf die Pelle.«

Doktor Eisenberg runzelte skeptisch die Stirn. »Bedenken Sie, dass es Sonntagmorgen ist! Er wird Ihnen möglicherweise nicht öffnen. Vermutlich geht er deshalb auch nicht ans Telefon.«

MacFaden lachte trotzig auf. »Bei Mord gibt es kein Wochenende! Wenn er uns nicht aufmacht, kriegt er eine ordentliche Vorladung, und wenn er mir dumm kommt, erwirke ich einen Durchsuchungsbefehl. Und dann wollen wir doch mal sehen!«

Doktor Eisenbergs Miene wurde noch eine Nuance düsterer. »Verstehen Sie mich nicht falsch, Herr Oberinspektor! Ich bin absolut auf Ihrer Seite und wünsche Ihnen nichts mehr, als dass Sie den Headhunter so bald wie möglich zu fassen kriegen. Aber ich fürchte, was die Vorladung eines Lord Deerwood und den Durchsuchungsbefehl für das Anwesen dieser erlauchten Familie anbetrifft, beißen Sie bei Ihren Vorgesetzen auf Granit.«

»Das weiß ich auch«, seufzte MacFaden zerknirscht. »Ich habe ja auch nichts gegen ihn in der Hand, außer Verdachtsmomenten. Mir mangelt es an konkreten Beweisen. Aber wie soll ich die denn auch kriegen – ohne polizeiliche Befragungen und Ermittlungen? Also, ich geh da jetzt hin.« Er warf einen Blick auf die Karteikarte. »Seestraße 57«, murmelte er, hob grüßend die Hand und eilte zur Tür.

Nachdem der Oberinspektor und seine Mitarbeiter sowohl am Hauptportal als auch am Gartentor des Deerwood-Anwesens die Klingeln betätigt hatten und weder ein Dienstbote noch einer der Hausherren erschienen war, fuhr MacFaden wutentbrannt zum Polizeirevier von Virginia Water unweit des Bahnhofs. Er wollte umgehend seinen Vorgesetzten, Sir Wyndham, anrufen, um eine Vorladung zu einer polizeilichen Befragung von Doktor Francis Edward Deerwood zu erwirken. Als er die Wache betrat, wurde er von den anwesenden Polizisten aufgeregt empfangen.

»Gut, dass Sie da sind, Herr Oberinspektor! Wir waren doch gestern im Kolonialwarenladen von Doles Chef und haben auch noch Befragungen in der Nachbarschaft durchgeführt …«

»Später, Kollege! Ich muss erst einmal den Generalmajor anrufen«, schnitt MacFaden dem Dienststellenleiter das Wort ab und hastete zum Telefon. Doch er kam gar nicht dazu, seinem Chef sein Anliegen vorzutragen.

»Höchste Zeit, dass Sie sich bei mir melden!«, bellte Sir Wyndham. »Ich bin bereits über alles im Bilde. Da die Kollegen von Virginia Water Sie nicht erreichen konnten, haben sie sich an mich gewandt. Kurzum, ich erwarte Sie und die gesamte

SOKO Headhunter heute noch im großen Konferenzzimmer zu einer aktuellen Lagebesprechung, um die weitere Vorgehensweise im Fall Dole festzulegen.«

MacFaden, der nicht wusste, was geschehen war, war einigermaßen perplex, ließ sich aber von seinem eigentlichen Vorhaben nicht abbringen – obgleich er bereits ahnte, was kommen würde. »Äh, ich benötige dringend eine Vorladung zu einer polizeilichen Befragung von Doktor Francis Edward Deerwood. Könnten Sie bitte …«

»Ach, hören Sie doch auf mit Ihren haltlosen Verdächtigungen, MacFaden!«, unterbrach ihn Sir Wyndham. »Mit hoher Wahrscheinlichkeit haben wir den Täter und jetzt machen Sie sich gefälligst auf den Weg zum Yard, damit wir endlich Nägel mit Köpfen machen können!«

Als Maureen die Übergardinen aufzog und das Fenster öffnete, um frische Luft hereinzulassen, war sie schier geblendet von der gleißenden Helligkeit des Sonnenlichts. Nach dem tagelangen Grau in Grau und dem Nebel, der gestern im Laufe des Tages immer dichter geworden war, war heute alles in Gold getaucht und ihr wurde ganz warm ums Herz. Sie empfand das schöne Wetter auch als eine gewisse Entschädigung für die gestrigen Ereignisse, denen sie sich tapfer ausgesetzt hatte.

Nachdem es bei ihrer Erkundungstour recht spät geworden war, hatte sie erst einmal ausgeschlafen. Nun würde sie gleich frühstücken, dann Staub wischen und den Boden putzen. Danach hätte sie noch alle Zeit der Welt für ihr Vorhaben, das ihr schon jetzt erheblich durch den Kopf schwirrte.

Hatte sie sich seit dem Fiasko in Bournemouth immer vor den freien Tagen gefürchtet, die überschattet waren von Tränen und Liebeskummer, so fing sie langsam wieder an, diese Zeit, wenn auch noch nicht wirklich zu genießen, so doch ein Stück weit zu schätzen. Natürlich war sie längst nicht darüber hinweg, dass Joe, dem sie bedingungslos ihre Liebe geschenkt hatte, nicht ehrlich zu ihr gewesen war und es noch eine andere Frau gab, die aufrichtige Gefühle für ihn hegte. Doch zuweilen ertappte sie sich dabei, dass ihr das Leben wieder Spaß machte, wenn ihr, wie jetzt, die Sonne ins Gesicht schien.

Sie ging zur Pantry, um Teewasser aufzusetzen. Anschließend ließ sie sich an ihrem Schreibtisch nieder und sah ihre Unterlagen durch. Dabei fühlte sie sich einmal mehr bestätigt, dass sie auf der richtigen Spur war – und die würde sie auch weiterverfolgen. Daher konnte sie sich auch nicht damit begnügen, sich Doktor Deerwoods Anwesen nur vom Gartenzaun her anschauen. Der direkte Kontakt zu ihm war unabdingbar und sie überlegte angestrengt, wie das möglich sein könnte. Zwischenzeitlich zog sie sogar in Erwägung, bei Scotland Yard anzurufen, um Oberinspektor MacFaden darüber in Kenntnis zu setzen, was sie über Doktor Deerwood herausgefunden hatte, und offen über ihren Verdacht zu sprechen. Doch bislang war es eben nicht mehr als das – ein Verdacht, und ein reichlich kruder noch dazu. Womöglich würde sie nur wieder ins Fettnäpfchen treten und genau den Eindruck erwecken, den sie eigentlich vermeiden wollte: eine übereifrige Hobby-Detektivin zu sein, die sich in ihrer Freizeit in abenteuerliche Spekulationen verstieg, weil sie nichts Besseres zu tun hatte.

Nein, das ist nicht so, begehrte Maureen auf und mühte sich, ehrlich zu sich selbst zu sein. Letztendlich geht es mir darum, einem Mörder auf die Schliche zu kommen, und wenn ich durch meine Recherchen dazu beitragen kann, dass er gefasst wird, kann das nur gut sein!

Nach ihrem Resümee fasste sie den Entschluss, sich gleich morgen mit Oberinspektor MacFaden in Verbindung zu setzen, um ihn über alles zu unterrichten. Als Profi, der er zweifellos war, konnte er dann selbst entscheiden, inwieweit ihre Vermutungen für die weiteren Ermittlungen von Bedeutung waren.

An dem milden Spätsommertag waren an der Seepromenade zahlreiche Spaziergänger unterwegs, an denen sich Maureen vorbeischlängeln musste, um die Gartenseite des Anwesens der Deerwoods zu erreichen. Als sie sich dem Grundstück näherte, prangte ihr vom Gartenportal das Hirschemblem aus poliertem Messing entgegen, und während sie darauf zuging, stieg ihr ein betörender Blütenduft in die Nase. Ihr Blick fiel auf zwei lange Reihen blühender Rosenstöcke, die den weißgekiesten Zugangsweg flankierten. Wohlig sog sie den faszinierenden Geruch ein, als sie im Garten plötzlich eine Bewegung wahrnahm. Da war ein Mann in grüner Arbeitskleidung, der einen braunen Filzhut mit breiter Krempe trug. Er hatte Maureen offenbar auch bemerkt und winkte grüßend zu ihr herüber, ehe er sich wieder mit der Gartenschere an den Rosenstöcken zu schaffen machte.

Maureen nutzte sogleich die Gunst der Stunde, um mit ihm ins Gespräch zu kommen. »Was für herrliche Rosen!«, schwärmte sie. »Und sie duften auch noch so wunderbar.«

»In der Tat«, entgegnete der Gärtner mit stolzem Lächeln. »Das ist eine alte englische Züchtung namens Bathsheba. Sie duftet nach Myrrhe und ist mit Honig- und Teerosennoten angereichert. Sehen Sie nur – der zarte Apricot-Pink-Ton in der Blütenmitte geht an den äußeren Blättern in Pastellgelb über! Schon Queen Victoria erfreute sich im Garten des Buckingham-Palasts an ihrem zauberhaften Duft und Farbenspiel«, erläuterte der hochgewachsene Mann mit fast zärtlichem Blick auf die Rosen. Kurzerhand schnitt er eine Blüte ab, trat ein Stück vor und warf sie Maureen schwungvoll über das Gartentor. »Die können Sie zu Hause ins Wasser stellen, dann haben Sie noch tagelang Ihre Freude daran.«

Maureen hob die Rose auf und lächelte erfreut. »Danke schön, wie reizend von Ihnen!« Sie musterte den Mann verblüfft. In ihrer Fantasie hatte sie sich ausgemalt – und auch sehnlichst erhofft –, auf dem Grundstück einen Blick auf den kauzigen, menschenscheuen Doktor zu erhaschen, und mitnichten damit gerechnet, stattdessen einem ganz normalen Bediensteten zu begegnen, der außerdem noch so nett und entgegenkommend war. Hinter dem schmiedeeisernen Gartentor entdeckte sie rechter Hand die schmucke Jugendstilvilla, deren Fotos sie in der Architekturzeitschrift gesehen hatte. Einer spontanen Eingebung folgend, erklärte sie dem Mann, dass das Gartenhaus der Grund dafür sei, warum sie hier sei. »Ich habe in einer Fachzeitschrift, ich glaube, sie hieß ›Modern Style‹, einen interessanten Artikel über dieses Haus gelesen und wollte es mir gerne einmal aus der Nähe anschauen.«

Der Gärtner zuckte bedauernd mit den Achseln. »Ich kann Sie leider nicht auf das Grundstück lassen.«

Maureen wiegelte sogleich ab. »Das habe ich auch nicht erwartet. Es genügt mir vollkommen, wenn ich es von hier aus betrachten darf. Schon das lohnt sich, denn es ist eine wahre Augenweide. Die Besitzer sind um dieses architektonische Kleinod zu beneiden.«

Der Gärtner lächelte anerkennend. »Eine Dame mit Kennerblick! Man merkt Ihnen an, Madam, dass Sie sich mit Architektur und Kunstgeschichte auskennen.«

Maureen senkte geschmeichelt den Kopf. »Vielen Dank, aber so weit her ist es mit meinen Kenntnissen gar nicht. Ich bin einfach nur fasziniert von der Schönheit, die sich in diesem großartigen Gesamtkunstwerk widerspiegelt.« Innerlich musste sie über ihre Worte lachen, die kaum ein Kunstkritiker hätte schwelgerischer äußern können.

Doch sie schienen bei dem Mann ihre Wirkung nicht zu verfehlen. Er verneigte sich ehrerbietig in Maureens Richtung, ehe er wieder seiner Beschäftigung nachging. Maureen spürte, dass nun eigentlich der Zeitpunkt gekommen war, um sich höflich zu verabschieden, wollte sie nicht den Eindruck erwecken, aufdringlich zu sein. Doch ihre Neugier war stärker als ihr Fingerspitzengefühl.

»Sind Sie schon lange im Dienst der Familie Deerwood?«, fragte sie.

Der Gärtner sah kurz von seiner Arbeit auf. »Solange ich denken kann«, antwortete er. Sein Tonfall war unverändert entgegenkommend.

»Sind Sie denn zufrieden mit Ihrer Anstellung?«, bohrte Maureen weiter.

Um die Mundwinkel des Mannes spielte ein Lächeln. »Ich kann mich nicht beklagen«, äußerte er.

Maureen hatte den Eindruck, als mustere er sie verstohlen. Doch sie konnte sich auch getäuscht haben, denn die Sonne blendete sie. Unwillig entschloss sie sich, es dabei bewenden zu lassen. Sie bedankte sich noch einmal für die in voller Blüte stehende Duftrose und seine Liebenswürdigkeit und schlug den Weg zur Seepromenade ein.

Der Mann blickte ihr nach und sah, dass sie sich nach rechts wandte. Er eilte zum Gartenhaus, streifte hastig seine Gärtnerkluft ab, zog sich Alltagskleidung über, bei der es sich durchweg um schlicht und zeitlos gehaltene, handgefertigte Maßkonfektion handelte, und mischte sich wenig später unter die Spaziergänger am Seeufer. Obwohl er ein zügiges Tempo anschlug, konnte er die Frau mit den rotblonden Haaren und dem perlgrauen Übergangsmantel nicht ausmachen. War es vielleicht möglich, dass er an ihr vorbeigegangen war, ohne sie zu bemerken?

Da er dies aufgrund der Wachsamkeit, mit der er die Leute um sich herum taxierte, nahezu ausschließen konnte, blieb nur noch die Vermutung, dass sie unbemerkt durch eine der Gartenpforten geschlüpft war. Was allerdings bedeuten würde, dass sie eine der luxuriösen Villen bewohnte, woran er starke Zweifel hegte. Denn wie eine höhere Tochter hatte sie nicht auf ihn gewirkt. Einer solchen wäre es nie in den Sinn gekommen, sich am Gartentor herumzudrücken und ein Juwel der

Baukunst zu bestaunen, denn dergleichen besaß ihre Familie selbst zur Genüge. Wer in dieser exklusiven Gegend lebte, war mit Pracht und Reichtum nur mäßig zu beeindrucken – es war eher eine Selbstverständlichkeit.

Obgleich die junge Dame offenbar über eine gewisse Allgemeinbildung verfügte und sich gut ausdrücken konnte, hatte sie auf ihn nicht den Eindruck eines jener unsäglichen Blaustrümpfe gemacht, die neuerdings die Universitäten heimsuchten. Dafür war sie viel zu hübsch gewesen. Nur schwerlich konnte er sich einen Reim auf diesen sonderbaren Fisch machen, wie er Frauen insgeheim abschätzig zu nennen pflegte. Vor allem ihre Absichten waren für ihn nicht durchschaubar. Da das für ihn unerträglich war, hatte er ihre Verfolgung aufgenommen. Doch nun sah es ganz danach aus, als wäre ihm der Fisch entkommen.

Trotzdem setzte er seinen Weg fort und ließ weiterhin seine Blicke über die Spaziergänger schweifen, denn er hasste halbe Sachen. Doch Beharrlichkeit siegte ja bekanntlich: Da vorne sah er sie. Sie saß auf einer Parkbank unweit der Stelle, wo der Torso angeschwemmt worden war, und machte sich eifrig Notizen.

Also doch eine von diesen aufdringlichen Zeitungsreporterinnen, die einem wegen der Leichenfunde auf die Nerven gehen und lästige Fragen stellen, konstatierte er ergrimmt, um gleich darauf einzusehen, dass er mit dieser Mutmaßung falsch lag.

Denn im Gegensatz zu ihren vermeintlichen Kolleginnen hatte sie ihm keine einzige Frage zu den Morden gestellt. Nein, sie musste etwas anderes im Schilde führen – aber was? Vielleicht war sie ja auch nur eine harmlose Ausflüglerin aus der Unterschicht, der es einen gewissen Kitzel bereitete, bei der High Society ein bisschen über den Gartenzaun zu linsen.

Obwohl es nicht seine Art war, Damen anzusprechen, beschloss er, sie ein wenig aus der Reserve zu locken, und ging auf die Bank zu. »Gestatten Sie, dass ich mich hier niederlasse?«

Die junge Frau, die so vertieft in ihre Notizen war, zuckte zusammen, da sie ihn offenbar nicht bemerkt hatte. Sie wandte ihm das Gesicht zu und er erkannte, dass sie jünger und hübscher war, als er es aus der Distanz wahrgenommen hatte.

»Bitte sehr!«, erwiderte sie und steckte ihren Notizblock in die Manteltasche.

Während er sich in angemessenem Abstand zu ihr setzte, war er über ihre Reaktion einigermaßen verblüfft. Er hatte eigentlich erwartet, dass sie, wie jede anständige Frau, das Weite suchen und ihm die Bank überlassen würde. Stattdessen blickte sie ihn auch noch offen an und lächelte versonnen.

»Kann es sein, dass wir uns schon einmal begegnet sind? Sie kommen mir irgendwie bekannt vor.«

Der Schuss war für ihn nach hinten losgegangen. Aber sie hatte ihn vorhin nur von Weitem gesehen und er hatte noch dazu einen breitkrempigen Hut getragen – und jetzt verdeckte eine dunkle Sonnenbrille seine Augen und er hatte einen Bowler aufgesetzt. Es konnte also unmöglich sein, dass sie ihn erkannt hatte.

»Irgendwoher kenne ich Sie«, insistierte sie und musterte ihn immer eindringlicher.

Trotz seines wachsenden Unbehagens mühte er sich um Gelassenheit und lächelte süffisant. »Schön wär's, aber ich wüsste nicht woher.«

Ihr Blick, der die getönten Gläser seiner Sonnenbrille zu durchdringen und vor nichts haltzumachen schien, schmerzte ihn regelrecht.

Er erhob sich und trat an die Uferböschung. »Was für ein schöner Tag! Man sollte ihn genießen, ehe das Wetter wieder schlechter wird«, flüchtete er sich in Allgemeinplätze.

»Wie recht Sie haben«, erklang ihre Stimme aus dem Hintergrund. »Ich gehe noch ein Stück spazieren. Auf Wiedersehen und noch einen schönen Tag!«

»Den wünsche ich Ihnen auch!«, rief er der jungen Frau hinterher. Dann sah er, dass sie die Rose vergessen hatte, die noch auf der Bank lag. Er verzichtete jedoch darauf, sie darauf hinzuweisen. Mit einer wütenden Handbewegung fegte er die Blume auf den Boden und zertrat sie.

Der korpulente Leiter der Polizeiwache von Virginia Water, Roger Wakefield, hüstelte befangen, als Sir Wyndham ihm im Besprechungsraum von Scotland Yard das Wort erteilte. Der Generalmajor, Oberinspektor MacFaden und die zwanzig Ermittler der SOKO Headhunter hatten sich am langen Konferenztisch versammelt und musterten ihn erwartungsvoll. Dem Provinzpolizisten, der es nicht gewohnt war, vor einer so großen Zuhörerschaft zu sprechen, traten die Schweißperlen auf die Stirn. Nur allzu gerne hätte er den Vortrag an seinen Stellvertreter, Charles Webster, delegiert, der angespannt an seiner Seite saß. Er erhob sich ungelenk aus seinem Stuhl und stützte sich mit feuchten Handflächen auf die polierte Platte des Mahagonitischs, ehe er mit leichtem Beben in der Stimme zu sprechen begann.

»Wir waren gestern noch in der Kolonialwarenhandlung, in der Andrew Dole als Ladengehilfe arbeitet, und haben seinen Chef befragt, dem auch das Haus gehört, in dem Dole die Dachmansarde bewohnt. Er hat über Dole nur Gutes gesagt: Noch nie habe er einen so sauberen, ruhigen Mieter gehabt, der auch im Laden sehr gewissenhaft und tüchtig sei. Es wäre ihm zwar schon zu Ohren gekommen, dass Dole ein Faible für Weiberklamotten habe, aber im Dienst sei er immer tadellos gekleidet, und deswegen tät ihn das auch nicht größer interessieren, was Dole in seiner Freizeit so tut. Er hat auch erzählt, dass er schon seit Jahren mit Dole auf die Jagd geht und Dole ein ausgezeichneter Schütze sei, der sich bestens darauf verstehen würde, die Enten, Fasane und das erlegte Wild weidgerecht auszunehmen und zu zerlegen. Von daher habe er auch nie den Eindruck gehabt, dass Dole weibisch oder zimperlich sei. Eher im Gegenteil. Als ich ihn fragte, wie er das meine, sagte er, dass man bei Dole eher denken könnte, dass ihm der ganze Schmuddelkram mit dem Ausweiden der blutigen Gedärme und Innereien Spaß machen würde. Er habe im Keller sogar eine Art Schlachtraum, wo er die Jagdbeute an Fleischerhaken zum Ausbluten über eine alte Zinkwanne hängen würde. Dort bewahre er auch seine Weidmesser und Hackbeile auf, um das Fleisch fachgerecht zu zerteilen.« Wakefield, dessen Befangenheit sich zunehmend legte, verzog grinsend die Mundwinkel. »Das hat mich hellhörig gemacht. Schließlich hatte uns Dole seinerzeit gesagt, er habe keinen Keller.« Er warf MacFaden einen Blick zu. »Sie erinnern sich doch bestimmt noch daran, Herr Chefinspektor.«

MacFaden nickte bestätigend. »Er hat lediglich von einem Dachboden gesprochen, der ihm als Abstellkammer dient. Und den haben wir uns ja auch angesehen und nichts Verfängliches darin gefunden.«

»Dole wusste ganz genau, warum er seinerzeit den Keller nicht erwähnte. Denn hierbei handelt es sich mit hoher Wahrscheinlichkeit um die ›Schlachterei‹, wo er die Mordopfer getötet und zerstückelt hat. Aber ich will den tüchtigen Kollegen aus Virginia Water nicht vorgreifen«, meldete sich Sir Wyndham gewichtig zu Wort.

»Vielen Dank, Sir«, sagte Wakefield katzbuckelnd und fuhr mit seinen Ausführungen fort. »Also, wir haben uns diesen Schlachtraum gründlich angesehen. Natürlich war alles aufgeräumt und blitzsauber, so penibel wie Dole ist. Aber wir haben jede Menge möglicher Tatwaffen gefunden – Äxte, Beile, Messer und sogar eine Machete –, mit denen er die Opfer mühelos enthaupten und zerstückeln konnte. Wir hoffen, dass sich an den Klingen noch Blutspuren befinden. Die lassen sich auch durch gründliches Putzen nicht so einfach entfernen. Deshalb haben wir alles konfisziert und dem kriminaltechnischen Labor des Yard übergeben, wo die Waffen momentan untersucht werden. Und noch etwas: Verschiedene Leute aus Doles Nachbarschaft haben uns gesagt, dass sie ihre Hühner, Enten, Gänse und Hasen immer zu Dole zum Schlachten und Ausnehmen bringen, der sich damit ein Zubrot verdient. Er ist also jemand, der die nötigen Fertigkeiten zum Schlachten hat. Außerdem scheint es ihm Vergnügen zu bereiten, den Viechern die Köpfe abzuhacken und sie in Stücke zu zerlegen. Das zeigt doch, dass er einen ausgeprägten Hang zur Bestialität hat.«

Die Augen des Generalmajors funkelten. »Richtig, Polizeihauptmeister Wakefield!«, rief er energisch. »Und aufgrund seiner krankhaften Neigungen hat es ihm nicht mehr genügt, Hühnern und anderen Tieren die Köpfe abzuschlagen und sie mit dem Hackebeil zu bearbeiten, und er hat sich auf Menschen verlegt. Mit den Laborergebnissen wird es noch etwas dauern, aber ich ordne an, umgehend mit dem Verhör von Dole zu beginnen.« Seine Habichtsaugen richteten sich sogleich auf Oberinspektor MacFaden und er fixierte ihn unnachgiebig. »MacFaden, das übernehmen Sie, und ziehen Sie Ihre besten Leute hinzu! Das wäre doch gelacht, wenn wir diesen abartigen Schurken nicht zu einem Geständnis bringen könnten.«

MacFaden, der spürte, wie sich ihm sprichwörtlich die Nackenhaare sträubten, war schon drauf und dran, sich im Ton zu vergreifen. Er holte tief Luft und mühte sich, so sachlich wie möglich zu bleiben.

»Darüber müssen wir noch mal eingehend sprechen und überlegen, ob wir uns diesbezüglich nicht aufteilen sollten. Denn es gibt noch einen anderen Verdächtigen, an dem ich momentan dran bin und den ich unbedingt zu einer polizeilichen Befragung vorladen möchte …«

»Das besprechen wir gleich in meinem Büro, Oberinspektor«, schnitt ihm sein Vorgesetzter brüsk das Wort ab. »Und damit wir nicht zu viel wertvolle Zeit vergeuden, denn die Uhr tickt unerbittlich weiter, beauftrage ich einstweilen die Herren Moorehead, Bricks und Degenhard, den Verdächtigen schon einmal in die Mangel zu nehmen. Und seien Sie bloß nicht zu zartfühlend mit diesem Perversen!«

Maureens Gedanken überschlugen sich, als sie sich wieder unter die Spaziergänger an der Seepromenade mischte. Für einen Gärtner hatte sich der freundliche Herr, mit dem sie sich am Gartentor von Deerwood Manor so angeregt unterhalten hatte, viel zu gewählt ausgedrückt – das wurde ihr leider erst im Nachhinein bewusst. Außerdem hatte er reinstes Oxford-Englisch gesprochen, was für einen einfachen Parkarbeiter untypisch war.

Als sich der seltsame Mann mit dem Bowler zu ihr auf die Parkbank gesetzt hatte, hatte sie zunächst vermutet, dass er Anschluss suche, und bereits in Erwägung gezogen, aufzustehen und weiterzugehen. Doch seine Stimme, die für einen Mann seiner Statur ziemlich hoch war, hatte sie aufhorchen lassen und dazu bewogen, ihn genauer anzuschauen. Als sie ihm ins Gesicht geblickt hatte, war es ihr so vorgekommen, als kenne sie ihn. Dann war ihr bewusst geworden, dass es sich um den Gärtner handelte. Darüber hatte auch die Sonnenbrille nicht hinwegtäuschen können, vor allem aber nicht die Stimme, die ihr noch gut gegenwärtig gewesen war – hatte sie doch höchstens eine Viertelstunde zuvor mit dem Mann gesprochen. Es hatte sie alarmiert, dass er ihr gefolgt war – und dass er versucht hatte, dies vor ihr zu kaschieren, indem er sich verkleidet und seine Augen hinter einer dunklen Brille versteckt hatte, hatte sie noch mehr beunruhigt. Von dem hochgewachsenen Mann mit den breiten Schultern, der sich erhoben, ihr den Rücken zugekehrt und auf den See hinausgeblickt hatte, war plötzlich etwas so Unheimliches und Bedrohliches ausgegangen, dass Maureen kurzerhand die Flucht ergriffen hatte. Keine Sekunde länger, hatte ihr Instinkt sie gewarnt, auch wenn sie bemüht gewesen war, das zu verschleiern, und sich höflich mit der Erklärung verabschiedet hatte, sie setze ihren Spaziergang fort.

Maureen blieb abrupt stehen, als sie die Gewissheit überkam, dass der Mann in der Gärtnerkleidung Doktor Deerwood gewesen war, der ihr in anderer Aufmachung bis zur Parkbank gefolgt war.

Deswegen kam er mir auch so bekannt vor! Die verschiedenen Fotografien von ihm, die sie während ihrer Recherche gesichtet hatte, zogen vor ihrem geistigen Auge vorüber und die letzten Zweifel schwanden. Gleichzeitig bereute sie, dass sie sich von ihrer Bangigkeit hatte übermannen lassen und so jäh aufgebrochen war.

Sie wandte sich zu der Parkbank um und sah die Umrisse einer Gestalt mit Hut, die dort saß. Das musste er sein.

Was kann dir am helllichten Tag schon passieren, außer dass es peinlich wird, ging es ihr durch den Sinn. Das war sie bereit, in Kauf zu nehmen. Sie eilte zielstrebig zur Bank hin. *Den werde ich jetzt zur Rede stellen und fragen, warum er mich verfolgt hat!*

Als sie näherkam, musste sie jedoch zu ihrer Enttäuschung feststellen, dass es eine Frau war, die inzwischen dort Platz genommen hatte. Der vermeintliche Bowler war ein Topfhut, welcher zurzeit häufig von Frauen getragen wurde. Maureen blickte sich suchend nach allen Seiten um, doch von Doktor Deerwood war weit und breit nichts mehr zu sehen. Da fiel ihr ein, dass sie vorhin in ihrer Hektik die Duftrose mit dem exotischen Namen auf der Bank hatte liegen lassen. Sie trat zu der Frau mit dem Topfhut und murmelte entschuldigend, dass sie dort etwas vergessen habe. Die Dame blinzelte irritiert und blickte, ebenso wie Maureen, auf die Sitzfläche neben sich, die jedoch leer war.

»Äh, das ist nicht so schlimm, es war ja nur eine Blume«, erklärte Maureen verlegen.

»Hier, auf dem Boden«, sagte die Frau und wies auf eine Stelle unterhalb der Bank, wo Maureen die traurigen Überreste der einst so prachtvollen Rose gewahrte.

Die apricot-farbene Blüte war regelrecht zermalmt worden, der Stängel gebrochen.

»Da muss jemand draufgetreten sein«, bemerkte die Frau bedauernd.

»Sieht ganz danach aus«, erwiderte Maureen, die sich mühte, ihre Betroffenheit nicht zu augenscheinlich werden zu lassen. »Schade, aber da kann man nichts machen. Bitte entschuldigen Sie die Störung und noch einen schönen Tag!«, verabschiedete sie sich und kehrte auf den Weg zurück. Das mit der Rose war kein Versehen, das war Absicht, dachte sie ergrimmt und fragte sich, was Doktor Deerwood zu dieser Zerstörungswut bewogen hatte.

Obgleich ihr mulmig zumute war, ging sie noch einmal zu Deerwood Manor. Sie nahm ihren ganzen Mut zusammen und strebte entschlossen zum Gartenportal hin, wo sie mit angehaltenem Atem über das Anwesen spähte. Doch der Park wirkte wie ausgestorben. Sie zögerte kurz, als ihr Blick auf das glänzende Messingschild mit der Aufschrift »Privat-Praxis« fiel. Darunter befand sich ein Klingelknopf. Doch Maureen entschied sich schließlich dagegen, die Klingel zu betätigen.

Das will alles wohl überlegt sein, rief sie sich zur Räson und machte sich auf den Nachhauseweg. Unterwegs fing sie an, einen Plan zu entwickeln, und war bald so vertieft in ihre Gedanken, dass sie kaum noch ihre Umgebung wahrnahm. Am Zugangsweg zur Seestraße wäre sie fast mit einem Passanten zusammengestoßen. Fassungslos erkannte sie, dass es Joe war.

»Ein Glück, dass ich dich gefunden habe!«, erklärte er atemlos. »Ich habe nämlich schon nach dir gesucht. Bei dem schönen Wetter habe ich dich im Sanatoriums-Park vermutet, doch da warst du nicht, und dann bin ich hierhergekommen, weil ich mir dachte, du machst bestimmt einen Seespaziergang.« Er hielt kurz inne, während Maureen ihn mit großen Augen anschaute. »Ich muss unbedingt mit dir reden, Maureen. Es hat sich etwas Wichtiges ereignet, das du wissen solltest.«

»Gut, dann lass uns zur Seepromenade gehen und Ausschau nach einer freien Bank halten, da ist nämlich heute Hochbetrieb«, schlug Maureen vor.

Auf der linken Seite des Seeuferwegs fanden sie tatsächlich eine Bank, die gerade frei geworden war und eilten zügig dorthin, ehe sie jemand anderes in Beschlag nehmen konnte. Während sie sich darauf niederließen, fragte Maureen beklommen, was passiert sei.

»Ich habe heute Morgen einen Brief von Stella erhalten«, erwiderte Joe aufgeregt und nestelte aus der Manteltasche seines sandfarbenen Trenchcoats ein Briefkuvert hervor, das er Maureen überreichte. »Am besten, du liest es selber, dann weißt du, um was es geht.«

Maureen runzelte unwirsch die Stirn. »Ich lese nicht gerne die Post anderer Leute.«

»In diesem Fall ist das unerheblich, zumal ich dich ausdrücklich darum bitte«, entgegnete Joe nachdrücklich.

Maureen faltete den Briefbogen auseinander und fing an zu lesen.

Boston, den 13. August 1923

Lieber Joe!

Ich hoffe, Dir geht es gut, Deine Arbeit im Holloway-Sanatorium erfüllt Dich auch weiterhin und Du freust Dich des Lebens. In Boston fühle ich mich sehr wohl und habe an der Boston University, an der mein Vater eine Gastprofessur hat, schon Freunde gefunden. Du wirst Dich wahrscheinlich zu Recht fragen, warum ich Dir diesen Brief schreibe und dadurch unsere Vereinbarung breche, uns beiden eine Bedenkzeit bis zu meiner Rückkehr an Weihnachten einzuräumen. Die Antwort darauf fällt mir nicht leicht, da Du mir nach wie vor sehr am Herzen liegst. Deswegen sollst Du auch einer der Ersten sein, dem ich anvertraue, dass es neuerdings einen Mann in meinem Leben gibt, dem ich viel bedeute und der mir kürzlich sogar einen Heiratsantrag gemacht hat. Er heißt Robert Guthrie und ist Doktorand an der neurologischen Fakultät, an der auch mein Vater lehrt. Da ich ihm gleichermaßen zugetan bin, wird einer baldigen Verlobung nichts im Wege stehen. Mir ist jedoch überaus wichtig, dass Du davon erfährst, bevor unsere Verbindung offiziell wird. Mein lieber Joe, ich wünsche mir inständig, Dich damit nicht zu sehr verletzt und gekränkt zu haben! Selbst damals, nach unserer Aussprache, hatte ich noch die Hoffnung gehegt, wir könnten ein Paar bleiben. Erst als ich an Bord des Schiffs ging, um mit Daddy nach Amerika zu reisen, und Dir von der Reling aus zuwinkte, wurde mir bewusst, dass ich im Grunde genommen nichts verloren hatte. Denn Deine Liebe war mir ohnehin nie beschieden – mit allem Herzblut aber Deine Freundschaft! Was absolut auf Gegenseitigkeit beruht. Es würde mich daher sehr glücklich machen, mein lieber Joe, wenn wir auch weiterhin Freunde bleiben könnten – und Du hoffentlich nicht zu gekränkt bist, um Dich ein klein wenig mit mir über mein Glück zu freuen.

Ich wünsche Dir alles erdenklich Gute!
Herzlichst, Deine Stella

Maureen steckte den Brief wieder ins Kuvert und gab es Joe zurück, der sie erwartungsvoll ansah. »Und – verletzt dich das?«, fragte sie.

Joe schüttelte energisch den Kopf. »Ganz im Gegenteil, es freut mich, dass Stella glücklich ist und einen Mann gefunden hat, der sie aufrichtig liebt. Ich gönne es ihr von Herzen, das hat sie verdient.«

»Wie schön, dann hat sich ja jetzt alles in Wohlgefallen aufgelöst«, kam es sarkastisch von Maureen.

Joe sah sie verwundert an. »Warum bist du so? Ich hatte offen gestanden eine positivere Reaktion von dir erwartet.«

»Soll ich dir jetzt etwa um den Hals fallen und Freudentränen vergießen?«, erwiderte Maureen spitz.

Das war offenbar zu viel für Joe. »Dann entschuldige bitte, dass ich dich damit behelligt habe!«, stieß er hervor und erhob sich sichtlich gekränkt von der Bank, um sich grußlos zu entfernen.

Maureen, der es leidtat, dass sie ihn so verletzt hatte, hielt ihn am Arm zurück. »Verzeih mir, ich wollte nicht so garstig sein«, murmelte sie schuldbewusst, »aber …«

Joe entwand sich ihr mit einer Vehemenz, die Maureen sprachlos machte. Er war kreidebleich geworden und sie hatte ihn noch nie so wütend gesehen.

»Du immer mit deinem verfluchten ›aber‹!«, rief er außer sich. »Ich liebe dich und du liebst mich auch, das habe ich damals gespürt und das spüre ich noch heute, da gibt es kein ›aber‹!«

Ehe Maureen sichs versah, zog er sie in seine Arme und küsste sie mit einer Leidenschaft, dass ihr die Sinne schwanden.

»Dann legen Sie mal los, Oberinspektor! Was genau haben Sie denn gegen Doktor Deerwood in der Hand?« Die selbstgefälligen Gesichtszüge von Sir Wyndham strotzten förmlich vor Hohn.

MacFaden, der sich davon nicht provozieren lassen wollte, erklärte unbeirrt: »Nun, einige Verdachtsmomente, von denen ich am Anfang der Ermittlungen berichtet habe, sollten Ihnen ja bereits bekannt sein.« Er musterte seinen Vorgesetzten kühl.

Der lachte hämisch auf. »Sagen Sie jetzt bloß nicht, Sie wollen mir noch mal diese krude Geschichte von Aleister Crowley auftischen!«

»Immerhin haben wir in Erfahrung gebracht, dass sich Doktor Deerwood zu besagter Zeit in Sizilien aufhielt. Ich hatte sogar in Erwägung gezogen, Crowley noch einmal zu befragen, um Genaueres über seinen ehemaligen Adepten, diesen früheren Militärarzt und Angehörigen der britischen Oberschicht, in Erfahrung zu bringen. Doch wie unsere Nachforschungen ergeben haben, befindet er sich momentan in Amerika, wo genau, war leider nicht herauszufinden.«

Sir Wyndham schlug sich konsterniert die Hand an die Stirn. »Für so etwas verschwenden Sie Ihre wertvolle Zeit und Arbeitskraft!«

»Sir, wir ermitteln in alle Richtungen, wie wir es bei Scotland Yard von der Pike auf gelernt und trainiert haben«, erklärte MacFaden ungerührt.

Sein Vorgesetzter schnaubte gereizt.

Der Oberinspektor beschloss kurzerhand, ihn nicht weiter zu provozieren, und berichtete von dem Barbiturat, welches der Ermordete Joseph Fincher von einem Arzt gegen das Kriegszittern bekommen hatte. »Deswegen habe ich mir gedacht, Doktor Deerwood, der ja auf dem Gebiet eine Koryphäe ist, als Berater hinzuzuziehen. Ich habe schon versucht, ihn anzurufen, und auch an seiner Privat-Praxis geläutet, doch leider ohne Erfolg. Und da Sie ja mit der Familie gut bekannt sind, hatte ich gehofft, Sie könnten vielleicht diesbezüglich Ihre Verbindungen spielen lassen.«

Sir Wyndham schüttelte unwirsch den Kopf. »Da muss ich Sie leider enttäuschen. Ich kenne zwar Lord Reginald von Empfängen und anderen Festivitäten her, unser Kontakt ist jedoch eher oberflächlich. Aber der Innenminister ist ein guter Freund von Lord Reginald. Soweit ich weiß, ist er sogar der Taufpate seines ältesten Sohnes.« Er taxierte seinen Untergebenen misstrauisch. »Ich verstehe nicht, was das bringen soll, denn mit hoher Wahrscheinlichkeit haben wir doch bereits den Täter. Anstatt sich zu verzetteln, sollten Sie jetzt unbedingt Ihre Aufmerksamkeit auf Dole richten und ihn einem scharfen Verhör unterziehen!«

Das würde ich lieber mit Doktor Deerwood machen, ging es dem Oberinspektor unwillkürlich durch den Sinn. Er war von Doles Schuld ohnehin nicht überzeugt, trotz der vermeintlichen Mordwerkstatt im Keller. Da ihn das ignorante Gebaren seines Vorgesetzten zutiefst erbitterte, konnte er nicht mehr länger an sich halten. »Mit Verlaub, Sir, aber ich habe den Eindruck, dass wir einen großen Fehler machen, wenn wir uns jetzt ausschließlich auf Dole einschießen und andere Verdachtsmomente außen vor lassen«, äußerte er aufgebracht. »Nach allem, was ich über Doktor Deerwood erfahren habe, passt er exakt in das psychiatrische Profil, das Doktor Eisenberg vom Headhunter entwickelt hat. Und er verfügt über die notwendigen Fähigkeiten, um die Morde in dieser Weise zu begehen.«

Sir Wyndham, der bereits mehrfach versucht hatte, ihm ins Wort zu fallen, starrte ihn fassungslos an.

»Doktor Eisenberg hat sich in Kollegenkreisen umgehört und herausgefunden, dass Doktor Deerwood trotz seiner glanzvollen Auszeichnungen das schwarze Schaf seiner Familie ist. Der Grund dafür ist wohl seine Homosexualität«, fuhr MacFaden unbeirrt fort. MacFadens Worte trafen den General mit der Unerbittlichkeit von Gewehrsalven – vor denen man besser in Deckung ging, was sich auch in seiner Körpersprache abzeichnete, indem er unwillkürlich eine geduckte Haltung einnahm. »Die ach so vornehme Familie Deerwood war immerzu darauf bedacht, dies zu vertuschen, und sorgte dafür, dass nichts darüber an die Presse gelangte. So wurde auch stets die Tatsache, dass er seit dem Großen Krieg am Granatenschock leidet, vorgeschoben, um zu erklären, wieso er immer noch unverheiratet ist.«

Die Miene von Sir Wyndham hatte schon fast etwas Schmerzverzerrtes angenommen, als sich ihm ein gequälter Seufzer entrang. »Sie haben ja keine Ahnung von diesen Kreisen! Für eine altehrwürdige Adelsfamilie wie die Deerwoods ist Homosexualität ein absolutes Unding, das überhaupt nicht zu existieren hat. Man nimmt selbst das Wort nicht in den Mund.«

»Eben«, entgegnete der Oberinspektor trocken. »Und laut Doktor Eisenberg haben wir es mit einem Täter zu tun, der mit seiner eigenen Homosexualität nicht klarkommt. Das drückt sich in dem Zwiespalt aus, dass der Mörder sich einerseits zu Homosexuellen hingezogen fühlt, sie gleichzeitig jedoch verabscheut. Dadurch entsteht ein gewaltiger Druck im Kessel, der den Headhunter zu seinen bestialischen Morden treibt. Dieser Aspekt, Sir, ist das wesentlichste Charakteristikum des Mörders, und davor dürfen auch Sie nicht die Augen verschließen!«

Sir Wyndham schluckte krampfhaft. Er erinnerte sich nur allzu gut an ein Gespräch, welches er unlängst mit dem Innenminister geführt hatte. Darin hatte er über die nach seinem Dafürhalten ebenso vagen wie unhaltbaren Verdächtigungen seines Chefermittlers gegen Doktor Francis Edward Deerwood berichtet.

Die Botschaft des Innenministers war mehr als eindeutig gewesen: »Halt den Deckel auf den polizeilichen Ermittlungen und sorg dafür, dass dieser MacFaden in seinem Übereifer keinen Staub mehr aufwirbelt! Wenn irgendetwas Verfängliches über Doktor Deerwood an die Presse durchsickert, sind wir geliefert.«

Eisig ließ Sir Wyndham den Oberinspektor wissen, dass

es keine wie auch immer geartete polizeiliche Befragung von Doktor Deerwood geben werde. »Und wenn Sie nicht umgehend mit der Befragung des Verdächtigen Dole beginnen, der übrigens auch homosexuell ist und perfekt ins Täterprofil passt, lasse ich Sie vom Dienst suspendieren«, erklärte er abschließend. Nachdem MacFaden grollend das Büro verlassen hatte, schenkte er sich einen doppelten Single Malt ein. Anschließend bestellte er Mike Moorhead, den Assistenten von MacFaden, in sein Arbeitszimmer. Er goss ihm ebenfalls einen Whiskey ein, bot ihm den Stuhl vor seinem Schreibtisch an und kam gleich zur Sache: »Wenn Sie Dole dazu bringen, ein umfassendes Geständnis abzulegen, werde ich mich beim Innenminister für Ihre Beförderung verwenden«, stellte er dem staunenden Mike Moorehead in Aussicht. »Aber das bleibt unter uns, ist das klar? Also zu niemandem ein Wort!«

Mike Moorehead erhob sich und salutierte zackig. »Jawohl, Sir! Darauf können Sie sich verlassen.«

Nach dem Kuss ließen sich Maureen und Joe wieder auf der Bank nieder. Sie hielten sich an den Händen und blickten eine Weile versonnen auf den See, dessen sanft gekräuselte Oberfläche im Sonnenlicht glitzerte wie Diamanten. In diesem zauberhaften Moment kam Maureen das Leben so unsagbar schön vor und sie hatte das Gefühl, auf einer Wolke zu schweben. Joe schien es genauso zu gehen.

»Ich bin so glücklich, dass wir uns wieder gefunden haben«, sagte er und drückte Maureens Hand.

»Ich auch«, erwiderte sie. »Ich kann es noch gar nicht richtig fassen, es ging alles so schnell.« Sie hielt kurz inne. »Vielleicht ein bisschen zu schnell.«

Joe pflichtete ihr bei. »Ich weiß, was Du meinst. Wir sollten nichts überstürzen und noch einmal in Ruhe über alles sprechen. Das muss aber nicht jetzt sein, denn momentan bin ich einfach zu glücklich, um über Probleme zu reden.«

»Das geht mir nicht anders«, stimmte Maureen ihm zu und sie schwiegen wieder.

Als sie nach und nach aus ihrer Verzauberung erwachten, unterhielten sie sich über Alltägliches. Maureen erkundigte sich nach Joes Schwester Patricia.

»Sie hat morgen ihren einundzwanzigsten Geburtstag, und das wird am Freitag groß gefeiert«, erklärte er und streifte Maureen mit einem liebevollen Seitenblick. »Was hältst du davon, wenn du mitkommst? Patricia würde sich bestimmt riesig darüber freuen und dann kann ich dich auch meiner Familie vorstellen.«

Maureen lächelte gerührt. »Es ehrt mich, dass du mir das anbietest, Joe. Doch damit sollten wir vielleicht noch ein bisschen warten, bis wir uns besser kennen und uns sicher sind, dass wir auch wirklich zusammenpassen.«

Joe runzelte nachdenklich die Stirn. »Seltsam, sonst bin ich eigentlich ein Kopfmensch und eher vernünftig als gefühlsbetont. Aber bei dir ist das anders. Überhaupt ist alles anders und ich erkenne mich zuweilen selbst kaum noch wieder. Schon als ich dich zum ersten Mal gesehen habe, war mir blitzartig klar: die oder keine. Und das ist bis heute so geblieben.« Er umarmte Maureen innig.

Sie erwiderte seine Umarmung. »Ich liebe dich unsagbar, Joe, aber ich fürchte mich gleichzeitig auch davor, wieder leiden zu müssen. Du glaubst ja gar nicht, wie schmerzhaft es für mich war, als ich das mit Stella erfahren habe, und vor allem, dass du nicht ehrlich zu mir warst. Deswegen bitte ich dich auch um ein bisschen Nachsicht, wenn ich nicht ganz so Hals über Kopf sein kann, obwohl mir durchaus danach zumute wäre.«

Joe sagte nichts, sondern küsste sie. Der Kuss war so intensiv und lustvoll, dass Maureen sich einfach nicht entschließen konnte, ihn zu beenden. Erst als sie vom Promenadenweg her tadelnde Stimmen vernahmen, lösten sie ihre Lippen voneinander und blickten verstohlen zu den beiden älteren Damen hin, die empört die Köpfe schüttelten.

»Also so was!«, zeterte die eine. »Das hätte es in meiner Jugend nicht gegeben. Wir wurden im Geiste von Queen Victoria erzogen, und da wusste man noch, was Anstand und Tugend sind.«

»Wenn Victoria und Albert im Schlafzimmer waren, spielte Tugend weiß Gott keine Rolle mehr. Oder glauben Sie etwa, die neun Kinder hat ihnen der Klapperstorch gebracht?«, konnte Joe sich nicht verkneifen, den Tugendwächterinnen Paroli zu bieten.

Die Damen verstummten und gingen weiter.

Maureen kicherte. »Berti hat einen guten Job gemacht, das steht außer Frage.«

»Sag, wollen wir nicht irgendwo in der Stadt einen Tee trinken?«, fragte Joe gutgelaunt.

Maureen hielt das für eine hervorragende Idee.

»Was hältst du von dem Chinesischen Teehaus?«, fragte Joe. »Das ist vom Mobiliar her eher schlicht, aber man kann dort einen köstlichen Jasmin-Tee trinken«, erläuterte er. »Allerdings ist die Teestube mehr eine Tarnung, denn im Hinterzimmer befindet sich eine Opiumhöhle.«

»Ist das etwa die Opiumhöhle am Bahnhof, vor der Crowley von der Polizei aufgesammelt wurde?«, wollte Maureen wissen.

»Genau die«, erwiderte Joe grinsend. »Ich gehe manchmal dorthin, weil ich gerne chinesischen Tee trinke. Es verkehren hauptsächlich Chinesen da, wir ›Langnasen‹, wie sie uns nennen, sind in der Minderheit.«

»Das hört sich interessant an. Komm, lass uns dorthin gehen!«, forderte ihn Maureen auf und sie machten sich auf den Weg.

Als sie wenig später zwei Schalen mit duftendem Jasmin-Tee vor sich stehen hatten, erkundigte sich Joe scherzhaft, ob Maureen sich noch immer für Doktor Deerwood alias Bruder

Pan interessiere. Maureen, die ihn nicht belügen mochte, hatte sie ihm doch selbst vorgeworfen, nicht ehrlich zu ihr gewesen zu sein, nickte betreten und berichtete von ihrem heutigen Erlebnis.

»In der Tat ein seltsames Verhalten«, bemerkte Joe, der während ihrer Schilderung immer ernster geworden war. »Anfangs dachte ich noch, ein netter Gärtner, der vielleicht ein Auge auf dich geworfen hat und dir hinterhergeht, um mit dir anzubändeln – was ich durchaus verstehen könnte. Doch dafür hätte er sich nicht extra verkleiden müssen. Gut, vielleicht wollte er Eindruck auf dich machen und dir nicht unbedingt in seiner Arbeitskleidung gegenübertreten. Auch das wäre noch plausibel. Aber er hat sich dir ja bewusst nicht zu erkennen gegeben. Im Gegenteil, als du ihm gesagt hast, dass er dir bekannt vorkommt, hat er das negiert und ist ausgewichen. Kein Wunder, dass er dir nicht geheuer war und du fortgegangen bist. Und wenn du mich fragst, war das genau das Richtige.« Er musterte Maureen besorgt. »Denn dass er die Rose zertreten hat, nachdem du gegangen bist, finde ich regelrecht beängstigend.«

»Er ist nicht einfach nur aus Versehen draufgetreten, sondern hat sie richtig zermalmt. Die Blüte war Matsch, als ich sie gesehen habe«, erklärte Maureen alarmiert.

»Ich will jetzt gewiss nicht in dein Horn blasen und dir beipflichten, dass Doktor Deerwood der Headhunter ist, denn es wäre zu platt zu behaupten, wer so roh mit einer Blume umgeht, muss auch der Torso-Mörder sein. Aber ein zwanghafter Charakter, der unbedingt die Kontrolle behalten will, um seine Dominanz nicht zu verlieren, scheint mir hier doch vorzuliegen. Wer kontrollieren will, der will auch beherrschen – ein Wesensmerkmal, das gerade bei Sadisten häufiger anzutreffen ist. Von daher ist bei unserem lieben Herrn Doktor Vorsicht geboten! Er ist außerdem ein menschenscheuer Sonderling und du solltest ihm nicht zu sehr auf die Pelle rücken. Ich habe jedenfalls kein gutes Gefühl nach allem, was du mir eben erzählt hast, und möchte dich eindringlich bitten, diesbezüglich keine weiteren Vorstöße mehr zu wagen.« Er maß Maureen mit einem skeptischen Seitenblick. »Und falls du es trotzdem nicht lassen kannst, dann nimm mich als deinen Beschützer mit, hast Du mich verstanden?«

Obgleich Maureen bereits angefangen hatte, einen neuen Plan auszutüfteln, und kurzzeitig in Erwägung zog, Joe davon zu erzählen, verwarf sie dies sofort wieder, da ihr die Idee noch zu wenig ausgereift erschien. Sie war sich sowieso nicht sicher, ob sie sie überhaupt weiterverfolgen sollte. Mit einem Anflug von schlechtem Gewissen küsste sie Joe auf die bärtige Wange.

»Du bist ein Schatz und ich lass mir das noch mal durch den Kopf gehen.«

Nach dem Tee brachen sie in Richtung Holloway-Sanatorium auf und überlegten unterwegs, wann sie sich wiedersehen konnten.

»Ich habe nächste Woche von Montag bis einschließlich Samstag Nachtdienst, von daher wird das schwierig werden«, gab Maureen zu bedenken.

»Da hast du recht, denn ich habe die Tagesschicht«, seufzte Joe missmutig. Plötzlich hellte sich seine Miene auf. »Weißt du was? Dann verabreden wir uns doch für kommenden Sonntag zum Fünf-Uhr-Tee im Wintergarten des Seehotels. Bis dahin hast du ausgeschlafen und es wird mir ein Vergnügen sein, dich einzuladen.«

Maureen, die über den Wintergarten des Luxus-Hotels schon viel Gutes gehört hatte, war von seinem Vorschlag hellauf begeistert. Da sie inzwischen das Schwesternwohnheim erreicht hatten, verabschiedeten sie sich. Aus Gründen der Diskretion verzichteten sie aber auf eine Umarmung oder einen Kuss. Dennoch hätte Maureen vor Glück jauchzen können, als sie wenig später in ihrem Zimmer war. Sie legte sich auf ihr Bett und ließ das Erlebte Revue passieren

Kapitel 15

Maureen stieß einen gellenden Schrei aus und erwachte schweißgebadet. Mit zittrigen Händen tastete sie nach der Nachttischlampe und schaltete das Licht an. Ein Blick auf den Wecker verriet ihr, dass es kurz nach Mitternacht war. Es dauerte eine Weile, bis ihr mit einiger Erleichterung dämmerte, dass sie am nächsten Tag erst zur Nachtschicht musste. Sie stand noch ganz im Banne ihres Traums, der so wunderschön begonnen und so schrecklich geendet hatte. Benommen versuchte sie, die einzelnen Puzzlestücke zusammenzufügen: Sie war mit Joe im Wintergarten des Seehotels gewesen und sie hatten getanzt. Doch plötzlich hatte er sich in Doktor Deerwood und schließlich in ein Gerippe verwandelt, das ihr gedroht hatte. Dann war sie aufgewacht.

»Joe«, murmelte sie zärtlich und wünschte sich in diesem Augenblick nichts sehnlicher, als in seinen Armen zu liegen. Die Erinnerungen an ihren gemeinsamen Nachmittag stiegen in ihr auf und erfüllten sie mit einem tiefen Glücksgefühl. Dennoch musste sie wieder an ihren Traum denken. Dass ihr Doktor Deerwood darin als Tod erschienen war, der sie vernichten wollte, erschreckte sie so sehr, dass sie für den Rest der Nacht keinen Schlaf mehr finden konnte.

Als es Mitternacht war und Andrew Dole noch immer verzweifelt seine Unschuld beteuerte, beendete der Oberinspektor das Verhör. »Wir machen morgen früh weiter. Jetzt bringt das nichts mehr und eine Mütze Schlaf können wir alle gebrauchen.«

Mike Moorehead, der die Befragung gemeinsam mit Andrew Degenhard durchgeführt hatte, während sich MacFaden als Beobachter im Hintergrund gehalten und nur gelegentliche Fragen gestellt hatte, musterte seinen Vorgesetzten verstohlen.

»Ich bin eigentlich noch nicht müde und könnte durchaus weitermachen«, sagte er mit gesenkter Stimme.

MacFaden runzelte die Stirn und schlug vor, in seinem Büro darüber zu sprechen. »Nachdem ihr den gute vier Stunden in die Mangel genommen habt, wäre doch zumindest eine Pause angesagt.«

Andrew Dole, der völlig mitgenommen wirkte und vor Erschöpfung kaum noch die Augen aufhalten konnte, ließ entkräftet den Kopf auf seine über der Tischplatte verschränkten Unterarme sinken. Die Beamten verließen das Verhörzimmer. Während MacFaden in seinem Büro Tee aufbrühte, erkundigte er sich bei Moorehead und Degenhard, ob sie von Doles Schuld überzeugt seien.

»Hundertprozentig sicher bin ich mir nicht«, äußerte Degenhardt zurückhaltend.

»Und was meinst du, Mike?«, fragte der Oberinspektor seinen Assistenten, der auf seine Teetasse stierte.

»Ich glaube, der war's«, gab Moorehead zur Antwort.

MacFaden, der ein gutes, kameradschaftliches Verhältnis zu seinem Assistenten hatte und insbesondere dessen Scharfsinn schätzte, war enttäuscht. Normalerweise neigte Moorehead dazu, vermeintliche Tatsachen gegen den Strich zu bürsten, aber bei Dole war das nicht der Fall. Aus dem klugen Querdenker war ein verbohrter Konformist geworden, der nur allzu bereit war, auf vorgegebenen Pfaden zu wandeln.

»Woran machst du das fest?«, hakte MacFaden nach.

»Weil Dole uns wegen seines Schlachtraums im Keller vorsätzlich belogen hat. Wenn er dort tatsächlich nur Tiere getötet und ausgenommen hätte, müsste er uns das doch nicht vorenthalten.«

Der Oberinspektor fixierte Moorehead empört. »Merkst du nicht, dass das haargenau die gleiche Leier ist, die auch der Generalmajor vorhin heruntergebetet hat? Man könnte ja fast schon den Eindruck haben, dass du ihm nach dem Mund redest. So kenne ich dich gar nicht.«

Moorehead funkelte ihn ärgerlich an. »Unfug! Ich sage nur, was ich denke, und im Gegensatz zu Ihnen erscheint es mir plausibel, dass Dole der Headhunter ist. Er vereint in sich alles, was eine solche Bestie ausmacht.«

»Aber das Wesentliche fehlt«, erwiderte MacFaden auftrumpfend.

»Was denn?«, fragten die beiden anderen erstaunt.

»Der unbändige Hass, der den Headhunter antreibt und in den grausamen Verstümmelungen seiner Opfer ein Ventil findet. Dole hat den irrsinnigen Druck, seine sexuelle Andersartigkeit permanent zu unterdrücken, niemals in diesem Ausmaß erlebt. Er fand in der Vauxhall, in Gesellschaft anderer Transvestiten, einen Ort, wo er sich ausleben konnte. Ich will gar nicht in Abrede stellen, dass er gehörig einen an der Waffel hat, um es mal lax auszudrücken, aber er ist kein pathologischer Serienmörder wie Jack the Ripper oder der Headhunter.«

Während Degenhard unsicher den Blick senkte und nichts darauf erwiderte, äußerte Moorehead provozierend, dass er das anders sehe.

»Dole führt in meinen Augen ein Doppelleben. Und damit meine ich nicht, dass sich hinter der tadellosen Fassade des pflichtbewussten Biedermanns eine schräge Fummel-Trine verbirgt. Nein, bei ihm tun sich ganz andere Abgründe auf: Er ist ein Sadist, der eine krankhafte Freude am Töten und Verstümmeln hat, wie uns bereits etliche Zeugen aus seiner Nachbarschaft und sein Chef bestätigt haben.«

MacFaden spürte, dass er gegen die Scheuklappen, die Mooreheads Blick einengten, nicht ankommen konnte. Außerdem war er müde. Er verkündete gähnend, dass er sich ein paar Stunden hinlegen würde, was er im Übrigen auch seinen Kollegen empfehle, und verabredete mit ihnen, das Verhör um sechs Uhr in der Früh fortzusetzen. Während er seinen Mantel anzog und den Bowler aufsetzte, spülte Moorehead am Waschbecken die Teetassen und Degenhard nahm das Geschirrtuch vom Haken, um die Tassen abzutrocknen.

»Lasst das doch, das können wir auch morgen noch machen!«, sagte der Oberinspektor leicht irritiert. Es kam ihm fast so vor, als ob die beiden versuchten, Zeit zu schinden.

»Das ist doch schnell gemacht«, erwiderte Moorehead und wünschte seinem Chef eine gute Nacht.

»Und – machen wir weiter?«, erkundigte sich Moorehead halblaut bei Degenhard, nachdem ihnen das Zuschlagen der Flurtür signalisiert hatte, dass MacFaden gegangen war. Allerdings handelte es sich dabei weniger um eine Frage als um eine Aufforderung.

»Ich denke schon«, entgegnete Degenhard.

Moorehead nickte zufrieden. »Ich glaube, wir haben jetzt ganz gute Karten, den zum Singen zu bringen, denn er ist schon genügend weichgeklopft. Wenn wir ihn noch ein bisschen bearbeiten, wird er bald einknicken. Rauchen wir noch eine und dann geht's los!« Er nestelte eine Zigarettenpackung aus der Hosentasche und bot Degenhard eine Zigarette an, ehe er sich selbst eine anzündete. »Find ich gut, dass wir das zusammen durchziehen«, bemerkte er kameradschaftlich.

Degenhard pflichtete ihm eifrig bei.

Selbstredend war den beiden nicht entgangen, dass es im Rahmen der Ermittlungsarbeit der SOKO Headhunter von Anfang an Unstimmigkeiten zwischen MacFaden und Sir Wyndham gegeben hatte. Da ihnen als aufstrebende Beamte und junge Familienväter jedoch keineswegs daran gelegen war, ihre vielversprechenden Karrieren aufs Spiel zu setzen, indem sie es sich mit dem Generalmajor verscherzten, dessen

Einfluss bis in die höchsten Kreise reichte, verhielten sie sich ihm gegenüber absolut loyal. In der Konsequenz bedeutete das, dass sie den Oberinspektor kaltlächelnd hintergehen mussten.

Nach nur wenigen Stunden Schlaf fühlte sich MacFaden wie gerädert, als er um sechs Uhr in der Früh in sein Büro ging, wo ihn Moorehead und Degenhard bereits erwarteten.

Moorehead blinzelte ihn aus müden Augenschlitzen an und erklärte triumphierend: »Dole hat in der Nacht ein umfassendes Geständnis abgelegt. Es liegt auf Ihrem Schreibtisch, Chef. Kurz nachdem Sie gegangen sind, hat er in seiner Zelle laut nach uns gerufen und gesagt, er hätte uns was mitzuteilen. Ja, und dann hat er gesungen wie ein Vögelchen und alles zugegeben. Seine Unterschrift ist zwar etwas krakelig, aber selbst wenn er nur ein Kreuz darunter gemacht hätte, wäre sein Bekenntnis gültig.«

Wortlos knipste der Oberinspektor seine Schreibtischlampe an und las die maschinengetippte Seite durch.

> Hiermit gestehe ich, Andrew Dole,
> geboren am 13. März 1884 in Manchester,
> im Vollbesitz meiner geistigen Kräfte,
> den Chinesen Fang Li alias die
> "Drachenlady", den Kriegsveteran Joseph
> Fincher und vier weitere Männer, deren
> Namen mir nicht bekannt sind, getötet zu
> haben. Ich habe sie mit dem Versprechen
> auf Drogen in den als Schlachtraum
> hergerichteten Keller im Hause meines
> Chefs und Vermieters Gilbert Sachs
> gelockt, wo ich ihnen ein Betäubungsmittel
> eingegeben und sie mit einem Beil
> enthauptet habe. Die Leichen habe ich

anschliessend zerstückelt und in Säcke
gepackt, die ich mit Steinen beschwert im
Virginia-Water-See versenkt habe. Ich
habe die Morde begangen, weil es mir nicht
mehr genügt hat, Tiere zu töten. Es hat mir
eine grausame Lust bereitet, meine Opfer
zu enthaupten und nach ihrem Tod zu
kastrieren und zu verstümmeln.
Ich bereue meine bestialischen Taten, aber
ich konnte dem Drang nach Grausamkeit,
der schon seit Jahren immer stärker in
mir geworden ist, einfach nicht mehr
widerstehen.

London, den 10. September 1923
Andrew Dole

Der Oberinspektor war nicht in der Stimmung, in Jubelrufe auszubrechen. Für ihn war Doles Geständnis nichts anderes als ein abgekartetes Spiel, das nur dazu dienen sollte, der von den Gräueltaten alarmierten Öffentlichkeit so schnell wie möglich einen Täter zu präsentieren.

»Und was ist mit den Morden in Palermo, die ja eindeutig die gleiche Handschrift wie die Taten in Virginia Water tragen?«, fragte er mit unverhohlener Skepsis.

»Davon hat Dole nichts gesagt, das muss wohl doch ein anderer gewesen sein«, gab Moorehead prompt zur Antwort und ließ nur allzu deutlich erkennen, dass ihn MacFadens Einwand nur mäßig tangierte. Dennoch runzelte er die Stirn, als der Oberinspektor ankündigte, er werde Dole gleich noch einmal aufsuchen.

Andrew Dole lag zusammengekrümmt auf seiner Pritsche und hatte sich die Wolldecke über den Kopf gezogen. Mac-

Faden tippte ihm sachte an die Schulter. Dole schreckte hoch, als habe ihn ein Blitz getroffen.

»Ich hab noch ein paar Fragen an Sie, Mr Dole.«

»Ischab doch schon alleschugegeben, Scher«, winselte Dole und hielt schützend die Hände vor sein verquollenes, schrundiges Gesicht.

Die haben den ja grün und blau geschlagen, dachte Mac-Faden betroffen. »Keine Angst, ich tu Ihnen nichts«, suchte er den Mann zu beruhigen. »Sind Sie sich denn wirklich sicher mit Ihrem Geständnis, Mr Dole?«

»Ja, Scher«, gab der Gefangene von sich. Seine Zunge war offenbar geschwollen. »Kannsch bitte etwas Wascher haben?«

MacFaden beauftragte einen der Wärter, Dole Wasser zu bringen und einen Arzt zu verständigen. Da ihm bewusst war, dass Dole aufgrund seines desolaten Gesundheitszustands nicht vernehmungsfähig war, beschränkte er sich auf eine letzte Frage: »Was können Sie mir zu den Morden in Palermo sagen?«

Dole sah ihn mit einem blutunterlaufenen Auge – das andere war komplett zugequollen – verständnislos an. »Scholl isch dasch augemachham? Isch war noch nie in Italien.«

MacFaden nickte. Das hatte er sich bereits gedacht. Der Mann tat ihm leid.

»Sie wissen, dass Sie für Ihr Geständnis die Todesstrafe erwartet, Mr Dole?«

Obgleich Dole wirkte, als habe er mit seinem Leben abgeschlossen, entrang sich ihm ein gequältes Wimmern. In diesem Moment reichte der Gefängniswärter den Wasserkrug und eine Blechtasse durch die Zellentür. Der Inspektor schenkte dem Gefangenen ein und half ihm beim Trinken, da Dole kaum in der Lage war, das Behältnis zum Mund zu führen.

»Also, überlegen Sie sich das noch mal und sagen Sie mir Bescheid, wenn Sie Ihr Geständnis widerrufen wollen.«

»Oberinspektor MacFaden, ich möchte Sie auf der Stelle in

meinem Büro sprechen!«, unterbrach ihn der scharfe Befehlston seines Vorgesetzten.

»Der Mann braucht unbedingt einen Arzt«, ließ ihn der Oberinspektor wissen.

»Von mir aus auch das, aber Sie kommen jetzt auf der Stelle mit mir mit, bevor Sie hier noch mehr Unheil stiften!«, knurrte Sir Wyndham, der an der Zellentür stand.

Er erinnerte MacFaden mit seiner gedrungenen Statur und dem zähnefletschenden Gewese an einen scharfen Pitbull Terrier.

»Ihre Leute haben hervorragende Arbeit geleistet«, sagte Sir Wyndham, nachdem sie sein Büro betreten hatten. Er ließ sich energisch hinter seinem Schreibtisch nieder, auf dem bereits eine Abschrift des Geständnisses lag, ohne MacFaden einen Platz anzubieten. »Die sollten Sie nicht durch Ihre Spitzfindigkeiten zunichtemachen. Ich warne Sie, MacFaden, wenn Sie uns jetzt in den Rücken fallen, wird das für Sie ernsthafte Konsequenzen haben!«

»Wer ist denn wem in den Rücken gefallen? Das ist doch hier die Frage«, erwiderte der Oberinspektor erbittert.

Sein Vorgesetzter ignorierte seine Anspielung. »Ich habe für neun Uhr im großen Versammlungsraum eine Presse-Konferenz einberufen, bei der Sie als Leiter der SOKO Headhunter den Herrschaften von der Presse natürlich auch Rede und Antwort stehen werden. Bereiten Sie sich also entsprechend darauf vor und verkneifen Sie sich um Gottes Willen Ihre Miesmacherei! Haben wir uns verstanden?«

Anstelle einer Antwort gab MacFaden nur ein höhnisches Auflachen von sich und verabschiedete sich mit einem knappen Gruß. Er war gerade an seinen Schreibtisch zurückgekehrt, als sein Dienstapparat klingelte.

»MacFaden«, rief er unmutig in die Sprachmuschel.

»Guten Morgen, Herr Oberinspektor! Hier ist Doktor Bernard vom kriminaltechnischen Labor. Ich wollte Ihnen vorab schon einmal die Untersuchungsergebnisse der Messer, Äxte und Beile durchgeben, die die Kollegen aus Virginia Water im Keller des Verdächtigen Dole gefunden haben. Also, der Serum-Präzipitin-Test hat eindeutig ergeben, dass die Blutspuren an sämtlichen Gerätschaften von Tieren stammen. Das schriftliche Gutachten wird Ihnen noch nachgereicht.«

»Ich danke Ihnen sehr, Doktor Bernard«, erwiderte der Oberinspektor und war so gedankenversunken, dass er noch eine Weile den Hörer in der Hand hielt, aus dem bereits das Freizeichen zu vernehmen war.

Nachdem Maureen am späten Vormittag den Brief an ihre Eltern zur Post gebracht hatte, den sie am Morgen mit viel Herzblut und Ausführlichkeit geschrieben hatte, ging sie in ein kleines Café am Marktplatz. Sie bestellte sich eine heiße Schokolade und überdachte noch einmal Punkt für Punkt ihren gestern ausgearbeiteten Plan. Wenn sie sich am frühen Nachmittag auf den Weg machte, hatte sie bis zum Beginn ihrer Nachtschicht um 18 Uhr noch ausreichend Zeit.

Obwohl es bis zu ihrem Aufbruch noch gute drei Stunden waren, war sie schon jetzt erheblich aufgeregt, wenn sie daran dachte. Sie überlegte angestrengt, inwieweit sie Joe in ihr Vorhaben einweihen sollte. Das Hochgefühl über ihre Versöhnung hatte sie den ganzen Vormittag über begleitet und tauchte auch jetzt alles in ein zauberhaftes Licht. Sie fühlte eine Energie und Lebensfreude in sich wie schon lange nicht mehr – gleich einer Blütenknospe im Frühling, die sich der Sonne entgegenstreckt, obwohl es doch Herbst war und die Blätter an den Bäumen bereits anfingen, sich zu verfärben. Ihre Eltern, die ihre engsten Vertrauten waren, hatte sie an ihrer Hochstimmung genauso teilhaben lassen wie zuvor an Leid und Bitternis, die ihr das Herz so schwer gemacht hatten. Nun war alles wieder leicht geworden, selbst das Denken, stellte sie zu ihrer Verblüffung fest. Hatten sich ihre Gedanken lange Zeit im Kreis gedreht, erschien es ihr jetzt, als habe sie vor einem mächtigen Baum gestanden, der das Licht verdeckt hatte. Sie hatte nicht erkannt, dass sie nur ein paar Schritte zur Seite treten musste, um wieder freie Sicht zu haben.

Aus diesem neuen Blickwinkel war auch ihre Idee entstanden. Beflügelt und voller Tatendrang hatte sie sie ausgesponnen und je weiter sie vorangekommen war, desto überzeugter war sie von ihrem Plan. Doch nun meldete sich neben ersten leisen Zweifeln auch ihr schlechtes Gewissen zu Wort und wurde immer vehementer.

Ein zwanghafter Charakter, der unbedingt die Kontrolle behalten will, um seine Dominanz nicht zu verlieren, ging ihr Joes Warnung in Bezug auf Doktor Deerwood durch den Sinn. Sie versuchte, sich einzureden, dass es ihr leider nicht möglich war, Joe wegen ihres neu gefassten Plans zu Rate zu ziehen, weil er Tagesdienst hatte. Doch es gelang ihr nicht, ihre Schuldgefühle zum Schweigen zu bringen. Vielleicht ist es ja besser, das Ganze noch mal zu vertagen, ehe es sich als verhängnisvoller Fehler erweist, überlegte sie und nippte beklommen an dem inzwischen lauwarmen Kakao, der nicht mehr süß, sondern bitter schmeckte. »Kommt gar nicht in Frage, der Plan ist gut!«, beschloss sie endlich und erkannte aufgrund der irritierten Mienen des Kellners und der übrigen Kaffeehausgäste beschämt, dass sie den Satz laut ausgesprochen hatte. Die denken schon, ich hab sie nicht mehr alle. Verlegen bat sie den Ober um die Rechnung und um Stift und Papier. Sie überlegte kurz und fing an zu schreiben.

Lieber Joe!

Ich habe noch mal über alles nachgedacht und bin zu der Überzeugung gelangt, dass mir Doktor Deerwood so nicht davonkommt. Daher werde ich einen neuen Vorstoß wagen, der, das kann ich Dir versichern, so plausibel und vernünftig ist, dass Du Dir um mich keine Sorgen machen musst. Ich hoffe, Du verzeihst mir diese »Extratour«, über die ich Dich gerne auf dem Laufenden halten werde.

Ich küsse und umarme Dich!
Deine Maureen

Nachdem sie den Brief beendet hatte, faltete sie das Blatt zusammen, steckte es in ihre Handtasche und verließ das Café. Um sich die Zeit und die wachsende Anspannung zu vertreiben, unternahm sie einen kleinen Stadtbummel und sah sich die Schaufenster der exquisiten Geschäfte an, deren luxuriöse Waren für den bescheidenen Geldbeutel einer Krankenschwester viel zu kostspielig waren. Vor einem Hutgeschäft blieb sie stehen und begutachtete die modischen Hüte in der Auslage.

Viel zu mondän und extravagant für mich, dachte sie verdrossen. So etwas trägt man in Ascot und im Country-Club – oder zum Fünf-Uhr-Tee im Seehotel!

Wild entschlossen betrat sie das Geschäft und erkundigte sich höflich bei der Verkäuferin, ob sie den Topfhut aus dem Schaufenster, in den sie sich auf Anhieb verliebt hatte, einmal aufsetzen dürfe. Die junge Frau bat sie, sich auf dem weichen Plüschsessel vor dem Ankleidespiegel niederzulassen, und reichte ihr den Hut aus zimtfarbenem Samt mit einer Behutsamkeit, als halte sie ein kostbares Kleinod in den Händen. Maureen setzte sich den Hut auf und rückte ihn auf ihrem Kopf zurecht. Während sie sich mit staunenden Augen begutachtete, bekundete die Verkäuferin, der Hut sei wie für sie geschaffen. Maureen gab ihr im Stillen recht.

»Den nehme ich«, entschied sie und fragte, da die Hüte im Schaufenster nicht mit Preisetiketten versehen waren, was er koste.

Die Verkäuferin nannte ihr den Preis, der mehreren Monatsgehältern einer Krankenschwester entsprach. Maureen äußerte bedauernd, das übersteige ihre Möglichkeiten, und verließ ernüchtert das Geschäft. Vor der Eingangstür wäre sie fast mit einer schwarzgewandeten Dame zusammengestoßen, die daraufhin einen unflätigen Fluch von sich gab. Maureen fand sich Auge in Auge mit Gräfin Bronski.

»Stellen Sie sich vor, Kindchen, heute Morgen habe ich Post von Sir Alfred de Kerval bekommen. Er ist momentan in Amerika und erdreistet sich doch tatsächlich, mich um Geld anzupumpen – genauer gesagt, um den stolzen Betrag von 200 Pfund. Und da habe ich mir gedacht, ehe ich so dämlich bin, diesem Bankrotteur mein Geld in den Hintern zu schieben, gehe ich lieber zu Lock & Co. und kaufe mir den teuersten Hut, den sie im Laden haben«, überrollte sie die verdatterte Maureen mit ihrem Redeschwall.

Inzwischen hatte die Verkäuferin zuvorkommend die Ladentür geöffnet.

»Es würde mich freuen, wenn Sie mich begleiten und sich auch ein schickes Hütchen aussuchen, denn wie gesagt, ehe ich das Geld diesem Schmock in den … Na, Sie wissen schon«, schwadronierte die Gräfin, hakte Maureen unter und stürmte mit ihr in das Hutgeschäft.

Heute ist mein Glückstag, dachte Maureen selig, als sie sich um 13:00 Uhr vor ihrem Garderobenspiegel den traumhaft schönen Topfhut aufsetzte, dessen Farbton perfekt mit dem Rotblond ihrer Haare korrespondierte.

»Mit diesem Hut sehen Sie aus wie Lillian Gish, Affenarsch, nur viel, viel hübscher«, erinnerte sie sich an das nette Kompliment der Gräfin Bronski, die Maureen den Hut nach ihrem – zugegebenermaßen etwas halbherzigen – Zögern förmlich aufgedrängt hatte.

Als die Gräfin eine ihrer berüchtigten Tiraden vulgärster Beschimpfungen von sich gegeben hatte, woraufhin sie die

Verkäuferin und die vornehme Kundin, die sich gerade die neue Kollektion der Hut-Couture angeschaut hatte, empört angestarrt hatten, war Maureen gar nichts anderes übriggeblieben, als zuzustimmen, damit Gräfin Bronski sich endlich wieder beruhigen konnte. Nachdem sich die Gräfin gleich drei Meisterwerke der Hutmacherkunst ausgesucht hatte – von der Art, wie sie die erlauchten Damen der Royal Family beim Pferderennen in Ascot trugen –, hatte sie die Verkäuferin beauftragt, die Hüte mitsamt der Rechnung an die übliche Adresse zu schicken – selbstredend ohne sich auch nur ein einziges Mal nach dem Preis zu erkundigen. Als die Verkäuferin daraufhin auch Maureens Hut in einer der edlen Schachteln mit der goldgeprägten Aufschrift »James Lock & Co Hatters – St James's Street – London« hatte verwahren wollen, hatte Maureen den Wunsch geäußert, die Schachtel samt Hut gleich mitzunehmen, was ihr selbstverständlich gestattet worden war.

Maureen war begeistert von ihrem Spiegelbild. Dem mondänen Hut, sah man auf den ersten Blick an, dass er von Meisterhand gefertigt worden war.

Wenn Joe mich nur so sehen könnte, ging es ihr unwillkürlich durch den Sinn und sie freute sich schon riesig darauf, das Prachtstück bei ihrem Rendezvous am nächsten Sonntag zu tragen. Jetzt aber auf in die Höhle des Löwen – wenn er überhaupt auf mein Klingeln reagiert, ermunterte sie sich gutgelaunt und machte sich auf den Weg.

Zuerst ging sie zu dem Wohngebäude, in dem sich die Unterkünfte der Ärzte befanden, und warf die Nachricht in Joes Briefkasten. Wahrscheinlich würde er ihn erst am Abend lesen, wenn sie schon längst wieder zurück war von Deerwood Manor.

Als Doktor Deerwood das durchdringende Läuten der Klingel vernahm, trat er ans Fenster des Gartenhauses und spähte durch die cremefarbenen Chiffongardinen zum schmiedeeisernen Tor, hinter dem er eine junge Frau mit Hut ausmachen konnte. Hatte er sie auf den ersten Blick wegen ihres glockenförmigen Huts, dessen Krempe ihr in die Stirn ragte, nicht gleich erkannt, so dämmerte ihm schon im nächsten Moment, dass es sich um die Frau handelte, die bereits am Vortag da gewesen war.

Dieses Mal kriege ich heraus, was sie im Schilde führt, dachte er erbost und eilte hinaus. Am Ende ist sie doch eine dieser lästigen Sensations-Reporterinnen, die hier in letzter Zeit ständig herumschnüffeln, mutmaßte er mit Blick auf ihren modischen Hut.

Wenn dem so war, würde sich das rasch zeigen und er würde sie, ebenso wie ihre Vorgänger, gleich am Gartentor abfertigen und ihr unmissverständlich klar machen, dass sie ihn keinesfalls mehr zu belästigen hatte.

»Sie wünschen bitte?«, erkundigte er sich kühl, während er ans Tor trat, und verzichtete bewusst darauf, zu grüßen.

»Guten Tag, Sir, und bitte entschuldigen Sie die Störung!«, erwiderte die junge Frau mit ausgesuchter Höflichkeit und lächelte ihn entwaffnend an.

Das zieht bei mir nicht, konstatierte er verächtlich.

Doch das elegante Design ihres Hutes zeigte immerhin, dass sie Geschmack besaß.

»Darf ich fragen, Sir, ob Sie Doktor Francis Edward Deerwood sind?«

»Der bin ich«, gab er zur Antwort. »Worum geht es denn?«

»Mein Name ist Maureen Morgan und ich arbeite als Krankenschwester im Holloway-Sanatorium. Ich bin gekommen, um Sie um Hilfe wegen meines am Granatenschock erkrankten Bruders zu bitten, da mir bekannt ist, dass Sie ein Spezialist auf diesem Gebiet sind.« Sie erwähnte mit keiner Silbe, dass sie am Vortag schon einmal hier gewesen war, verlor auch kein Wort über ihr Zusammentreffen auf der Parkbank und verhielt sich insgesamt so unvoreingenommen, als stehe sie ihm zum ersten Mal gegenüber.

Nun, das konnte er ebenso halten. Dennoch war er über ihr Anliegen verblüfft. Mit so etwas hatte er nicht gerechnet, wenngleich er sich das nicht anmerken ließ.

»Gut, dann folgen Sie mir bitte zum Gartenhaus, wo ich meine Behandlungsräume habe, damit ich Ihnen einen Termin für Ihren Herrn Bruder geben kann«, erwiderte er mit einem gewissen Unwillen, da sein ursprünglicher Plan, sie so schnell wie möglich wieder loszuwerden, dadurch vereitelt wurde. Aber in seiner Eigenschaft als Arzt konnte er ihr diese Bitte ja kaum abschlagen. Er holte einen Schlüsselbund aus seiner Jackentasche, entriegelte das Tor und forderte sie auf, einzutreten.

Als Maureen dem großen, muskulösen Mann über den weißgekiesten Parkweg zu der Jugendstilvilla folgte, schlug ihr das Herz bis zum Hals. Für einen flüchtigen Moment erschien ihr alles so unwirklich, wie ein Traum – wie ein schrecklicher Traum! Unversehens spukte ihr der Tänzer mit dem Totenschädel und seine furchterregende Drohung, die sie die restliche Nacht vor Angst nicht hatte schlafen lassen, durch die Sinne. Sie wusste nur allzu gut, wer der Dämon aus dem Traum war.

Du wolltest es so, also mach dir jetzt nicht vor Angst ins Hemd, ermahnte sie sich. Ihre Beherztheit, die normalerweise ganze Ozeane füllen konnte, schien nun zu einem kläglichen Rinnsal zusammengeschrumpft zu sein. Doch der Tropfen Mut, der noch geblieben war, half ihr immerhin, nicht gänzlich die Fassung zu verlieren. Auf wundersame Weise gelang es ihr sogar, nach außen hin entspannt und gelassen zu bleiben, als sie der Aufforderung des Hausherrn, der ihr an der Tür höflich den Vortritt gewährte, Folge leistete und in die Eingangshalle trat. Zunächst war sie ganz geblendet von der

Schönheit der kunstvollen Jugendstilmosaiken an den Wänden, die in geschwungenen Linien gelbe Wasserlilien darstellten.

Doktor Deerwood bot ihr einen Stuhl an und entfernte sich mit der knappen Bemerkung, er müsse seinen Terminkalender holen. Maureen holte tief Luft und versuchte sich mit der Konzentration einer Schauspielerin vor dem Auftritt auf ihre Rolle einzustimmen. Mit höchster Wachsamkeit schaute sie sich um. In einem Stück Spiegelglas in dem Wandmosaik konnte sie ihr blasses Gesicht sehen, das noch einige Nuancen bleicher war als sonst.

Es dauerte keine Minute, bis Doktor Deerwood mit einem in Leder gebundenen Kalender zurückkehrte. Als er ihn aufschlug und darin blätterte, fiel Maureen auf, wie gepflegt seine Hände mit den polierten, perfekt manikürten Fingernägeln waren. Am linken Ringfinger trug er einen goldenen Siegelring mit einem dunklen Stein, in den, wie Maureen vermutete, das Familienwappen der Deerwoods geprägt war. Obwohl er sich zu Hause aufhielt, wo man selbst in den vornehmsten Kreisen eine etwas legerere Kleidung bevorzugte, trug er einen Anzug mit Weste und Krawatte. Sein Erscheinungsbild war so tadellos, als würde er gerade in der Downing Street oder im House of Lords seinen Amtsgeschäften nachgehen.

»Bedauerlicherweise habe ich erst wieder in gut drei Wochen einen Termin frei«, äußerte er mit Blick auf Maureen.

»Das ist in Ordnung«, erwiderte sie.

»Gut. Wie heißt Ihr Bruder?«

»Andrew Morgan«, antwortete Maureen schnell.

»Also dann, ich erwarte ihn am Dienstag, den 2. Oktober, um 14:30 Uhr«, erklärte Doktor Deerwood, während er den Termin notierte.

Auch Maureen vermerkte ihn auf ihrem Block. Kaum hatte sie diesen wieder eingesteckt, als Doktor Deerwood ihr auch schon die Tür aufhielt, um sie zu verabschieden.

»Ich denke, Sie finden allein hinaus, Miss Morgan. Und machen Sie bitte das Gartentor hinter sich zu!«, vernahm Maureen seine helle Stimme, die in seltsamem Kontrast zu seinem athletischen Körperbau stand.

Dass das eine untrennbar mit dem anderen zusammenhing, konnte Maureen natürlich nicht ahnen. Diese verhasste weibische Stimme, die bereits in Eton für Francis Edwards Mitschüler ein willkommener Anlass für Hänseleien gewesen war. Einen Kastraten oder Eunuchen hatten sie ihn genannt, der auch mit achtzehn noch im Knabenchor singen könne. Das hatte ihn motiviert, wie ein Berserker Gewichte zu stemmen und Klimmzüge zu machen. So war aus ihm zwar ein zweiter Herkules geworden, doch die helle Stimme war ihm erhalten geblieben, was die Skurrilität nur noch verstärkte.

Maureen, die sich aus ihrem Stuhl erhoben hatte, traf keine Anstalten, zu gehen. Zögerlich blieb sie in der Halle stehen.
»Bitte entschuldigen Sie, Eure Lordschaft, aber ich hatte gehofft, vorab schon einmal mit Ihnen über meinen Bruder zu sprechen und Ihren Rat einzuholen.«
»Bedauere, die Dame, aber ich erachte es als sinnvoller, wenn ich mir bei der Konsultation selbst einen Eindruck von dem Patienten verschaffe«, entgegnete Doktor Deerwood abweisend.
Maureen, die sich auf ihre Begegnung gut vorbereitet hatte, erklärte eindringlich, dass es sich bei ihrem Bruder um einen Notfall handele. »Er hört neuerdings Stimmen, die ihm ganz schreckliche Dinge befehlen, und es ist nur eine Frage der Zeit, bis er vollends den Verstand verliert und am Ende noch ein Verbrechen begeht.«
Die Miene des Arztes zeigte keinerlei Regung, was ein Zeichen seiner Abgebrühtheit sein konnte. »Das hört sich in der Tat bedenklich an«, sagte er, schloss die Eingangstür und bat

Maureen, ihm in den Salon zu folgen, um ihm den Fall genauer zu schildern.

Als Maureen beklommen in den ganz im Jugendstil gehaltenen Salon trat, stach ihr sogleich ein großes, in Gold gerahmtes Gemälde ins Auge. Darauf war ein muskulöser junger Mann mit Widderhörnern und Bocksbeinen zu sehen, dessen Lenden von einer roten Schärpe bedeckt waren. Ihr stockte vor Entsetzen der Atem. Der schwelende Verdacht gegen Doktor Deerwood war schlagartig zur schrecklichen Gewissheit geworden.

Er ist Bruder Pan, hallte es durch ihre Sinne und alles in ihr schrie nach Flucht, doch eine lähmende Furcht ließ sie erstarren.

Doktor Deerwood, der ihr gefolgt war, beobachtete sie mit dem kalten Blick eines Forschers und zum ersten Mal zeigte sich ein Lächeln auf seinem Gesicht. »Gefällt Ihnen das Gemälde, Miss Morgan?«, fragte er süffisant.

Maureens Kehle war wie zugeschnürt und ihr Mund so trocken, dass sie kaum in der Lage war, zu sprechen. »Er ... Er sieht aus wie der Teufel«, entrang es sich ihr angstvoll – und sie meinte damit den Hausherrn.

Doktor Deerwoods hämischer Blick verriet ihr, dass er sich dessen bewusst war und sie durchschaut hatte. »Nun, das Gemälde ist mein ganzer Stolz«, erklärte er launig. »Es ist ein Werk oder, besser gesagt, ein Meisterwerk des deutschen Malers Franz von Stuck und stellt den Ziegengott Pan dar.« Er gab ein schrilles Kichern von sich. »Ist Ihnen bekannt, meine Liebe, dass der Begriff Panik auf ihn zurückgeht?«, erkundigte er sich spöttisch. »Sie sind ja ganz blass geworden und zittern tun Sie auch noch. Ist Ihnen nicht wohl? Setzen Sie sich hin, ich hole Ihnen ein Glas Wasser.«

Als er hinausgegangen war, war Maureen kaum in der Lage, einen klaren Gedanken zu fassen. In ihrem Kopf herrschte das reinste Getöse, doch eine Stimme wurde immer lauter: Du musst sofort von hier verschwinden! Ihr Körper war gespannt wie eine Bogensehne und bereit, davonzustürmen – hinaus in den Garten. Dort konnte sie wenigstens lauthals um Hilfe rufen, falls das Gartentor zugesperrt war.

Doch schon im nächsten Moment war sie vor Schreck außerstande, sich zu rühren. Sie hatte Doktor Deerwood, der ein gefülltes Wasserglas in den Händen hielt, gar nicht bemerkt. Er musste von hinten gekommen sein, wo sich ebenfalls eine Tür befand.

Zuvorkommend reichte er ihr das Glas. »Trinken Sie, das wird Ihnen guttun!«

Maureen war viel zu bestürzt, um etwas zu entgegnen. Ihre Hände zitterten so sehr, dass sie etwas von dem Wasser auf den Marmorboden verschüttete, als sie das Glas zum Mund führte. Sie leerte es in einem Zug, da sie vor Bedrängnis schier am Verdursten war.

Doktor Deerwood zog ein großes weißes Taschentuch aus seinem Jackett, beugte sich hinunter und wischte sorgfältig den Wasserfleck weg. »Nicht, dass noch jemand ausrutscht«, erläuterte er lächelnd. »Nehmen Sie doch Platz! Ich hole uns nur rasch einen Tee und dann können wir in Ruhe über Ihren Bruder reden.«

Maureen, der leicht schwindelig geworden war, setzte sich auf einen weißen Ledersessel, dessen geschwungene Lehne zu beiden Seiten von stilisierten schwarzen Schwänen geziert war. Etwas so Wunderhübsches habe ich noch nie gesehen! Fast zärtlich glitten ihre Finger über die Köpfe der Schwäne, die aus Ebenholz gefertigt waren. Weiß wie Schnee, rot wie Blut, schwarz wie Ebenholz, ging Maureen der Vers aus dem Märchen »Snow-White« durch den Sinn, das sie als Kind so geliebt hatte und sie lächelte versonnen. Die wild lodernde Panik in ihr war schlagartig zum Erliegen gekommen. Was ist denn plötzlich mit mir los, fragte sie sich verwundert.

Doktor Deerwood kehrte mit einem Tablett zurück und reichte Maureen eine Tasse Tee.

»Vielen Dank, wie reizend von Ihnen«, sagte sie mit belegter Stimme. Ihre Hand zitterte kaum noch, als sie die Teetasse aus hauchdünnem chinesischen Porzellan an den Mund führte. Das heiße Getränk tat ihr gut, sie fühlte sich deutlich entspannter. Ihre Lider wurden schwer und eine wohlige Müdigkeit begann sich in ihr auszubreiten. Sie seufzte tief auf. »Der Tee schmeckt köstlich. Ich glaube, ich habe mich selten so wohl gefühlt.«

Doktor Deerwood lächelte geheimnisvoll. »Das freut mich, liebe Miss Morgan«, erwiderte er umgänglich.

Wie durch Watte vernahm Maureen seine Stimme, die ihr im Plauderton mitteilte, der Granatenschock gehe nicht mit Wahnvorstellungen einher und wenn jemand Stimmen höre, dann müsse er sie auch schon vor dem Krieg gehört haben.

»Ach so, das habe ich gar nicht gewusst«, äußerte Maureen und lächelte den Arzt entschuldigend an.

»Woher auch, Sie Dummchen? Sie sind ja schließlich kein Neurologe, sondern nur eine einfache Krankenschwester.« Doktor Deerwood hob in spielerischer Strenge den Zeigefinger. »Doch ganz so einfältig sind Sie auch nicht. Sie führen irgendetwas im Schilde und ich werde herausfinden, was.«

Mit Genugtuung taxierte er die junge Frau, die mit entrücktem Lächeln und schweren Augenlidern wie hingegossen auf ihrem Sessel ruhte. Das Sedativum, mit dem er ihr Wasser und den Tee präpariert hatte, zeigte zweifellos seine Wirkung.

Das Zeug ist das reinste Wundermittel, konstatierte er zufrieden. Es macht die dummen Hühner so glückselig, dass sie sogar noch ihren Henker umarmen, bevor er ihnen den Kopf abschlägt.

Nicht selten hatte er diese Wirkung bei seinen Patienten und Probanden erlebt, denen er das Betäubungsmittel eingegeben hatte, um Blockierungen zu lösen oder um sie zu sedieren – vor anstehenden »operativen« Eingriffen. In jüngster Zeit wurde es sogar als Wahrheitsserum eingesetzt, was er bei dem »Fisch« gleich auf die Probe stellen würde. In fast liebenswürdigem Tonfall begann er, ihr Fragen zu stellen, die sie leicht lallend beantwortete.

Es dauerte keine fünf Minuten und er war über alles im Bilde, was für ihn von Bedeutung war. Er wusste nicht nur, was Crowley ihr über ihn erzählt hatte und dass sie ihn verdächtigte, der Headhunter zu sein, sondern auch, dass sie Scotland Yard nichts von ihrem Vorhaben erzählt hatte, ihn hier im Gartenhaus aufzusuchen. Doch bezüglich dieses letzten Punktes musste er noch einmal nachhaken, er war von ausschlaggebender Bedeutung.

»Haben Sie vielleicht irgendjemand anderem etwas davon gesagt, dass Sie mir heute einen Besuch abstatten wollen? Vielleicht einer Kollegin oder Freundin?«, fragte er eindringlich.

Lächelnd beteuerte die junge Frau, sie habe niemandem gegenüber auch nur ein Sterbenswörtchen darüber verloren. »Das schwöre ich«, fügte sie treuherzig hinzu.

Doktor Deerwood fand sie irgendwie possierlich. Es tat ihm fast schon leid, dass er sie töten musste, weil sie ihm auf die Spur gekommen war – zumal sie eigentlich gar nicht seinem Beuteschema entsprach. Denn Frauen waren ihm im Grunde genommen egal, das war schon immer so gewesen. Daher würde er auch auf das übliche Gemetzel verzichten, das ihm diesen unvergleichlichen Kick bescherte, nach dem er süchtig war wie ein Morphinist nach der Spritze, und ihr einfach mit einem raschen Schnitt die Kehle durchtrennen. Da sie durch die Droge völlig willenlos war, würde sie auch keinen Ärger machen.

Er verfrachtete sie in sein »Labor« im Keller, wie er seine perfekt ausgestattete Folterkammer zu nennen pflegte. Dort fixierte er sie mit Hand- und Fußfesseln an einer Wandhalterung und suchte auf der Ablage neben dem Operationstisch, der ihm auch als Seziertisch diente, nach einem geeigneten Instrument. Sein Blick fiel auf das Schwert mit der messerscharfen Klinge aus edlem Damaszenerstahl, die er nach jedem Gebrauch sorgsam nachschärfte. Unwillkürlich strich er mit den Fingern über das kalte Metall und fühlte sogleich eine unbändige Mordlust in sich aufsteigen, die jedoch schnell einer großen Ernüchterung wich. Denn die Frau war, im Gegensatz zu seinen männlichen Opfern, ein sexuelles Neutrum für ihn, was sein ausgeklügeltes Tötungsritual, welches er von Mord zu Mord noch weiter verfeinerte, überflüssig machte. Er entschied sich daher für ein Chirurgenmesser.

Im grellen Licht des weißgekachelten Raums war Maureen dem psychopathischen Mörder hilflos ausgeliefert. Schon als er sie mit einem Klammergriff gepackt und wie eine Spielzeugpuppe die Kellertreppe heruntergeschleift hatte, war sie völlig außerstande gewesen, sich gegen ihn zu wehren. Doch nun, da sie an Händen und Füßen gefesselt war, war sie erst recht nicht dazu in der Lage – obwohl sie den Eindruck hatte, dass die Wirkung der Droge, oder was auch immer er ihr verabreicht hatte, langsam nachließ.

Die unglaubliche Ohnmacht ließ sie verzweifeln und machte sie gleichzeitig rasend vor Wut. Mächtiger als alles war jedoch ihre Todesangst. In diesem Moment tiefster Ausweglosigkeit entrang sich ihr ein verzweifelter Aufschrei, aber die kalte Grausamkeit, die im Blick des Arztes aufflackerte, ließ sie jäh verstummen und sie vermied es, um ihr Leben zu betteln. Sie ahnte, dass das seine finsteren Fantasien nur anstacheln würde. Es gab nur einen Weg, dem Tod einstweilen zu entkommen: Sie musste den Mörder ablenken und auf Zeit spielen, noch tiefer in seine Seele eintauchen und ihn dazu bringen, sich zu öffnen. Das war ihre einzige Chance. Ansonsten hoffte sie inständig, dass Joe ihre Nachricht rechtzeitig finden und ihr zur Hilfe eilen würde.

»Ich verstehe, warum Ihnen das Gemälde von Pan so viel bedeutet«, richtete sie das Wort an Doktor Deerwood, der sich ihr mit einem Messer in der Hand näherte. »Aleister Crowley hat Sie zu Bruder Pan gemacht und Ihnen den Schlüssel zu Ihrem tiefsten Innern gegeben.«

In die farblosen Augen des Arztes trat ein fahler Glanz. »Crowley ist ein wahrer Meister, ich verdanke ihm meine Heilung. Denn mit seiner Hilfe habe ich Mittel und Wege gefunden, die Stimmen zum Schweigen zu bringen, die mich seit frühester Jugend unentwegt heimsuchten und mir den Verstand raubten. Auch der unerträgliche Druck in meinem Kopf ist verschwunden, seitdem ich meinen dunklen Drang auslebe.«

Maureen hatte den Eindruck, dass ihr Plan funktionierte, also sprach sie weiter: »Einige Monate nachdem Sie Crowley verlassen hatten, töteten Sie die beiden Männer in Palermo. Diese Morde müssen Ihnen viel bedeutet haben, denn sie waren ja so etwas wie ein Durchbruch für Sie. Können Sie sich noch daran erinnern?«

Die Gesichtszüge des Arztes blieben ausdruckslos und er zuckte mit keiner Wimper, aber seine Augen konnten nicht verbergen, wie sehr ihn diese Rückschau erregte. »Können Sie sich noch an Ihren ersten Kuss erinnern?«, zischte er. »Also erübrigt sich die Frage. Selbst das kleinste, unbedeutendste Detail ist hier drinnen gespeichert.« Er tippte sich an die Stirn. »Und das Schöne ist, ich kann es jederzeit abspulen wie einen Film. Ja, Palermo ist und bleibt ein Meilenstein für mich. Ich hatte mir in der Altstadt einen Palazzo gemietet, nicht weit entfernt von den Bars und dem Park, wo sich diese Schwuchteln herumtrieben.«

Das Wort »Schwuchteln« sprach er mit einer solchen Verächtlichkeit aus, dass sich Maureen die Nackenhaare sträubten.

Er ist ja vor Hass wie besessen, dachte sie.

»Nun, man geht immer wieder an dieselben Orte und trifft immer wieder dieselben Leute«, fuhr Doktor Deerwood im Plauderton fort. »Und dann habe ich schließlich meine Wahl getroffen.«

»Nach welchen Kriterien haben Sie Ihre Opfer denn ausgewählt?«, fragte Maureen, der es immer besser gelang, sich in den Mörder einzufühlen.

Doktor Deerwood lachte trocken auf. »Haben Sie schon einmal an einer Jagd teilgenommen?«

Maureen schüttelte den Kopf.

»Das war ja auch nicht anders zu erwarten bei einer Angehörigen der Unterschicht«, stellte der Arzt spöttisch fest. Er ließ sich Maureen gegenüber auf einem Hocker nieder und legte das Messer mit der langen, zweischneidigen Klinge, sorgsam neben sich auf die Bodenfliesen.

Maureen starrte angstvoll darauf.

»Das ist ein Amputationsmesser, sechs Zoll lang, oben spitz und einen Zoll breit, sehr scharf«, erklärte Doktor Deerwood und weidete sich sichtlich an ihrer Panik. »Dem Polizeiarzt Doktor Llewellyn zufolge verwendete Jack the Ripper genau so ein Messer bei den Whitechapel-Morden. Es durchtrennt Knorpel und Sehnen wie Butter und ich benutze es gerne beim Sezieren meiner Hähnchen – wenn Sie wissen, was ich meine.«

Die schauderhafte Ahnung, dass es sich dabei um seine Opfer handelte, ließ Maureen das Blut in den Adern gefrieren.

»Also, versuchen Sie sich trotzdem einmal in die Position eines Jägers zu versetzen«, fuhr Doktor Deerwood fort. »Denken Sie an einen Löwen in der afrikanischen Steppe! Er sieht eine Herde Gazellen an einer Wasserstelle. Seine Aufmerksamkeit richtet sich auf ein einziges der vielen Tiere. Er ist darin geübt, Schwäche und Verletzlichkeit zu erkennen, etwas, worin sich diese Gazelle vom Rest der Herde unterscheidet – das, was sie zur leichtesten Beute macht.«

An seiner Körpersprache erkannte Maureen, dass er sich ihr immer mehr öffnete, und es erfüllte sie mit eisigem Grauen, als ihr gleichzeitig bewusst wurde, dass er das nicht tat, um sein Gewissen zu erleichtern, sondern einzig, um sich an seinen Grausamkeiten zu berauschen. Wenngleich es ihr zutiefst widerstrebte, gewissermaßen in seine Haut zu schlüpfen – oder, besser gesagt, in seinen Kopf –, so wusste sie doch instinktiv, dass es keinen anderen Weg gab, als sich den Blickwinkel der Bestie zu eigen zu machen, um ihn dadurch von seinem eigentlichen Vorhaben, sie zu töten, abzulenken. Es erschien ihr als ein grausames Spiel zwischen ihr und dem Mörder, das ihm offenbar Vergnügen bereitete. Aber wenn sie leben wollte, musste sie mitspielen.

»Die Mordopfer aus Palermo waren also drogenabhängige männliche Prostituierte, wie die meisten Ihrer Opfer«, stellte sie fest.

Doktor Deerwood verzog angewidert die Mundwinkel. »Alles wertlose, verkommene Subjekte, um die es nicht schade ist und die keiner vermisst. Heruntergekommene Drogenwracks, die sofort mitkommen, wenn ihnen Stoff in Aussicht gestellt wird.« Er kicherte boshaft. »Ich war gewissermaßen ihr Candy-Man, doch anstatt Süßes gab's bei mir nur Saures. Als ich diese kleinen Makkaronis unten in meinem Keller ein bisschen malträtiert habe, haben sie ein riesiges Geschrei veranstaltet und ich musste viel eher zum Finale kommen, als ich es eigentlich vorhatte. Aber das waren nur Anfängerfehler, aus denen ich gelernt habe. Später bin ich gottlob dazu übergegangen, ihnen etwas zur Beruhigung einzugeben, und davon sind meine Hähnchen auch ganz zahm geworden.« Er äußerte das so neckisch, als spreche er über possierliche Haustiere.

Sein Zynismus kennt keine Grenzen, erkannte Maureen bestürzt. »Warum ›Hähnchen‹? Das haben Sie vorhin schon einmal gesagt.«

Doktor Deerwood pfiff anerkennend durch die Zähne.

»Alle Achtung, die Fragen, die Sie mir stellen, verraten mir mehr über Sie, als Sie über mich erfahren, meine Liebe.«

Maureen ließ sich nicht beirren. »Ich möchte gerne verstehen, wer Sie sind.«

Doktor Deerwood lächelte sarkastisch. »Ihr Interesse ehrt mich. Was würden Sie denn sagen nach allem, was Sie inzwischen über mich wissen?« Er musterte sie lauernd.

»Sie sind zweifellos eine …«

»Bestie?«, ergänzte der Arzt mit breitem Grinsen.

Maureen ging nicht darauf ein. »Eine ›extreme Persönlichkeit‹ wollte ich sagen. Nach außen hin ruhig und unauffällig – und man weiß nie genau, was Sie denken.« Sie hatte das Gefühl, dass ihm ihre Antwort gefiel, auch wenn er es nicht zeigte.

»Also gut, kommen wir zurück zu Ihrer Frage«, äußerte er gönnerhaft. »Nun muss ich sozusagen ein wenig aus dem Nähkästchen plaudern, aber das ist ja genau das, was Sie wollen, nicht wahr?«

Maureen nickte vorsichtig. Der Umgang mit dem Mörder erforderte höchste Konzentration und Einfühlungsvermögen. Ein falsches Wort, eine unüberlegte Äußerung, und er würde ihrem Leben ein jähes Ende bereiten. Sie widerstand dem Reflex, auf das Amputationsmesser zu blicken, das griffbereit neben ihm auf dem Boden lag.

»Nun, ich hege eine gewisse Vorliebe für kleine, schmächtige Männer«, erläuterte Doktor Deerwood. Er wirkte unversehens wie in Trance und Maureen ahnte, dass er in Gedanken wieder ganz bei seinen Gräueltaten war. »Aus dem einfachen Grund, weil man ihnen besser die Köpfe abschlagen kann. Sie ahnen ja gar nicht, wie faszinierend es ist, wenn das Blut in einer meterhohen Fontäne aus dem Rumpf schießt. Das ist einzigartig, anders kann ich es nicht sagen. Dieser ›Springbrunnen‹ ist wie ein Lebenselixier für mich. Ich labe mich daran und er versetzt mich in eine Verzückung, wie sie kein Mensch jemals erlebt hat. Zum ersten Mal gesehen habe ich dieses faszinierende

Schauspiel im Großen Krieg, als ein junger Sanitäter zusammen mit einem Soldaten einen Verletzten zum Feldlazarett trug. Ich hatte schon die Zeltplane zur Seite geschoben, um sie passieren zu lassen, als ihm ein Geschoss den Kopf vom Hals herunterriss. Während der Blutstrom unablässig auf mich niederregnete, stand er noch für Sekundenbruchteile reglos da, dieser kopflose Mann, und hielt die Griffe der Trage in den Händen.« Er schloss die Augen und seufzte genießerisch, während sich Maureen schier der Magen umdrehte. Der Doktor, dem ihr Würgen offenbar nicht entgangen war, streifte sie mit einem tadelnden Seitenblick. »Mit Verlaub, meine Liebe, aber als Krankenschwester sollten Sie nicht so zimperlich sein! Und noch etwas will ich Ihnen sagen«, bemerkte er mit erhobenem Zeigefinger und einer Stimme, die so schrill klang, dass sie Maureen in den Ohren schmerzte. »Das, was ich tue, ist noch harmlos gegen die Gräuel des Krieges, das wird Ihnen jeder bestätigen, der an der Front war! Außerdem töte ich ja nur menschlichen Abschaum, dem keiner nachweint.«

Maureen strömten vor Anspannung und Abscheu die Tränen über die Wangen.

Doktor Deerwood runzelte ungehalten die Stirn und musterte sie verächtlich. »Nur jemand wie Sie, der vom Leben keine Ahnung hat. Sie wissen doch gar nicht, was Schmerz bedeutet.«

Warum dieser seltsame Gedankensprung, fragte sich Maureen verwundert und folgte spontan einer Eingebung. »Hat das etwas mit Ihrem Elternhaus zu tun? Ich meine, hatten Sie dort etwa Schmerzen auszustehen?«

Doktor Deerwood hob spöttisch die Brauen. »Ach, jetzt kommt die Westentaschenpsychologie. ›Hatten Sie eine schwere Kindheit?‹ Nun, nichts, was aus dem Rahmen fällt, wenn man in tiefster Armut aufwächst wie ich. In tiefster Gefühlsarmut, meine ich natürlich. Mein Vater neigte zu Gewaltausbrüchen, was aber für einen Patriarchen nichts Ungewöhnliches ist.

Wann immer sich die Gelegenheit bot, hat er mich mit der Reitgerte verdroschen. Er hat auch meine Mutter geschlagen, doch selbst das ist beileibe nicht unnormal. Er mochte mich halt nicht, hat nie etwas von mir gehalten. Das kommt in den besten Familien vor, wie man unschwer erkennen kann«, bemerkte er sarkastisch.

Maureen beobachtete ihn verstohlen. Seine Mimik verriet keinerlei Gefühle. Sie beschloss, noch einmal nachzuhaken.

»Hatte es vielleicht etwas mit Ihrer Homosexualität zu tun, dass Ihr Vater Sie nicht mochte?« Kaum hatte sie den Satz zu Ende gesprochen, als Doktor Deerwood ihr so heftig ins Gesicht schlug, dass ihr Kopf gegen die weißgekachelte Wand prallte.

Er war feuerrot im Gesicht geworden. »Ich bin kein Homo, keine miese Schwuchtel! Das verbitte ich mir!«, schrie er außer sich vor Zorn, packte das Chirurgenmesser und richtete die Klinge auf Maureens Hals.

Maureen entrang sich ein panisches Wimmern. Sie hatte Todesangst.

»Ich, ich habe Ihnen vorhin nicht die Wahrheit gesagt«, stammelte sie. »Es gibt doch jemanden, der weiß, dass ich hier bin – Doktor Sandler, ein junger Arzt aus dem Sanatorium. Er ist mein Bräutigam und ich habe ihm alles erzählt, was ich über Sie weiß. Er muss jeden Augenblick eintreffen, denn ich habe ihm gesagt, wenn ich bis vier Uhr nicht wieder zurück bin, stimmt etwas nicht.«

Doktor Deerwood starrte sie fassungslos an. »Das glaub ich dir nicht, du Fisch! Das sagst du doch nur, um wieder Zeit zu schinden und mich davon abzuhalten, dich kaltzumachen, so wie du es schon von Anfang an versucht hast. Oder meinst du vielleicht, ich bin so dumm und merke das nicht? Ich habe dein Spielchen mitgespielt, aber jetzt reicht es mir.«

Sein Tonfall war so schneidend und bösartig, dass Maureen vor Panik ihr Wasser nicht mehr halten konnte.

Doktor Deerwoods Gesicht verzerrte sich zu einer Grimasse des Abscheus. »Das ist ja widerwärtig«, zischte er angeekelt. Seine schäumende Wut von eben hatte sich in eisige Verachtung gewandelt, vor der es Maureen fast noch mehr grauste.

Sie spürte einen stechenden Schmerz im Hals, als er ihr mit der Klinge die Haut aufritzte. »Bitte lassen Sie mich am Leben!«, flehte sie. »Ich werde niemandem etwas von unserer Unterredung sagen, das schwöre ich Ihnen.«

Doktor Deerwood taxierte sie abfällig. »Was bildest du dir denn ein, du Miststück? Dir wird man doch sowieso nicht glauben. Oder meinst du etwa, das Wort einer kleinen Krankenschwester gilt mehr als das eines Lord Deerwood? Außerdem gibt es keinerlei Beweise, dass ich der Headhunter bin, dafür habe ich schon gesorgt.«

»Das mag ja sein«, erwiderte Maureen mit dem Mut der Verzweiflung. »Aber mit meiner Leiche in Ihrem Keller sieht es schlecht für Sie aus, wenn Doktor Sandler gleich hier sein wird. Wahrscheinlich hat er sogar die Polizei verständigt und sie sind schon unterwegs.«

Inzwischen war es Abend geworden und Maureen, die für den Nachtdienst eingeteilt war, wurde auf der Station vermisst. Mit bangen Ahnungen eilte Joe zum Schwesternwohnheim, doch Maureen war nicht in ihrem Zimmer. Er erinnerte sich noch deutlich an ihr Gespräch über Doktor Deerwood und seine Besorgnis steigerte sich. Inzwischen war er sich so gut wie sicher, dass sie trotz ihres Versprechens, das sie ihm gestern Abend gegeben hatte, den Arzt aufgesucht hatte.

Stur, wie sie nun mal ist, dachte er erbittert.

Dann hatte er plötzlich eine Eingebung: Vielleicht hatte sie ihm ja eine Nachricht hinterlassen. Er lief zu seiner Wohnung im Ärztehaus und öffnete hektisch den Briefkasten. Sogleich sah er, dass er mit seiner Vermutung richtig lag. Er überflog Maureens Mitteilung und wollte sich schon auf den Weg zum

Anwesen der Deerwoods machen, als ihm ein Gedanke kam, der ihn innehalten ließ.

Ich muss sofort die Polizei verständigen! Zielstrebig hastete er zurück zum Sanatorium, um sich von Doktor Eisenberg, der für Scotland Yard als Berater tätig war, die Telefonnummer von Oberinspektor MacFaden geben zu lassen.

»Ich kann gerne für Sie anrufen«, erbot sich der Oberarzt, nachdem Joe ihm den Sachverhalt geschildert hatte, und griff zum Telefonhörer. »Sie sind in ungefähr einer halben Stunde da«, erklärte er nach dem kurzen Telefonat mit ernster Miene. »Oberinspektor MacFaden hat ausdrücklich gesagt, Sie sollen bloß keine Alleingänge unternehmen und unbedingt auf ihn warten. Ich komme übrigens mit, er holt uns am Eingang des Sanatoriums ab.«

Joe, der ganz krank vor Sorge um Maureen war, widerstrebte es, sich noch länger in Geduld zu fassen. Doch er gelangte rasch zu der Erkenntnis, dass es klüger war, Doktor Deerwood in Begleitung der Polizei aufzusuchen. Schließlich standen den Beamten ganz andere Mittel zur Verfügung als ihm. Sie konnten notfalls auch Gewalt anwenden, falls sich das als nötig erweisen sollte – und sein Bauchgefühl ließ das befürchten.

Auch der Oberarzt wirkte äußerst angespannt. Er bot Joe eine Zigarette an, die dieser, obwohl er nur gelegentlich rauchte, in seiner momentanen Verfassung gut gebrauchen konnte.

»Können Sie sich eigentlich vorstellen, dass Doktor Deerwood tatsächlich der Torso-Mörder ist?«, fragte er seinen Vorgesetzten.

»Das wesentlichste Charakteristikum des Mörders – dass er seine Opfer ebenso begehrt wie hasst, weil er mit seiner eigenen Homosexualität nicht zurechtkommt – könnte durchaus auf ihn zutreffen«, äußerte Doktor Eisenberg vorsichtig.

Oberinspektor MacFaden, der längst wusste, dass er im Yard auf verlorenem Posten stand und kaum noch jemandem trauen konnte, vor allem seinem Assistenten nicht, dessen Illoyalität ihn bitter enttäuscht hatte, empfand nicht den geringsten Skrupel, Moorehead nach dem Telefonat mit Doktor Eisenberg die Unwahrheit zu sagen. »Das war Polizeihauptmeister Wakefield aus Virginia Water«, äußerte er lapidar. »Doles Chef hat in seinem Geräteschuppen noch ein Taschenmesser gefunden, das Dole gehört. Ich hole es ab und bring es dann ins Labor.«

»Ich kann gerne mitkommen«, erbot sich Moorehead dienstbeflissen.

»Nicht nötig, halt du mal hier die Stellung!«, entgegnete MacFaden und beorderte stattdessen Ernest Muller und den jungen Polizeianwärter Ronny Stark, ihn nach Virginia Water zu begleiten.

Als sie in den Wagen stiegen, überließ er Stark das Steuer. Nachdem sie sich ein Stück weit vom Yard-Gebäude entfernt hatten, beauftragte er ihn, Gas zu geben.

»Es ist Eile geboten«, erläuterte er den erstaunten Kollegen und setzte sie rasch über den Sachverhalt in Kenntnis. »Wie du weißt, Ernest, habe ich diesen Deerwood schon länger auf dem Kieker. Doch der Generalmajor hat sich immer quergestellt, diesen feinen Herrn einer Befragung zu unterziehen, und von einer Hausdurchsuchung wollte er erst recht nichts wissen. Aber nun, wo die junge Schwester verschwunden ist, sieht die Sache anders aus«, sagte er zu Muller.

Der grauhaarige Mann mit der Hornbrille und den Geheimratsecken, der sich kurz vor dem Ruhestand befand und bei der Mordkommission überwiegend im Innendienst eingesetzt wurde, nickte verständig. Er war einer der wenigen, die MacFaden im Rahmen der Ermittlungen nicht in den Rücken gefallen waren.

»Zumindest sollten wir dem Lord wegen der Krankenschwester ein paar gezielte Fragen stellen«, meinte er. »Und wenn sich herausstellt, dass Gefahr in Verzug ist, muss er uns den Zugang zu seinem Grundstück gewähren, auch ohne Durchsuchungsbefehl.«

»Das könnte Ärger geben, aber sei's drum! Ich erachte es jedenfalls als polizeiliche Pflicht, dieser Sache nachzugehen«, erwiderte MacFaden entschlossen.

»Sie halten sich bitte im Hintergrund!«, wies MacFaden den Oberarzt und Doktor Sandler an, als sie vor dem Gartentor von Deerwood Manor angekommen waren.

An diesem kühlen, windigen Septemberabend waren an der Seepromenade nur wenige Spaziergänger unterwegs, wie MacFaden zufrieden feststellte, ehe er den Klingelknopf unter dem Praxisschild betätigte. Da sich, genau wie bei seinem letzten Besuch, in dem Gartenhaus nichts rührte, drückte er noch einmal auf die Klingel, aber diesmal mit Nachdruck, etwa zehn Sekunden lang. Noch während er das tat, wurde die Parkbeleuchtung angeschaltet. Dann öffnete sich die Haustür und ein gutgekleideter Herr trat heraus. Er näherte sich gemessenen Schrittes dem Gartentor. Als er es erreicht hatte, erkundigte er sich höflich, was er für die Herren tun könne.

MacFaden zeigte ihm seinen Dienstausweis und kam gleich zur Sache. »Gehe ich recht in der Annahme, dass Sie Doktor Francis Edward Deerwood sind?«

»Der bin ich«, erwiderte der Mann gelassen.

Auch der Inspektor mühte sich um einen ruhigen Tonfall. »Wir haben Grund zu der Annahme, dass sich die Krankenschwester Maureen Morgan bei Ihnen aufhält.«

»Da muss ich Sie leider enttäuschen, dem ist nicht so«, erwiderte Doktor Deerwood lächelnd. »Miss Morgan hat mich am Nachmittag in meiner Praxis aufgesucht, um meinen fachlichen Rat wegen ihres kriegsversehrten Bruders einzuholen. Ich habe mich mit ihr ausgetauscht, ihr für ihren Bruder einen Termin genannt und nach etwa zwanzig Minuten ist die junge Dame wieder gegangen. Wohin, entzieht sich indessen meiner Kenntnis.« Er streifte den Inspektor mit einem kühlen Blick. Seine farblosen Augen verrieten nicht die geringste Regung. »Nun, dann darf ich den Herren einen guten Abend wünschen und viel Erfolg bei der Suche! Ich hoffe sehr, dass sich die Angelegenheit rasch aufklärt und Sie Miss Morgan recht bald finden. Sie ist eine so sympathische junge Dame.«

MacFaden entschied ingrimmig, sich von dem aalglatten Gentleman nicht so einfach abspeisen zu lassen, und ging in die Offensive. »Könnten Eure Lordschaft vielleicht die Güte haben, uns einzulassen? Damit wäre uns wirklich sehr geholfen«, erwiderte er mit der gleichen Glattzüngigkeit, während er den Arzt mit einem harten, unerbittlichen Blick fixierte.

Doktor Deerwood, der seinen Besuchern bereits den Rücken zukehrte und zum Gartenhaus hinstrebte, wandte sich nicht einmal um, sondern zuckte lediglich mit den Schultern. »Bedaure, aber dafür gibt es keinerlei Veranlassung«, ließ er sich immerhin herab, zu antworten.

»Doktor Deerwood, im Namen von Scotland Yard fordere ich Sie hiermit zum letzten Mal auf, uns hereinzulassen!«

Der raue Ton des Oberinspektors ließ den Arzt zwar leicht zusammenfahren, aber er hielt nicht an. Erst MacFadens Androhung, dann werde man sich gewaltsam Zutritt verschaffen, bewirkte, dass Lord Deerwood stehen blieb und sich zu ihm umdrehte.

»Unterstehen Sie sich! Ich werde dafür sorgen, dass Sie Ihren Job verlieren«, warnte er den Oberinspektor bösartig.

»Das ist es mir wert«, konterte MacFaden ungerührt, zog einen Dietrich aus der Tasche und machte sich damit an dem Schloss des Gartentors zu schaffen. Nachdem er das Tor geöffnet hatte, stürmten die Polizisten, gefolgt von den beiden Psychiatern, auf das Grundstück.

Doktor Deerwood stand nur da und schüttelte den Kopf. »Das ist Ihr Ende, Inspektor, das schwöre ich Ihnen!«, zischte er MacFaden zu.

Der drehte ihm mit einem routinierten Griff die Arme auf den Rücken und legte ihm Handschellen an. »Das ist Ihr Ende«, entgegnete er höhnisch. Er hatte längst beschlossen, alles auf eine Karte zu setzen. »Lord Francis Edward Deerwood, ich verhafte Sie wegen Behinderung der Polizei.« Dann beauftragte er Ronny Stark, den Arzt zu bewachen, und schloss sich Doktor Eisenberg und Ernest Muller an, die hinter Doktor Sandler mit weit ausholenden Schritten auf die Jugendstilvilla zu spurteten.

»Maureen, wo bist du?«, rief Joe mit bebender Stimme, als er durch die Eingangshalle hastete. Doch Maureen meldete sich nicht, was Joe an den Rand des Wahnsinns trieb. Er konnte den Gedanken nicht verkraften, dass Doktor Deerwood ihr etwas angetan hatte und sie nicht mehr am Leben war. »Bitte, bitte nicht«, stieß er hervor, während ihm vor Verzweiflung Tränen aus den Augen schossen. Er stürzte in den Salon, um weiter nach ihr zu suchen.

Oberinspektor MacFaden, der ihm dicht gefolgt war, wies auf einen hellen Mantel, der über einer Stuhllehne hing.

Joe begutachtete ihn sogleich und entdeckte auf dem Sitz des Stuhls einen Topfhut aus hellbraunem Samt. »Den Hut kenne ich nicht, aber das ist Maureens Mantel«, erklärte er aufgeregt. »Demnach muss sie noch hier sein.«

MacFaden schlug vor, dass sich die Männer bei der Suche aufteilten. »Ernest, du gehst nach oben, der Oberarzt und ich durchsuchen das Erdgeschoss und Doktor Sandler nimmt sich die Kellerräume vor.«

Die massive Metalltür war nur angelehnt und Licht drang durch den Spalt. Joes Herz schlug bis zum Hals, als er die Tür aufriss und Maureens leblosen Körper gewahrte, der an die Wand gekettet war. Ihr Kopf baumelte kraftlos zwischen den Schultern und aus ihrem Mund ragte ein Knebel.

»Nein, das darf nicht sein«, schluchzte Joe verzweifelt, als er sich über sie beugte, um den Knebel zu entfernen. Seine Hände zitterten heftig, als er das zusammengeknüllte Taschentuch herauszog. Dann hielt er sein Ohr an ihre Mundöffnung. Als er keinen Lufthauch spürte, tastete er panisch nach ihrem Puls. »Bitte lass mich nicht alleine!«, flüsterte er außer sich. Da er an Maureens Handgelenken nichts fühlen konnte, legte er seine bebenden Finger an die Halsschlagader.

Maureens Haut war kalt wie Eis. Joe nahm kaum mehr als ein schwaches Vibrieren wahr. Doch für ihn war es ein verhaltenes Aufbegehren gegen den Tod, auf das er seine ganze Hoffnung richtete.

»Bleib bei mir, meine Liebste!«, bat er überwältigt und löste Maureen behutsam aus den Fesseln. Anschließend rief er lauthals um Hilfe.

Doktor Deerwood saß mit teilnahmsloser Miene auf der obersten Stufe der Freitreppe vor seinem Haus.

Doktor Eisenberg musste um Fassung ringen, als er eindringlich das Wort an ihn richtete. »Was haben Sie Schwester Maureen eingegeben? Sie hat offensichtlich eine Überdosis, ihr Puls ist nur schwach zu ertasten und die Atmung so flach, dass sie kaum wahrnehmbar ist. Wenn wir ihr nicht sofort ein Gegenmittel spritzen, stirbt sie!«

Doktor Deerwood schien kurz nachzudenken und entschloss sich dann wohl aus taktischen Gründen, Entgegenkommen zu zeigen. »Nun, die junge Dame hatte einen schweren Nervenzusammenbruch und war nicht mehr Herrin ihrer Sinne. Daher musste ich sie vor sich selber schützen und habe sie fixiert. Anschließend habe ich ihr fünf Milligramm eines Sedativums injiziert und sie hat sich gottlob beruhigt.«

»Wie lange ist das her?«, fragte Doktor Eisenberg angespannt.

»Vor kurzem erst, als Sie an der Tür geläutet haben.«

»Gut, dann besteht noch Hoffnung. Wir bringen sie sofort ins Sanatorium und spritzen ihr ein Antidot.« Der Oberarzt wollte schon wieder ins Haus eilen, als Doktor Deerwood ihn zurückhielt.

»Das können Sie gleich vor Ort machen. In dem großen Medikamentenschrank mit den Milchglasscheiben unten im Labor finden Sie mehrere Ampullen mit Bemegrid und sterile Spritzen auch.«

Normalerweise hätte sich Doktor Eisenberg, der ein höflicher Mensch war, für diesen wertvollen Hinweis bedankt. Immerhin war er möglicherweise lebensrettend, da Maureen dadurch schneller geholfen werden konnte. Doch er verzichtete darauf, nicht zuletzt, weil es ihn vor dem Arzt, der eine unglaubliche Gefühlskälte verströmte, abgrundtief grauste.

»Wir haben Glück«, verkündete er atemlos, als er das Labor erreichte, wo sich Doktor Sandler und die beiden Polizisten mit besorgten Mienen um die Bewusstlose kümmerten.

Sie hatten Maureen auf eine Wolldecke gelegt. Augenscheinlich war sie dem Tod näher als dem Leben. Doktor Sandler vollzog im Wechsel eine Mund-zu-Mund-Beatmung und eine Herzmassage an ihr.

Während Doktor Eisenberg zu dem Medikamentenschrank hastete, um die Spritze mit dem Gegenmittel aufzuziehen, setzte er die Männer über Doktor Deerwoods Angaben in Kenntnis. »Meines Erachtens hat er ihr mehr verabreicht als nur fünf Milligramm, sonst wäre sie nicht in einem so lebensbedrohlichen Zustand. Gott sei Dank hat er mir verraten, dass er über Bemegrid verfügt. Das ist das beste Antidot gegen ein schweres Betäubungsmittel. Ich hätte es ihr auch im Sanatorium gespritzt.« Er eilte zu Maureen und injizierte ihr die Lösung in die Armbeuge. »Bemegrid ist ein Stammhirnkonvulsivum, eine zentral erregende Substanz, die die Herzfrequenz und die Atmung aktiviert und Schwester Maureen helfen wird, wieder das Bewusstsein zu erlangen«, erläuterte er dem Oberinspektor und seinem Kollegen.

Doktor Sandler bettete indessen Maureens Kopf auf seinen Schoss und streichelte ihr liebevoll über die Wange.

Maureen schlug die Augen auf. Als sie das vertraute Antlitz von Joe über sich gewahrte, lächelte sie.

»Wo kommst du denn her? Ist schon Sonntag?«, fragte sie mit schwacher Stimme und schaute sich verwundert um. Langsam dämmerte ihr, wo sie sich befand. Ein panischer Schrei entrang sich ihr und sie flehte, Joe möge sie fortbringen von diesem schrecklichen Ort. Er half ihr, sich aufzurichten, während ihr gehetzter Blick durch den Raum schweifte. »Wo ist er?«, stammelte sie außer sich vor Angst.

Oberinspektor MacFaden beugte sich zu ihr herunter und legte beschwichtigend die Hand auf ihre Schulter. »Doktor Deerwood ist in Polizeigewahrsam. Sie sind sicher, Miss Morgan. Wir bringen Sie jetzt ins Sanatorium, Ihnen kann gar nichts mehr passieren.«

»Stimmt das auch wirklich?«, fragte Maureen mit schreckgeweiteten Augen.

»Darauf können Sie sich verlassen, Schwester Maureen, so wahr ich Doktor Eisenbart heiße«, richtet nun auch der Oberarzt begütigend das Wort an sie.

Bei der Erwähnung seines Spitznamens kräuselten sich ihre Lippen unwillkürlich zu einem Lächeln. »Ich will zu Mum und Dad«, brach es plötzlich aus ihr heraus.

Joe schloss sie in die Arme und sie weinte wie ein kleines Kind.

EPILOG

Ein Krankenwagen brachte Maureen in Begleitung von Joe und Doktor Eisenberg ins Sanatorium, wo sie im Frauenflügel in einem Patientenzimmer untergebracht und von den Ärzten und dem Pflegepersonal aufs Beste versorgt wurde. Eine Kochsalzinfusion, um das hochdosierte Betäubungsmittel aus ihrem Körper herauszuspülen, sollte der noch sehr mitgenommenen Patientin Besserung verschaffen. Auch die Beule am Hinterkopf und die Schnittwunde am Hals wurden behandelt.

Nachdem Joe Maureens Eltern angerufen und über alles informiert hatte, wich er nicht mehr von ihrer Seite, während sie erschöpft im Bett vor sich hindämmerte. Als Maureens Eltern eintrafen und ihrer Tochter liebevollen Beistand spendeten, brach sich der ganze Horror, den sie erlebt hatte, Bahn. Dennoch bestand sie darauf, Oberinspektor MacFaden, der sie im Sanatorium aufsuchte, alles zu Protokoll zu geben, was Doktor Deerwood ihr in seinem Labor mitgeteilt hatte.

Nachdem sie soweit wiederhergestellt war, dass sie das Sanatorium verlassen konnte, nahm sie Urlaub und fuhr zu ihrer Familie in London. Vor allem ihr Vater, der dreißig Jahre lang als Wärter in der Kriminalabteilung des Bethlem Royal Hospital gearbeitet hatte, war ihr Trost und Hilfe. Joe besuchte sie in London, so oft er konnte. Die Liebe zu ihm gab Maureen Kraft und half ihr, wieder neuen Lebensmut zu fassen. An Maureens Geburtstag, dem 1. Januar 1924, feierte das Paar seine Verlobung.

Trotz erdrückender Beweise gegen Doktor Deerwood – Maureens Aussage und ihre Bereitschaft, alles vor Gericht zu beeiden, sowie zahlreiche andere Indizien – endeten die Ermittlungen gegen ihn aus unbekannten Gründen. Wenig später erhängte sich Andrew Dole in seiner Zelle, was der Innenminister und der Präsident von Scotland Yard, aber auch Presse und Öffentlichkeit, als eindeutiges Schuldeingeständnis werteten. Doktor Deerwood, der offiziell für geisteskrank erklärt wurde, wurde bis zu seinem Tod im Jahr 1965 in verschiedenen psychiatrischen Anstalten verwahrt.

Oberinspektor MacFaden quittierte seinen Dienst und wanderte nach Amerika aus, wo er beim Federal Bureau of Investigation eine Anstellung in der Strafverfolgung fand. Dort lernte er den Prohibitionsagenten Eliot Ness kennen, der ihn zu seiner legendären Gruppe Die Unbestechlichen holte.

»Etwas Besseres hätte mir gar nicht passieren können«, erklärte der ehemalige Scotland-Yard-Inspektor stolz vor der internationalen Presse, als es Ness und seinen Mitstreitern nach jahrelangem harten Kampf endlich gelungen war, den Mafia-Gangster Al Capone wegen Steuervergehen vor Gericht zu bringen, wo er zu elf Jahren Gefängnis verurteilt wurde.

Aleister Crowley kehrte erst 1932 wieder nach England zurück. Gesundheitlich war er durch seine Drogenexzesse schwer angeschlagen. Er war finanziell bankrott und auf die Spenden seiner Anhänger angewiesen. Am 1. Dezember 1947 starb er in einer kleinen Pension in Hastings im Alter von 72 Jahren an Herzmuskelschwäche.

Ein halbes Jahr nach ihrer Verlobung heirateten Maureen und Joe und siedelten nach Wien über, wo Joe Mitglied der Wiener Psychoanalytischen Vereinigung wurde und von Professor Sigmund Freud als Assistent an die Universität berufen wurde.

Während ihr Ehemann an seiner Habilitation arbeitete, holte Maureen ihre Matura nach. Da Frauen an der Universität Wien als ordentliche Studentinnen zugelassen waren, schrieb sie sich dort ein und studierte Rechtswissenschaft und Psychologie.

1930 kehrte das Paar nach London zurück, wo Professor Joe Sandler ein Lehrstuhl an der Universität angeboten wurde. Seine Ehefrau indessen, Doktor Maureen Morgan-Sandler, ging als Scotland Yards erste Polizeipsychologin in die Kriminalgeschichte ein.

Nachwort

Dichtung und Wahrheit

Aleister Crowley, seine beiden Konkubinen Alostrael und Schwester Ninette sowie die Söhne Hansi und Howard hat es tatsächlich gegeben. Die von mir beschriebene Lebenswelt in der Abtei von Thelema in Cefalù entspricht ebenfalls der Wirklichkeit. Auch Betty May und Raoul Loveday sind reale Persönlichkeiten. Das Gleiche gilt für Generalmajor Sir Wyndham Childs und den Innenminister Viscount William Clive Bridgeman. Alle anderen Figuren sind jedoch frei erfunden.

Das Holloway-Sanatorium hat in der von mir dargestellten Form tatsächlich existiert. Dies trifft gleichermaßen auf die Londoner Homosexuellen-Bars zu – The Queen's Head in der Tryon Street, Admiral Duncan in der Old Compton Street und die Royal Vauxhall Tavern in der Kennington Lane, in der seit über 150 Jahren Travestiekünstler auftreten. Lediglich das Café Couture ist erdichtet. Es ist gewissermaßen eine Hommage an eine gleichnamige Transvestiten-Bar in Berlin-Kreuzberg, die ich in den 1990er-Jahren besucht habe. Die Betreiberinnen waren schillernde Drag-Queens, die von gewalttätigen, dumpfen Schlägertruppen aus der Nachbarschaft permanent bedroht wurden, so dass sie das Café Couture schließlich aufgeben mussten.

In Londoner Reiseführern für Schwule und Lesben werden auch heute noch die Clubs und Bars in der Old Compton Street in Soho, das als das Zentrum der Schwulen-Szene Londons gilt, erwähnt. Die Royal Vauxhall Tavern ist noch immer eine Kult-Location, die von Schwulen und Heteros gleichermaßen frequentiert wird.

In diesem Kontext möchte ich einen kleinen Exkurs über den rechtlichen Stand der Homosexualität im England der 1920er-Jahre einfügen. Die englische Gesetzgebung kann auf diesem Gebiet als ein »mittelalterliches Relikt« angesehen werden. Im Jahre 1885 kodifiziert, sahen die einschlägigen Paragraphen eine lebenslange Freiheitsstrafe für »schwere« homosexuelle Delikte vor. Wenn auch die Höchststrafe in den 1920er-Jahren nur noch auf dem Papier existierte und nicht mehr verhängt wurde, so war die englische Gesetzgebung doch weitaus härter als der umstrittene Paragraph 175 des deutschen Strafgesetzbuches, der als Höchststrafe für homosexuelle Vergehen zehn Jahre Zuchthaus vorsah.

Die Härte der englischen Gesetze macht deutlich, dass der geschlechtliche Verkehr unter Männern als fremdartig und widernatürlich angesehen wurde. Trotzdem war die Homosexualität in England weit verbreitet, was nicht zuletzt durch das englische Erziehungssystem mit seiner scharfen Geschlechtertrennung gefördert wurde. Auf dem Kontinent galt Homosexualität gewissermaßen als »typisch englisches Laster«, während man auf der Insel meinte, sie sei eine »deutsche Unart«. Dennoch war der sogenannte »Pansy« (deutsch »Stiefmütterchen«) im Londoner Kultur- und Künstlerleben eine vielbeachtete, oft auch sehr einflussreiche Gestalt.

In der Praxis wurden die Gesetze sehr unterschiedlich gehandhabt. In manchen Städten drückte die Polizei ein Auge zu, in anderen griff sie hart durch.

Wurde die Homosexualität früher noch als ein besonders abstoßendes Verbrechen angesehen, zeichnete sich in den 1920er-Jahren in der englischen Bevölkerung zunehmend die Tendenz ab, sexuelle Andersartigkeit zwar als eine von der Norm abweichende, aber durchaus nicht verdammenswerte

Veranlagung anzusehen. Der Dichter Oscar Wilde, der lange Zeit von der englischen Gesellschaft hoch verehrt wurde, war 1895 wegen homosexueller Verfehlungen zu zwei Jahren Zuchthaus verurteilt worden und blieb auch nach seiner Haftentlassung moralisch verfemt. Der berühmte Schauspieler Sir John Arthur Gielgud hingegen, der 1953 wegen eines »Klappenbesuches« zu einer Geldstrafe verurteilt worden war, wurde noch im selben Jahr von Königin Elisabeth II. zum Ritter geschlagen.

Zu meiner Geschichte inspiriert hat mich der bis heute ungelöste Fall des San Francisco Gay Killer. Der unbekannte Serienmörder war 1972 für eine Mordserie an Transvestiten im Stadtteil Tenderloin verantwortlich. Die Opfer wurden grausam verstümmelt und kastriert. Polizeipsychologen zufolge war dies Ausdruck eines Zwiespalts, auch »attraction-repulsion complex« genannt. Das heißt, der Mörder kam mit seiner eigenen Homosexualität nicht zurecht und fühlte sich einerseits zu Schwulen hingezogen, verabscheute sie aber gleichzeitig. Die Morde, die einen pathologischen Hass auf Homosexuelle widerspiegelten, konnten nie aufgeklärt werden. Laut Polizei lag das vor allem an der mangelnden Bereitschaft zur Zusammenarbeit der »gay community«.

Ursula Neeb, April 2020

Jessica Müller

Tod hinter der Maske

Ein viktorianischer Krimi

Dryas Verlag, Taschenbuch,
280 Seiten
(Baker-Street-Bibliothek)
ISBN 978-3-948483-02-9

Berlin, 1864.
Charlotte von Winterberg flieht aus ihrem Berliner Elternhaus nach London, um einer arrangierten Ehe zu entgehen. Dort übernimmt sie eine Stelle als Hauslehrerin in einer Einrichtung für gefallene Frauen. Auf einer Spenden-Soiree wird einer der Unterstützer des Instituts, Sir William May, vergiftet. Der junge und unkonventionelle Inspector Basil Stockworth übernimmt den Fall. Um mehr über Sir Williams Familie herauszufinden, vermittelt er Charlotte eine Stelle als Gouvernante im Haus des Verstorbenen. Dort erkennt sie rasch, dass jeder der Mays etwas zu verbergen hat.

Romantisch und spannend.
Ein must-read für viktorianische Krimiliebhaber!